# FALSCH VERLIEBT IST AUCH OK

## LIEBESROMAN

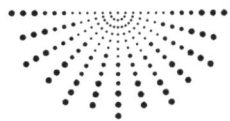

## MARTINA GERCKE

Verlag:
BookRix GmbH & Co. KG
Implerstraße 24
81371 München
Deutschland

Cover: Catrin Sommer - Rauschgold.de
Lektorat: Katharina Strodza
Korrektorat: Elke Gober - textkonfekt.de
Buchsatz: BookRix GmbH & Co. KG
Text: Martina Gercke

ISBN: 9783-7-554-3881-6

Kontakt:
martinagercke@gmail.com
Martina Gercke/Jörns, Klammweg 44, 76149 Karlsruhe

Gercke wird vertreten durch die Literatur-Agentur AVA
München.

# 1
# KINSEY

»Die Ohrringe stehen Ihnen wirklich ausgezeichnet.« Ich schenkte der Kundin ein verbindliches Lächeln.

»Ich bin mir nicht ganz sicher.« Die Frau drehte ihren Kopf zu allen Seiten. Dabei betrachtete sie sich mit einem skeptischen Gesichtsausdruck im Spiegel.

Es kostete mich mein letztes bisschen Selbstbeherrschung, nicht laut aufzustöhnen. Die Frau war jetzt seit geschlagenen zwei Stunden im Atelier und hatte so ziemlich jedes Teil anprobiert, das in den Vitrinen lag, ohne sich für eines zu entscheiden. Weniger zimperlich war sie allerdings beim Sekt gewesen und hatte sich fleißig nachschenken lassen. Bis auf einen armseligen Rest war die Flasche leer.

Die kleinen Äuglein der Kundin blickten schon ganz glasig unter ihrem Pony hervor. Langsam fragte ich mich, ob sie überhaupt noch etwas erkennen konnte. Normalerweise hätte ich die Frau freundlich hinauskomplimentiert, aber das war ein Luxus, den ich mir in meiner augenblicklichen Situation nicht leisten konnte.

Das Glöckchen an der Ladentür klingelte. Neugierig sah ich hoch.

»Gott sei Dank. Ich hatte schon Angst, dass du nicht da bist.« Meine beste Freundin kam hereingestürmt. Dabei zog sie den schwachen Duft ihres teuren Parfüms hinter sich her. Eine Mischung aus zarten Pudernoten.

»Oh, du hast Kundschaft.« Juliette blieb mit einem Ruck stehen.

»Ich bin gleich bei dir«, rief ich ihr zu.

Lautlos formte Juliette mit den Lippen das Wort *Entschuldigung.* Ich rollte mit den Augen.

»Die sind wirklich sehr hübsch.« Die Kundin leerte ihr Glas mit einem Schluck, dabei spreizte sie geziert den kleinen Finger ab. Mein Herz machte einen hoffnungsvollen Hüpfer. »Aber ich überlege es mir noch mal.« Sie stellte ihr Glas mitten auf der Vitrine ab.

»Wie schade, die Ohrringe stehen Ihnen wirklich gut«, startete ich einen letzten schwachen Versuch, die Frau vom Kauf zu überzeugen.

»Mag sein, aber ich bin mir einfach nicht sicher.« Mit gleichgültiger Miene ließ sie die Ohrringe in meine Hand fallen.

Juliette trat einen Schritt nach vorn. Auf ihren Lippen lag ein Lächeln. »Da bin ich froh«, sagte sie an die Kundin gewandt.

»Bitte?« Die Frau blinzelte aufgrund der direkten Ansprache irritiert.

»Ich bin froh, dass Sie die Ohrringe nicht möchten. Ich habe sie gestern im Schaufenster gesehen, hatte aber keine Zeit und bin deshalb heute zurückgekommen.« Juliette drehte den Kopf zu mir. »Ich würde diese beiden Schmuckstücke gern kaufen. Die kann ich dann auf dem nächsten Ball tragen.«

»Ähm, Moment, bitte«, meldete sich die Frau zu Wort. Mit einem Griff hatte sie sich die Ohrringe aus meiner Hand geschnappt. »Ich habe es mir gerade anders überlegt.«

»Was?« Mein Blick wanderte von Juliette zu der Kundin.

»Ich nehme die Ohrringe doch.« Wilde Entschlossenheit lag auf dem Gesicht meines Gegenübers.

»Das ist aber sehr bedauerlich. Dann werde ich mich nach etwas anderem umsehen müssen.« Juliette warf mir einen verschwörerischen Blick zu.

Die Frau zerrte an ihrer Tasche, um ihr Portemonnaie herauszuholen. »Kann ich mit Karte bezahlen?«

»Selbstverständlich.« Ich eilte zur Kasse, bevor es sich die Frau anders überlegen würde.

Vorsichtig legte ich die Ohrringe auf das Samtbett des Schmuckkästchens, das wie ein rosa Zierkissen aussah. Ich hatte es eigens für den Laden entworfen. Um die Mitte lief eine Kordel mit einer Quaste am Ende, mit deren Hilfe man das Kästchen öffnen konnte. Das Innere war mit dem gleichen Samt ausgekleidet wie das Äußere, nur dass auf dem Deckel meine Initialen in Gold aufgedruckt waren.

»Das ist ja entzückend.« Die Frau reichte mir ihre Kreditkarte.

»Wie schön, dass es Ihnen gefällt.« Ich zog die Karte durch das Lesegerät. Sekunden später kam die Quittung surrend aus dem Schlitz.

Mit einem Lächeln überreichte ich den Beleg und das Kästchen. Innerlich jubelte ich. Zumindest hatte ich jetzt genügend Geld, um meine Materialkosten für diesen Monat zu decken. Das war zwar nur ein Tropfen auf dem heißen Stein, aber immerhin ein Lichtblick.

»Bitteschön und vielen Dank für Ihren Kauf.«

Die Frau steckte die Karte samt Kästchen in die Tasche. Ich begleitete sie bis zur Tür. »Viel Vergnügen mit den Ohrringen.«

»Auf Wiedersehen.« Die Frau rauschte nach draußen.

»Na, was sagst du!« Juliette streckte mir breit grinsend ihre Hand entgegen.

»Du bist ein absolutes Genie.« Ich klatschte ab. »Die Frau stand seit zwei Stunden im Laden und kaum bist du da, überlegt sie es sich und kauft.«

»Das war ein typischer Fall von Muss-ich-haben. Diese Sorte Frau erträgt es nicht, wenn ihr jemand etwas vor der Nase wegschnappt, obwohl sie es vielleicht gar nicht möchte.«

»Vielen Dank, jetzt hat sich die ganze Mühe doch noch gelohnt. Wobei ich finde, dass sie die Ohrringe gar nicht verdient hat.« Ich schaltete den Computer aus.

»Freut mich, dass ich dir helfen konnte. So hat wenigstens eine von uns beiden einen guten Tag.« Juliette verzog das Gesicht.

»Was ist passiert?«»Verwundert folgte ich meiner Freundin vorbei an der Vitrine mit den Schaustücken nach hinten in die Werkstatt, die gleichzeitig mein kreativer Rückzugsort vor neugierigen Blicken der Passanten war.

»Mein Tag war eine absolute Katastrophe.« Juliette nestelte an den Knöpfen ihres Kaschmirmantels. Wie immer sah sie tadellos aus. Ihre hellbraunen Locken waren sorgfältig zu einem Knoten am Hinterkopf zusammengeschlungen. Das schwarze Cocktailkleid saß wie angegossen, was bei Juliettes schlanker Figur nicht verwunderlich war. Sie konnte anziehen, was sie wollte, und es passte immer.

»Ich hatte gerade ein Treffen mit meinen Eltern im Kensington-Hotel zum Afternoon Tea.« Sie näselte bei den Worten *Afternoon Tea* absichtlich und ihre braunen Augen funkelten angriffslustig. Erst jetzt fielen mir die roten Wangen in ihrem ansonsten blassen Gesicht auf.

»Ich würde sagen, es gibt schlimmere Schicksale, als in einem der besten Restaurants Londons einen Tee zu trinken.« Ich nahm ihr den Mantel ab.

»Ehrlich gesagt war es die Hölle, versteckt unter einem Zuckerguss aus süßem Gebäck und freundlichen Worten.« Seufzend ließ sich Juliette in den einzigen Sessel fallen, der in der Werkstatt stand. Ein altes Modell, das ursprünglich mit rotem Samt überzogen gewesen war, als ich es auf dem Flohmarkt in Portobello entdeckt hatte. Alle hatten mich für verrückt erklärt, als ich das schwere Ding quer durch Notting Hill bis in mein Atelier gewuchtet hatte. Aber nachdem ich es liebevoll überarbeitet und die Polster mit dem modernen Stoff überzogen hatte, waren alle begeistert von dem Einzelstück gewesen. Mittlerweile war es der Hingucker in meiner Werkstatt und der Lieblingsplatz aller Besucher.

»Das ganze Treffen hat nur dazu gedient, mich drauf hinzuweisen, dass es endlich an der Zeit ist, mich zu binden.« Juliette schnaubte wenig damenhaft.

»Das kennst du doch.« Mit einem Lächeln hängte ich den Mantel an den einzigen Garderobenhaken, den das Zimmer zu bieten hatte.

»Wahrscheinlich hast du recht.« Juliette legte den Kopf leicht zur Seite. »Aber noch nie haben meine Oldies mit so einer Intensität auf mich eingeredet. Sie ignorieren einfach, dass ich als Schauspielerin arbeiten will. Dabei dachte ich, dass sie darüber hinweg wären, nachdem sie mir die Ausbildung in New York bezahlt haben.«

»Wahrscheinlich haben sie gedacht, dass es nur eine Phase ist, und sie das aussitzen könnten«, bemerkte ich nachdenklich. Juliette war für ihre sprunghafte Art bekannt und es wäre nicht das erste Mal, wenn sie es sich anders überlegen würde.

»Mag sein. Sie haben behauptet, man würde sich in der Gesellschaft schon den Mund über mich zerreißen, weil ich mit meinen achtundzwanzig Jahren noch nicht liiert, geschweige denn verlobt oder verheiratet bin. Als ob mich das interessieren würde.«

»Dich nicht, aber offensichtlich deine Eltern.« Ich grinste schief.

»Das ist sehr hilfreich.« Juliettes Augen blitzen mich an.

»Aber mal ehrlich. Das ist doch nichts Neues. Solange ich dich kenne, und das sind immerhin ein paar Jahre, redet deine Mutter davon, wie sehr sie sich auf die Zeit freut, wenn sie Enkelkinder hat.«

»Ja und dabei ignoriert sie komplett, was ich möchte. Ihr Leben ist nicht mein Leben, aber aus irgendeinem Grund will sie das nicht verstehen. Mum ist geradezu versessen darauf, mich unter die Haube zu bringen. Sie und Dad verlangen von mir, dass ich nächste Woche dieses grauenvolle Event besuche.« Juliette verzog ihr schönes Gesicht.

»Du gehst doch ständig auf irgendwelche gesellschaftliche Veranstaltungen.« Stirnrunzelnd schaute ich sie an. »Ich verstehe nicht, was an dieser so schlimm sein soll. Eigentlich müsstest du dich daran gewöhnt haben.«

»Ja, schon, aber dieses spezielle Event hat nur einen Zweck.«

»Und der wäre?«

»Die ledigen Sprösslinge der Londoner High Society miteinander zu verkuppeln«, erklärte Juliette mit düsterer Miene. »Außerdem habe ich genau an dem Wochenende ein Date mit Ted.«

»Ted?« Ich runzelte die Stirn.

»Dem heißen neuen Reitlehrer, von dem ich dir erzählt habe.«

Ich überlegte einen kurzen Moment. »Blonde Haare, braune Augen, sexy Body.«

»Jep, und nicht zu vergessen, sein absolut süßer Knackarsch. Das ist eine einmalige Chance auf ungezügelten Sex. Ich werde ihn bis ins Nirwana reiten.«

»Redest du jetzt von einem Pferd oder Ted?«, witzelte ich.

Juliette versetzte mir einen Stoß. »Von Ted, wem sonst. Der Mann ist ein einziges sexuelles Versprechen. Wenn der auch nur ansatzweise so vögelt, wie er reiten kann, dann wird das ein unvergessliches Wochenende werden.«

»Hm, verstehe.« Ich schaute meiner Freundin tief in die Augen. »Und warum sagst du deinen Eltern nicht einfach die Wahrheit?«

»Du meinst, dass ich wilden Sex haben will, anstatt auf das Event zu gehen?« Juliette schüttelte energisch den Kopf. Dabei fiel ihr eine braune Haarsträhne ins Gesicht.

»Na ja, vielleicht nicht so direkt. Du könntest auch einfach sagen, dass du schon verabredet bist«, sagte ich zuversichtlich.

»Auf keinen Fall. Dad würde niemals akzeptieren, dass seine einzige Tochter ein Verhältnis mit einem Reitlehrer hat, und Mum würde einen hysterischen Weinkrampf kriegen. Nein, die Wahrheit ist keine Option.«

»Die Wahrheit ist immer eine Option«, beharrte ich. »Denk nur an Lady Di, die hatte auch eine Affäre mit ihrem Reitlehrer und die Presse wusste davon.«

»Ja und sieh dir an, wohin es sie gebracht hat. Sie hat Harry zur Welt gebracht und der rebelliert gegen seine ganze Familie.«

»Mhm, auch wieder wahr.«

»Sag mal, hast du nicht was zu trinken?« Juliette schaute zu mir hoch.

»Die Kundin hat meine letzte Flasche Sekt ausgetrunken«, erwiderte ich bedauernd. »Wasser?«

»Nein, ich brauche auf diesen Schreck dringend Alkohol. Am besten intravenös, damit ich diesen schrecklichen Nachmittag schnell vergesse.« Mit einer eleganten Bewegung hatte Juliette die Pumps abgestreift und schwang die Füße auf den Arbeitstisch.

»Hey, benimm dich gefälligst«, ahmte ich den vorwurfsvollen Ton nach, der den meisten Müttern zu eigen war. Meine eingeschlossen.

»Vergiss es. Dies ist neben dem Stall der einzige Ort, wo ich so sein kann, wie ich bin, und mich nicht hinter einer Fassade aus Sittsamkeit verstecken muss.« Juliette stieß einen tiefen Seufzer aus.

»Ach, so schlimm wird es schon nicht sein. Deine Eltern sind doch eigentlich ganz nett.«

»Nett ist auch der Postbote. Mum ist nur an ihren wohltätigen Veranstaltungen interessiert und für Dad gibt es nur seine Arbeit. Alles, was die beiden von mir erwarten, ist, dass ich einen reichen Mann aus der gehobenen Gesellschaftsschicht heirate und ihnen perfekte Enkel schenke.« Juliette schürzte die Lippen.

Unwillkürlich musste ich an meine Eltern denken, die in ihrem Reihenhäuschen am Stadtrand von London bescheiden lebten. Das höchste der Gefühle war ein Urlaub mit dem Wohnmobil in Cornwall. Trotzdem hatte ich nie den Eindruck gehabt, dass sie unglücklich waren. Im Gegenteil. Meine Eltern waren die glücklichsten zwei Menschen, die ich kannte. Beide hatten alles darangesetzt, mich zu einer selbstbewussten Frau zu erziehen, die ihre Träume verwirklichte und dafür würde ich ihnen ewig dankbar sein.

»Ist ja auch egal. Lass uns von etwas anderem reden.« Juliettes Blick fiel auf die Schutzbrille, die noch immer auf meinem Kopf saß, da ich in der Eile vergessen hatte, sie herunterzunehmen.»Sehr schickes Modell – Chanel, aus der letzten Sommerkollektion.«

»Zumindest hast du deinen Sinn für Humor nicht verloren«, konterte ich.

Juliette lachte vergnügt auf.»Gott, ich bin so froh, dass ich dich habe. Du bist wenigstens normal.«

»Normal. Danke. Das klingt irgendwie so, als ob ich langweilig wäre.« Ich legte meinen Kopf leicht zur Seite.

»Nein, das meinte ich nicht damit. Es ist nur so, dass ich dich manchmal um dein Leben beneide. Du kannst wenigstens tun und lassen, was du willst, und deine Eltern schleifen dich nicht zu irgendwelchen Bällen, damit du unter die Haube kommst.«

Ich ahmte ein zischendes Geräusch nach und zog mit den Fingern einen unsichtbaren Verschluss auf.»Eine Tüte Mitleid für dich.«

»Ich hätte jedenfalls nichts gegen dein Leben einzuwenden.«

»Wir können gerne tauschen.« Im Stillen hatte ich mir immer gewünscht, auch mal auf einen der Bälle oder eines der Events zu gehen, die Juliette besuchte. Einmal hatte mich die Familie zu einer Benefiz-Gala mitgenommen. Ich war mir den ganzen Abend wie Aschenputtel vorgekommen. Nur ohne Prinzen und so.

»Wirklich?« Juliette sah mich mit diesem tiefgründigen Blick an, der für gewöhnlich bedeutete, dass sie etwas ausheckte.

»Bevor du vor Selbstmitleid zerfließt, besorge ich uns lieber was zu trinken. Der kleine Supermarkt an der Ecke müsste noch auf haben.« Mit einem Griff hatte ich die Brille vom Kopf gezogen und auf die Werkbank gelegt.

»Hallo, jemand da?«, drang eine bekannte Stimme durch den Flur zu uns, gefolgt von klappernden Schritten. Sekunden später tauchte Poseys rotbrauner Haarschopf im Türrahmen der Werkstatt auf.

»Posey. Was machst du denn hier?« In ihrem hautengen Minirock, der Bluse, den Overknee-Stiefeln, der tief ausgeschnittenen Bluse und dem Madonnengesicht sah Posey aus wie ein Model. Niemand würde vermuten, dass sich hinter der hübschen Fassade eine der taffesten Anwältinnen Londons verbarg.

»Ich war in der Gegend und wollte dich auf einen Drink ins Heavens Place entführen.« Poseys Blick wanderte von mir zu Juliette.

»Hey, alles okay mit dir? Du machst ein Gesicht wie der Typ letzte Woche, den ich am Arsch gekriegt habe, nachdem er seine Frau betrogen und versucht hat, sein Vermögen an ihr vorbei ins Ausland zu transferieren.«

»Danke für diesen Vergleich«, gab Juliette mit säuerlicher Miene zurück.

Ich konnte nur mit Mühe ein Grinsen unterdrücken. »Juliette hat eine ihrer üblichen Krisen.«

»Hey, das ist keine normale Krise, das hier ist ein echter Notfall«, rief die Besagte empört.

»Was denn? Will dir dein Vater den Geldhahn zudrehen?« Posey grinste schief.

»Nein, viel schlimmer. Er will, dass ich heirate.« Juliette sah aus, als wollte sie jeden Moment in Tränen ausbrechen. Etwas, das es unbedingt zu vermeiden galt.

»Wollen wir das vielleicht bei einem Glas Wein ausdiskutieren?«, schlug Posey zu meiner Erleichterung vor. »Ich habe mir vor Gericht heute den Mund fusselig geredet und träume schon den ganzen Nachmittag von einem kühlen Weißwein.«

»Das klingt nach einer guten Idee«, sagte ich dankbar. Tatsächlich verspürte ich einen leichten Hunger und das Heavens Place war für seine exzellente Küche bekannt.

»Eine brillante Idee.« Juliette schwang die Füße vom Tisch und stand auf. »Da kann ich mich wenigstens betrinken.«

»Gut, dann sind wir uns einig.« Zufrieden löste ich die Bänder meiner Schürze und legte sie zusammengefaltet auf den Tisch. Dabei schaute ich in den Spiegel, den ich extra so angebracht hatte, dass ich einen Kontrollblick hineinwerfen konnte, bevor ich von der Werkstatt in das kleine Atelier ging. Als Goldschmiedin hatte ich immer wieder mit Materialien zu tun, die ihre Spuren hinterließen. Es wäre nicht das erste Mal gewesen, das ich mit einem Rußfleck im Gesicht nach draußen gegangen wäre.

Meine hellbraunen Haare waren von den Bändern der Schutzbrille an den Seiten platt gedrückt, was zur Folge hatte, dass meine Ohrspitzen dazwischen hervorlugten wie bei Legolas aus Herr der Ringe. Nur dass Orlando Bloom dabei deutlich attraktiver aussah als ich in diesem Moment.

Mit einer geübten Handbewegung wuschelte ich mit den Fingern durch die Haare, bis die Ohren wieder unter der braunen Matte verschwunden waren und zupfte den Pony zurecht. Ich war erst letzte Woche beim Friseur gewesen und hatte mir die Haare an den Seiten stufig schneiden lassen. Zufrieden strahlten mir meine blauen Augen hinter dem dichten Wimpernkranz entgegen.

»Von mir aus können wir los.«

Ich schloss den Laden hinter mir ab und schaltete den Alarm ein. Ratternd fuhr das Gitter runter.

Als wir nach draußen traten, schlug uns die laue Abendluft entgegen. Trotz der milden Temperaturen war mir kühl, jetzt, wo die Sonne weg war, und ich zog meine Jacke enger um meine Schultern.

Der Feierabendverkehr war in vollem Gange. Autos schoben sich Stoßstange an Stoßstange durch die enge Straße. Es wurde gehupt und wild gestikuliert. Zwei Männer in Anzügen hetzten an uns vorbei, um ein paar Schritte weiter in der U-Bahn-Station zu verschwinden. Eine müde aussehende Mutter kam uns mit ihrem schreienden Kleinkind entgegen. Ich warf ihr einen mitfühlenden Blick zu, den sie bedauernd erwiderte.

»Einer der Gründe, aus dem ich keine Kinder möchte«, murmelte Juliette mir zu.

»Ach, ich finde Kinder toll«, sagte ich.

»Aus meiner Erfahrung kann ich euch nur sagen, dass Kinder eine Scheidung nicht gerade leichter machen.« Auf Poseys schmales Gesicht hatte sich ein strenger Zug gelegt. »Also überlegt es euch gut, bevor ihr euch welche anschafft.«

»Ja, aber nicht jeder, der heiratet, wird auch geschieden«, gab ich zu bedenken.

»Der Durchschnitt schwankt zwischen 39,9 und 51,9 Prozent. Das bedeutet, dass sich fast die Hälfte aller Paare wieder scheiden lässt. Keine sehr erfolgversprechende Quote.«

»Kannst du das Gleiche noch einmal vor meinen Eltern sagen«, bat Juliette. »Vielleicht hören sie dann auf, mich ständig wie einen überreifen Pfirsich anzubieten.«

»Also ich sehe das anders als ihr. Meine Eltern sind seit vierunddreißig Jahren glücklich verheiratet«, widersprach ich.

»Schön für dich. Ich als Scheidungskind kann dir sagen, es ist die Hölle.« Posey klopfte mir auf die Schulter. »Ich bin lieber ungebunden und habe wilden Sex, wann immer mir danach ist, anstatt auf den Ritter in seiner weißen Rüstung zu warten, der sich innerhalb weniger Jahre zu einem dickbäuchigen Frosch entwickelt.«

»Okay, damit hast du mich endgültig überzeugt, dass ich niemals heiraten, sondern glücklich als Single durch die Welt gehen werde.« Juliette verzog ihr schönes Gesicht.

Wir hatten das Heavens Place erreicht. Seit Chris Benson den Laden vor ein paar Jahren übernommen hatte, war er zu einem Geheimtipp bei den Einheimischen und Touristen aufgestiegen. Erst letzte Woche hatte ich Cassandra Devinmoore, die bekannte Journalistin, und ihren Mann, den schottischen Schauspieler Sam MacLeod, beim Abendessen dort entdeckt. Die beiden hatten heftig am Tisch diskutiert und für mich hatte es geklungen, als ob sie sich gestritten hätten. Dabei wurde in der Presse immer betont, wie glücklich die beiden miteinander waren.

Lautes Lachen drang durch die Fenster nach draußen.

»Das klingt, als ob ordentlich was los ist«, stellte Juliette mit verschwörerischem Grinsen fest. »Genau das, was ich heute brauche – Alkohol und heiße Typen.«

»Also mir würden ein Burger und ein Negroni genügen«, sagte ich.

»Spießer!« Posey gab mir einen Schubs.

»Hey, nur weil ich einen entspannten Abend mit meinen

besten Freundinnen verbringen möchte, bin ich noch lange kein Spießer«, protestierte ich.

»Genau das will ich auch, aber das hält mich nicht davon ab, zu flirten.« Juliette zwinkerte Posey und mir gutgelaunt zu.

»Los, Schwestern. Showtime.« Posey drückte die Tür mit einem Ruck auf.

Die Luft im Inneren war zum Schneiden dick. Der Geruch von Essen mischte sich mit dem Duft der Kerzen, die überall auf den Tischen verteilt standen. Ich ging auf die Zehenspitzen, um mir einen kurzen Überblick zu verschaffen. Das Heavens Place war kein Pub im klassischen Sinne und hätte mehr wie ein Restaurant angemutet, wäre da nicht der lange hölzerne Tresen mit der Bar gewesen, hinter dem Chris Benson, der Besitzer, am Zapfhahn herumwirbelte.

Ich liebte die plüschige Einrichtung mit ihren roten Sesseln, den einfachen Holztischen und den vollgestopften Bücherregalen, die die Wände zierten.

Eine bunte Mischung aus Geschäftsleuten und Ansässigen hatte sich eingefunden, um den Feierabend in gemütlicher Runde zu beschließen. Aber auch bei den Touristen war das Heavens Place ein beliebter Treffpunkt.

Das Restaurant war brechend voll und alle Tische waren bereits belegt. Lediglich an dem großen Tresen waren ein paar unbesetzte Stühle. Hinter uns drängte schon die nächste Gruppe in den Pub. Jetzt galt es, schnell zu sein.

»Da hinten ist noch was frei«, brüllte ich gegen den allgemein herrschenden Lärm an und gab meinen Freundinnen ein Zeichen, mir zu folgen.

Zielstrebig schlängelten wir uns an den Tischen vorbei bis zur Bar. Dabei spürte ich, wie uns die Blicke der anwesenden Männer folgten. Was nicht sonderlich verwunderlich war. Juliette in ihrem schwarzen Cocktailkleid und Posey mit ihren roten Haaren und dem heißen Outfit waren die absoluten Hingucker.

»Da haben wir aber Glück gehabt.« Juliette ließ sich erleichtert auf einen der freien Hocker fallen.

Chris Bensons schlanker Körper tauchte vor uns hinter dem

Tresen auf. »Was kann ich euch Hübschen zu trinken bringen?«

»Ich hätte gerne einen Negroni«, teilte Posey ihm unumwunden mit.

»Für mich auch einen Negroni und ein Wasser dazu«, bat ich.

»Wasser. Da wäscht man Salat drin, aber das trinkt man doch nicht.« Posey verzog angewidert das Gesicht.

»Danke für diese eloquente Ausführung«, gab ich zuckersüß zurück. »Aber ich hätte trotzdem gerne ein Wasser dazu.«

Chris' Mundwinkel zuckten belustigt.

»Negroni und kein Wasser«, sagte Juliette mit leichtem Posh-Akzent.

»Möchtet ihr auch etwas essen?« Fragend sah er zu uns rüber.

»Was kannst du empfehlen?«, erwiderte ich. Die Standardkarte des Heavens Place war nicht sonderlich umfangreich, das Besondere waren die Tagesgerichte, die für Abwechslung sorgten und bei allen Gästen gleichermaßen beliebt waren.

»Zoey hat heute Abend einen Pie mit Spinat-Ricotta-Füllung gemacht, den dürft ihr euch nicht entgehen lassen.« Seine Augen funkelten einladend.

»Überzeugt. Den nehme ich.« Lächelnd legte ich die Jacke ab und hängte sie über die Lehne meines Stuhls.

»Und ich probiere von dir«, verkündete Juliette.

»Nichts da.« Energisch schüttelte ich den Kopf. »Beim Essen hört unsere Freundschaft auf. Wenn du Hunger hast, dann bestell dir gefälligst selbst etwas.«

»Also gut«, seufzte Juliette. »Für mich das Gleiche.«

»Und ich hätte gern den Spezial-Salat«, meldete sich Posey zu Wort. »Ich habe heute Mittag bereits in der Kanzlei warm gegessen.«

»Alles klar. Ich bin gleich wieder bei euch.« Chris verschwand, um unsere Bestellung aufzugeben.

»Habt ihr die Typen da hinten gesehen?« Juliette machte eine unauffällige Kopfbewegung zum Billardtisch, um den sich eine Gruppe Männer versammelt hatte. »Den großen Blonden würde ich nicht von der Bettkante schubsen.«

Ich runzelte die Stirn. »Wenn man dich hört, könnte man meinen, dass du an nichts anderes als Sex denkst.«

»Und dann würdest du nicht verkehrt liegen.« Mit einer lasziven Bewegung ließ Juliette den Mantel von ihren Schultern gleiten. »Mein Liebesleben lag in New York mehr oder minder auf Eis. Die Typen dort sind total verklemmt. Ich habe also einen gewissen Nachholbedarf.«

Chris war mit unseren Drinks zurück und stellte sie vor uns auf den Tresen.

»Cheers, Mädels. So jung kommen wir nicht mehr zusammen.« Juliette prostete uns zu.

»Cheers.« Ich nahm einen Schluck aus dem Glas. Meine Kehle fühlte sich nach dem langen Tag im Laden wie ausgetrocknet an. Der Negroni war angenehm kühl und ein fruchtigherber Geschmack legte sich auf meine Zunge.

»Ah, das tat gut.« Zufrieden leckte ich mir über die Unterlippe.

»Ich verstehe nicht, warum alle Champagner lieben, wenn es Rosé gibt«, sagte Juliette lächelnd.

»Ich kann mit dem Zeug auch nichts anfangen«, stimmte Posey ihr zu. »Da kriege ich immer Sodbrennen von.«

»Also, ich habe nichts gegen ein Gläschen Champagner einzuwenden.« Ich griff nach meinem Wasserglas.

»Eigentlich müsstest du mein Leben führen und ich deins«, scherzte Juliette.

»Ach, komm schon. Das ist doch nur ein Wochenende«, erwiderte ich.

»Das ist eine Fleisch-Show. Jede Familie, die etwas auf sich hält, schickt ihre Sprösslinge dorthin, um sie an den Mann oder die Frau zu bringen.« Juliette nahm einen kräftigen Schluck aus ihrem Glas. »Außerdem ist das nur der Anfang einer sehr langen ich-verkuppele-mein-Kind-Saison.«

Die Bedienung baute sich neben uns auf.

»Zwei Mal den Spinat-Ricotta-Pie und einen Salat?« Die junge Frau hatte ihre blonden Haare adrett zusammengebunden und ihr breiter Mund lächelte uns freundlich entgegen. In der Hand hielt sie ein Tablett mit den zwei Tellern darauf.

»Jep, das sind wir«, erwiderte ich dankbar. Die wenigen Schlucke Negroni auf nüchternen Magen hatten bereits gereicht, dass sich in meinem Kopf ein leicht benommenes Gefühl eingestellt hatte.

»Lasst es euch schmecken.« Mit einem professionellen Lächeln stellte die Bedienung die Teller vor uns ab.

»Wow, das sieht ja toll aus.« Der Pie war nicht in der typischen, runden Form gebacken, sondern war zu einem großen Blatt geformt worden. »Davon muss ich gleich mal ein Foto machen.« Ohne zu zögern, zog ich mein Handy aus der Tasche und drückte auf den Auslöser der Kamera. Sekunden später hatte ich das Foto bei Instagram hochgeladen: *Abendessen mit Besties.*

»Können wir jetzt anfangen?«, knurrte Juliette, die bereits die Gabel in der Hand hatte.

»Ich dachte, du hast keinen Hunger«, neckte ich sie.

»Na, wer kann bei diesem Anblick schon widerstehen.« Ohne zu zögern, stach sie mit der Gabel in den knusprigen, goldbraun glänzenden Teig.

Ich folgte ihrem Beispiel und nahm einen Bissen.

»Oh mein Gott!«, rief ich mit vollem Mund verzückt. »Der Pie ist absolut köstlich.«

»Das kannst du laut sagen.« Juliette kaute genüsslich. Plötzlich verdüsterte sich ihr Blick wieder. »Das ist wenigstens etwas Anständiges zum Kauen und nicht dieser überbewertete Michelin-Kram, den es auf den Events meiner Eltern gibt.« Sie spitzte die Lippen und setzte eine blasierte Miene auf, wie man sie häufig in der feinen Gesellschaft fand. »Darf es noch etwas Kaviar sein?« Sie winkte gespielt ab. »Danke, Liebes, aber davon bekomme ich immer Sodbrennen«, imitierte sie eine hohe Stimme.

Ich musste unwillkürlich lachen. »Mit der Rolle gewinnst du einen Oscar.«

»Das wäre mein Traum. Aber daraus wird nichts werden«, antwortete Juliette grimmig. »Denn bevor es so weit ist, haben mich meine Eltern mit langweiligen Veranstaltungen zu Tode gequält.«

»Auch wenn es mir für dich leidtut, aber ich würde sofort mit dir tauschen. Abgesehen von der Tatsache, dass ich nicht vorhabe, in absehbarer Zeit zu heiraten.« Ich trank einen Schluck Wasser, um die Reste des Pies runterzuspülen.

»Wo genau findet diese Veranstaltung statt?«, quetschte Posey zwischen zwei Bissen hervor.

»Im Club Privé in Blenheim Palace, dem Geburtshaus von Winston Churchill. Das Ganze wird unter dem Deckmantel eines Oldtimer-Rennens veranstaltet.« Juliette sah alles andere als begeistert aus.

»Okay, das klingt ziemlich spannend.« Ich nahm eine weitere Gabel von dem köstlichen Pie.

»Spannend?« Juliettes perfekt gezupfte Augenbraue schnellte nach oben. »Männern dabei zuschauen, wie sie in alten Autos rumfahren. Na ja, ich kann mir wirklich interessantere Beschäftigungen vorstellen.«

»Ich find's toll. Habe ich dir nicht erzählt, dass mein Dad mich immer zu Oldtimer-Rennen mitgenommen hat, als ich noch klein war?« Bei der Erinnerung an die Zeit wurde mir ganz warm ums Herz.

Juliette schüttelte den Kopf und schob sich zeitgleich einen Berg Pie in den Mund.

»Mein Großvater hat meinem Dad seinen alten Morris Minor vermacht, den er hütet und pflegt wie ein Baby.« Ein Lächeln breitete sich auf meinem Gesicht aus. Dad hatte an den Wochenenden Stunden in der Garage zu gebracht, um an dem alten Kasten zu schrauben. Bei schönem Wetter hatten wir Ausflüge damit unternommen. Mum hatte dann einen Picknickkorb mit lauter Leckereien gepackt und wir waren irgendwo aufs Land gefahren. Wunderbare Erinnerungen an eine unbeschwerte Zeit. »Frag mich und ich kann dir jeden bedeutenden Oldtimer nennen, der noch durch England fährt. Nicht, dass es mich im Leben irgendwie weiterbringen würde.«

Juliette sah mich mit einem eigenartigen Blick an, den ich

noch nie zuvor an ihr bemerkt hatte. Ich wollte sie gerade fragen, als die Musik plötzlich lauter wurde.

»So mein Hunger wäre damit gestillt.« Zufrieden schob ich den leeren Teller von mir.

»Ja, das Essen hier ist immer wieder der Knaller.« Juliette gab dem Wirt ein Zeichen, uns die nächste Runde zu bringen. »Dann können wir ja mit dem gemütlichen Teil des Abends anfangen.«

»Und wie soll der aussehen?« Ich blinzelte irritiert.

»Wie wäre es mit einer Runde Billard?«, fragte Juliette den Blick auf die Dreiergruppe der Männer im hinteren Teil des Restaurants gerichtet.

»Du willst doch nur mit den Jungs flirten«, stellte ich fest. Ein angenehm leichtes Gefühl breitete sich in mir aus, das zweifelsohne dem Alkohol geschuldet war.

»Girls just wanna have fun«, trällerte Juliette.

»Du musst mitmachen«, drängte Posey. Ohne dich haben wir keine Chance.«

»Ihr wisst ja, beim Billard bin ich immer dabei«, sagte ich gutgelaunt.

»Perfekt.« Juliette nahm ihr Glas zur Hand und kippte den restlichen Inhalt in einem Zug runter. »Dann wollen wir die Jungs doch mal das Fürchten lehren.«

»Jetzt machst du mir Angst«, erwiderte ich lachend.

»Die sollten die besser haben.« Posey hakte sich bei mir unter. »Schließlich haben wir unsere Geheimwaffe dabei.«

»Und die wäre?« Fragend sah ich sie an.

»Dich natürlich. Wen sonst?« Grinsend schob sie mich in Richtung Billardtisch.

## 2

# TYLER

Mɪᴛ ʟᴀɴɢᴇɴ Sᴄʜʀɪᴛᴛᴇɴ durchquerte ich den Außenbereich und trat ins Innere des Restaurants.

»Guten Abend, Mr Lepley«, begrüßte mich die Empfangsdame des Clarette, eine schmalgesichtige Frau mit hellblauen Augen, deren braune Haare am Hinterkopf zu einem adretten Knoten zusammengebunden waren. Ich hatte mich schon oft gefragt, wie sie wohl aussehen würde, wenn sie ihre Haare offen und etwas modischere Kleidung tragen würde. Irgendwie wurde ich den Verdacht nicht los, dass sich hinter der spießigen Fassade eine hübsche Frau versteckte.

»Guten Abend, Susan.« Ich schenkte ihr ein Lächeln.

»Ihr Vater und Ihr Großvater erwarten Sie bereits. Tisch eins, wie immer.«

»Mein Großvater ist ebenfalls hier?« Überrascht zog ich die Augenbraue hoch. Es war ungewöhnlich, dass Grandpa nach London kam, normalerweise bevorzugte er die Stallungen unseres Landsitzes. In die Stadt kam er nur bei offiziellen Anlässen oder wenn es etwas Wichtiges zu besprechen gab. Ein ungutes Gefühl beschlich mich.

»Ja, Ihr Vater und Großvater sind bereits vor einer halben Stunde eingetroffen«, teilte mir die Empfangsdame unverzüglich mit. Ihr Blick wanderte über mein Gesicht hinweg. Im

Hintergrund war das Gemurmel der Gäste zu hören, begleitet von leiser Musik. »Sie sehen müde aus, wenn mir diese Bemerkung erlaubt ist.«

»Es ist gestern Abend etwas später geworden. Aber verraten Sie mich nicht.« Mit gespielter Leidensmiene zwinkerte ich ihr zu. Ein paar Teamkollegen und ich waren nach dem Training noch in den Pub gegangen und ich hatte schlecht geschlafen. Dementsprechend gerädert fühlte ich mich. Als Dad mich heute Mittag angerufen und mich um ein Treffen im Clarette gebeten hatte, war ich äußerst verwundert gewesen. Es war nicht seine Art, mich zu überraschen, und schon gar nicht an einem Wochenende. Noch hinzu kam, dass er dieses spezielle Restaurant als Treffpunkt ausgesucht hatte, das er ausschließlich bei geschäftlichen Treffen aufsuchte. Und jetzt war auch noch mein Großvater da. Das verhieß nichts Gutes.

Die Augen der Empfangsdame blitzten vergnügt auf. »Meine Lippen sind versiegelt.«

»Susan, Sie sind ein Schatz.« In einer spontanen Aktion beugte ich mich vor und drückte ihr einen Kuss auf die Wange.

»Oh, Mr Lepley.« Eine tiefe Röte huschte über ihr Gesicht. Irgendwie niedlich und schmeichelhaft zugleich.

Ich zupfte mein Jackett zurecht. Grandpa war in dieser Hinsicht sehr *old fashioned* und legte Wert auf ein ordentliches Auftreten. Rasch fuhr ich mir mit den gespreizten Fingern durch die Haare, um zu retten, was zu retten war. Ein hoffnungsloses Unterfangen. Meine Haare hatten schon immer ein Eigenleben geführt und neigten dazu, wirr um den Kopf zu liegen. Einzig eine ordentliche Ladung Wachs konnte diese Aufgabe bewältigen und das hatte ich in der Eile vergessen.

»Warten Sie, ich helfe Ihnen ...« Susan deutete auf meinen Kragen. Mit einem Schritt war sie bei mir und fummelte an meinem Hemd herum. »Übrigens herzlichen Glückwunsch zu Ihrem letzten Sieg.« Sie strahlte mich an und für einen Moment war die verborgene Schönheit zu erkennen.

»Danke, es war ein guter Start in die Saison.«

Susan strich mit der flachen Hand über meinen Kragen. »So sieht es perfekt aus.«.

»Danke, ihr Boss kann Ihnen gar nicht genug zahlen. Eine solche Empfangsdame gibt es nirgends«, schmeichelte ich ihr. Die Röte auf Susans Gesicht verstärkte sich, wenn das überhaupt noch möglich war.

»Drücken Sie mir die Daumen, dass die beiden alten Herren mir nicht den Kopf abreißen.«

»Das wird schon nicht passieren«, versicherte mir Susan. Ich nahm einen tiefen Atemzug, dann folgte ich der Empfangsdame. Wie immer am Wochenende war das Restaurant gut besucht und fast alle Tische waren besetzt. Ein zarter Essenduft lag in der Luft und mischte sich mit dem Parfüm der Gäste. Das Ambiente wirkte modern. Die hellblauen Sessel und Sitzbänke harmonierten perfekt mit dem dunklen Blau der Wände. Die Stühle rund um die Bar waren mit einem puderrosa Samt überzogen und lockerten das Bild auf.

Ich ließ meinen Blick über die Köpfe der Gäste gleiten. Dabei entdeckte ich einige bekannte Gesichter. Das Clarette war ein beliebter Treffpunkt der Londoner High Society. Ein Grund, warum ich es vermied, hier zu essen. Zu viel Klischee, zu viel Geld, zu viele Regeln. Wenn ich abends mit meinen Freunden wegging, bevorzugte ich ungezwungenere Restaurants. Nach wenigen Schritten hatten wir den Tisch erreicht, an dem mein Dad und Grandpa saßen. Die beiden Männer unterhielten sich angeregt. Dabei verrieten ihre Mienen, dass es sich um etwas Ernstes handeln musste. Beide trugen Anzüge, was für Grandpa eher ungewöhnlich war. Er präferierte Reitkleidung, da er sich meistens in den Ställen aufhielt, um nach seinen geliebten Pferden zu schauen.

»Da wären wir.« Susan machte eine einladende Handbewegung in Richtung Grandpa und Dad.

»Danke, Susan. Wenn Sie mir einen Scotch und einen Kaffee bringen könnten, wäre ich Ihnen sehr dankbar.«

»Selbstverständlich.« Sie schenkte mir ein wissendes Lächeln.

»Hallo, Dad. Hallo, Grandpa«, begrüßte ich die beiden betont fröhlich.

»Mein Junge.« Dad war aufgesprungen, um mich zu begrüßen. Sofort hatte ich den typischen Duft von Creek Viking in der Nase, der ihn umgab wie eine zweite Haut. »Schön, dass du da bist.«

»Dad.« Ich klopfte meinem Vater auf den Rücken. »Du hast am Telefon geklungen, als ob es wichtig wäre.«

»Ist es auch.« Dad nickte.

Grandpa war ebenfalls aufgestanden, um mich zu begrüßen. Für seine Siebenundsiebzig war er immer noch erstaunlich fit und seine Bewegungen wirkte geschmeidig wie die eines Fünfzigjährigen. Solange ich zurückdenken konnte, hatte Grandpa Sport gemacht und auf seine Ernährung geachtet. Jetzt im Alter schienen sich seine Bemühungen auszuzahlen.

»Was machst du denn hier?«

»Ich darf doch wohl meinen Enkel besuchen«, gab Grandpa mit rauer Stimme zurück. Sein dichtes, graues Haar schimmerte im Licht der Deckenstrahler silbern. Sowohl mein Grandpa als auch mein Vater gehörten zu der Sorte Mann, die im Alter attraktiver wurden. Ich konnte nur hoffen, dass ich diese Gene geerbt hatte und es sich bei mir später genauso verhalten würde.

»Natürlich, ich habe nur ehrlich gesagt nicht mit dir gerechnet.«

»Wie geht es dir?« Grandpa trat einen Schritt zurück, um mich mit seinen stahlblauen Augen unter die Lupe zu nehmen.

»Danke der Nachfrage, gut.«

»Das freut mich zu hören.« Grandpa nickte beifällig. »Herzlichen Glückwunsch zu eurem Sieg.«

»Danke, Grandpa.« Es kam nicht allzu häufig vor, dass ihm ein Lob über die Lippen kam.

»Bitte, setz dich doch.« Dad deutete auf den freien Sessel. Er wirkte ernst und die Falte zwischen seinen Augenbrauen war tiefer als gewöhnlich.

Dad tauschte einen kurzen Blick mit Grandpa, den ich nicht deuten konnte. Irgendwas heckten die beiden aus, so viel war sicher.

Susan kam mit einem Tablett in der Hand an unseren Tisch.

»Entschuldigen Sie die Störung.« Sie warf ein verschwörerisches Lächeln in meine Richtung und stellte die Getränke vor mir auf dem Tisch ab. »Noch etwas für die Gentlemen?«

»Nein, danke, Susan. Sehr aufmerksam«, entließ Dad sie freundlich. »Aber wir sind soweit versorgt. Gerne später.«

Verwundert zog ich die Augenbraue hoch. Normalerweise kamen wir zum Essen hierher. Dass Dad nur einen Drink nahm, war äußerst ungewöhnlich.

»Alles klar. Falls Sie später noch etwas möchten, sagen Sie einfach Bescheid. Kevin ist heute für Sie zuständig.« Sie deutete auf einen jungen Mann, der gerade dabei war, die Bestellung am Nachbartisch aufzunehmen.

»Das werden wir«, versicherte Dad.

Susan nickte freundlich und eilte zurück an ihren Platz, wo schon die nächsten Gäste auf sie warteten.

Ohne zu warten, griff ich nach der Tasse, um einen Schluck Kaffee zu trinken. In meinem Hinterkopf hatte sich ein dumpfer Schmerz eingenistet, der hoffentlich mit der nötigen Dosis an Koffein verschwinden würde.

»Seit wann trinkst du um diese Uhrzeit Kaffee?«, fragte Grandpa misstrauisch.

»Ich habe gestern mit den Jungs ein wenig gefeiert«, sagte ich beiläufig.

»Verstehe.« Grandpa verzog keine Miene, was in etwa bedeutete, dass er meine Handlung missbilligte.

Dad spielte nervös mit seinem Glas. »Herzlichen Glückwunsch zu eurem guten Auftakt in die neue Saison.«

»Danke, wir sind auch froh. Die Dubais sind ein ziemlich starker Gegner, die uns in der letzten Saison das Leben schwer gemacht haben.« Ich konnte ein Grinsen nicht verbergen. »Außerdem hat es gezeigt, dass Coach Bryan auf dem richtigen Weg ist.«

»Ja, da stimme ich dir zu.« Dad machte eine Pause. Es war offensichtlich, dass ihm etwas auf dem Herzen lag. Gespannt hielt ich die Luft an. »Wobei wir gleich beim Thema sind. Wir haben dich hergebeten, weil wir mit dir über die Zukunft unseres Unternehmens sprechen möchten. Schließlich wirst du in absehbarer Zeit die Leitung übernehmen.«

»Aber ich verstehe nicht.« Bisher war nie die Rede davon gewesen, dass ich in die Zucht einsteigen sollte. Nicht, solange ich Teil des Polonationalteams war.

»Was dein Vater dir sagen will ist«, übernahm Grandpa die Gesprächsführung, »Wir brauchen deine Hilfe.«

»Inwiefern?« Meine Kehle war plötzlich staubtrocken. Ich blinzelte irritiert. »Haben wir finanzielle Probleme, von denen ich nichts weiß?«

Dad zuckte kaum merklich zusammen. Offensichtlich hatte ich den Nagel auf den Kopf getroffen. »Im Moment noch nicht, aber die allgemeinen Kosten für die Zucht werden immer höher und unsere Konkurrenz zeitgleich größer.« Dad holte tief Luft. »Wir brauchen einen mächtigen Alliierten an unserer Seite, damit wir uns auch in Zukunft gegen die Mitbewerber aus dem Ausland durchsetzen können.«

»Aber unsere Pferde gehören zu den besten Züchtungen, die England zu bieten hat«, warf ich ein. Ich selbst ritt auf einem Polopferd aus unserem Stall.

»Das stimmt«, erwiderte Dad mit rauer Stimme. »Aber leider hat die Konkurrenz aus Südamerika und den Vereinigten Arabischen Emiraten auch gute Pferde. Aufgrund ihrer aggressiven Preisstrategie und viel Marketing sind wir ins Hintertreffen geraten.«

»Aber warum habt ihr mir das nicht schon früher gesagt?« Ich sah die beiden fragend an.

»Du hast die letzte Saison hart trainiert, um dort zu stehen, wo du jetzt bist. Du gehörst zu den besten Polospielern Englands. Wir wollten dich nicht unnötig belasten.« Dads Augen ruhten liebevoll auf mir.

»Aber jetzt brauchen wir deine Hilfe«, fügte Grandpa hinzu.

»Okay. Verstehe. Und an wen oder was hattet ihr gedacht?« In meinem Kopf herrschte komplettes Chaos. Es musste schlecht um uns stehen, wenn Dad und Grandpa zu mir kamen und mich um Hilfe baten.

»Wenn wir weiter überleben und gegen die Konkurrenz bestehen wollen, müssen wir unsere Position auf dem heimischen Markt stärken und gleichzeitig versuchen, unser Geschäftsfeld zu erweitern. Dazu brauchen wir dich.«

»Mich?«

»Nicht direkt«, sagte Dad und tauschte einen kurzen Blick mit Grandpa.

»Okay, das müsst ihr mir erklären.« Ich nahm einen Schluck aus meiner Tasse. Der Kaffee war mittlerweile kalt. Angewidert verzog ich das Gesicht.

»Damit wir unsere Pferde auch auf dem internationalen Markt bekannter machen können, wäre ein Mann wie Sir Walter Collins der ideale Partner für uns.«

»Sir Walter Collins.« Es dauerte einen kurzen Moment, bis ich den Namen zuordnen konnte. »Das ist doch einer der großen Derbyveranstalter.«

»Ja, genau der«, bestätigte Grandpa mit grimmiger Miene.

»Wenn wir ihn an unserer Seite hätten, wäre die Zukunft des Betriebs gesichert. Der Mann muss nur eine Bemerkung fallen lassen und man wird uns die Ställe einrennen, um eines der Pferde zu kaufen.«

»Verstehe.« Nachdenklich strich ich mir über das Kinn. »Und wie wollt ihr das anstellen? Habt ihr ihn schon kontaktiert?«

Dad tauschte seufzend einen kurzen Blick mit Grandpa.

»Wir haben es zumindest versucht. Aber der Mann lässt sich abschotten wie der König und all unsere Versuche sind bisher gescheitert.« Dad ballte seine Hände zu Fäusten.

»Und jetzt wollt ihr, dass ich Kontakt mit dem alten Knacker aufnehme?«, fragte ich ungläubig. Bisher hatte ich Sir Walter ein- oder zweimal auf offiziellen Veranstaltungen getroffen, wo er uns zu unseren Siegen gratuliert hatte. Ein hochgewachsener Mann mit typischem Wohlstandsbäuchlein und schütterem Haar.

»Nicht direkt.« Dad fuhr sich durch die Haare. Ein sicheres Zeichen, dass er nervös war.

»Okay, raus mit der Sprache. Was soll ich bei Sir Walter bewirken, wenn ihr beiden es nicht schafft?«

»Nächste Woche ist das Oldtimer-Rennen auf Blenheim

Palace. Dein Großvater und ich möchten, dass du daran teilnimmst«, teilte mir Dad in einem Tonfall mit, der keine Widerrede zuließ.

»Aber was hat das mit Sir Walter zu tun?« Ich schüttelte den Kopf. »Wir alle wissen doch, dass dieses Wochenende auf Blenheim nur dem Zweck dient, die aus der vergangenen Saison übriggebliebenen jungen Damen der höheren Gesellschaft unter die Haube zu bringen.« Verächtlich schürzte ich die Lippen. »Ich bezweifele, dass Sir Walter dazu gehört.«

»Sir Walter nicht«, Dad machte eine kurze Pause. »Aber seine Tochter.«

»Wie schön für sie. Ich verstehe immer noch nicht, was das mit mir zu tun hat.« Ich nahm einen Schluck aus meinem Glas. Sofort hatte ich den rauchigen Geschmack des Scotch auf der Zunge gefolgt von einem leichten Brennen in der Kehle.

»Deine Aufgabe wird es sein, die Bekanntschaft von Juliette Collins zu machen und im besten Fall ihr Herz zu erobern, damit unsere Familien vereint sind ...«

»... Und ihr euren Deal mit Sir Walter bekommt«, vollendete ich seinen Satz.

»Genau.« Dad und Grandpa nickten selbstgefällig.

»Das könnt ihr beiden komplett vergessen.« Entschlossen stellte ich das Glas auf den Tisch. »Wir leben doch nicht mehr im Mittelalter, wo man Ehen aus reiner Vernunft und aufgrund von wirtschaftlichen Hintergründen geschlossen hat. Was habt ihr euch nur dabei gedacht?«

»Du hast doch sonst auch kein Problem mit jungen Frauen zu flirten«, fuhr Dad ruhig fort. »Nur, dass du diesmal mit einer ganz bestimmten jungen Frau flirten sollst.«

»Zum Glück bestimme ich selbst, mit wem ich mich zu einem Date verabrede und mit wem nicht. Nein, danke. Ich bin nicht auf der Suche nach der Frau fürs Leben und schon gar nicht nach einer, die offensichtlich nur aus diesem Grund das Event auf Blenheim besucht.«

»Du sollst sie ja auch nicht gleich heiraten«, knurrte Grandpa. »Nur kennenlernen.«

»Wir möchten doch nur, dass du Sir Walters Tochter mit

deinem Charme davon überzeugst, dass es eine gute Sache wäre, wenn unsere beiden Familien zusammenkommen würden. Zumindest auf geschäftlicher Seite.« Dad machte eine Pause.

»Das werde ich auf keinen Fall tun.« Entschlossen stand ich auf. Ich konnte noch immer nicht fassen, dass mein Vater und mein Großvater mich als Köder für ihre Zwecke nutzen wollten. »Außerdem habe ich andere Pläne für das Wochenende.« Tatsächlich war ich auf eine Geburtstagsparty eingeladen, die in einem der angesagten Clubs in London stattfinden sollte.

»Tyler, bitte setz dich«, meldete sich Grandpa zu Wort. Obwohl ich es ungern zugab, strahlte der alte Herr eine unglaubliche Autorität aus, die auch bei mir ihre Wirkung nicht verfehlte. Seufzend ließ ich mich zurück auf den Sessel gleiten.

»Ich fürchte, dein Vater hat sich nicht deutlich genug ausgedrückt. Das Unternehmen wird die nächsten zwei Jahre nicht überleben, wenn wir es nicht schaffen, uns im eigenen Land gegen die Konkurrenz aus dem Ausland durchzusetzen. Alles, was wir jetzt brauchen, ist ein Sieg unter unserem Namen auf einem der bekannten Derbys und Sir Walter Collins ist der Mann, der uns dazu verhelfen kann. Alles, was du tun musst, ist das, was du immer tust – flirten.«

»Und was, wenn sie nicht auf mich anspringt? Habt ihr schon mal über diese Möglichkeit nachgedacht?«

»Diese Option gibt es nicht«, sagte Dad entschieden. Er presste die Lippen fest aufeinander.

»Aber ihr müsst doch einen Plan B haben.«

Dad schüttelte traurig den Kopf. »Es gibt keinen Plan B, außer dass wir das Gestüt verkaufen.«

»Das Gestüt verkaufen! Das kann nicht euer Ernst sein. Nach all den Jahren eurer harten Arbeit. Nein. Das ist keine Option.« Ich schüttelte noch immer fassungslos den Kopf. Solange ich denken konnte, hatten Dad und Grandpa daran gearbeitet, unsere Züchtungen auf ein Level zu bringen, wie es nur wenige auf der Welt gab. Immer wieder hatten sie Geld in neue Pferde investiert. Dabei war unser ursprüngliches Geschäft, der Verkauf von Reitbedarf, mehr und mehr in den

Hintergrund geraten. Ich wusste, dass wir einen Großteil unseres Gewinns durch den Verkauf von hochwertigen Ledersätteln und Zubehör machten. Nie im Traum hätte ich gedacht, dass wir einmal vor dem finanziellen Ruin stehen könnten.

»Ich weiß, dass es eine ungewöhnliche Bitte ist, die wir an dich richten. Aber Sir Walter ist für unser Gestüt überlebenswichtig«, sagte Dad sichtlich zerknirscht.

»Davon abgesehen ist es langsam an der Zeit für dich, eine Frau zu finden«, bemerkte Grandpa. »In deinem Alter war ich längst verheiratet.«

»Damals hatte man noch Pferdekutschen und Nachrichten wurden mit Brieftauben versendet«, witzelte ich.

Grandpa warf mir einen strafenden Blick zu.

»Außerdem soll Juliette Collins eine ausgesprochene Schönheit sein«, schob Dad hinterher.

»Dad, lass mich das beurteilen«, entgegnete ich schärfer als gewöhnlich.

»Bitte, Junge. Nur dieses eine Mal.« Mein Vater hatte mich noch nie um etwas gebeten, sondern mir stets den Rücken freigehalten.

»Hm«, brummte ich, damit beschäftigt, das Durcheinander in meinem Kopf zu sortieren. Welche Wahl hatte ich? Wenn ich die Bitte ablehnen würde, würde ich mich ewig schuldig fühlen, falls das Unternehmen pleiteging.

»Einverstanden«, sagte ich schließlich.

»Du weißt gar nicht, wie glücklich du mich machst.« Die Erleichterung stand Dad förmlich ins Gesicht geschrieben.

»Freu dich nicht zu früh. Noch habe ich die junge Dame nicht kennengelernt.« Im Kopf machte ich mir gedanklich eine Notiz, Juliette Collins zu googeln, um keine unliebsamen Überraschungen zu erleben. Nicht, dass das Aussehen einer Frau entscheidend war. Für mich war es die Ausstrahlung, die eine Frau attraktiv machte. Gepaart mit einem Sinn für Humor, Intelligenz, Selbstbewusstsein und ihrer sexuellen Anziehungskraft. Leider war mir bisher noch keine Frau begegnet, die all diese Attribute in sich vereint hatte.

»Ich bin mir sicher, du wirst das schon schaffen.« Dad

klopfte mir wissend auf die Schulter.»Schließlich hast du meinen Charme geerbt.«

»Und meinen.« Grandpa zwinkerte mir zu. »Abgesehen von dem guten Aussehen, das du von mir geerbt hast.«

»Genau wie dein Selbstbewusstsein.« In Gedanken war ich bereits dabei zu packen.

»Jetzt, wo wir alles geklärt haben, können wir noch eine Kleinigkeit zu Abend bestellen. Es wäre doch schade, nichts zu essen, wenn wir schon mal hier sind«, schlug Grandpa vor.

»Seid mir nicht böse, aber ich bin noch mit Winston verabredet«, erklärte ich.

»Winston.« Dads Augen leuchteten bei der Erwähnung meines besten Freundes freudig auf.»Wie geht es ihm?«

»Bestens. Im Gegensatz zu mir muss er keine jungen Damen beflirten, um das Familienunternehmen wieder auf Kurs zu bringen«, erwiderte ich mit sarkastischem Unterton. »Ich komme mir ein wenig vor wie ein Callboy.«

»Jetzt übertreibst du aber. Nimm es sportlich.« Grandpa klopfte mir aufmunternd auf die Schulter.

»Gut, dass du das sagst. Wie du schon erwähnt hast, läuft parallel zur Kuppelshow auch ein Oldtimer-Rennen.« Ich blickte wissend in die kleine Runde.

»Das ist korrekt«, erwiderte Dad.

»Das wäre doch die perfekte Gelegenheit, den Jaguar aus der Garage zu holen«, sagte ich deutlich besser gelaunt. Wenn die beiden mich schon mehr oder minder vor vollendete Tatsachen stellten, konnte ich das Gleiche mit ihnen tun. Der Jaguar war Dads Heiligtum und wurde für gewöhnlich nur für kleine Ausfahrten genutzt.

»Also ich weiß nicht.« Dad schüttelte den Kopf.

»Wenn ich schon für euch den Gigolo spielen soll, dann wenigstens mit Stil. Außerdem ist es sicher von Vorteil, am Rennen teilzunehmen und zu gewinnen. Das beeindruckt die jungen Ladys immer sehr.« So langsam fing mir die Sache an, Spaß zu machen.

Dad und Grandpa tauschten kurze Blicke.

»Einverstanden. Aber nur unter einer Bedingung«, sagte Dad schließlich.

»Und die wäre?«

»Du bringst mir den Wagen wieder heil zurück.«

»Mach dir keine Sorgen. Ich werde dem Jaguar kein Haar krümmen.« Winston würde Augen machen, wenn ich ihm von meinem Gespräch erzählen würde. Wir waren im Heavens Place verabredet. Der Pub war keine Viertelstunde von meinem Appartement entfernt und am Wochenende immer gut besucht.

»Tyler«, holte mich Dad aus meinen Gedanken. »Bitte sag Mum nichts von dem Treffen.«

»Dann weiß Mum nichts von unseren Problemen und eurem Plan?«

»Nein, wir wollten sie nicht unnötig aufregen«, sagte Grandpa. »Sie ist immer noch nicht über Grannys Tod hinweg.« Das zufriedene Lächeln war aus seinem Gesicht verschwunden und hatte einer tiefen Traurigkeit Platz gemacht.

Granny war vor knapp einem halben Jahr gestorben. Grandpa hatte sich wie ein Besessener in die Arbeit gestürzt und so versucht, seinem Kummer Herr zu werden. Mum hatte der Verlust ebenfalls hart getroffen. Die beiden waren sich sehr verbunden gewesen.

»Verstehe. Ich werde euch nicht verraten. Allerdings denke ich, es wäre besser, ihr die Wahrheit zu sagen.« Ich leerte das Glas mit einem Schluck. »Aber jetzt muss ich los.« Wenn ich noch pünktlich zu meinem Treffen kommen wollte, musste ich mich beeilen. Von Kensington würde ich etwas länger brauchen.

»Das werde ich, sobald wir wissen, wo wir stehen.« Dad erhob sich ebenfalls. »Wenn du noch etwas benötigst, sagt uns bitte Bescheid.«

»Einverstanden. Ich komme im Laufe der Woche vorbei, um den Wagen zu holen.« Ohne mich noch einmal umzuschauen, ging ich davon. Es gab eine Menge zu regeln, bevor ich auf dieses unselige Wochenende fahren würde.

# 3

# TYLER

»AUF UNSERE LEBEN als freie Männer.« Winston prostete mir zu.

»Auf die vielen schönen Blumen, die noch von uns gepflückt werden wollen.« Mit einem breiten Grinsen setzte ich mein Glas an die Lippen und trank einen kräftigen Schluck. Sofort hatte ich den herben Geschmack des Bieres auf der Zunge. Das Heavens Place war bis auf den letzten Platz besetzt und es herrschte die reinste Partystimmung. Der Wirt wirbelte am Zapfhahn, um den Wünschen seiner Kunden nachzukommen. Im Hintergrund spielte Musik. Lautes Gelächter drang über die Köpfe der Gäste hinweg zu uns. Neugierig blickte ich in die Richtung, aus der das Lachen gekommen war.

Eine Gruppe hatte sich um den Billardtisch im hinteren Teil des Restaurants versammelt. Soweit ich es erkennen konnte, handelte es sich um drei Männer und drei Frauen, die sich gegenseitig ein Duell lieferten. Eine kleine Gruppe Zuschauer hatte sich eingefunden, die jeden Schritt aufmerksam verfolgten. Eben waren die Frauen am Zug. Eine schlanke Brünette hatte sich mit dem Rücken zu mir vor den Tisch gestellt und zielte mit ihrem Queue auf eine der Kugeln.

»Und dein Dad verlangt wirklich von dir, dass du dich an

Juliette Collins ran machst«, holte mich Winston aus meinen Beobachtungen.

»Ja, ich kann es selbst nicht fassen.« Ich schüttelte den Kopf, als könnte ich den Gedanken wie eine lästige Fliege abschütteln.

»Kennst du die Frau?«

»Du meinst Juliette Collins? Nein, soweit ich weiß, sind wir uns noch nie über den Weg gelaufen.«

»Hast du eine Ahnung, wie sie aussieht?«, fragte Winston.

Das Gesicht von Juliette Collins poppte in meinem Kopf auf. Nach dem Treffen hatte ich sie gegoogelt. Leider nur mit mäßigem Erfolg. Ein paar ältere Fotos von öffentlichen Veranstaltungen, zusammen mit ihren Eltern.

»Ganz passabel. Brünett, schlank, volle Brust, schmale Taille. Eigentlich nicht mein Typ.« Normalerweise bevorzugte ich blonde Frauen. Mein Blick wanderte zurück zum Billardtisch. Die Brünette hatte die Arme hochgerissen und jubelte. Ihre beiden Freundinnen fielen sich in die Arme. Wie es aussah, hatten die Frauen gewonnen, denn die drei Männer sahen alles andere als glücklich aus.

»Hey, das klingt genau wie eine Frau für mich«, hörte ich Winston sagen.

Ich wandte mich wieder Winston zu. »Tja, nur leider ist es meine Aufgabe, mich an sie ranzumachen, und nicht deine.«

»Ich finde, es gibt schlimmere Schicksale als mit einer hübschen Frau flirten zu müssen.« Winston prostete mir zu.

»Was ist eigentlich aus dir und der Blonden von letzter Woche geworden?«

Winstons Augen funkelten vergnügt. »Welche der beiden meinst du?«

»Die, mit der du dich unterhalten hast?« Winston war in Bezug auf Frauen immer wieder für eine Überraschung gut und völlig von seiner Umwelt unterschätzt.

»Man könnte es auch unterhalten nennen.« Winston zwinkerte mir zu.

Anerkennend klopfte ich meinem Kumpel auf die Schulter.

»Du warst schon in der Public School der Aktivste von uns

allen. Ich werde nie vergessen, wie deine Mutter mich zur Seite gezogen und gefragt hat, ob du schwul bist, weil du noch nie ein Mädchen nach Hause gebracht hattest. Ich habe sie dann bereitwillig aufgeklärt, dass es doch egal wäre, ob Mann oder Frau, dass du auf jeden Fall viel Spaß hast.« Ich nahm mein Glas und prostete ihm zu.

»Das nehme ich dir bis heute übel.« Winston verzog das Gesicht.

»Warum?«

»Du erinnerst dich vielleicht nicht mehr, aber anschließend hat mich mein Dad zu einem Männerabend eingeladen «, Winston machte bei dem Wort *Männerabend* mit den Fingern Gänsefüßchen in der Luft, »um mir bei einem Bier wortreich das Sexualleben zu erklären. Einer der wenigen Momente in meinem Leben, an die ich nur ungern erinnert werde.«

»Aber diesen Schock scheinst du ja erfolgreich überwunden zu haben«, stellte ich trocken fest.

»Entschuldige, wer von uns beiden hat hier den Ruf eines Frauenhelden?« Winston gab dem Barkeeper ein Zeichen, uns eine weitere Runde zu bringen.

»Ich mag vielleicht den Ruf haben, aber du lebst ihn aus.« Tatsächlich hatte ich mich im letzten Jahr auf meine sportliche Karriere konzentriert.

»Manchmal hat es eben auch Vorteile, wenn man der Familie Windsor angehört und einen Adelstitel trägt. Die Frauen stehen jedenfalls drauf.« Ein breites Grinsen lag auf dem Gesicht meines besten Freundes. »Aber zurück zu dir. Du glaubst wirklich, dass der Plan für die Eroberung von Juliette Collins von Erfolg gekrönt sein wird?«

»Keine Ahnung, aber Dad und Grandpa sind davon überzeugt.«

»Mhm. Ich wünschte, ich könnte dir helfen, aber du weißt, dass meine Familie mit Pferden nichts am Hut hat. Noch dazu beziehen die Windsors ihre Pferde aus den königlichen Ställen. Die verstorbene Queen war nicht nur sehr beliebt, sondern auch noch eine tüchtige Geschäftsfrau.«

»Ja, und deutlich unterschätzt in dieser Hinsicht «, stimmte ich ihm zu.

»Hast du das Programm schon gelesen?«

Ich zuckte mit den Achseln. »Wozu. Bei solchen Veranstaltungen läuft es doch immer nach dem gleichen Prinzip: Häppchen, Champagner, oberflächliches Gerede. Selbst die Kleiderordnung ist dieselbe. Abends Smoking oder Anzug, tagsüber casual.« Ich stöhnte leise. »Genau das, was ich seit Jahren zu vermeiden versuche. Ich kann nur hoffen, dass Juliette Collins nicht ganz so langweilig und spießig ist wie der Rest der Londoner Gesellschaft.«

Mein Blick wanderte zurück zum Billardtisch. Anscheinend hatte man beschlossen, nicht weiterzuspielen, denn die Queues lagen verwaist auf dem Tisch. Die beiden Brünetten standen mit dem Rücken zu uns und unterhielten sich mit den Männern. Die Rothaarige grinste über das ganze Gesicht. Es war offensichtlich, dass sie den Sieg auskostete.

»Bist du noch bei mir?« Winston klopfte mir mit der flachen Hand auf die Schulter.

»Sorry. Was wolltest du wissen?«

»Ich hatte dich gefragt, ob du dich schon für das Rennen angemeldet hast.«

Ich schüttelte den Kopf. »Nein, bisher noch nicht. Dazu hatte ich keine Zeit.«

»Dann solltest du dich beeilen. Soweit ich gehört habe, sind die Startplätze schnell vergeben und es wäre äußerst bedauerlich, wenn du deshalb nicht starten könntest.«

»Mache ich gleich morgen«, versprach ich.

# 4
# KINSEY

»Herzlichen Glückwunsch. Ihr habt uns echt fertig gemacht.« Mein Gegenüber reichte mir die Hand. Er und seine beiden Freunde sahen nicht sonderlich glücklich über ihre Niederlage aus.

»Tja, nur weil wir Frauen sind, bedeutet es nicht, dass wir schlecht im Billard sind«, gab ich grinsend zurück.

»Wo hast du so zu spielen gelernt?«

»Ich bin mit drei älteren Brüdern aufgewachsen, die alle begeisterte Billardspieler sind«, sagte ich achselzuckend.

»Verstehe. Dann kannst du deinen Brüdern ausrichten, dass sie alles richtig gemacht haben.« Er schenkte mir diesen Ich-finde-dich-süß-Blick.

»Danke, aber die wissen, was sie an mir haben.« Ich hatte keine Lust auf Flirten. Nach dem heutigen Tag wollte ich einfach nur mit meinen Freundinnen einen gemütlichen Abend verbringen.

»Wollt ihr noch 'ne Partie?«, fragte Posey und lehnte sich mit siegessicherer Miene über den Billardtisch.

»Nee, lass mal. Wir haben für heute genug.« Der Ältere der drei winkte ab.

»Alles klar. Solltet ihr es euch anders überlegen.« Juliette deutete auf unsere freien Plätze, »dann wisst ihr ja, wo ihr uns finden könnt.«

»Danke, aber ich glaube nicht«, brummte der dritte. Die Egos der drei hatten einen sichtlichen Knacks bekommen.

»Und vergesst nicht unsere Drinks«, rief Posey.

»Keine Sorge. Spielschulden sind Ehrenschulden«, kam es prompt zurück.

Juliette hakte sich rechts bei mir unter und Posey links. Das Heavens Place hatte sich in der Zwischenzeit noch mehr gefüllt. Mittlerweile standen die Leute mit ihren Gläsern in der Hand überall. Gemütlich schlenderten wir zurück zu unseren Hockern. Dabei spürte ich die Blicke der Männer auf uns ruhen.

»Das war doch schon mal ein sehr erfolgreicher Abend«, sagte Juliette sichtlich zufrieden. »Der Dunkelhaarige hat mir seine Nummer zugesteckt.«

»Ernsthaft?« Ich schüttelte den Kopf.

»Ja, mit den Worten, du kannst gerne deine Schwester mitbringen.« Sie lachte laut. »Damit meinte er übrigens dich.«

»Na super. Aber danke, nein, ich verzichte.« Zufrieden ließ ich mich auf den Stuhl fallen. In meinem Kopf drehte sich alles. Ich hatte definitiv zu viel getrunken.

»Einen Toast auf deine Brüder«, sagte Posey lächelnd.

»Auf Bear, Mason und Zion, die drei genialsten Brüder dieser Welt.« Ich hob mein Glas hoch und nahm einen Schluck.

»Wo sind die drei eigentlich? Du hast schon lange nichts mehr erzählt«, erkundigte sich Posey.

»Bear ist auf Weltreise. Zion studiert in Edinburgh und Mason hat gerade seinen Abschluss gemacht und fängt in der Klinik an. Leider sehen wir uns kaum.« Tatsächlich hatten wir uns das letzte Mal zu Weihnachten getroffen.

»Das ist eigentlich sehr bedauerlich. Du weißt ja, ich wäre nicht abgeneigt. Vor allem Zion ist eine echte Sahneschnitte.« Posey strich sich eine Haarsträhne aus dem Gesicht.

»Vergiss es. Meine Brüder sind tabu. Das wäre wie Inzest. Das geht gar nicht.«

Juliette drehte sich in Richtung Bar. »Wo bleiben denn unsere Drinks?«

»Keine Ahnung. Wartet kurz, ich hol sie.« Mit einem Satz war ich vom Stuhl gesprungen. Ich schlängelte mich an den anderen Wartenden vorbei zu Chris, der gerade neue Gläser vom Regal nahm.

»Chris.« Ich beugte mich über den Tresen. »Drei Negroni«, rief ich gegen den allgemeinen Lärm. Chris nickte und deutete mir an, einen Moment zu warten.

Links hatte sich eine Gruppe versammelt, die wild miteinander diskutierte. Rechts neben mir am Tresen standen zwei Männer und unterhielten sich. Der Dunkelhaarige der beiden hatten den Rücken zu mir gedreht. Der andere schaute seitlich an seinem Freund vorbei in meine Richtung. Für einen winzigen Augenblick trafen sich unsere Blicke. Ein Lächeln huschte über sein Gesicht, dessen Haut einen zarten Cappuchino-Ton hatte, dann wandte er sich wieder seinem Freund zu.

»Deine Drinks.« Chris schob die Gläser über den Tresen zu mir. »Geht das?«

»Kein Problem.« Ich winkte ab. »Das kriege ich schon irgendwie hin.«

Chris nickte und verschwand wieder hinter der Zapfanlage.

Mit der Linken nahm ich ein Glas in die Hand. Mit der Rechten zwei. So müsste es gehen.

Ich hob die Gläser an. In diesem Moment drängelte sich eine Frau an mir vorbei. Instinktiv wich ich einen Schritt zurück. Leider hatte ich den kleinen Absatz am Boden übersehen.

*Shit.* Ich geriet ins Straucheln und stieß mit dem Rücken gegen den Gast neben mir. Unwillkürlich riss ich die Arme hoch. Ein Fehler. Der Negroni schwappte über und ergoss sich auf den Mann hinter mir.

Das war mal wieder typisch. Warum mussten immer mir solche Sachen passieren?

Fluchend drehte ich mich um. Negroni tropfte aus den Haaren des Mannes auf den Tresen und seine Schultern.

Chris war bereits zur Stelle und reichte den Männern ein Tuch.

Der mir zugewandte Typ schnappte sich den Lappen und tupfte an seinem Freund herum.

»Entschuldigung. Ich wollte nicht ...«, stammelte ich. Meine Finger hielten die Gläser krampfhaft umklammert.

»Kein Problem, Miss«, meldete sich die Stimme des Unglücksraben. Für einen winzigen Augenblick erhaschte ich einen seitlichen Blick auf sein Gesicht. Er hatte markante Gesichtszüge, eine perfekt geformte Nase und einen Dreitagebart. Zweifelsohne ein gut aussehender Mann, zumindest das, was ich erkennen konnte.

»Wirklich?« Ich stand völlig hilflos vor den Männern. Negroni lief mir über die Hand und tropfte auf den Boden.

»Machen Sie sich keine Sorgen.« Sein Freund zwinkerte mir zu. »Er wird es überleben.«

»Okay, und nochmal Entschuldigung.« Ich zwang mich zu einem Lächeln. Dann setzte ich mich in Bewegung.

»Es gibt Schlimmeres, als von einer schönen Frau mit Bier überschüttet zu werden«, hörte ich den einen noch sagen.

»Das passt zu meinem Tag«, knurrte der andere. Offensichtlich nicht begeistert von dem Zwischenfall.

Langsam ging ich zurück zu unserem Platz, darauf bedacht, nicht noch einmal zu stolpern.

Posey und Juliette unterhielten sich angeregt und hatten von dem Zwischenfall gar nichts mitbekommen. Als ich kam, sahen sie zu mir hoch.

»Ihr könnt euch nicht vorstellen, was mir passiert ist.« Stöhnend stellte ich die Gläser auf den Tisch.

»So, wie du aussiehst, würde ich behaupten, du hast in Negroni gebadet.«

»Ich nicht, aber der Typ hinter mir.« Mit wenigen Worten erzählte ich ihnen von meinem Missgeschick. »Zum Glück haben die beiden cool reagiert.«

»Ich würde sagen, das war ein typischer Kinsey.« Juliette prostete mir zu.

»Meint ihr, ich sollte noch mal hingehen und denen einen

Drink ausgeben?« Mein schlechtes Gewissen meldete sich zu Wort.

»Warum nicht?« Posey zuckte mit den Schultern. »Wenn sie so gut aussehen, wie du gesagt hast, kannst du sie gleich zu uns einladen. Wo sind die zwei denn?«

Langsam drehte ich mich zum Tresen. Zu meiner Überraschung waren sie verschwunden. »Ich fürchte, ich habe sie vergrault.«

»Kinsey, der Männerschreck.« Juliette kicherte vergnügt.

»Ist mir ganz recht.« Ich lehnte mich zurück. »Ihr könnt euch gar nicht vorstellen, wie gut es tut, so unbeschwert mit euch zu feiern und die eigenen Sorgen zu vergessen.« Der Satz war mir herausgerutscht und im selben Moment wusste ich, dass es ein Fehler gewesen war.

»Wieso? Hast du irgendwie Probleme?«, fragte Posey prompt. Dabei musterte sie mich mit ihrem Anwaltsblick, der sogar Schwerverbrecher dazu brachte, alles zu gestehen.

»Also, ähm. Nicht direkt«, stotterte ich. Eigentlich hatte ich nicht vorgehabt, meine finanziellen Probleme mit den Mädels zu besprechen. Zumindest nicht heute.

»Kinsey, du sagst sofort, was los ist. Schließlich sind wir deine besten Freundinnen und haben ein Recht darauf zu erfahren, wenn es dir nicht gut geht.«

»Aber es ist doch gerade so lustig.« Mit einem Schlag war die überschwängliche Laune verflogen und hatte der düsteren Wolke Platz gemacht, die seit der letzten Betriebsabrechnung über mir schwebte.

»Kinsey Walsh. Raus mit der Sprache«, forderte Posey.

»Es ist nur«, murmelte ich, »vielleicht muss ich mein Geschäft zu machen.«

»Was?« Posey und Juliette tauschten entsetzte Blicke.

»Hat man dir den Laden gekündigt«, fragte Posey. »Weil wenn dem so ist, reiße ich den Typen den Arsch auf.«

»Nein. Es ist eher …«, druckste ich. »Ich kann eventuell die Miete nicht bezahlen«, ließ ich die Katze aus dem Sack.

Für einen Moment herrschte Schweigen. Nur die Geräusche im Hintergrund waren zu hören.

Juliette sah mir direkt ins Gesicht. »Du hast doch gesagt, dass die Eröffnung ein Erfolg war.«

»War sie auch. Ich habe ein paar Stücke an meine Freunde und Bekannte verkauft. Das reicht gerade, um die Miete für die nächsten drei Monate zu bezahlen. Was mir fehlt, sind Stammkunden und Laufkundschaft. Das Atelier liegt abseits der großen Verkaufsstraßen. Wenn sich dahin mal ein zahlungskräftiger Kunde verirrt, ist es reine Glückssache. Für den Fall, dass es so weiterläuft, muss ich den Laden aufgeben und wieder als freie Mitarbeiterin in einer Goldschmiede arbeiten.« Ich machte ein betrübtes Gesicht.

»Und warum erfahren wir das erst jetzt?« Posey trommelte mit den Fingern auf dem Tresen.

»Ich wollte euch nicht mit meinen Problemen belasten. Ihr habt selbst einiges am Laufen«, verteidigte ich mich. »Juliette hatte genug damit zu tun, ihr Leben zu regeln und du hattest einen schwierigen Fall.«

»Ach, Süße.« Juliette schlang die Arme um mich. »Hättest du nur ein Wort gesagt, dann hätte ich ein bisschen Werbung für dich gemacht.«

»Ich könnte dir Geld leihen«, bot Posey mir an.

Energisch schüttelte ich den Kopf. »Auf keinen Fall werde ich mir Geld von euch leihen. Ich muss das allein schaffen. Wenn ich nur ein paar zahlungskräftige Kunden mehr hätte, wäre das alles kein Problem.«

»Bitte, lass uns dir helfen.« Juliette nahm meine Hand. Tränen hatten sich in meine Augen geschlichen. »Wie lange wollt ihr mir finanziell aushelfen? Ich muss das allein schaffen oder gar nicht. Ihr helft mir mit Abenden wie diesem. Das ist die Unterstützung, die ich von euch brauche.«

Erst jetzt bemerkte ich, wie Juliette mich mit großen Augen anstarrte.

»Was ist?«, fragte ich irritiert. »Du siehst mich an, als ob du eine Erleuchtung hattest.«

»So könnte man es nennen.« Juliette grinste breit, was normalerweise bedeutete, dass sie etwas ausheckte.

»Du machst mir Angst.«

»Du findest doch auch, dass wir wie Schwestern aussehen?«, fragte Juliette an Posey gewandt, ohne auf meine Bemerkung einzugehen.

Posey legte die Stirn in Falten. »Na klar. Haarfarbe, Größe, Figur und Gesichtsform sind ziemlich ähnlich. Aber bitte frag mich jetzt nicht, wer die Hübschere von euch beiden ist. Diese Frage kann und will ich nicht beantworten.«

»Das ist hier nicht der Punkt«, fuhr Juliette fort. »Das heißt, wenn du uns nicht kennen würdest, dann könnte man uns durchaus verwechseln.«

Ein ungutes Gefühl beschlich mich. »Und was hat das jetzt mit meinem kleinen Problem zu tun?«

Juliette machte eine kurze Pause. »Wie wäre es, wenn du an meiner statt zu dem Event auf Blenheim Palace gehen würdest?«

Instinktiv schnappte ich nach Luft. »Das meinst du nicht ernst.«

»Klar doch. Du liebst Oldtimer und kennst dich sogar damit aus. Ich hingegen kann den alten Kisten nichts abgewinnen. Noch dazu wäre das die perfekte Gelegenheit für dich, um geschäftliche Beziehungen zu knüpfen. Schließlich werden die verkuppelten Paare irgendwann mal heiraten wollen und dann kommst du ins Spiel. Handgefertigte Hochzeitsringe sind groß in Mode. Das sind deine Kunden, die sich dort versammeln, und das auch noch in geballter Form.«

»Niemals«, lehnte ich entschieden ab. In meinem Kopf herrschte eine Art Stillstand, was immer passierte, wenn ich überfordert war. Hinzu kam noch der Alkohol, der meine Hirnzellen in eine Art Koma versetzt hatte.

»Spannende Idee.« Posey fuhr sich nachdenklich mit der Hand über das Kinn.

»Das ist doch kompletter Schwachsinn. Das würde uns niemand abkaufen«, protestierte ich energisch.

»Ach, komm schon. Das wäre eine klassische Win-win-Situation. Ich habe ein schönes Wochenende mit Ted und du hast Spaß mit den Oldtimern und triffst potenzielle Kunden. Die Idee ist genial.«

»Genial für dich. Wie hast du dir das überhaupt vorgestellt?« So langsam sendeten meine Synapsen wieder Signale ans Hirn.

»Das liegt doch auf der Hand.«

»Für mich nicht.« Nachdenklich drehte ich mein Glas.

»Du bist ich!«, verkündete Juliette, als hätte sie soeben das doppelte Lottchen in mir gefunden.

»Hä?« Meine Synapsen waren wieder in den Pausenmodus übergegangen.

»Ehrlich gesagt, finde ich Juliettes Idee gar nicht so übel«, meldete sich Posey zu Wort. »Damit hättet ihr Schwestern …«, sie machte bei dem Wort *Schwestern* mit den Fingern Gänsefüßchen in der Luft, »… beide eure Probleme mit einem Schlag gelöst.«

»Das kauft uns niemand ab«, nuschelte ich leicht. Der Alkohol hatte nicht nur meine Denkleistung gedrosselt. »Außerdem wäre es Betrug. Das kommt einer Hochstapelei gleich.«

»Oh, haben wir uns gerade das Moralapostelgewand übergeworfen?« Juliettes Augen funkelten angriffslustig.

»Nein, aber ich lüge nicht gern. Zumal man es mir sofort ansieht.« Eine Eigenschaft, die mich schon ein paar Mal in ungünstige Situationen gebracht hatte. »Ich bin sozusagen der Pinocchio der Neuzeit. Nur das mir keine lange Nase wächst, sondern mein Gesicht von einer wenig damenhaften Röte überzogen wird und ich mich in einen nuklearen Sprengkörper verwandele.«

»Ach, es geht nur um den Einlass. Auf dem Event kannst du tun und lassen, was du willst«, entgegnete Juliette.

»Und was ist mit deinen Eltern? Werden die nicht wissen wollen, wie es war?«, gab ich zu bedenken. So richtig überzeugt war ich noch immer nicht, wobei der Gedanke durchaus etwas Reizvolles hatte. Schon als kleines Mädchen hatte ich mir ausgemalt, wie ich in einem wunderschönen Kleid an der Hand eines gut aussehenden Mannes unter den bewundernden Blicken der Umstehenden durch den Saal tanzen würde. Und jetzt wurde mir plötzlich wie durch einen Wink des Schicksals diese Gelegenheit geboten. Okay, vielleicht nicht die Sache mit dem Tanz, aber ein Oldtimer-Rennen war mindestens genauso gut.

»Du musst mir eben alles haarklein erzählen, damit ich immer im Loop bin. Bei Fotos solltest du darauf achten, den Kopf so zu halten, dass man dich nicht frontal sieht. Dann fällt das niemanden auf. Nicht einmal meinen Eltern.«

»Seit wann schlummern in dir solche kriminellen Energien?« Posey musterte Juliette streng.

»Ich war immer das brave Mädchen – jetzt bin ich eben das böse Mädchen.« Juliettes Augen funkelten vergnügt. »Und das fühlt sich richtig gut an.«

»Verstehe.« Posey grinste schief. »Und was sagst du?«

»Mhm.« Mein Hirn arbeitete plötzlich auf Hochtouren. »Ich habe nichts Passendes zum Anziehen.«

»Das ist doch kein Problem. Du kannst von mir Klamotten haben. Ich habe sogar ein paar Kleider, die ich noch nie getragen habe«, wischte Juliette meine Bedenken weg. »In Blenheim wimmelt es übrigens nur so von schicken Männern«, setzte sie noch einen drauf, um mich zu ködern.

»Du weißt doch, dass ich nicht auf der Suche nach einem Mann bin. Ich liebe mein Leben als Single. Meine Arbeit hat absoluten Vorrang, vor allem in meiner jetzigen Situation.«

»Und damit du das Geschäft ankurbeln kannst, gehst du nach Blenheim«, vollendete Juliette meinen Satz. »Mensch, Kinsey, das ist deine Chance in der oberen Liga mitzuspielen. Andere würden ihre rechte Hand geben für so eine Gelegenheit.«

»Das sagst du nur, weil du möchtest, dass ich für dich da hingehe.«

»Ja, aber wie ich schon sagte, wäre es nicht zu deinem Nachteil.« Juliette schaute mir tief in die Augen. »Bitte, Kinsey. Ich verspreche dir, dass du dort eine Menge Spaß haben wirst. Außerdem hast du einen gut bei mir.«

»Das würde ich mir an deiner Stelle schriftlich geben lassen«, warf Posey in die Runde. »Aber ich denke, das könnte tatsächlich die perfekte Lösung für dich sein.«

»Also gut.« Mit einem lauten Knall stellte ich das Glas auf den Tisch. Ich streckte Juliette meine Hand entgegen.

»Wirklich?« Juliette und Posey sahen mich ungläubig an.

»Schlag ein, sonst überlege ich es mir noch anders.«

»Oh mein Gott, Kinsey.« Juliette fiel mir um den Hals. »Du bist die allerbeste Freundin.« Sie drückte mir einen Kuss auf den Mund. »Danke. Danke. Danke.«

»Hey, nur weil ich für dich auf dieses Event gehe, bedeutet es noch lange nicht, dass du mich küssen darfst.« Lachend verzog ich das Gesicht.

»Auf ein erfolgreiches Wochenende auf Blenheim Palace und in meinem Fall wilden Sex«, jubelte Juliette.

»Auf meinen Auftritt als Juliette Collins in der Londoner Gesellschaft.« Lachend stieß ich mit meinen Freundinnen an.

# 5
# KINSEY

B<small>LINZELND</small> ÖFFNETE ICH DIE A<small>UGEN</small>. Gleißend helles Licht
bahnte sich seinen Weg in mein Hirn. Mein Schädel fühlte sich
an wie eine reife Wassermelone, die jeden Moment in der
Sonne zu platzen drohte. Ich tastete mit der Hand nach meiner
Schläfe, hinter der sich ein pochender Schmerz versteckt hielt.
Mein Mund schmeckte wie der Inhalt eines Mülleimers nach
einem Tag in der Wärme. *Bäh.*
   Wahrscheinlich roch ich auch so. Ich schmatzte unauffällig
mit der Zunge. *Jep,* mein Verdacht bestätigte sich und ich
verzog angewidert das Gesicht. Der gestrige Abend lag in
einem Nebel aus Alkohol verborgen, was vermutlich auch die
Ursache für mein Elend war.
   »Hallo, Schönheit«, drang eine männliche Stimme an
mein Ohr.
   *Oh Gott, was hatte ich getan. Hatte ich etwa ...?* Ein
eiskalter Schauer lief mir über den Rücken. Mit einem Ruck
zog ich die Decke über den Kopf.
   Ich schluckte.
   *Oh mein Gott!* Hektisch tastete ich mit den Händen entlang
meines Halses bis zum Bauch. Eine Welle der Erleichterung
spülte über mich hinweg. Zumindest war ich nicht nackt. Was
immer passiert war, ich hatte mein Höschen anbehalten.

»Alles okay da unter der Decke?«, ertönte es dumpf.

»Marcus?« Mit einem Ruck zog ich das Federbett vom Kopf. Ich stöhnte, als das Licht erneut auf meine Augen traf. *Verdammt.*

Alles war verschwommen und es dauerte einen Moment, bis ich meine Umgebung wahrnahm. Das Erste, was ich sah, war ein Mann in Boxershorts und Shirt.

»Guten Morgen, Prinzessin. Wobei eigentlich siehst du eher aus wie Aschenputtel, die ihren Finger in die Steckdose gesteckt hat.« Vor dem Bett stand kein anderer als Poseys Mitbewohner und starrte mich belustigt an.

»Charmant wie immer.« Ich zog die Decke wieder über meinen Kopf. »Du kannst jetzt gehen.« Ich wedelte mit der Hand unter dem Federbett hervor. »Such dir dein eigenes Bett.«

»Das ist mein Bett.«

»Oh, Mist.« Ich schlug die Decke zurück und richtete mich auf. Sofort wurde ich von einem leichten Schwindel erfasst.

Ein breites Grinsen lag auf Marcus markantem Gesicht. »Du hast es wohl ganz schön krachen lassen, wenn du nicht mal mehr weißt, in welchem Bett du liegst.« Der Spott war nicht zu überhören.

»Du kannst dich ruhig über mich lustig machen«, knurrte ich. Auch ohne in den Spiegel geschaut zu haben, wusste ich, dass ich grauenvoll aussah. Ganz im Gegensatz zu meinem Gegenüber. Marcus sah wie immer blendend aus. Lediglich die dunklen Schatten unter seinen Augen zeugten davon, dass er übernächtigt war.

»Weißt du eigentlich, dass du richtig süß wirkst mit der Sabberspur auf der Wange und dem zerknautschten Gesicht«, fuhr Marcus unbeeindruckt fort. Er schien geradezu eine diebische Freude dabei zu empfinden, mich zu ärgern.

»Mistkerl.« Ich schnappte mir das Kissen und warf es nach ihm.

»Das ist nicht komisch.« Hektisch wischte ich mir mit dem Handrücken über die Wange.

»Was ist denn hier los?« Posey stand im Türrahmen. Sie

trug ein übergroßes T-Shirt, das knapp über ihren Po reichte. Auf der Stirn klebte die rosa Augenmaske, ohne die sie nie ins Bett ging. Ihre Haare hatten diesen Undo-Look, für den so manche Frau morden würde. In der Hand hielt sie eine dampfende Kaffeetasse. Sie hätte locker direkt in ein Foto-Set für eine Kaffeewerbung hüpfen können. Das Leben war nicht fair.

»Ich habe mir erlaubt, mein Bett einzufordern«, erklärte Marcus.

»Wie äußerst uncool von dir«, sagte Posey süffisant und dann an mich gewandt. »Guten Morgen, Schlafmütze. Schön, dass du wieder unter den Lebenden bist.«

»Wie kommt es, dass du schon so ...« Mein Blick wanderte von ihrem Kopf bis zu den Füßen und wieder hoch, »... fit bist und ich fühle mich wie durchgekaut und ausgespuckt?«

Posey lachte vergnügt. »Den Eindruck machst du auch.«

»Danke, jetzt fühle ich mich gleich besser.« Ich funkelte meine Freundin wütend an.

»Wenn du willst, lege ich dir eine Infusion.«

»Im Ernst?« Ich runzelte die Stirn. Immerhin war Marcus Assistenzarzt auf der Chirurgie.

»Vergiss es.« Marcus grinste schief. »Ich wollte nur mal testen, ob du drauf anspringst. In deinem speziellen Fall würde eine Dusche schon helfen. Zumindest was das Äußere anbelangt.« Er kratzte sich müde am Hinterkopf. »Außerdem wäre es schön, wenn du dein Nachtlager räumen könntest oder wenigstens Platz machen würdest. Ich habe einen langen Dienst hinter mir und bin hundemüde.«

»Natürlich.« Mit einem Satz sprang ich aus dem Bett. Ein Fehler. Sofort war mir schwindelig und der Boden unter meinen Füßen schwankte.

»Whoa. Nur mal langsam mit den jungen Pferden.« Marcus packte mich am Arm.

»Danke. Ich schwöre dir, ich werde nie wieder etwas trinken«, murmelte ich schwach.

»Blödsinn. Das Gefühl kennen wir doch alle. Warte.« Marcus ließ mich los, um in seiner Jacke zu kramen, der über dem Stuhl hing. »Nimm das.« Er reichte mir ein Tütchen.

»Ein Kondom?« Fragend runzelte ich die Stirn. »Sex ist so ziemlich das Letzte, was ich in meinem Zustand haben möchte.«

»Nein, Elektrolyte gegen den Kater. In etwas Wasser auflösen und trinken. Sex würde ich erst hinterher in Erwägung ziehen, sonst kotzt du dem Kerl noch auf seinen ...«

»Stopp«, unterbrach ich ihn. »Das ist genug an Information.« Ich wedelte mit dem Tütchen in der Luft. »Danke, Marcus.«

»Ich wollte nur *Bauch* sagen«, verteidigte sich Marcus. Seine Mundwinkel zuckten verdächtig.

»Kaffee dazu?« Posey hielt mir ihren Becher entgegen.

»Das klingt himmlisch. Wie spät ist es überhaupt?«

»Kurz nach zehn«, erklärte Posey mit einem Blick auf ihr Handy.

»Oh mein Gott, schon so spät«, murmelte ich. Eigentlich hatte ich mir gestern vorgenommen, endlich mal das Appartement aufzuräumen. Die ganze Woche war ich erst spät nach Hause gekommen und war zu müde gewesen. Außerdem musste ich die Werkstatt noch aufräumen.

Stattdessen stand ich völlig verkatert im Zimmer von Poseys schwulem Mitbewohner. Ein ziemlich trauriges Resümee für eine Frau Ende zwanzig.

Ich nahm einen kräftigen Schluck aus der Tasse. Der Kaffee war herrlich stark. Das würde zumindest helfen, meinen Kreislauf wieder anzukurbeln.

Es klingelte an der Haustür.

»Huch, wer kann das sein?« Posey stürmte durch die Tür in den Flur.

Marcus sah aus, als würde er jeden Moment aus den Latschen kippen. »Vielleicht ist es besser, wenn ich dich allein lasse.« Ich sammelte meine Klamotten vom Boden auf.

Schritte klapperten über den Holzboden.

»Da ist ja meine Rettung!« Mit einem spitzen Schrei kam Juliette ins Zimmer gestürmt und löste einen stechenden Schmerz in meinem Kopf aus.

Marcus sank stöhnend auf seine Matratze.

49

»Könntest du bitte etwas leiser reden«, bat ich.

»Was ist denn mit dir passiert? Du siehst aus wie ein lebendes Katastrophengebiet.« Im Gegensatz zu mir trug Juliette ein stylisches Outfit bestehend aus einer weiten Stoffhose und einer Bluse, das ihre schmale Taille und die langen Beine betonte. Dazu war sie perfekt geschminkt und ihre Haare saßen, als wäre sie gerade vom Friseur gekommen.

»Ich verstehe nicht, warum jeder von euch mein Aussehen kommentieren muss«, schnappte ich zurück. Ich sehnte mich nach einer heißen Dusche.

»Schon gut. Hauptsache, du beeilst dich. Wir haben schließlich ein ordentliches Programm vor uns«, kommentierte Juliette lässig gegen den Türrahmen gelehnt.

»Hä? Warum?« Noch immer hatte sich der Nebel in meinem Kopf nicht gelüftet.

»Weil wir uns um dein Styling für Blenheim kümmern müssen«, sagte Juliette bestimmt. »Nächstes Wochenende ist es so weit und bis dahin musst du ich sein.«

»Blenheim?«, murmelte ich. Irgendwie klingelte es in meinem Kopf.

*Blenheim. Blenheim. Blenheim.*

»Shit«, entwich es mir. Mit einem Mal war alles wieder da. Der Deal zwischen Juliette und mir. Verdammt, was hatte mich nur geritten dieser schwachsinnigen Idee zu zustimmen?

»Ich denke, soeben sind Kinseys Systeme wieder hochgefahren und sie befindet sich im Loop«, verkündete Posey fröhlich.

»Als Shit würde ich Blenheim Palace vielleicht nicht bezeichnen«, erwiderte Juliette. »Eher als einen geschichtsträchtigen Kasten mit der Ambition, ein Verkupplungstempel zu werden.«

»Ich muss betrunken gewesen sein, als ich dieser verrückten Idee zugestimmt habe.« Mit einem Mal war alles wieder da. Der Abend, das Billardspiel und wie wir unsere Abmachung mit einem Glas Wein besiegelt hatten.

Aus dem Augenwinkel sah ich, wie Marcus fragend die Stirn runzelte.

»Ich habe Ted schon angerufen und ihm gesagt, dass unser Date am Wochenende klappt. Du kannst jetzt keinen Rückzieher mehr machen.« Juliettes Augen glitzerten triumphierend.

»Das war auch nicht der Plan«, beteuerte ich. »Aber bist du wirklich sicher, dass die Idee funktionieren wird? Ich meine, da sind bestimmt Leute anwesend, die dich kennen.«

»Und wenn schon. Die meisten haben mich das letzte Mal vor meinem Aufenthalt in New York gesehen, denen würde es noch nicht einmal auffallen, wenn ich plötzlich hellblonde Haare hätte«, sagte Juliette mit der Inbrunst der Überzeugung. »Außerdem bekommst du ja noch ein Styling verpasst.«

»Ein Styling.« Misstrauisch fuhr ich mir über den Kopf. »Definiere Styling.«

»Ach, nichts Wildes. Ein paar neue Kleidungsstücke, ein wenig Make-up und ein kurzer Besuch beim Friseur.«

»Ich habe weder Geld für neue Klamotten. Noch werde ich einen Friseur aufsuchen. Auch nicht dir zuliebe. Ich gefalle mir so, wie ich bin. Und was ist mit meinem Make-up nicht okay?« Das bisschen, das ich noch auf dem Konto hatte, reichte gerade, um die Miete und den Unterhalt zu bestreiten.

»Da mach dir mal keine Sorgen. Daddy Walter hat mir einen Scheck ausgestellt, damit ich meinen Kleiderschrank für Blenheim ein wenig aufmöbele.«

»Aber das kann ich unmöglich annehmen«, protestierte ich.

»Sieh es als edle Spende für deine aufopfernden Bemühungen.« Juliette grinste schief.

»Nein. Das möchte ich auf keinen Fall«, sagte ich entschieden. »Entweder ich ziehe deine Sachen an oder gar nicht.«

»Du bist manchmal wirklich sturer als ein Esel«, seufzte Juliette.

»Ähm, kurze Frage«, mischte sich Marcus in die Unterhaltung ein.

»Was?«, riefen wir alle drei wie aus einem Munde.

»Hey, ich bin auf eurer Seite, schon vergessen?« Marcus verzog das Gesicht. »Außerdem komme ich vom Nachtdienst. Ihr könnt ruhig ein bisschen netter zu mir sein.«

»Entschuldige bitte, aber meine Nerven liegen ein wenig blank.« Mit knappen Worten umriss ich meine aktuelle Lage und die Idee, die daraus erwachsen war. »Wow. Habe ich dich richtig verstanden und du willst mit Juliette die Rollen tauschen?«

»Jep«, bestätigte Besagte fröhlich und legte ihren Arm um mich.

»Das bedeutet im Klartext«, fasste Marcus noch einmal die Fakten zusammen. »Juliette verbringt ein heißes Wochenende mit ihrem Reitlehrer ...« Er machte eine bedeutungsvolle Pause. »Und Kinsey schnuppert ein wenig in das Leben der Reichen und Schönen. Das hat so einen Cinderella-Touch.«

»Hm. Cinderella-Touch, das gefällt mir«, antwortete ich lächelnd. »Ich habe dieses Märchen schon immer geliebt.«

»Ich auch, aber ...« Juliette verzog das Gesicht. »Aber vorher würde ich dich bitten, die Zähne zu putzen, weil so wird das nichts mit dem Märchenprinzen. Du stinkst nämlich wie ein toter Iltis.«

»Danke, für diesen Hinweis«, gab ich etwas verschnupft zurück.

»Gern geschehen.« Juliette grinse mich frech an.

»Also, wenn du nicht kannst, stelle ich mich zur Verfügung«, witzelte Marcus. »Ich habe schon lange ein Auge auf den neuen Anzug von Armani geworfen.«

»Das muss der Schlafentzug sein, der dich solche Dinge sagen lässt«, konterte Juliette. »Vergiss es.«

»Könnte sein.« Marcus gähnte herzhaft wie zum Beweis.

»Wie ich sehe, hast du keine Mandeln mehr«, kommentierte ich beiläufig.

»Gut beobachtet, Frau Doktor.« Marcus grinste schief.

Juliette klatschte unvermittelt in die Hände. »So und jetzt husch, husch unter die Dusche. Wir haben keine Zeit zu verlieren. Wir wollen dich schließlich perfekt ausstatten.«

»Das klingt gerade so, als ob ich wirklich Cinderella wäre.« Mein Blick wanderte von Posey zu Juliette und weiter zu Marcus.

»Bist du doch auch.« Alle lachten und obwohl mir nicht danach zumute war, musste ich mitlachen.

»Gut. Nachdem wir das geklärt hätten, würde ich sagen«, Juliette tippte ungeduldig mit dem Fuß auf den Dielenboden, »du ziehst dich um.«

»Ich komme übrigens mit«, verkündete Posey strahlend.

»Dein Ernst?«, fragte ich.

»Das kann ich mir auf keinen Fall entgehen lassen. Außerdem habe ich ohnehin nichts Besseres vor.«

»Ich würde glatt auch mitkommen, aber nicht nach dieser Nacht.« Marcus gab Posey einen Schubs. »Raus aus meinem Zimmer.«

»Hey, du könntest ruhig ein bisschen netter zu deiner Mitbewohnerin sein.« Posey schob die Unterlippe nach vorne.

»Vergiss es.« Marcus winkte ab. »Die Nummer zieht nicht bei mir.«

»Ich vergesse immer wieder, dass du schwul bist« erwiderte Posey.

»Bei mir bist du safe. Ich bin eh nicht auf der Suche nach einem Kerl«, seufzte ich.

»Danke, Ladies.« Marcus warf sich mit seligem Lächeln die Decke über. »Ah, das mufft so schön nach dir, Kinsey. Jetzt kann ich schlafen wie ein Baby und wenn ich wach werde, hätte ich gerne einen Bericht, wie alles gelaufen ist.«

Ich strecke ihm die Zunge heraus.

»Wird erledigt.« Posey tippte sich gegen die Schläfe.

»Du kannst mich um vier wecken. Mit einem Kaffee bitte. Ohne Zucker.« Ohne die Antwort abzuwarten, zog sich Marcus eine Schlafmaske über das Gesicht. Unwillkürlich musste ich kichern, als ich die rosa Maske und die darauf gemalten schwarzen Wimpern entdeckte.

»Mein Weihnachtsgeschenk«, flüsterte Posey grinsend.

»Dachte ich mir.« Lächelnd folgte ich meinen Freundinnen nach draußen.

∼

»DREH DICH EINMAL, damit ich dich von allen Seiten bewundern kann«, forderte Juliette und quirlte mit dem Zeigefinger in der Luft herum. Wir waren in Juliettes Schlafzimmer, dass ungefähr die Größe meiner gesamten Wohnung hatte. Ihr Vater hatte sie ihr gemietet, nachdem sie aus New York zurückgekommen war. Eine loftähnliche Wohnung mit einem fantastischen Blick über die Dächer von Portobello. Wenn es etwas gab, um das ich Juliette beneidete, dann war es dieser Ausblick.

»Wie Sie wünschen, Mylady«, erwiderte ich und warf kichernd den Kopf in den Nacken, während ich eine Drehung vor dem Spiegel vollzog. Der zarte Stoff raschelte bei jeder meiner Bewegungen, als würde er leise Beifall klatschen. Posey wartete geduldig im Hintergrund. Es war bereits das dritte Kleid, das ich anprobiert hatte. Bisher hatte keines Gnade in Juliettes Augen gefunden.

»Das ist perfekt«, stellte Juliette abschließend fest. »Mit dem Outfit könntest du locker bei der Oscar-Verleihung auftreten.«

»Das richtige Make-up dazu und du bist die Queen des Events«, kommentierte Posey mit fachmännischem Blick.

»Danke, aber meint ihr nicht, dass das etwas zu dick aufgetragen ist?« Zweifelnd warf ich einen Blick in den bodentiefen Spiegel. Das schwarze Paillettenoberteil schmiegte sich bis zur Taille an meinen Körper wie eine zweite Haut, um dann in einen wadenlangen Rock aus Taft und Tüll überzugehen.

Juliette hatte meine Haare am Hinterkopf zu einem schlichten Knoten zusammengefasst. Mein Pony fiel mir leicht in die Augen. Die Beine schimmerten dank der hauchdünnen Seidenstrümpfe wie frisch eingecremt und die Füße steckten in schwarzen Pumps, auf deren Spitze eine mit Strasssteinen besetzte Schleife befestig war.

»Ich komme mir vor wie ein Star«, stellte ich lächelnd fest.

»So siehst du auch aus«, bestätigte Posey.

Juliette umkreiste mich wie der Adler seine Beute. »Fehlt nur noch die passende Tasche. Ohne die geht eine Frau nicht auf einen Ball.«

»Ball?«, stieß ich keuchend hervor. »Von einem Ball war nie die Rede!«

»Was dachtest du denn, wie sich die Herren und Damen der Gesellschaft näherkommen?«

»Ähm, durch Gespräche an der Bar?« Mein Kopf fühlte sich mit einem Mal blutleer an.

»Hey, das funktioniert im Leben da draußen, aber nicht bei der höheren Gesellschaft. Wir brauchen einen Anlass, um uns näherzukommen, ohne dass es gleich einen Gesichtsverlust bedeutet«, erklärte Juliette.

»Wenn man dich hört, könnte man meinen, wir würden noch am Anfang des neunzehnten Jahrhunderts leben.« Posey strich andächtig über den schwarzen Stoff.

»Darf ich dich daran erinnern, dass wir noch immer einen König als Staatsoberhaupt haben. Was hast du erwartet?«

»Dann haben wir ein Problem!« Tief seufzend ließ ich mich auf den Plüschhocker nieder, der neben dem Bett stand. Mein Herz wummerte aufgeregt gegen meine Brust.

»Warum?« Juliette zog eine silberne Clutch aus dem Schrank.

»Weil ich nicht tanzen kann«, gab ich kleinlaut zu.

»Jede Frau kann tanzen«, sagte Posey bestimmt.

»Ich nicht. Leider fehlt es mir an dem nötigen Taktgefühl und noch dazu hatte ich keine Tanzstunden. Meine Ex Freunde können ein Lied davon singen.«

»Nicht dein Ernst?« Juliette reichte mir eine silberne Clutch. »Auf einem Ball nicht tanzen zu können, ist, wie kein Besteck zum Essen zu haben.«

»Was du nicht sagst.« Ich schnipste mit den Fingern. »Oder ich behaupte einfach, dass ich mir den Fuß verstaucht habe.«

»Gibt es eigentlich sonst noch Sachen, die ich unbedingt wissen sollte?«

»Warte.« Juliette starrte angestrengt ins Leere.

»Du siehst aus, als müsstest du jeden Moment furzen«, sagte ich lachend.

»Danke, das ist mein Gesicht, wenn ich nachdenke.«

»Dann solltest du nicht so viel nachdenken.«

Juliette warf mir einen bösen Blick zu. »Miststück.«

»Denk daran, schön nett zu mir zu sein, sonst überlege ich es mir doch noch anders«, witzelte ich.

Sofort setzte Juliette ein Lächeln auf. »Untersteh dich. Ich habe schließlich schon alles fest geplant. Sex ohne Reue mit Hottie Ted. Das solltest du dir auch vornehmen. Wer weiß, wem du in Blenheim begegnest.«

»Sex ohne Reue! Ich habe nicht vor, auch nur einem dieser schnöseligen, hochwohlgeborenen männlichen Wesen zu nahe zu kommen. Du hast selbst gesagt, dass die meisten furchtbar langweilig sind.«

»Ja, das stimmt leider«, pflichtete Juliette mir bei. »Bis auf wenige Ausnahmen, aber die werden natürlich von allen Frauen dort belagert.«

Mein Blick wanderte zurück zum Spiegel. Noch nie hatte ich so glamourös ausgesehen. Eine gewisse Vorfreude befiel mich, die sich mit einer leichten Unruhe mischte. Allein der Gedanke, dass ich so auf einen Ball der High Society gehen würde, verursachte mir Magenblubbern.

»Mach dir keine Sorgen«, sagte Posey, die meinem Blick gefolgt war.

»Manchmal habe ich das Gefühl, du kannst Gedanken lesen«, erwiderte ich lächelnd.

»Kann ich auch. Aber verrat mich nicht. Deshalb bin ich ja so eine erfolgreiche Anwältin.« Posey grinste schief. »Ich sehe es den Kerlen an, wenn sie lügen.«

»Sollte ich jemals heiraten und mich scheiden lassen wollen, dann weiß ich ja, an wen ich mich wenden muss«, erwiderte Juliette. »Aber da ich nicht vorhabe, mich in den Hafen der Ehe zu begeben, wird sich die Frage auch nicht so schnell stellen.«

»Du weißt doch, ein Mann kann dich glücklich machen, er kann dich alles vergessen lassen und deine Welt ins Taumeln bringen«, sagte Posey mit schwärmerischem Gesichtsausdruck.

»Ist das dein Ernst?« Ich sah Posey fassungslos an.

»Hast du jemanden kennengelernt?«, fragte Juliette.

»Ach, ich bin so eine dumme Kuh.« Posey klatschte sich

mit der flachen Hand gegen die Stirn. »Das war der Rosé, den wir gestern hatten.« Sie kicherte vergnügt.

»Manchmal hast du wirklich einen schrägen Humor.« Unwillkürlich musste ich mitlachen.

»Du wirst bestimmt jede Menge Spaß in Blenheim haben«, sagte Juliette. »Das verspreche ich dir.«

»Und wenn nicht, trink dir die Typen mit Champagner schön.« Posey prostete mir mit ihrem Wasserglas zu.

»Nochmal zum Mitschreiben. Ich will keinen Mann finden, sondern geschäftliche Kontakte. Das ist der einzige Grund, warum ich auf diesen schrägen Deal eingegangen bin.« Mein Blick wanderte zum Spiegel. Eine Spur von Hoffnung machte sich in mir breit. Zumindest äußerlich war ich nicht mehr von den Damen der höheren Gesellschaft zu unterscheiden. Vielleicht war dieses Wochenende auf Blenheim doch die Lösung für meine finanziellen Probleme.

# 6

# KINSEY

MEIN HANDY KLINGELTE. Ein Blick auf das Display genügte.
»Wer ist es?« Juliette saß auf dem Koffer und versuchte
verzweifelt, die beiden Hälfte miteinander zu verschließen.
Bisher ein nicht von Erfolg gekröntes Unterfangen, was mich
nicht weiter wunderte, schließlich befand sich ihr gesamter
Kleiderschrank darin.

»Meine Mutter.« Ich deutete auf das Gepäck. »Wir können
auch ein paar Sachen wieder herausnehmen.«

Das Handy klingelte noch immer.

»Auf keinen Fall«, sagte Juliette entschieden.

Ich nahm das Gespräch an.

»Hallo, Mum.«

»Hallo, Schätzchen«, meldete sich Mums glockenklare
Stimme. »Wie schön, dass du lebst.«

Ich gab ein leises Seufzen von mir. Juliette sah für einen
kurzen Moment hoch, um sich dann wieder meinem Gepäck zu
widmen. »Wir haben uns doch erst letzte Woche gesprochen.«

»Genau, das sind sieben Tage, in denen alles Mögliche
passiert sein kann. Es reicht, dass sich deine Brüder nicht
melden.« Der Vorwurf in ihrer Stimme war nicht zu überhören.

»Wie geht es euch?«, erkundigte ich mich.

»Sehr gut. Wir wollen gleich los, eine Runde Golf spielen.«

Seit mein Vater in Rente gegangen war, hatten die beiden ihre Leidenschaft für das Golfen entdeckt. Wobei ich mir sicher war, dass das nur ein Vorwand war, um sich mit Gleichgesinnten auf der Terrasse des Clubhauses bei einem Gläschen Wein zu treffen.

Juliette stieß einen begeisterten Schrei aus. »Ich hab´s geschafft.« Sie deutete auf den geschlossenen Koffer.

»Was ist denn bei dir los?« Misstrauen waberte durch das Mikrofon. »Hast du Besuch?«

»Juliette ist hier«, sagte ich betont gleichgültig.

»Und wie geht es ihr jetzt, wo sie wieder zurück ist?«

Ich warf einen Blick zu Juliette, die gerade den Koffer vom Bett auf den Boden wuchtete.

»Sie hat ordentlich zu tun«, erwiderte ich grinsend.

»Und was machst du dieses Wochenende? Dein Vater und ich hatten gehofft, dass du morgen auf einen Sprung vorbeikommst. Seit deine Brüder und du ausgezogen sind, ist das Haus so leer«, sagte sie mit weinerlicher Stimme.

»Das geht leider nicht. Ich habe schon eine ...« Ich suchte nach dem passenden Wort, ohne Mums Aufmerksamkeit damit zu erregen. »Verabredung?«

»Verabredung? Mit wem?«, hakte Mum nach. Das war typisch. Hatte sie sich einmal an einem Thema festgebissen, hörte sie nicht auf, bevor man nicht alles bis ins kleinste Detail erzählt hatte.

Juliette setzte sich neben mich auf die Bettkante.

»Na ja, es ist nicht direkt eine Verabredung«, druckste ich herum. »Ich habe eine Einladung.« Ich hatte meinen Eltern nichts von meinen finanziellen Problemen erzählt, um sie nicht zu belasten. Sie hatten mich und meine Brüder immer umsorgt. Ich wollte nicht, dass sie ihr Erspartes für mich ausgaben, was sie tun würden, wenn sie Bescheid wüssten.

»Kinsey Ellen Walsh. Du erzählst mir sofort, was du im Schilde führst«, wetterte Mum los, deren Lügenradar offensichtlich angesprungen war. Ich würde nie verstehen, wie jemand nur anhand weniger Worte so schnell erkennen konnte, dass sein Gegenüber schwindelte.

Hilfesuchend sah ich Juliette an. Meine beste Freundin zuckte gleichgültig mit den Schultern. *Na toll!*

»Was ist das für eine Einladung?«

»Ich bin auf das diesjährige Event auf Blenheim Palace eingeladen.«

»Du bist dort eingeladen?« Ich würde ihr nichts von unserem kleinen Tausch erzählen, da ich jetzt schon wusste, dass Mum es nicht gutheißen würde.

Schweigen. Nur lautes Atmen drang durch das Mikrofon des Handys.

»Mum, alles okay mit dir? Muss ich einen Notarzt holen?«

»Alfie!« Mum rief Dads Namen wie einen Schlachtruf.

Hektisch hielt ich das Handy weg vom Ohr.

»Unser Kind fährt nach Blenheim«, kreischte Mum, selbst durch den Lautsprecher mit ohrenbetäubender Lautstärke.

Juliette hatte ein breites Grinsen auf dem Gesicht. Ich gab meiner Freundin einen sanften Stoß in die Seite. »Das ist nicht witzig.«

Vorsichtig um weitere Hörschäden zu vermeiden, näherte ich mich mit dem Ohr wieder dem Lautsprecher. »Oh mein Gott«, hörte ich Mum. »Unsere Tochter verkehrt in den königlichen Kreisen.«

»Mum, beruhig dich bitte. Ich bin aus rein geschäftlichen Gründen dort. Nichts Besonderes.«

»Nichts Besonderes«, schrillte es an mein Ohr. »Also wenn Blenheim nichts Besonderes für dich ist, dann möchte ich wissen, was das noch toppen könnte.« Mum schnaubte. »Ein Besuch beim König.«

»Hey, jetzt übertreibst du aber.«

»Vielleicht lernst du ja einen der Prinzen kennen.« Hoffnung schwang in Mums Stimme mit. »Oder einen Lord.«

»Erstens sind Harry und William vergeben und zweitens interessiere ich mich nicht dafür, welchen Titel ein Mann trägt. Ich bin eine moderne Frau und kann gut für mich allein sorgen.«

»Und darauf sind dein Vater und ich auch sehr stolz.«

Es raschelte laut, weshalb ich davon ausging, dass Dad ebenfalls am Handy hing.

»Hallo, Dad.«

»Hallo, Frostie«, meldete sich prompt Dads Stimme am anderen Ende. »Mum sagt, du fährst nach Blenheim. Beneidenswert, wenn ich mich recht erinnere, ist dieses Wochenende dort das große Oldtimer-Rennen.«

»Stimmt und ich bin auch schon sehr gespannt darauf«, sagte ich aufrichtig. Tatsächlich hatte ich das Rennen in der ganzen Aufregung total vergessen. Zumindest ein Highlight, das mich erwartete.

»Aber wie bist du zu dieser Einladung gekommen?«, bohrte Mum weiter.

*Shit.*

»Juliette konnte nicht und hat mich gefragt, ob ich an ihrer statt gehen möchte. Ich dachte mir, das wäre eine gute Gelegenheit, um geschäftliche Beziehungen zu knüpfen.« Zumindest hatte ich bis zu diesem Punkt nicht gelogen.

»Das ist ja sehr großzügig von Juliette«, sagte Mum mit dem Tonfall der Bewunderung.

»Ja, das finde ich auch.«

Juliette zwinkerte mir vergnügt zu.

»Hast du denn etwas Schickes zum Anziehen?«, wollte Mum weiter wissen. Sie klang besorgt.

Mein Blick fiel auf den prall gefüllten Koffer neben dem Bett. »Ja, mach dir deshalb keine Sorgen.«

»Oh mein Gott, vielleicht triffst du ja die Princess of Wales und kannst ein paar Worte mit ihr wechseln.« Mum atmete heftig. Ich konnte förmlich sehen, wie sie hyperventilierte. Mum war der größte Fan der Royal Family. Das ging sogar so weit, dass sie einen Klodeckel gekauft hatte, auf welchem dem ahnungslosen Toilettengänger das Bild des Königs entgegenlachte. Außerdem hatte sie einen kleinen Schrein im Wohnzimmer für die verstorbene Königin eingerichtet, wo sie jeden Abend eine Kerze anzündete.

»Ich glaube nicht, dass sich die Prinzessin ausgerechnet mit mir unterhalten möchte«, erwiderte ich lächelnd.

»Man soll nie nie sagen«, berichtigte mich Mum.

»Du musst uns unbedingt Fotos schicken«, bat Dad.

»Das mache ich«, versprach ich. »Aber jetzt muss ich Schluss machen, sonst komme ich zu spät zum Empfang«, sagte ich.

»Ein Empfang mit der Prinzessin«, hörte ich Mum seufzen.

»Vielleicht ist sie ja gar nicht da«, versuchte ich sie wieder auf den Boden der Tatsachen zurückzubringen.

»Dann wollen wir dich nicht aufhalten«, sagte Dad. »Pass gut auf dich auf und lass dich nicht von dem ganzen Reichtum blenden. Der Adel geht auch aufs Klo wie wir anderen Sterblichen.«

Unwillkürlich musste ich lachen. Typisch Dad. Immer bodenständig. »Ich werde daran denken«, entgegnete ich. »Ich habe euch lieb.«

»Wir dich auch«, flötete Mum, »und vergiss die Fotos nicht.«

»Mache ich.« Ich hauchte einen Kuss in das Handy und legte auf.

»Wow. Manchmal bin ich mir nicht sicher, welche unserer beiden Mums den größeren Knall hat«, sagte Juliette mit einem breiten Grinsen auf dem Gesicht.

»Definitiv meine. Aber irgendwie auch süß.« Gutgelaunt schnappte ich mir den Koffer und ging nach draußen.

Es war ein herrlich warmer Tag. Ein strahlend blauer Himmel überzog London wie ein Zeltdach. Nur ein paar wenige Schäfchenwolken zogen träge über den Horizont. Aus diesem Grund hatte ich mich für einen beigefarbenen Seidenrock und eine weiße Bluse aus Juliettes reichhaltigem Sortiment an Klamotten entschieden.

»Hast du alles?« Juliette schaute mich mit kritischer Miene an.

»Ja, und wenn du noch mal fragst, schreie ich«, erwiderte ich. »Hilf mir lieber, dieses Monstrum in den Kofferraum zu hieven.

»Warte.« Juliettes Hand umschloss den Griff. Mit einem

Ruck hatten wir den Koffer angehoben und ins Auto gewuchtet.

»Ich weiß gar nicht, wann ich den ganzen Kram anziehen soll.« Kopfschüttelnd ließ ich die Heckklappe ins Schloss fallen.

»Du wirst sehen, das ist nicht zu viel. Das ist auf Blenheim lebensnotwendig«, erwiderte Juliette bestimmt.

»Meinst du die silberne Clutch oder den Faszinator«, witzelte ich. Als Juliette mir gestern das winzige Hütchen mit den Federn gezeigt hatte, hatte ich zunächst angenommen, sie würde einen Witz machen. Aber Juliette hatte darauf bestanden, dass ein Faszinator ein unentbehrliches Accessoire auf einem Event wie dem auf Blenheim war. Also hatte ich die Hutschachtel mitsamt der winzigen Handtasche eingepackt.

»Beides. Wenn du nicht als Aschenputtel auffallen willst, dann brauchst du diese Dinge.«

»Du tust gerade so, als ob ich nicht wüsste, wie man sich benimmt.« Mit jeder Minute, mit der sich mein Aufenthalt auf Blenheim näherte, wurde ich nervöser.

Juliette legte mir ihre Hand auf die Schulter. »Natürlich kannst du dich benehmen, aber die High Society funktioniert nicht wie eine normale Gesellschaft. Da gelten besondere Regeln. Halt dich einfach an alles, was ich dir gesagt habe. Im Notfall orientierst du dich an den anderen Gästen. Understatement ist immer die beste Methode, um nicht aufzufallen. Wir wollen schließlich, dass unsere Aktion ein Erfolg für beide Seiten wird.«

»Wenn der liebe Ted dich so sieht, vergisst er alles.« Juliette sah in ihrer hautengen schwarze Jeans und der weißen, tief ausgeschnittenen Bluse sehr sexy aus.

»Das will ich hoffen.« Juliette zwinkerte mir zu. »Hast du die Einladung?«

»Alles sicher hier drinnen verstaut.« Ich tippte mit der flachen Hand auf die Prada-Handtasche, die mir Juliette förmlich aufgedrängt hatte, zusammen mit den unzähligen Klamotten im Koffer. Eigentlich war es mir nicht recht, denn ich wollte nicht verantwortlich sein, wenn eines der teuren Kleider einen Fleck oder gar ein Loch bekam. Die Handtasche allein war mehr wert als ich im Monat verdiente. Aber hier ging es darum, nicht aufzufallen.

Eine mintfarbene Vespa rollte mit Vollgas auf uns zu und kam quietschend neben dem Mini zum Stehen.

»Hallo, Mädels«, drang es unter dem Helm hervor.

»Posey. Was machst du denn hier?«, rief ich erstaunt. »Und vor allem was ist das?« Ich deutete auf die Vespa.

»Das ist meine neuste Errungenschaft. Die wollte ich schon als junges Mädchen haben und jetzt kann ich sie mir endlich leisten.« Mit einer geschmeidigen Bewegung hatte sie den schwarzen Helm vom Kopf gezogen und die rotbraunen Locken fielen auf ihre Schultern.

»Nicht schlecht.« Ich hatte auch schon mit dem Kauf einer Vespa geliebäugelt, aber letztendlich war es am mangelnden Kleingeld gescheitert.

»Ich wollte es auf keinen Fall verpassen, dich zu verabschieden.« Sie schenkte mir ein warmherziges Lächeln. »Schließlich gehst du auf den Ball wie Cinderella.«

Ich schüttelte den Kopf. »Macht euch keine Sorgen. Ich kriege das schon hin.«

Posey grinste schief. »Wenn es eine hinbekommt, dann du.«

»Danke. Wenigstens du glaubst an mich.« Ich zupfte eine Haarsträhne zurecht. Juliette hatte es sich nicht nehmen lassen meine Haare in stylische Beachwaves zu formen, die das Gesicht weich umspielten.

»Hey, ich habe niemals an dir gezweifelt, sonst hätte ich den Deal gar nicht vorgeschlagen«, protestierte Juliette.

»Oh mein Gott, ich bin so gespannt. Du musst uns auf jeden Fall heute noch anrufen und einen Lagebericht abgeben«, sagte Posey. »Marcus möchte im Übrigen ebenfalls informiert werden. Er ist der Ansicht, dass er nun eine von uns ist, da du in seinem Bett geschlafen hast.«

»Na, wenn das so ist«, erwiderte ich grinsend. »Ich mag deinen Zimmernachbarn. Der kann gerne mit in unsere Runde.«

»Das bedeutet die London Girls bekommen Zuwachs.«
Posey stieg von der Vespa und legte den Helm auf den Sitz.

»Von mir aus.« Juliette zuckte mit den Schultern. Ihr Blick wanderte zu mir. »Du musst los, sonst kommst du zu spät zum Empfang.«

»Aye, aye, Boss.« Ich ließ mich auf die weichen Ledersitze des Mini Coopers gleiten. Eine Leihgabe von Bear, solange er auf Weltreise war.

»Endlich mal jemand, der tut, was ich ihm sage.« Juliette lehnte sich entspannt gegen den Wagen.

»Fahr vorsichtig«, rief Posey mir durch das geöffnete Fenster zu.

»Ja, Mummy.« Ich startete den Motor. »Bis Sonntag.« Ich warf meinen beiden Freundinnen eine Kusshand zu. »Wünscht mir Glück.« Mit klopfendem Herzen schaute ich in den Rückspiegel, bis die beiden winkenden Gestalten verschwunden waren.

»Blenheim, ich komme.«

∿

ICH HATTE London bereits vor zwei Stunden hinter mir gelassen. Rechts und links der Fahrbahn breitete sich die grüne Landschaft der Cotswolds vor mir aus. Riesige Masten ragten empor, als wollten sie die Wolken aufspießen, die sich träge über den Horizont schoben. Die grauen Stromleitungen zerschnitten das leuchtende Blau des Himmels wie ein Puzzle, das man nicht ordentlich zusammengesetzt hatte. Durch das geöffnete Fenster zog der intensive Geruch von Gras und feuchter Erde ins Innere des Wagens.

Ich nahm einen tiefen Atemzug. Sofort füllten sich meine Lungen mit der klaren Luft.

Rumms. Der Mini donnerte über ein Schlagloch hinweg. Ich machte einen Satz, die Augen fest geradeaus gerichtet. Die Landstraße war gerade mal breit genug, dass ein Wagen darauf fahren konnte. Zum Glück war mir in der letzten halben Stunde nur ein Auto begegnet. Die Gegend schien wie ausgestorben zu sein.

Gut gelaunt summte ich den Sommerhit mit, der im Radio lief.

Mum hatte mich in der letzten Stunde zwei Mal angerufen, um sich zu erkundigen, ob ich bereits angekommen war und die Prinzessin gesehen hatte. Ich konnte nur hoffen, dass das nicht meinen ganzen Aufenthalt auf Blenheim so weiter ging.

Wie aus dem Nichts kam das Ortsschild von Woodstock in Sicht. Ich drosselte das Tempo und warf einen Blick zur Seite, wo die Felder verschwanden und den ersten Häusern des historischen Städtchens Platz machten.

Die typischen Kalksteinfassaden der Cottages leuchteten in einem satten goldbraun, bestrahlt durch das Sonnenlicht. Prächtige Vorgärten mit uralten Bäumen darin, deren Äste sich ausladend wie Schirme zu allen Seiten streckten, prägten nun das Bild. Eine Trockensteinmauer begrenzte die Straße zur Rechten. Moose und gelbe Flechten zogen sich wie ein Muster über die verwitterten Steine, als hätte ein Künstler sie aufgemalt.

Die alten Cottages mit ihren kleinen Fenstern und den rauchenden Schornsteinen sahen aus wie eine Filmkulisse. Fehlten nur noch die Pferdekutschen und der Eindruck wäre perfekt gewesen. Stattdessen standen moderne Autos an den Seitenrändern der Hauptstraße.

Schon hatte ich den Ortskern erreicht. Ein schmaler Gehsteig verlief neben der Straße, vorbei an den winzigen Läden, wie man sie in London nur noch in ausgesuchten Vierteln fand. Die meisten hatten ihre Türen geöffnet und lockten die potenziellen Kunden mit selbstgemalten Schildern an. Eine Gruppe Touristen schlenderte über den schmalen Gehweg und blieb unschlüssig vor einem Café stehen. Aufgrund des warmen Wetters hatte der Besitzer Stühle und Tische entlang der Häuserfront aufgebaut. Darüber spannten sich mehrere Sonnenschirme und spendeten den Gästen Schatten.

Lächelnd nahm ich mir vor, auf jeden Fall am Wochenende einen Spaziergang durch das entzückende Örtchen zu machen.

*Blenheim Palace.* Wie aus dem Nichts tauchte das Hinweisschild zur Rechten vor mir auf und die Straße gabelte sich. Ich setzte den Blinker und bog ab.

Die schmale Fahrbahn bot kaum Platz für einen Wagen und ich nahm den Fuß vom Gaspedal. Langsam tuckerte ich an den wenigen Häusern vorbei, bis ich das Ende der Straße erreicht hatte.

Ein weißer Torbogen mit dem Schriftzug des Schlosses darauf überspannte die Zufahrtsstraße zum Haupthaus. Zwei Wachleute in schlichten schwarzen Uniformen standen davor.

»Guten Tag, Miss«, begrüßte mich einer der Männer und beugte sich zu mir herunter.

»Guten Tag.« Mein Puls schnellte nach oben. Für einen winzigen Moment war ich versucht das Lenkrad herumzureißen und die Flucht zu ergreifen. Aber dann siegte mein Verstand. Niemand wusste von unserem Tausch. Es gab also keinen Grund, warum jemand Verdacht schöpfen sollte.

Unauffällig nahm ich einen tiefen Atemzug und schenkte dem Mann ein professionelles Lächeln.

Der Blick des Wachmanns wanderte über meinen Mini hinweg, dabei zuckten seine Mundwinkel. Vielleicht hätte ich doch auf Juliettes Rat hören und ihren Porsche nehmen sollen, aber für Zweifel war es jetzt zu spät. Außerdem würde meine Versicherung im Schadensfall die Krise bekommen. Ein Risiko, dass ich auf keinen Fall hatte eingehen wollen.

»Falls Sie für das Wochenende eingestellt wurden, möchte ich Sie bitten, den Wagen am Hintereingang des Schlosses zu parken.« Er machte eine Kopfbewegung nach links.

»Nein, ich bin als Gast zum Club Privé eingeladen«, klärte ich den Mann mit einem Tonfall leichter Entrüstung auf.

»Oh, verzeihen Sie, ich wollte nicht unhöflich sein.« Eine zarte Röte zeichnete sich auf seinen Wangen ab. »Dürfte ich bitte Ihre Einladung sehen?«

»Aber natürlich.« Ich hoffe, dass er nicht bemerkte, wie meine Finger zitterten, als ich die Karte aus der Tasche neben mir auf dem Beifahrersitz zog.

Der schmalgesichtige Mann warf einen Blick auf das Papier, auf dessen Kopfteil das Schloss abgebildet war. »Herzlich willkommen in Blenheim Palace, Miss Collins«, erklärte er mit freundlicher Stimme. »Der Gästetrakt befindet sich rechts vom Haupthaus im Seitenflügel.« Er deutete auf einen asphaltierten Weg, der durch eine parkähnliche Landschaft führte. »Dort können Sie Ihren ...« Er machte eine Pause, als müsste er nach einem passenden Wort für den Mini Cooper suchen. »Wagen parken«, sagte er schließlich. Offenbar war er andere Karossen gewöhnt als Bears geliebte Tomate. Juliette hatte dem Mini den Namen aufgrund der Farbe gegeben, als sie ihn das erste Mal gesehen hatte.

»Ähm, vielen Dank.« Ich nickte so hoheitsvoll wie möglich. Wenn ich bereits vor einem Parkwächter meine Rolle als Juliette Collins nicht spielen konnte, wie sollte ich da ein ganzes Wochenende überstehen. Panik breitete sich in mir aus.

»Gern geschehen.« Er gab mir ein Handzeichen weiterzufahren.

Erleichtert atmete ich durch. Die erste Hürde war geschafft.

Bedächtig trat ich auf das Gaspedal und der Wagen rollte durch das Eingangstor. Im Rückspiegel sah ich, wie sich ein silberblauer Jaguar E-Typ langsam dem Tor näherte. Der Fahrer trug eine Sonnenbrille, sodass ich sein Gesicht nicht erkennen konnte. Seine dunklen Haare waren durch den Fahrtwind aufgewirbelt und lagen wild um seinen Kopf. Ein Dreitagebart unterstrich die männlichen Gesichtszüge.

Soweit ich es aus der Entfernung erkennen konnten, handelte es sich bei dem Mann um ein absolut sehenswertes Exemplar seiner Gattung. Vielleicht hatte Juliette doch recht gehabt, als sie behauptet hatte, dass man auf Blenheim durchaus attraktive Männer treffen konnte. Der hier war zumindest optisch gesehen ein Lichtblick. Auf der anderen Seite war das ja nicht der Grund, warum ich auf Juliettes verrückten Vorschlag eingegangen war. Im Gegensatz zu den anderen Gästen war Blenheim für mich ein striktes Business-Treffen.

Ich richtete meinen Blick wieder auf den Zufahrtsweg.

Vor mir glänzte die helle Fassade von Blenheim Palace hinter einer Baumgruppe durch. Sofort machte mein Herz einen nervösen Hüpfer.

Gleich würde ich als Juliette Collins, der Tochter von Sir Walter Collins in die erlesene Gesellschaft Londons eintauchen. Juliette hatte mir einen Benimm-Schnellkurs bezüglich meines Auftretens während des Events verpasst. Es gab so viele Dinge zu beachten, die sie als Kind des Adels quasi mit der Muttermilch aufgesogen hatte. Ich hingegen war in einem kleinen Vorort Londons großgeworden. Mum hatte als Kindergärtnerin ihr Bestes gegeben, mich zusammen mit Dad zu einer selbstständigen Frau zu erziehen, die sich in der Öffentlichkeit benehmen konnte.

Mit jedem Meter, den ich mich dem Prachtbau näherte, schaltete mein Puls einen Gang höher.

Zwar hatte ich mir Bilder von Blenheim Palace im Internet angeschaut, aber wie ich feststellen musste, wurden sie dem Schloss nicht mal ansatzweise gerecht.

Jetzt, wo ich den ganzen Komplex sehen konnte, nahm es mir fast den Atem.

Der langgezogene Bau erhob sich zwischen dem Grün des Parks wie ein Fremdkörper. Imposante Säulen neben dem Eingang unterstrichen den hochherrschaftlichen Eindruck des Gebäudes. Unzählige Turmspitzen saßen auf dem Dach wie aus Zuckerguss geformte Wächter.

Vor mir machte die Zufahrtsstraße einen Bogen, um den Besucher um das Bauwerk herum zu dem länglichen Anbau zur Rechten zu führen.

Instinktiv trat ich auf die Bremse, um das Schloss für einen kurzen Moment ungestört aus der Nähe zu betrachten.

Blenheim Palace sah aus, als wäre es erst gestern gebaut worden. Alles wirkte gepflegt. Nichts von dem maroden Charme, wie man ihn häufig in den südlichen Teilen Europas fand.

Ich konnte keinen losen Ziegel oder abgeblätterte Farbe an den Fenstern entdecken. Selbst der Rasen vor dem Haupteingang, der rund um das herrschaftliche Gebäude verlief, wirkte, als hätte man ihn mit der Nagelschere getrimmt. Efeu rankte sich die Fassade hoch.

Alles war perfekt. Für meinen Geschmack ein wenig zu perfekt. Kein Wunder, dass das Anwesen schon mehrfach als Filmkulisse gedient hatte. Man kam sich sofort vor, als wäre man in das Set von Bridgerton hineingehüpft. Im Hintergrund schimmerte der See dunkelgrün. Darüber erhob sich eine malerische Steinbrücke, die es den Besuchern ermöglichte, trockenen Fußes von einer Seite zur anderen zu gelangen.

Ein lautes Hupen ließ mich hochschrecken. Hektisch blickte ich in den Rückspiegel. Der silberblaue Jaguar kam mit überhöhtem Tempo in meine Richtung gerast und wie es aussah, dachte der Fahrer überhaupt nicht daran, seinen Fuß vom Gaspedal zu nehmen. Stattdessen hupte er erneut.

*Was für ein Idiot!*

Es war wirklich bedauerlich, dass dieser einmalig schöne Oldtimer von einem solchen Menschen gefahren wurde. Wahrscheinlich war dem Fahrer überhaupt nicht bewusst, welchen Schatz er unter seinem Hintern hatte.

Dad hätte seine rechte Hand dafür gegeben, einen Wagen wie diesen zu besitzen. Das Leben war nicht fair. Ein Spruch, den ich schon seit meiner frühen Jugend zu hören bekommen hatte und der sich leider immer wieder bewahrheitete.

Mit säuerlicher Miene lenkte ich die Tomate an den Seitenrand, um den Jaguar passieren zu lassen.

Ich war hier, um Juliette zu vertreten und würde mich nicht von so einem aufgeblasenen Affen aus der Ruhe bringen lassen.

Der Jaguar donnerte an mir vorbei, ohne dass der Fahrer mich und die Tomate auch nur eines Blickes würdigte. Dabei zog er eine Staubwolke hinter sich her, was zur Folge hatte, dass ich einen Niesanfall bekam. Rasch ließ ich das Fenster hochfahren. Schlechtgelaunt folgte ich dem Weg, seitlich vorbei an dem Schloss, bis ich den Gästetrakt erreicht hatte.

Den vielen Autos nach zu urteilen, die auf dem Vorplatz parkten, war ich nicht die Erste. Edle Oldtimer, die man sonst nur in Zeitschriften zu sehen bekam, reihten sich dicht aneinander und ließen mein Herz höherschlagen. Dazwischen entdeckte ich mehrere Porsches und Ferraris. Juliette hatte nicht übertrieben, als sie behauptet hatte, die Elite Londons würde sich hier versammeln. Immerhin war Blenheim Palace zum UNESCO Welterbe erklärt worden.

Ich warf einen kurzen Blick auf die Armbanduhr. Bis zur Begrüßungsveranstaltung waren es noch gut zwei Stunden. Sobald ich das Zimmer bezogen und den Koffer ausgepackt hatte, würde ich die Zeit nutzen und mich in Ruhe ein wenig hier umschauen.

Kein Wunder, dass der Wachmann die Tomate mit einem Lächeln bedacht und mich als Personal eingeschätzt hatte. Es hieß immer: Kleider machen Leute. Aber wie es aussah, waren Autos für die höhere Gesellschaft mindestens genauso wichtig.

Überall wuselten Angestellte zwischen den Wagen herum, um den Gästen mit ihrem Gepäck behilflich zu sein.

Ich beschloss, etwas abseits zu parken, um nicht aufzufallen. Der Schotter knirschte unter den Rädern, als ich die Einfahrt entlangfuhr. Mit klopfendem Herzen stellte ich den Mini hinter dem Gebäude auf einen kleineren Parkplatz ab. Außer mir war niemand zu sehen. *Sehr gut.*

Als der Motor erstarb, nahm ich einen tiefen Atemzug und warf einen kurzen, prüfenden Blick in den Spiegel.

Ich hatte am Morgen bewusst ein natürliches Make-up aufgelegt und lediglich die Augen mit einem Lidstrich und Wimperntusche betont. Durch die frische Luft waren meine Wangen von einem rosigen Hauch überzogen. Nur der Mund wirkte ein wenig farblos. Kurzentschlossen nahm ich den Gloss aus der Tasche und strich ihn mit dem Pinselchen auf meine vollen Lippen. Ja, so würde es gehen.

Zufrieden klappte ich die Handtasche zusammen und stieg aus dem Wagen.

Es war noch immer herrlich warm und die Luft war erfüllt vom süßlichen Duft der Rosen, die überall zu wachsen schienen. Das leise Summen der Bienen, die sich an dem köstlichen Nektar labten, war allgegenwärtig. Mit wenigen Schritten hatte ich das Auto umrundet und wuchtete mein Gepäck aus dem

Kofferraum: Einen zerbeulten Rimowa-Koffer aus Alu, der noch von Dad stammte und mit bunten Stickern aus aller Welt beklebt war. Ich hing an dem alten Ding. Juliette hatte mit Engelszungen auf mich eingeredet, ihren Louis-Vuitton-Koffer zu nehmen, aber der Gedanke, dass das edle Teil einen Kratzer bekommen könnte, hatte mich davon abgehalten. Niemandem würde in dem Gewusel auffallen, welche Farbe mein Gepäck hatte.

Fluchend stellte ich das Monstrum auf dem Boden ab. Normalerweise reiste ich fast ausschließlich mit leichtem Gepäck. Das Teil wog gut und gerne zwanzig Kilo. Wieder nahm ich einen tiefen Atemzug, den Blick auf den Eingang gerichtet. Dadurch, dass ich etwas abseits stand, hatte mich bisher keiner der Angestellten entdeckt.

Nun war die Stunde der Wahrheit gekommen, in der ich mich als Juliette Collins ausgeben musste. So ganz wohl war mir nicht bei dem Gedanken.

Mein Blick wanderte zu den Türmen des Schlosses, auf denen bunte Fahnen lustig im Wind flatterten, als wollten sie die Besucher willkommen heißen. Eine weiße Rauchsäule stand über dem imposanten Schornstein. Ein sicheres Zeichen, dass man trotz der frühlingshaften Temperaturen die Kamine in Betrieb genommen hatte. Ein Umstand, der wahrscheinlich den dicken Mauern des Gebäudes geschuldet war.

Eine Gruppe von Gästen strömte in Richtung Eingang. Die meisten der Frauen trugen elegante Sommerkleider und die Männer maßgeschneiderte Anzüge.

Mit einem Mal war ich froh, dass ich den beigen Seidenrock zusammen mit der cremefarbenen Bluse aus Juliettes Fundus angezogen hatte. Da Juliettes Schuhe fast alle eine halbe Nummer zu klein waren, hatte ich spitze Slingpumps gewählt, die ich im Schlussverkauf bei Harrods erstanden hatte. Die Prada-Handtasche fest in der linken Hand haltend, schnappte ich mir mit der Rechten den Koffergriff und zog ihn so würdevoll es in Stöckelschuhen ging hinter mir her.

Ich stöhnte innerlich, als ich die Treppe sah, die zur Eingangstür führte. Allein bei dem Gedanken daran, den schweren Koffer hochtragen zu müssen, brach mir der Schweiß aus. Vielleicht wäre es doch schlauer gewesen, einen der Angestellten zu bitten, aber dafür war es jetzt zu spät.

Bis auf die Handtaschen der Damen war nicht das kleinste Gepäckstück zu entdecken. Zwei Frauen, die an den Armen ihrer Männer an mir vorbei die Treppe hochgingen, verzogen missbilligend das Gesicht, als sie mich sahen.

Ich beschloss, die Blicke zu ignorieren und so zu tun, als wäre es das Normalste auf der Welt. Was es eigentlich ja auch war, nur hier nicht.

Mit einem professionellen Lächeln hob ich den Koffer an. Das schwere Ding aus dem Kofferraum zu wuchten war eine Sache, es die Treppe hochzutragen eine ganz andere. Schon nach den ersten drei Stufen war ich durchgeschwitzt. Verbissen lächelnd nahm ich die nächste Stufe, dabei hielt ich den Koffer vor meinen Bauch, um einen besseren Hebel zu haben. Ein Fehler, wie sich herausstellte. Denn als ich den Fuß auf den Absatz setzen wollte, trat ich ins Leere.

Ich stieß einen spitzen Schrei aus und der Koffer krachte zu Boden. Zeitgleich ruderte ich mit den Armen in der Luft, um das Gleichgewicht nicht zu verlieren.

Vergebens. Ehe ich es verhindern konnte, kippte ich nach hinten wie eine gefällte Eiche und wäre unweigerlich auf den Hinterkopf geknallt, wenn mich nicht in letzter Sekunde zwei kräftige Arme gepackt und an eine muskelbepackte Brust gedrückt hätten. Ich stieß die noch in meinen Lungen verbliebene Restluft aus, was ungefähr so klang, als würde man einen Blasebalg zusammenpressen.

»Hoppala!« Die melodische Stimme eines Mannes drang an mein Ohr. »Nicht so stürmisch.«

Ich blinzelte um Fassung ringend. Ein zarter Duft nach Hölzern und Leder hüllte mich ein. Alle Blicke der Anwesenden waren auf mich gerichtet.

Eine brennende Hitze breitete sich auf meinen Wangen aus. Die Arme meines Retters hielten mich noch immer fest umschlungen.

»Alles okay, Miss?«, erkundigte er sich offenbar besorgt.

Aus dem Augenwinkel bemerkte ich, wie Frauen bewundernde Blicke auf meinen Retter warfen.

»Ja, danke«, stotterte ich noch leicht benommen von dem Sturz. »Sie können mich loslassen.«

»Ungern«, sagte die Stimme so leise, dass ich mir für einen Moment nicht sicher war, ob sie das wirklich gesagt oder ich es mir nur eingebildet hatte.

Sanft entließ der Mann mich aus der unfreiwilligen Umarmung. Wie in Zeitlupe drehte ich mich zu dem Unbekannten um.

*Verdammt.*

Vor mir stand der bestaussehendste Mann, der mir jemals begegnet war.

Groß, mit breiten Schultern und der Figur eines Athleten. Die dunklen, lockigen Haare umrandeten sein Gesicht. Er hatte hellgrüne Augen, die an eine Raubkatze erinnerten, und eine gerade Nase wie modelliert. Einziger Makel war eine Narbe, die sich wie ein silberner Faden über seine rechte Wange zog.

Er trug eine hellgraue Stoffhose, die von einem schwarzen Gürtel auf der schmalen Hüfte gehalten wurde. Das weiße Hemd ließ seinen muskulösen Oberkörper erahnen und war gerade so weit aufgeknöpft, dass es cool und nicht affig wirkte. Eine schwarze Sonnenbrille steckte lässig in dem Ausschnitt. Darüber hatte er eine anthrazitfarbene Tweedjacke gezogen. Ein Ivy Cap saß auf seinem Kopf und verlieh dem ganzen Outfit einen leichten Country-Touch. Irgendetwas an dem Mann kam mir eigenartig vertraut vor. Als ob wir uns schon mal begegnet wären. *Komisch.*

Mein Blick wanderte zum Koffer.

*Mist. Mist. Mist.*

Als ob es nicht schon genug war, dass ich vor allen Leuten die Treppe hochgestolpert war, hatte mein Koffer beschlossen, den gesamten Inhalt auszuspucken. Kleider, Blusen, Schuhe und Unterwäsche lagen auf der Treppe verstreut.

»Oh, nein«, gab ich stöhnend von mir. Das Universum hatte sich definitiv gegen mich verschworen, warum sonst passierten mir diese Zwischenfälle?

Vielleicht war es auch ein Zeichen, meine Sachen zusammenzusuchen und zu verschwinden. Mein Retter hatte sich in der Zwischenzeit gebückt und etwas vom Boden aufgehoben.

»Gehört das Ihnen?« Seine Mundwinkel zuckten belustigt.

Es hatte in meinem Leben schon mehrfach Situationen gegeben, wo ich mir gewünscht hatte, es würde sich eine spontane Naturkatastrophe ereignen. Ein Erdbeben oder ein Tsunami, was natürlich in England recht unwahrscheinlich war. Aber als ich den verwaschenen grünen Slip zwischen den Fingern des Unbekannten baumeln sah, wünschte ich, es wäre einer dieser seltenen Momente.

Hektisch riss ich ihm den Slip aus der Hand, um ihn in meine Handtasche zu stopfen.

Im Gegensatz zu mir schien der Typ die Situation zu genießen, denn sein Grinsen wurde noch breiter.

»Hätten Sie etwas dagegen, wenn ich Ihnen helfen würde?« Er machte eine kaum merkliche Kopfbewegung in Richtung Koffer. Offensichtlich erinnerte er sich nicht an mich oder er ließ es sich nicht anmerken. Nur, woher kannte ich ihn?

»Danke. Aber ich komme allein zurecht«, entgegnete ich säuerlich. Ohne den Fremden weiter zu beachten, machte ich mich daran, die Teile aus meinem Koffer einzusammeln. Zum Glück waren es nur wenige Stücke und nach kurzer Zeit hatte ich wieder alles in den Koffer verbannt. Einmal mehr verfluchte ich Juliette dafür, dass sie darauf bestanden hatte, diese Unmengen an Klamotten einzupacken.

Als ich wieder hochkam, war der Unbekannte verschwunden. *Gut so.*

Mit wenigen Schritten hatte ich endlich den Eingang der altehrwürdigen Hallen erreicht.

Einer der Angestellten, die neben dem Eingang standen, eilte auf mich zu und ehe ich es verhindern konnte, hatte er sich meinen Koffer geschnappt.

»Vielen Dank.« Ich schenkte ihm ein Lächeln.

»Miss, es ist mir ein Vergnügen.« Ohne mich weiter zu beachten, trug er mein Gepäck hinein.

Gleich neben dem Eingang hatte man ein Stehpult aufgebaut, hinter dem ein gutgekleideter älterer Mann stand. »Guten Tag, Miss«, begrüßte er mich mit freundlich. »Ich bin untröstlich wegen ihres Gepäcks. Ich werde diesen Fehler des Parkplatz-Personals unverzüglich weiterleiten.« Der Mann war klein und hatte einen Schnurrbart, wie man ihn in der heutigen Zeit selten fand. Hinter den dunklen Wimpern blitzten mich seine grauen Augen freundlich an. Er trug eine dunkelblaue Uniform, die perfekt saß. Auf der Brusttasche prangte ein silbernes Schild, auf dem der Name *James Carmichael* in geschwungener Schrift eingraviert war, zusammen mit dem Emblem von Blenheim.

»Nein, das war mein Fehler. Das ist so eine Macke von mir, dass ich mein Gepäck gerne selbst auf mein Zimmer trage.« Ich lächelte tapfer.

»Aha.« Es war offensichtlich, dass er mir kein Wort glaubte. »Dürfte ich Sie um Ihren werten Namen bitten.« Er nahm ein Tablet zur Hand, das zuvor auf dem Stehpult gelegen hatte. Sofort schoss mein Puls nach oben.

»Juliette Collins«, stieß ich krächzend hervor. Zeitgleich breitete sich eine brennende Hitze vom Hals ausgehend über mein ganzes Gesicht aus.

*Mist. Mist. Mist.*

Der Mann senkte den Blick auf das Tablet.

»Ah, Miss Collins. Hier haben wir Sie ja. Wären Sie so freundlich, mir Ihre Einladung zum Abgleich zu zeigen.«

»Aber selbstverständlich.« Ich zog den Umschlag aus der Handtasche und überreichte ihm das Papier. Mein Herz schlug wie verrückt gegen die Brust.

Seine Augen flogen über die Einladung. »Vielen Dank.« Ein Lächeln breitete sich auf seinem Gesicht aus. »Herzlich willkommen auf Blenheim Palace, Miss Collins, zu unserem diesjährigen Club Privé.«

»Vielen Dank, Mr Carmichael. Ich freue mich sehr, hier zu sein«, erwiderte ich. Dabei ahmte ich Juliettes nasal gelangweilte Betonung nach.

Die Augenbraue meines Gegenübers schnellte nach oben, als ich seinen Namen aussprach.

»Meine Kollegen vom Empfang halten den Zimmerschlüssel für Sie bereit.« Mr Carmichael deutete mit einer knappen Handbewegung hinter sich. »Sollten Sie im Laufe des Wochenendes noch Fragen haben, können Sie sich jederzeit an mich wenden. Ich werde die ganze Zeit anwesend sein. Ansonsten wünsche Ihnen einen schönen Aufenthalt auf Blenheim Palace und ...«, er zwinkerte mir verschwörerisch zu, was seine buschigen Augenbrauen hüpfen ließ, »viel Erfolg.«

»Das hoffe ich, schließlich bin ich deswegen hier«, erwiderte ich wahrheitsgemäß. Wobei natürlich klar war, dass er eine andere Art von Erfolg meinte als ich.

Der Angestellte machte eine galante Verbeugung. »Stets zu Diensten, Miss Collins.« »Und was ist mit meinem Gepäck?«, fragte ich mit gesenkter Stimme, sodass mich nicht jeder hören konnte.

Ein Lächeln huschte über das Gesicht meines Gegenübers. »Das wird selbstverständlich auf ihr Zimmer gebracht.«

»Oh, danke.« Irgendwie wurde ich das Gefühl nicht los, dass der Mann meine Lüge durchschaut hatte. Ich würde in Zukunft vorsichtiger sein müssen, wenn ich meine Identität nicht preisgeben wollte.

Ein prickelndes Gefühl breitete sich in mir aus, als ich die Eingangshalle betrat. Ein gewisses Cinderella-Feeling machte sich in mir breit.

Ehrfürchtig betrachtete ich die hohe Decke, in deren Mitte eine Glaskuppel eingebaut worden war, durch die das Sonnenlicht in den Raum fiel. Goldene Stuckornamente verzierten die schlichten, weißen Wände und bildeten den passenden Rahmen für die lebensgroßen Ölporträts der ehemaligen Bewohner des Schlosses, die dort hingen. Blasse, meist etwas dicklich aussehende Menschen mit Perücken auf dem Kopf und ernsten Gesichtern. Unbewusst fragte ich mich, ob das Leben auf dem Schloss wirklich so furchtbar gewesen war, dass alle Abgebildeten derart grimmig dreinschauten.

Große Vasen mit üppigen Sträußen darin standen auf den

Simsen verteilt und gaben ihren süßlichen Duft an die Umgebung ab.

Ein roter Teppich führte durch die Halle zu einer ausladenden Treppe im hinteren Teil und dämmte die Schritte der Besucher auf dem weißen Marmorboden. Rechts von der großen Treppe befand sich der Empfangstresen, hinter dem zwei Bedienstete in adretten Uniformen standen.

»Guten Tag, Miss«, wurde ich von der weiblichen Angestellten mit professionellem Lächeln begrüßt.

»Guten Tag. Mein Name ist Juliette Collins«, sagte ich, als sei es das Selbstverständlichste auf der Welt. Ich hatte beschlossen, aus der Deckung zu gehen und etwas offensiver zu handeln, um zwischen all den Schönen und Reichen nicht aufzufallen.

»Guten Tag, Miss Collins. Ich hoffe, Sie hatten eine angenehme Anreise.«

»Ja, bestens. Vielen Dank.«

»Sie sind im Westflügel ...« Die Finger der Frau huschten über die Tastatur ihres Computers. Plötzlich stockte sie und schaute mich mit einem unergründlichen Ausdruck auf dem Gesicht an.

»Miss, Collins.« Sie wirkte mit einem Mal nervös. »Leider muss ich Ihnen mitteilen, dass wir Sie aufgrund Ihrer späten Zusage nicht mehr im Gästeflügel unterbringen konnten wie die anderen Gäste.«

»Konnten Sie nicht?« Ich schüttelte irritiert den Kopf.

»Nein, ich bedaure. Aber dafür haben Sie das Vergnügen, im Jagdhaus des Duke of Marlborough zu wohnen. Diese Räumlichkeiten gehören zu den privaten Unterkünften und sind normalerweise nur für Gäste des Dukes gedacht. In ihrem Fall wurde eine Ausnahme gemacht, da der Duke ihren Vater persönlich kennt und Wert auf ihre Anwesenheit legt.«

»Verstehe.« Ich leckte mir nervös über die Lippen. Juliette hatte nichts davon erzählt, dass ihr Vater mit dem Besitzer des Palace bekannt war.

»Das Haus ist nur ein paar Meter von Blenheim entfernt

inmitten der angrenzenden Parklandschaft.« Ohne meine Antwort abzuwarten, drehte sie sich nach hinten, wo mehrere Schlüssel nebeneinander an einem kunstvoll verzierten Holzbrett hingen. »Bitteschön.« Sie streckte mir die Hand entgegen, in der ein Schlüssel lag, wie ich sie zuvor nur in alten Filmen gesehen hatte. Der Halm war golden und auf das Gesenk war eine Reite in der Form eines Herzens aufgelötet, von dem seitlich zwei filigrane Flügel abgingen. Alles war so naturgetreu gearbeitet, dass es mich nicht gewundert hätte, wenn er losgeflattert wäre wie ein Schmetterling.

»Wow, was für ein besonderes Stück«, entwich es mir.

Ein Lächeln huschte über das Gesicht der Angestellten. »Ja, es ist auch ein besonderer Ort. Der frühere Duke hat das Haus gerne für andere Zwecke als nur die Jagd genutzt. Deshalb sind die Räumlichkeiten dementsprechend liebevoll gestaltet.«

»Ich bin gespannt.«

»Ein Golfwagen wartet bereits auf Sie, um Sie zu ihrer Unterkunft zu bringen. Von dort haben Sie übrigens einen direkten Zugang zum Veranstaltungsort und dem Rennen«, fuhr die Empfangsdame fort. »Sollten Sie einen Wagen benötigen, dann gibt es im Haus ein Telefon, das Sie direkt in die Diensträume verbindet.«

Hinter mir warteten bereits die nächsten Gäste. »Vielen Dank.«

»Sehr gerne. Der Empfang wird im Wintergarten stattfinden. Ein aktualisiertes Programmheft liegt auf ihrem Zimmer aus«, verabschiedete mich die Frau. »Sollte etwas nicht zu Ihrer Zufriedenheit sein, sagen Sie uns bitte Bescheid. Der Fahrer wartet bereits draußen am Eingang auf Sie. Ansonsten bleibt mir nichts mehr, als Ihnen einen schönen Aufenthalt in Blenheim Palace zu wünschen.«

»Den werde ich haben«, sagte ich mit einem selbstsicheren Lächeln.

Mein Herz klopfte, als ich die Treppe wieder nach unten ging.

Wie die Empfangsdame angekündigt hatte, wartete bereits ein Golfcart samt dem Gepäck auf mich.

»Miss Collins«, begrüßte mich der Fahrer.

»Ja, genau.«

»Bitte nehmen Sie Platz.« Der junge Mann deutete auf den Beifahrersitz.

Erleichtert, die zweite Hürde genommen zu haben, ließ ich mich auf dem weichen Ledersitz nieder. Ab jetzt würde alles ein Kinderspiel sein. Drinks und lockere Gespräche. Einzig der Ball bereitete mir noch Bauchschmerzen.

Mit einem leisen Surren setzte sich der Zweisitzer in Bewegung. Der Kies knirschte unter den Rädern des Vehikels, als wollte er sich beschweren. Der schmale Weg führte rechts vom Haupteingang zum Südtor, wo auch die Veranstaltung stattfinden würde. Neugierig sah ich zur Seite, um mich mit der Umgebung vertraut zu machen. Eine riesige, parkähnliche Anlage mit einer gigantischen Grünfläche breitete sich vor meinen Augen aus. Uralte Bäume reihten sich aneinander, deren Äste bis hoch in den Himmel ragten. Dazwischen wuchsen dichte Büsche und Blumen in allen Farben.

»Sind Sie das erste Mal auf Blenheim zu Besuch?«, erkundigte sich der Fahrer.

»Ja«, murmelte ich, damit beschäftigt, die Eindrücke aufzusammeln.

Schade, dass Juliette und Posey nicht dabei waren. Meine Granny hatte schon immer gesagt: *Die Freude ist umso größer, wenn du sie mit anderen teilen kannst.* Ich würde Juliette anrufen, sobald ich mein Zimmer bezogen hatte.

»Hinter uns ist der Queen's Pond – der See der Königin – mit seiner berühmten Brücke. Von dort gelangen Sie auch über einen Weg nach Woodstock«, erklärte er. Anscheinend hatte er beschlossen, mir eine kleine Tour zu geben. Ich drehte mich nach hinten, um einen Blick darauf zu werfen. Der tiefblaue See lag eingebettet in das saftige Grün des Rasens, der die Landschaft rund um das Schloss wie eine Decke überzog. Weit dahinter erhoben sich die Dächer von Woodstock.

Ich drehte mich wieder nach vorn. Vor uns gabelte sich der

Weg. Der Fahrer bog nach links, wo sich ein Wäldchen wie aus dem Nichts erhob.

»Vor uns liegt der Secret Garden. Die damalige Duchess kümmerte sich persönlich um die Anlage. Ihr lag besonders am Herzen, so wenig wie möglich in die Natur einzugreifen. Deshalb mutet der Secret Garden bis heute eher wild an im Gegensatz zu dem pompös angelegten Rest des Besitzes. Sie war es auch, die das Häuschen ursprünglich bauen ließ, um sich dort zurückziehen zu können von ihren alltäglichen Pflichten. Allerdings munkelt man, dass das Cottage zur ganz besonderen Entspannung genutzt wurde. Nicht nur von der Duchess, sondern auch vom Duke persönlich«, fuhr mein Begleiter fort. »Wenn Sie mich fragen, sind der Garten und das Häuschen die schönsten Orte auf dem Gelände.« Ein Lächeln huschte über das schmale Gesicht des Mannes.

»Jetzt bin ich wirklich gespannt«, gab ich zu. Kaum hatten wir den Secret Garden erreicht, änderte sich die Landschaft um uns herum schlagartig.

Hohe Bäume ragten über unsere Köpfe bis hoch in den Himmel. Goldene Sonnenflecken tanzen in den Blättern. Das Vogelzwitschern war allgegenwärtig und ich hatte das Gefühl, kopfüber in einen Naturpark gehüpft zu sein. Blumen, deren Namen ich nicht kannte, wuchsen in üppigen Stauden rechts und links des schmalen Weges. Moosplatten bedeckten den Boden wie ein Teppich aus Samt.

Ich konnte mich nicht erinnern, jemals eine solche Vielfalt an Grüntönen gesehen zu haben. Der Duft der Erde mischte sich mit dem der Blumen. Unbewusst nahm ich einen tiefen Atemzug, um meine Lungen damit zu füllen. Ein leises Plätschern ließ mich aufhorchen. Sekunden später hatte ich den Ursprung entdeckt. Ein Bach lief sprudelnd durch das Gelände. Aus dem Augenwinkel entdeckte ich eine Holzbank und eine schmale Brücke, die den Besucher einlud, dort zu verweilen, um ein wenig die Ruhe und den Anblick zu genießen.

Das Cart folgte dem Weg, der eine leichte Linkskurve vollzog. Wie aus dem Nichts lichtete sich das dichte Grün und gab den Blick auf ein Häuschen frei, das am Rande des Secret Gardens gebaut worden war.

»Das wäre dann Ihre Unterkunft.« Der Fahrer brachte das Cart vor dem Eingang zum Stehen.

»Das ist ja der Wahnsinn«, stieß ich begeistert hervor. Ich hatte ein Haus im Prunk des Schlosses erwartet, aber das Cottage erinnerte eher an ein verwunschenes Landhaus. Blauregen rankte sich in üppigen Kaskaden entlang der Fassade bis hoch zum Dach. Dazwischen stach das Mauerwerk goldbraun hervor. Das Dach war mit silbernen Schindeln bedeckt. Aus dem schiefen Schornstein stieg eine weiße Rauchsäule empor und zeugte davon, dass man den Kamin angemacht hatte. Rund um das Cottage verlief ein schmaler Weg, der mit Rosenbüschen gesäumt war.

Aber das Beste waren die Lavendelfelder, die sich nur ein paar Schritte entfernt von dem Haus ausbreiteten und alles in ihren betörenden Duft einhüllten. Zwei schmale Wege führten mitten durch das Lavendelfeld. Die Stauden standen in voller Blüte und hunderte von Bienen tummelten sich darin, um den süßen Nektar zu sammeln.

»Sie werden auf jeden Fall gut schlafen«, sagte der Fahrer lächelnd, der meinem Blick gefolgt war. »Wenn Sie mir folgen möchten.« Er hatte den Koffer in der Hand und deutete auf den Hauseingang.

»Bin ich eigentlich der einzige Gast hier?«

Der Mann schüttelte den Kopf. »Nein. Ich habe bereits einen anderen Besucher hierhergefahren. Kurz bevor Sie gekommen sind.« Mit der freien Hand drückte er die Eingangstür auf. »Willkommen im Secret Garden.«

Neugierig trat ich ein.

Der Steinboden glänzte in einem hellen Braunton und bildete einen zarten Kontrast zu den weißgetünchten Wänden. Ein dezenter Blumenduft hing in der Luft, der zweifelsohne von dem Rosenstrauß stammte, der dekorativ auf dem kleinen Tischchen unterhalb des Fensters stand. Goldenes Sonnenlicht fiel auf die Bilder an der Wand und setzte sie perfekt in Szene. Die Decke war mit hellem Fachwerk durchzogen. An einem der Balken hatte man einen Leuchter befestigt, der tief in den Flur hing. Links vom Eingang führte eine helle Steintreppe in das obere Stockwerk.

Von dem rechteckigen Vorraum gingen drei Türen ab, die weit offenstanden.

Der Fahrer stellte den Koffer ab und deutete mit der Hand auf den Raum zu seiner rechten.

»Das hier ist das Wohnzimmer. Er machte eine leichte Drehbewegung zu seiner Linken »Dort befindet sich der Salon mit dem Wintergarten. Und der kleine Raum neben der Treppe ist die Küche. Wenn sie nichts dagegen haben, würde ich Ihnen gern Ihr Zimmer zeigen, denn die nächsten Gäste warten bereits auf mich.«

»Kein Problem.« Ich würde mir alles in Ruhe später anschauen.

Gespannt folgte ich ihm über die Treppe hoch ins obere Stockwerk.

Im Gegensatz zum unteren Stock waren die Wände aus hellem Naturstein, zwischen denen die weißen Fugen wie gemalt hervorstachen. Der Dielenboden war weißgeölt und vollendete den Landhaus-Look. Auch hier hingen Ölbilder in dunklen Holzrahmen an den Wänden.

Rechts und links des Flurs ging jeweils eine Tür ab. Der Angestellte führte mich zu der Tür auf der rechten Seite.

»Das hier ist Ihr Zimmer.« Mit einer ausladenden Handbewegung forderte er mich auf, den Raum zu betreten.

Staunend schaute ich mich um.

Der rechteckige Raum war größer als gedacht und in Pastelltönen gehalten. Die hellen Steinwände passten perfekt zum Dielenboden, der ebenfalls naturbelassen und rund um das Bett mit einem flauschigen Teppich belegt war. Unter der großen Fensterfront befand sich ein antiker Schreibtisch, auf dem eine Blumenvase mit weißen Ranunkeln stand. Davor war ein mit rosa Samt bezogener Sessel platziert.

Lange Seidenvorhänge in Pastellblau hüllten die weißen Fensterrahmen ein. Den Höhepunkt des Zimmers bildete das riesige Himmelbett, das mit einer Seidendecke überzogen war, auf die Blumen in zarten Tönen von Rosa bis Blau gestickt waren. An der Wand gegenüber befand sich ein eingelassener Kamin mit Schutzglas. Ein Weidenkorb voller Holzscheite zeugte davon, dass dieser regelmäßig benutzt wurde. Jetzt allerdings war das Feuer erloschen.

Der Kleiderschrank neben der Eingangstür war groß genug, um Platz für alle meine Sachen zu bieten.

Neben dem Bett befand sich eine weitere Tür, die vermutlich ins Badezimmer führte.

»Und, gefällt es Ihnen?«, erkundigte sich der Angestellte.

»Gefallen ist gar kein Ausdruck«, sagte ich lächelnd. »Das Zimmer ist einfach ein Traum.« Damit hatte ich nicht übertrieben. Das Häuschen war wie eine Kulisse für einen Film. Kein Wunder das sich Hollywood Blenheim für einige seiner Produktionen ausgesucht hatte. Alles war perfekt aufeinander abgestimmt und strahlte eine Gemütlichkeit aus, wie man sie nur selten fand.

Mit einem Mal war ich froh darüber, dass ich nicht mit den anderen im Schloss wohnen musste. Hierhin konnte ich mich in den nächsten Tagen zurückziehen, wenn es mir zu viel wurde.

»Dort geht es ins Badezimmer.« Der Mann zeigte mit der Hand auf die verschlossene Tür neben dem Bett und bestätigte meine Vermutung. »Brauchen sie meine Hilfe noch?«

»Nein, danke. Ich denke, ich komme klar.«

»Prima, dann würde ich sie ihrem Schicksal überlassen.« Ein freches Grinsen breitete sich auf dem Gesicht des Mannes aus.

»Danke, aber das Schicksal hat mit meinem Besuch wenig zu tun.«

Erleichtert atmete ich durch, als die Tür hinter dem Mann ins Schloss fiel. Endlich allein. Ich ging zum Fenster, um einen Blick nach draußen zu werfen.

Bei dem Anblick, der sich mir bot, stieß ich einen leichten Seufzer aus. Vor meinen Augen breitete sich ein wogendes Meer aus lila Blüten aus, umrandet von den Bäumen des Secret Garden. Dahinter thronte die majestätische Fassade von Blenheim Palace mit seinen Zinnen. So würde es sich die nächsten drei Tage aushalten lassen.

Ohne weiter nachzudenken, schlüpfte ich aus den Pumps und machte einen Hechtsprung auf das Bett. Sofort wurde ich von den weichen Kissen eingeschlossen, die darauf lagen. Glücklich drehte ich mich auf den Rücken und schloss für einen Moment die Augen. So musste es sich anfühlen, auf Wolken zu liegen. *Herrlich!*

Am liebsten hätte ich ein kleines Nickerchen eingelegt, aber dafür war keine Zeit. Seufzend richtete ich mich auf. Erst jetzt entdeckte ich den Eiskühler auf dem Beistelltisch neben dem Sessel am Fenster, aus dem eine Champagnerflasche herausragte. Nicht schlecht. Zumindest wusste man in der Londoner Gesellschaft ein gutes Tröpfchen zu schätzen. Vielleicht würde ich es mir später vor dem Kamin gemütlich machen und mir ein Gläschen genehmigen. Es kam schließlich nicht allzu häufig vor, dass ich in den Genuss von echtem Champagner kam.

Summend wandte ich mich ab, um meinen Koffer auszupacken. Nach dem Unglück auf der Treppe hatte ich alles nur reingeworfen und ich wollte nicht, dass die kostbaren Kleider verknittert waren oder gar Schaden nahmen.

# 7
# KINSEY

ZUFRIEDEN KLAPPTE ich den Koffer zu. Juliettes Sachen, die für drei Tage meine sein würden, hingen im Schrank. Das Outfit für den Empfang hatte ich auf dem Bett ausgebreitet: Ein Ensemble bestehend aus einem A-Linie-Kleid aus cremefarbener Rohseide, das mit zarten Blumenornamenten versehen war, und dazu das passende Bolero-Jäckchen aus dem gleichen Stoff. Das Ganze wurde durch einen Strohhut im Stil der Fünfziger abgerundet, um dessen Mitte ein weinrotes Seidenband gewunden war, das in einer Schleife am Hinterkopf endete und ein absoluter Blickfang war. Juliette hatte mir den Hut förmlich aufgedrängt. Ich warf einen Blick auf meine Uhr. Der Empfang würde in einer halben Stunde stattfinden. Noch genügend Zeit, um mich ein wenig frisch zu machen und die Haare hochzustecken.

Ich schnappte mir den Kulturbeutel und die Tasche mit meinem Make-up. Juliette hatte mir klare Anweisungen gegeben, was ich anziehen und wie ich mich zurechtmachen sollte, um in der Menge unterzugehen.

Mit einem leisen Klick sprang die Tür zum Badezimmer auf. Ein schwacher Duft nach Hölzern und Leder hüllte mich ein, der mir eigenartig vertraut war.

Interessiert schaute ich mich um. Es gab zwei Zugänge,

woraus ich schloss, dass es sich um ein Gemeinschaftsbad handelte, das sich die Gäste des Dukes teilen mussten. Ich konnte nur hoffen, dass mein Nachbar oder meine Nachbarin nett war.

Bis auf die Wand mit dem großen Fenster waren die Wände weißgetüncht. Eine geschwungene Zinkbadewanne mit schwarzen Löwenfüßen war dekorativ vor der Steinwand platziert. Rechts davon hatte man ein Holzregal errichtet, indem Seife, Duschgel, Shampoo und Conditioner feinsäuberlich nebeneinander standen und darauf warteten, benutzt zu werden.

Daneben befand sich ein heller Holztisch, auf den zwei moderne Waschbecken wie Schüsseln montiert waren. Darüber war, in einem hölzernen Rahmen, der große Spiegel an der Wand befestigt. Unter dem Tisch stand ein geflochtener Weidenkorb mit frischen Handtüchern. Eine Vase mit Strohblumen neben dem Waschbecken rundete den Look ab. Mein Blick fiel auf das Regal. Jemand hatte einen braunen Kulturbeutel aus Leder hineingestellt, der zweifelsohne einem Mann gehörte. Das erklärte den Duft, den ich beim Eintreten wahrgenommen hatte. Neben dem Beutel lagen ein Rasierhobel und Seife.

Eine Frau wäre mir lieber gewesen. Ich konnte nur hoffen, dass es sich um ein freundlicheres Exemplar als meinen Retter von eben handelte.

Ich wandte mich wieder dem Bad zu. Beim Anblick der Regendusche in der linken Ecke machte mein Herz einen freudigen Hüpfer. Die Dusche in meinem Appartement war ein Überbleibsel aus den Sechzigern und sah dementsprechend aus. Entschlossen streifte ich die Kleider ab und legte sie über den Stuhl gleich neben der Dusche.

Anschließend stellte ich das Wasser an und schlüpfte in die gläserne Kabine.

Das heiße Wasser prasselte auf meine Haut und weckte meine Lebensgeister. Genießerisch schloss ich die Augen und ließ meine Gedanken treiben. Bisher war alles nach Plan verlaufen. Bis auf den kleinen Zwischenfall auf der Treppe.

Sofort tanzen die grünen Augen des Unbekannten durch meinen Kopf. Dieses unverschämte Grinsen um seinen geschwungenen Mund kam mir irgendwie bekannt vor. Genau wie dieser Blick, den mir der Fremde geschenkt hatte. *Eigenartig.* Dabei ging von dem Typ eine unglaubliche erotische Anziehungskraft aus.

*Verdammt.* Warum mussten die gut aussehenden, interessanten Männer immer solche Idioten sein? Es schien ihm ein geradezu diebisches Vergnügen bereitet zu haben, mich mit meinem Slip vor allen Gästen bloßzustellen.

*Vergiss ihn einfach.*

Entschlossen schnappte ich mir mein Lieblingsduschgel, das so gut nach Vanille und Kokos roch. Sekunden später war ich von einer duftenden Wolke umgeben.

*Herrlich.*

Mit dem Rücken gegen die Wand gelehnt, die Augen geschlossen, genoss ich das Gefühl, unter der Dusche zu stehen.

*Schon besser.* Die Anspannung in meinem Körper ließ nach und eine angenehme Trägheit breitet sich aus. Ich hätte noch ewig so verharren können, aber wenn ich pünktlich sein wollte, musste ich mich beeilen.

Deutlich entspannter stieg ich aus der Dusche und wickelte mir das Handtuch um die Brust, dass ich vorsorglich über den Stuhl neben meine Klamotten gehängt hatte. Eine gewisse Vorfreude auf den heutigen Abend breitete sich in mir aus. Davon abgesehen, dass ich nicht wie der Rest der anwesenden Gäste darauf aus war, einen Partner fürs Leben zu finden, war es bestimmt spannend, den anderen bei ihrer Suche zu zuschauen. Das war wie in eines der Regenbogenmagazine zu springen.

Prüfend betrachtete ich mich im Spiegel. Die Wimperntusche hatte sich verabschiedet und sich wie ein dunkler Schatten unter meine Augen gelegt. So konnte ich unmöglich auf den Empfang gehen. Entschlossen zog ich ein Q-Tip aus dem Kosmetiktäschchen, um die Mascarareste zu entfernen.

Anschließend legte ich eine Feuchtigkeitscreme auf, damit meine Haut prall und frisch aussah. Zum Glück gehörte ich zu der Sorte Frau, die nicht mit Hautunreinheiten zu kämpfen hatte. Ein leichtes Make-up würde ausreichen, um mir den nötigen Frische-Glow zu verleihen. Etwas Mascara und ein Hauch Lidschatten genügten, um das Blau meiner Augen wieder strahlen zu lassen. Meine dichten Augenbrauen brachte ich mit einer Bürste in Form.

Ich presste die Lippen zusammen, um den zarten Nude-Lippenstift gleichmäßig darauf zu verteilen.

Zufrieden betrachtete ich mich im Spiegel. Fehlten nur noch die Haare. Suchend schaute ich mich nach einem Föhn um und blieb an dem braunen Kulturbeutel im Regal hängen. Wer mochte wohl mein unbekannter Zimmernachbar sein? War er jung oder alt?

Eigentlich gehörte ich nicht zu der Sorte Mensch, die in den Sachen von anderen schnüffelte, aber ein kurzer Blick konnte nicht schaden, um mir ein besseres Bild von meinem Mitbewohner zu verschaffen. Schließlich würde ich mir mit dem Mann die nächsten Tage das Badezimmer teilen.

Neugierig schielte ich durch den schmalen Spalt, der offen stand und mir einen Einblick ins Innere der Tasche gewährte. Eau de Toilette, Creme, Haarwachs und Bürste standen ordentlich aufgereiht nebeneinander. Daneben entdeckte ich ein verschlossenes Nageletui.

Ein schwacher Duft nach Holz und Leder stieg mir in die Nase. Das musste das Eau de Toilette meines Mitbewohners sein. Zumindest roch der Mann angenehm. Irgendwo hatte ich den Duft schon mal wahrgenommen. Aber wo? Ich beugte mich weiter vor, um einen tiefen Atemzug davon zu nehmen.

»Kann ich behilflich sein?«, ertönte eine bekannte Stimme neben mir.

Mit einem Ruck wirbelte ich herum.

»Sie schon wieder!« Kein anderer als der Unbekannte von vorhin stand hinter mir. Auf seinem Gesicht lag ein breites Grinsen.

»Wie es aussieht, sind wir Zimmernachbarn.« Lächelnd

wedelte er mit dem Schlüssel in seiner Hand. Verdammt, der Typ sah unglaublich gut aus.

Hatte sich das Universum gegen mich verschworen oder warum musste es von allen anwesenden Gästen ausgerechnet dieser Kerl sein, der sich mit mir das Bad teilen musste? Allein der Gedanke, quasi Kopf an Kopf mit diesem Prachtexemplar von einem Mann zu schlafen, ließ meinen Puls in die Höhe schnellen.

*Verdammt.* Um ein Haar hätte er mich nackt gesehen. Ich würde in Zukunft darauf achten, die Türen geschlossen zu halten.

»Alles gefunden, was Sie gesucht haben?« Seine Mundwinkel zuckten auffällig. Wie schon bei unserer letzten Begegnung schien es ihm Freude zu bereiten mich bloßzustellen.

Eine glühende Wärme breitete sich auf meinen Wangen aus.

»Ähm, also ich wollte nur ...«, stotterte ich. »Nachschauen, ob ich eine Bürste finde.«

»Hm.« Das Grinsen auf seinem Gesicht wurde noch breiter. Mit wenigen Schritten war er bei mir. Unsere Fußspitzen berührten sich fast. Instinktiv hielt ich die Luft an.

»Wie wäre es mit dieser?« Er streckte die Hand an mir vorbei aus. Dabei streifte er meinen Arm. Diese winzige Berührung genügte, um meinen ganzen Körper in Aufruhr zu versetzten. Triumphierend hielt er mir die Bürste vor das Gesicht, die ich neben dem Waschbecken abgelegt hatte.

Meine Wangen fühlten sich an, als hätte jemand einen Bunsenbrenner darauf gerichtet.

»Ach, Mensch, da ist sie ja. Muss ich glatt übersehen haben.« Ich zwang mich zu einem Lächeln. Seine grünen Raubkatzenaugen senkten sich auf mein Gesicht, um von dort mit geradezu quälender Langsamkeit hinunter auf die Höhe meiner Brust zu wandern, wo sie einen winzigen Moment verweilten, um sich dann wieder auf mein Gesicht zu heften. Mit einem Mal war ich mir meiner Nacktheit bewusst. Ein Kribbeln breitete sich über meinen ganzen Körper aus.

»Vielleicht sollte ich mich vorstellen.« Er schnappte sich

mit einer formvollendeten Bewegung, wie ich sie nur aus Filmen kannte, meine Hand. »Tyler Steven Lepley.« Ehe ich es verhindern konnte, hatte er sich nach vorn gebeugt und hauchte mir einen Kuss auf den Handrücken. Als seine Lippen meine Haut berührten, zuckte ich zusammen. Obwohl es kaum mehr als eine flüchtige Berührung gewesen war, schaltete mein Puls einen Gang höher. Zeitgleich wanderten winzige elektrische Schläge von meiner Hand über den Unterarm.

»Kinsey«, rutschte es mir heraus.

*Mist.* Ich war doch sonst nicht so leicht aus der Fassung zu bringen.

»Juliette Kinsey Collins«, startete ich einen zweiten Versuch in der Hoffnung, dass er meine Unsicherheit nicht bemerkt hatte. Was war nur los mit mir?

»Ich habe schon viel von dir gehört.« Er wirkte erfreut.

»Tatsächlich?« Mein Puls beschleunigte sich auf gefühlte tausend Umdrehungen.

»Na ja, nicht wirklich. Nur das, was man so in der Presse liest«, lautete die Antwort.

»Aha.« Ich fuhr nervös mit der Zungenspitze über die Unterlippe. Das bedeutete, ich musste vorsichtig sein mit dem, was ich sagte.

»Ja, nur Gutes.« Er zwinkerte mir zu. »Freut mich, nun offiziell deine Bekanntschaft zu machen.« Er war nahtlos in die persönliche Anrede übergegangen, ohne dabei anzüglich zu wirken. Mit seinen dunklen Haaren und dem Dreitagebart sah er aus wie ein moderner Pirat. Sexy und begehrenswert zugleich.

»Ich wünschte, ich könnte das Gleiche sagen«, erwiderte ich kurzangebunden. Der sollte bloß nicht glauben, dass ich auf seine plötzliche Prinz-Charming-Art reinfallen würde. Tyler verhielt sich wie ein Mann, der es gewohnt war, dass man ihn bewunderte.

Die Augenbraue meines Gegenübers schnellte nach oben.

»Jetzt, wo wir uns bekannt gemacht haben, müssen wir auf jeden Fall eine Regelung finden, dass dieser Zwischenfall ...«, ich rührte mit meinem Finger zwischen uns in der Luft, »sich nicht noch mal wiederholt.«

»Ich fand es eigentlich ganz amüsant.« Seine Mundwinkel zuckten erneut, als würde er jeden Moment in lautes Lachen ausbrechen.

»Freut mich, dass ich zu Ihrem Vergnügen beitragen konnte, aber ich würde es gerne bei diesem einen Mal belassen«, ahmte ich den Posh-Akzent von Juliette nach. Dabei verzichtete ich bewusst auf die persönliche Ansprache.

»Was sehr bedauerlich ist. An den Anblick könnte ich mich durchaus gewöhnen.« Flirtete der Typ etwa mit mir? Unglaublich. Anstatt sich für sein rüdes Eindringen oder die Sache mit meinem Slip zu entschuldigen.

»Wenn Sie mich jetzt bitte allein lassen würden? Ich möchte mich nämlich für den Empfang fertig machen.« Ich wedelte mit der Hand, als wollte ich eine lästige Fliege verscheuchen.

»Wie schön, dann sehen wir uns ja gleich.« Wieder dieses unverschämte Grinsen. »Freut mich, dass du meine Zimmernachbarin bist.«

»Danke, aber ich sollte Sie warnen. Ich bin eine ganz schreckliche Zimmernachbarin.«

»Das wage ich zu bezweifeln. Vielleicht sollte ich erwähnen, dass ich ganz furchtbar schnarche.« Seine Augen klebten auf meinem Gesicht. Es hätte mich nicht gewundert, wenn kleine Rauchwölkchen aufgestiegen wären, dort wo sein Blick mich berührte.

»Alle Männer schnarchen«, erwiderte ich gleichgültig.

»Du scheinst ja Erfahrung zu haben«, konterte Tyler augenzwinkernd.

*Verdammt.* Musste der Mann immer das letzte Wort haben?

»Auf Wiedersehen, Mr Lepley«, signalisierte ich ihm, dass das Gespräch für mich beendet war.

»Bis nachher, Juliette«, erwiderte Tyler unbeeindruckt. Mit geschmeidigen Bewegungen entfernte er sich aus dem Zimmer.

Ich atmete erleichtert durch, als die Tür mit einem leisen Geräusch hinter ihm ins Schloss fiel.

Tyler Steven Lepley war ganz klar ein Schürzenjäger und ich würde mich auf jeden Fall von dem Mann fernhalten. Schließlich war ich unter falschen Namen hier und durfte nicht riskieren, dass der Schwindel aufflog. Nicht nur wegen mir, sondern vor allem wegen Juliette. Wenn die Gesellschaft davon erfuhr, wäre es mit Sicherheit ein Skandal, der seinen Weg in die Klatschpresse fand.

Seufzend machte ich mich daran, meine Haare zu richten.

ICH WARF einen letzten Blick in den Spiegel. Das Kleid, das Juliette für mich ausgesucht hatte, saß wie angegossen und betonte meine schlanke Taille. In Gedanken leistete ich Abbitte an Juliette dafür, dass ich den Hut nicht hatte einpacken wollen. Tatsächlich rundete der helle, breitkrempige Strohhut mit dem weinroten Seidenband das Outfit perfekt ab. Farblich auf die Seidenschleife abgestimmt, hatte Juliette mir eine weinrote Clutch eingepackt, in der ich mein Handy, die Zutrittskarte und den Zimmerschlüssel zusammen mit dem Lippenstift verstaut hatte.

Ein Lächeln huschte bei dem Anblick meines Spiegelbildes über mein Gesicht. Grannys Lieblingszitat aus ihrer Heimat Deutschland war: Kleider machen Leute. Niemand hier kannte den Spruch, aber tatsächlich hatte ich das Gefühl, nicht mehr der gleiche Mensch zu sein. Zumindest äußerlich.

Mein Handy klingelte leise in der Clutch. Mit einem Handgriff hatte ich es herausgezogen. Juliettes lachendes Gesicht strahlte mir auf dem Display entgegen.

»Wie geht es dir?«, begrüßte ich sie.

»Das Gleiche wollte ich dich fragen. Bist du heil angekommen? Hast du schon jemanden kennengelernt?«, bombardierte sie mich.

»Hey langsam«, erwiderte ich lachend. »So weit hat alles bestens geklappt, wenn man mal davon absieht, dass ich die

Einzige war, die ihren Koffer die Treppen zum Eingang hochgeschleppt hat«, startete ich meinen kleinen Bericht. »Die haben mich alle angeschaut, als wäre gerade ein Marsmännchen vor ihren Augen gelandet. Und dann ist mir das Mistding noch aus den Händen gerutscht und ich hätte mich fast auf die Klappe gelegt, hätte mich nicht dieser Typ aufgefangen.«

»Kaum lässt man dich zehn Minuten allein, mischst du die Londoner High Society auf.«

»Von dem kleinen Missgeschick abgesehen, lief alles wie am Schnürchen und ich habe mich erfolgreich als Juliette Collins in das Jagdhäuschen des Duke eingecheckt.«

»Was? Aber ich dachte, dass alle Gäste im Gästeflügel einquartiert werden«, sagte Juliette überrascht.

»Dachte ich auch. Soweit ich es verstanden habe, kam die Zusage von dir etwas später und deshalb haben sie mich hier untergebracht.«

»Mhm. Egal. Hauptsache, du hast eine schöne Unterkunft.«

»Ich bin mehr als zufrieden. Das Zimmer ist ein absoluter Traum. Stell dir vor, ich habe ein Himmelbett. Das Teil ist gigantisch und himmlisch weich. Ich könnte mich durchaus an ein Leben im Luxus gewöhnen. Wenn du nicht aufpasst, bleibe ich einfach Juliette Collins.« Ich lachte vergnügt. »Natürlich ohne den Teil, dass man mich verheiraten will.«

»Von mir aus.«

»Ich bin übrigens nicht allein hier untergebracht. Mit mir wohnt ein gewisser Tyler Steven Lepley hier. Der gleiche Typ, der mich an der Treppe aufgefangen hat.« Ich schlüpfte in die nudefarbenen Pumps, die ich neben das Bett gestellt hatte.

»Das nenne ich mal einen Zufall.« Juliette gab einen überraschten Laut von sich. »Tyler Steven Lepley. Du verdammter Glückspilz.«

»Du kennst den Mann?«

»Ja klar. Jeder in England kennt Tyler Steven Lepley.«

»Mhm, ich kenne ihn jedenfalls nicht und bin auch nicht sonderlich scharf, darauf ihn näher zu kennen. Ich fand den Kerl ziemlich überheblich.« *Und verdammt sexy*, aber das behielt ich für mich.

»Reden wir von dem Tyler Lepley? Dem Kapitän des Polo-Nationalteams? Der Mann, der so viele Siege errungen hat wie niemand zuvor und noch dazu verdammt hot aussieht?«

Das erklärte zumindest die selbstsichere Art meines Zimmernachbarn.

»Das macht ihn nicht besser«, versuchte ich so gleichgültig wie möglich zu klingen.

»Auf den Fotos sieht er immer so gut aus«, fuhr Juliette fort.

»Also, hässlich ist er nicht«, erwiderte ich zögerlich. Das war die Untertreibung des Jahrhunderts. Tyler Steven Lepley sah absolut fantastisch aus. »Und wie läuft es bei dir? Hast du schon Privatreitstunden bekommen?«, versuchte ich das Gespräch auf ein für mich weniger verfängliches Thema zu lenken.

»Wir haben es kaum bis aufs Zimmer geschafft.«

»Gut zu wissen«, murmelte ich.

»Allerdings hat mein Hengst ein kleines Problem.«

»Und was wäre das für ein Problem?«

»Ich sage nur Hashtag zu-früh-kommen.«

»Oh, Shit.«

»Du sagst es«, seufzte Juliette. »Rein. Raus. Fertig. Dabei hat der Mann so komisch quietschende Geräusche von sich gegeben, wie ein Hamster beim Sex.«

»Danke für das Kopfkino.« Ich gluckste leise bei der Vorstellung.

»Das ist nicht lustig. Ich habe mir aufregend heißen Sex vorgestellt und bekommen habe ich stattdessen zwei Minuten Quickie.«

»Na ja, vielleicht ist es ja nur, weil er so aufgeregt war.« Ich spielte mit meiner Haarlocke.

»Das kann ich nur hoffen. Ansonsten wird das ein sehr unfröhliches Wochenende im Gegensatz zu deinem. Wahrscheinlich hast du heißen Sex und ich sitze hier mit meinem Pferde-Hamster-Mann, der klingt wie die Typen in koreanischen Pornos.«

»Du hast dir koreanische Pornos angeschaut?«

»Klar. Man muss sich doch kulturell bilden. Danach war mir klar, dass koreanische Männer nicht für mich in Frage kommen. Deren Schw…«

»Stopp«, brachte ich sie zum Schweigen. »Das reicht an Information.«

»Spielverderber.«

»Nein, bin ich nicht. Ich bin einfach nur nicht daran interessiert, was es mit den koreanischen Männern so auf sich hat.«

»Okay, also zurück zu dir.«

Ich gab ein gespieltes Stöhnen von mir.

»Hast du das Cocktailkleid an, das ich dir in den Koffer gelegt habe?«

»Natürlich und ich habe sogar den Hut auf.« Ich schielte in den Spiegel. »Sieht ehrlich gesagt ganz gut aus.«

»Ha. Wusste ich es doch.«

»Ich fürchte, nach diesem Wochenende kann ich nicht mehr ohne Hut über die High Street laufen.«

»Oh mein Gott«, sagte Juliette lachend. »Was habe ich nur angerichtet.«

»Selbst schuld. Du hast die Büchse der Pandora geöffnet. Wo ist der heiße Ted eigentlich?«

»Der wollte kurz Kondome holen.«

»Oha. Zumindest mangelt es ihm nicht an gutem Willen.«

»Aber leider an der nötigen Ausdauer und Standfestigkeit.« Juliette seufzte hörbar.

»Ach, das wird schon.«

»Hoffentlich, ansonsten breche ich das Wochenende ab und fahre zurück nach London.«

»Ich dachte, du bist in London?«

»Nein, wir sind nach Brighton gefahren. Seine Eltern haben dort ein kleines Ferienappartement mit dem Charme eines Weihnachtsmann-Büros. Überall steht irgendein Nippes herum.« Ich konnte förmlich sehen, wie Juliette mit unglücklicher Miene in einer der typischen spießigen Wohnungen saß, wie man sie an Ferienorten zu Hauf fand.

Mein Blick wanderte zur Uhr. »Du, ich muss echt los.«

»Okay, und halt mich auf dem Laufenden.«

»Versprochen. Dir viel Spaß.«

»Du Schlange. Bitte mach keinen Blödsinn. Schließlich steht mein guter Ruf auf dem Spiel.«

»Du weißt doch: Ist der Ruf erst ruiniert, lebt es sich recht ungeniert.«

»Das musst du nicht mir, sondern meinen Eltern erzählen. Apropos. Ich muss alles bis ins kleinste Detail wissen. Wen du getroffen und mit wem du gesprochen hast und über was, damit ich meine Oldies mit Informationen füttern kann.«

»Ich gebe alles, versprochen.«

»Alles klar, wir hören uns.«

»Viel Spaß mit Hamster-Ted.«

Juliette stöhnte. »Du bist schrecklich.«

»Ich habe dich auch lieb.« Mit diesen Worten legte ich auf. Bei dem Gedanken meinen sexy Zimmernachbarn auf dem Empfang wiederzusehen, kribbelte es in meinem Bauch.

*Mist.* Mein Körper war schon immer ein verdammter Verräter gewesen, der gegen meinen Verstand arbeitete, was ein paar Mal in meinem Leben dazu geführt hatte, dass ich einen Frosch statt einen Märchenprinzen geküsst hatte.

Das würde mir diesmal nicht passieren.

# 8
# TYLER

»Alles klar, Kumpel?«, meldete sich Winston am Telefon.

»Soweit ja. Ich habe Juliette Collins bereits getroffen. Für sie ein etwas unglückliches Zusammentreffen, für mich ein Glücksfall.« Ich erzählte ihm die Sache mit dem Koffer. »Sie war nicht gerade begeistert, als ich mit ihrem Slip vor ihrer Nase rumgewedelt habe.«

»Na ja, das kann man ihr nicht verdenken. Meinst du nicht, dass das etwas ungeschickt war, schließlich willst du sie für dich gewinnen?«

»Ich habe lange überlegt, wie man an eine Frau wie Juliette Collins rankommt, und bin zu der Überzeugung gekommen, dass eine direkte Charmeoffensive nicht der richtige Weg ist. Sie ist es gewohnt, dass man sie hofiert. Deshalb habe ich mich für die Verwirrungstaktik entschieden. Sie darf nicht das Gefühl bekommen, dass ich scharf auf sie bin.«

»Verstehe. Ich schätze, du hast recht mit deiner Idee.«

»Wir werden sehen, aber bisher läuft alles nach Plan. Wir sind als einzige Gäste im Jagdhaus des Duke untergebracht, was mir die Chance gibt, mich ganz persönlich um sie zu kümmern. Hier kann sie mir fast nicht aus dem Weg gehen.«

»Du Glückspilz. Ich würde sagen, da hat das Schicksal seine Hand im Spiel gehabt.«

»Du weißt, ich glaube nicht an Schicksal. Wenn man etwas erreichen will, muss man die Dinge selbst in die Hand nehmen.« Sofort tanzten Juliettes blaue Augen durch meinen Kopf.

»Du bist und bleibst ein verdammter Mistkerl.« Das Grinsen in Winstons Stimme war nicht zu überhören.

»Damit komme ich nur meinen familiären Pflichten nach«, erwiderte ich trocken.

»Wie hast du das nur wieder gedreht?«

»Manchmal hat es eben seine Vorteile, wenn man bekannt ist. Außerdem war die Empfangsdame ein Fan von mir und hat mich gefragt, ob ich einen speziellen Wunsch habe, bevor ich sie darum bitten musste.«

»Das nennt man wohl glückliche Fügung.«

»Die nette Hausdame hat es wie einen Zufall aussehen lassen, dass Juliette und ich beide im Haus des Duke untergebracht sind.« Unwillkürlich tauchte das Bild von Juliette nur in ihr Badehandtuch gewickelt in meinem Kopf auf. Sie hatte so verdammt süß und sexy zugleich ausgesehen. Am liebsten hätte ich sie auf der Stelle geküsst. Leider schien dieser Wunsch nicht auf Gegenseitigkeit zu stoßen, so abweisend wie sie sich mir gegenüber verhalten hatte.

»Und wie ist sie so?«

»Die Hausdame?«

»Nein, Juliette natürlich. Heutzutage haben doch alle irgendwelche Filter über ihre Gesichter gelegt, wenn sie ein Foto von sich im Netz hochladen.«

»Sie sieht tatsächlich ganz nett aus.« Das war die Untertreibung des Jahrtausends. Juliette Collins war eine natürliche Schönheit mit einer fantastischen Figur. Schlank, mit weiblichen Rundungen und einer unglaublichen Ausstrahlung, die einen förmlich einsog.

»Nett!« Winston schnalzte mit der Zunge. »Die Frau ist der Hammer. Da merkt man, dass du absolut verwöhnt bist.«

»Wie meinst du das?«

»Ich kenne niemanden mit einer höheren Verschleißquote bei Frauen als dich.«

»Wer im Glashaus sitzt, sollte nicht mit Steinen werfen. Außerdem ist das Leben zu kurz, um es nur mit einer Frau zu verbringen«, erwiderte ich knapp. »Ich habe keine Lust auf diesen ganzen Beziehungsstress. Ich möchte mein Leben genießen, ohne dass ich Rücksicht auf eine Frau nehmen muss. Denn seien wir doch mal ehrlich, sobald die erste Phase des Verliebtseins vorbei ist, setzen der Alltag und damit der ganze Beziehungsstress ein.«

»Es soll auch glücklich Paare geben«, konterte Winston.

»Nenn mir ein Paar, das wirklich glücklich ist«, forderte ich.

»Gil und John. Die beiden sind seit sechs Jahren verheiratet und wirken immer noch total verliebt.«

»Ja, nur leider nicht ineinander. Gil hat mir anvertraut, dass er eine Affäre mit seiner neuen, heißen Kollegin hat.«

»Nicht dein Ernst.« Winston stockte. »Und was ist mit Gina und Andrew? Die sind immerhin seit drei Jahren zusammen und habe eine einjährige Tochter.«

»Richtig. Und seit knapp einem Jahr haben die beiden keinen Sex mehr miteinander. Das hat mir zumindest Andrew erzählt, nachdem er ein paar Bier intus hatte.«

»Okay, okay. Trotzdem mag ich den Glauben an die Liebe nicht aufgeben.« Winston war schon immer ein hoffnungsloser Romantiker gewesen.

»Wenigstens einer von uns beiden. Ich würde ungern sehen, dass man dir das Herz bricht.«

»Da mach dir mal keine Sorgen. Ich habe nicht vor mein Herz zu verlieren. Außerdem bist du auf Blenheim. Wenn sich jemand Gedanken machen sollte, dann du.«

»Keine Sorge. Ein kurzer Flirt, um das Familienunternehmen zu retten. Mehr nicht.« Wobei der Gedanke, das Wochenende in der Nähe von Juliette zu verbringen, durchaus reizvoll war.

Ich warf einen letzten prüfenden Blick in den Spiegel, schließlich wollte ich einen guten Eindruck machen. Ich hatte bewusst ein sportlich betontes Outfit gewählt. Der dunkelgraubraune Anzug im Peaky Binders Stil wurde durch ein gebundenes Halstuch abgerundet und kombinierte so das Klassische mit dem Modernen.

Ich warf einen Blick von meinem Zimmer nach draußen auf den Südflügel von Blenheim, wo der Empfang stattfand. Die weißen Zelte für die morgige Veranstaltung waren bereits aufgebaut und standen dicht an dicht nebeneinander, wie eine gigantische Zahnreihe. Der heutige Empfang würde allerdings im Club des Schlosses stattfinden. Es wurde Zeit, dass ich mich ebenfalls auf den Weg machte. Wobei ich es bevorzugte, nicht der Erste zu sein.

»Du, ich muss aufhören. Ich melde mich später bei dir.«

»Viel Glück mit Juliette.«

»An mir soll es nicht liegen, aber die Kleine hat echt Haare auf den Zähnen.« Unwillkürlich musste ich an unser kleines Wortgefecht im Badezimmer denken.

»Solltest du in Juliette eine Frau gefunden haben, die dich nicht sofort anhimmelt.« Das Lächeln in Winstons Stimme war nicht zu überhören. »Wenn es so ist, dann feiere ich die Kleine jetzt schon.«

»Wir werden sehen.« Ich zuckte unbewusst mit den Schultern. Tatsächlich hatte Juliette nicht den Eindruck gemacht, dass sie froh darüber war, mich wiederzusehen. Was nicht allzu häufig vorkam.

»Viel Erfolg heute Abend und halt mich auf dem Laufenden.« Mit diesen Worten legte Winston auf.

Lächelnd verstaute ich das Handy in der Seitentasche meines Jacketts. Etwas anderes würde ich nicht brauchen. Aufgrund des schönen Wetters hatte ich beschlossen, die paar Schritte bis zur Südterrasse zu Fuß zu gehen. Ein bisschen frische Luft konnte nicht schaden, bevor ich in das Gemenge eintauchen würde. Ich musste einen klaren Kopf behalten, wenn ich Juliette um den Finger wickeln wollte. Über meine weitere Vorgehensweise war ich mir noch nicht ganz im Klaren. Die direkte Offensive hatte nicht funktioniert, ich würde zu etwas Raffiniertem greifen müssen.

Seit unserer Begegnung im Bad hatte ich nichts mehr von ihr gehört. Es wunderte mich, dass eine moderne, gut aussehende Frau wie Juliette Collins zu einem Event wie diesem ging. Es war schließlich ein offenes Geheimnis, das die Londoner Gesellschaft ihre Kinder herschickte, um sie zu verkuppeln.

Welchen Grund könnte also eine Frau wie sie haben? An Verehrern dürfte es ihr nicht mangeln. Noch dazu stammte sie aus einer wohlhabenden Familie, die in der Gesellschaft hoch angesehen war. Ein Grund mehr für potenzielle Heiratskandidaten, sich an die hübsche Juliette ranzumachen.

*Eigenartig.* Auf der anderen Seite hatte ich es auch nicht nötig und doch war ich durch äußere Umstände gezwungen worden. Ich würde den Grund schon noch herausfinden, der Juliette hierher getrieben hatte.

Entschlossen drückte ich die Türklinke nach unten und trat in den Flur.

Zeitgleich ging die andere Tür auf und Juliette stürmte aus ihrem Zimmer. Es hätte nicht viel gefehlt und ich wäre mit ihr zusammengestoßen.

»Sie schon wieder«, rief Juliette. Es war ihr anzusehen, dass sie alles andere als erfreut war.

»Ist das denn so unwahrscheinlich«, entgegnete ich lächelnd. »Schließlich wohnen wir im gleichen Cottage.«

»Danke, dass Sie mich daran erinnern «, erwiderte sie mit einem säuerlichen Lächeln. Sie hatte ihr schlichtes Reiseoutfit gegen ein helles Kleid eingetauscht, das ihre schmale Taille und die langen Beine betonte. Die vollen Haare waren zu einem Knoten an der Seite geschlungen, was ihren Schwanenhals und die hohen Wangenknochen perfekt in Szene setzte. Der breitkrempige Strohhut mit der kecken lila Schleife rundete das Outfit ab. Auch ohne die anderen Frauen gesehen zu haben, wusste ich schon jetzt, dass Juliette der Hingucker sein würde.

»Du siehst fantastisch aus«, startete ich meine Charmeoffensive, was mir zugegebenermaßen nicht sonderlich schwerfiel. Jeder Mann in Blenheim würde sich glücklich schätzen, Juliette an seiner Seite zu haben. Ein Umstand, den ich mit allen Mitteln verhindern würde.

Sie zögerte einen winzigen Augenblick. Verwunderung spiegelte sich in ihren Augen. Aber da war noch etwas – Freude.

*Erstaunlich.* Eigentlich war ich davon ausgegangen, dass eine Frau wie Juliette es gewohnt war mit Komplimenten überschüttet zu werden. Anscheinend hatte ich mich getäuscht. *Sehr gut.*

»Darf ich bitten.« Ich reichte ihr den Arm, damit sie sich unterhaken konnte.

Sie zögerte.

»Hast du Angst, dass ich beiße oder ...«, ich machte bewusst eine kleine Spannungspause, »rieche ich etwa aus dem Mund?«

Ein Lächeln huschte über Juliettes wunderschönes Gesicht.

»Keins von beiden«, sagte sie schließlich.

»Na dann.« Ich hielt ihr erneut meinen Arm entgegen.

»Sie geben wohl niemals auf«, sagte Juliette seufzend.

»Nicht, wenn es darum geht, eine schöne Frau zu erobern«, erwiderte ich süffisant.

Juliettes Augenbraue schnellte nach oben. »Nur, dass keine Missverständnisse zwischen uns entstehen. Ich bin nicht hier, weil ich einen Mann suche.« Wie es aussah, hatte sie meine Gedanken erraten.

»Umso besser«, erwiderte ich betont fröhlich. »Dann sind wir schon zu zweit.«

»Wirklich? Und ich hatte gedacht, Sie sind auf der Suche nach einem attraktiven Mann fürs Leben.« Ihre Mundwinkel zuckten.

»Also, das war nicht, was ich meinte«, stotterte ich verblüfft. Ich hatte nicht mit einer solchen Schlagfertigkeit gerechnet. Dabei hatte ich ihr den Ball förmlich zugespielt. »Was ich sagen wollte, war, dass ich nicht hier bin, um eine Frau kennenzulernen«, sagte ich entschieden.

Juliette kicherte vergnügt. »Und weswegen sind Sie dann hier?«

»Meine Eltern haben mich quasi gezwungen.« Ich hatte beschlossen, in die Offensive zu gehen.

»Tatsächlich. Dann geht es Ihnen fast wie mir«, rief Juliette erstaunt. »Bei mir waren es auch familiäre Umstände, die mich hierher gezwungen haben.«

Das wurde immer besser, frohlockte ich. »Ich hatte mich schon gefragt, was eine Frau wie du auf einem Event wie diesem zu suchen hat. Dir müssen die Männer in London doch zu Füßen liegen.«

»Ich kann mich jedenfalls nicht beklagen«, gab sie zurück und ihr wunderbarer Mund lächelte dabei. »Aber wie ich eingangs schon erwähnte, bin ich nicht auf der Suche nach einem Mann. Ich möchte einfach mein Leben genießen und das kann man bekanntlich am besten als Single. Blenheim ist für mich eine reine Pflichtveranstaltung.«

»Endlich mal jemand, der genauso denkt wie ich.« In meinem Kopf wirbelten die Gedanken. Vielleicht gab es doch einen Weg, die schöne Juliette ganz für mich allein zu haben und das auf eine sehr einfache Weise. Je länger ich darüber nachdachte, umso besser gefiel mir die Idee.

»Sieht ganz so aus.« Juliette lächelte und ein warmes Gefühl breitete sich in meinem Bauch aus.

»Hättest du Lust, meine Tischdame für den heutigen Abend zu sein? Zwischen uns sind die Fronten schließlich geklärt und dann können wir uns völlig entspannt miteinander unterhalten«, schlug ich vor. Dabei versuchte ich so gleichgültig wie möglich zu klingen, damit Juliette keinen Verdacht schöpfen würde.

Sie runzelte die Stirn. »Meinen Sie das ernst?«

»Ja klar. Das wäre eine Win-win-Situation für uns beide«, erklärte ich im Brustton der Überzeugung.

»Das müssen Sie mir näher erklären.« Sie hatte angebissen, so viel war sicher. Langsam fing es an, mir richtig Spaß zu machen.

»Als Erstes solltest du mit der albernen förmlichen Anrede aufhören. Tyler wäre deutlich netter und auch passender, wenn wir die kleine Scharade durchziehen wollen.«

»Okay, einverstanden, Tyler.« Ihre Augen blitzten auf.

»Dann denken die anderen, dass wir uns gefunden haben und lassen uns in Ruhe.«

»Mhm.« Juliette knabberte an ihrer Unterlippe. Eine winzige Bewegung, die sie unglaublich sexy aussehen ließ.

»Du meinst es also wirklich ernst?«

»Ich bin nur hier, weil meine Familie es möchte, und soweit ich es verstanden habe, bist du auch nicht ganz freiwillig hier.«

»Nicht im direkten Sinne«, gab sie zögerlich zu.

»Blenheim ist die Kontaktbörse der High Society unter dem Deckmäntelchen eines Events.«

»Das war mir durchaus bewusst.« Sie wirkte ungewöhnlich ernst. »Deshalb bin ich hergeschickt worden.«

»Wenn wir zusammen auftreten, dann wird man uns in Ruhe lassen.« Ich konnte förmlich sehen, wie es hinter ihrer schönen Stirn arbeitete.

»Es ist natürlich deine Entscheidung.« Ich wollte nicht, dass sie sich durch mich gedrängt fühlte. Sie sollte das Gefühl haben, dass sie diejenige war, die das Zepter in der Hand hielt.

»Aber ich verspreche dir, dass es mit mir lustiger ist als mit den ganzen Spießern.« Ich deutete auf eine Gruppe von Männern, die in steifen Anzügen gekleidet in Richtung Eingang gingen.

Ein Lächeln huschte über ihr Gesicht.

»Einverstanden.« Ihre Augen waren fest auf mich gerichtet.

»Prima, das freut mich.« Ich schenkte ihr ein Lächeln.

»Dann haben wir ein Date.«

»Hey, ich will wirklich nur entspannt den Abend genießen«, versetzte sie mir einen Dämpfer. »Also mach dir keine Hoffnung.«

»Keine Sorge. Ich auch.«

»Na dann, auf in den Kampf.« Juliette grinste.

Vielleicht würde der Aufenthalt in Blenheim doch nicht so schlimm werden, wie ich gedacht hatte. Zumindest hatte ich mein Ziel jetzt schon erreicht. Juliette Collins hing an meiner Angel.

# 9
# KINSEY

WIR FOLGTEN dem schmalen Weg hoch zum Palace. Der Kies knirschte bei jedem unserer Schritte unter den Füßen. Über uns spannte sich der blaue Himmel und die Sonne schien warm auf uns herab. Mein Herz raste noch immer und in meinem Kopf drehte sich alles.

Oh mein Gott! Hatte ich wirklich gerade ein Date mit einem der begehrtesten Junggesellen Englands zugesagt? Wobei es ja eigentlich kein Date war. Genau genommen war es nur ein Abendessen inmitten von hunderten anderen Gästen. Bis zu unserem Gespräch hatte ich angenommen, dass sein Besuch auf Blenheim einzig einem Zweck diente – eine Ehefrau zu finden oder zumindest gnadenlos zu flirten. Dass er wie ich quasi genötigt worden war, damit hatte ich nicht gerechnet. Aber je länger ich darüber nachdachte, desto besser gefiel mir seine Idee.

Alles, was ich auf Blenheim wollte, war berufliche Kontakte zu finden und da kam mir Tylers Idee von dem gemeinsamen Abendessen gerade recht. Ich war mir sicher, dass er im Gegensatz zu mir jede Menge Leute kannte, denen er mich vorstellen würde.

Ich warf einen verstohlenen Blick zur Seite. Ein zufriedenes Lächeln spielte um Tylers Mund. Seine Augen waren fest auf den Weg gerichtet. Er sah unglaublich gut aus in seinem dunkelgraubraunen Anzug, dessen Armstrong-Tartan-Muster eher ungewöhnlich, aber sehr modern wirkte. Statt einer Fliege hatte er ein Tuch um seinen Hals geschlungen, das wie eine Krawatte gebunden war und dessen Enden in dem weißen Hemd verschwanden. Als Schuhe hatte er klassische braune Oxforder gewählt, die das Outfit perfekt abrundeten. Eins musste man Tyler lassen, er hatte durchaus einen guten Klamottengeschmack, was bei Männern nicht immer der Fall war. Bei meinem letzten Freund hatte ich gegen Windmühlen gekämpft, als ich ihn gebeten hatte, sich ein paar modische Jeans zu holen die nicht wie ein Sack an ihm hingen.

Bei Tyler hingegen saß alles wie angegossen, woraus ich schloss, dass es sich dabei um Maßanfertigungen handeln musste. Tyler Steven Lepley war ein Mann, der das Leben im Luxus gewohnt war.

»Wir sollten noch ein paar Absprachen treffen«, schlug ich vor.

»Inwiefern?«

»Na ja so eine Art Safeword oder so, falls man die Aufmerksamkeit des anderen möchte.«

»Safe Word!« Er verzog das Gesicht zu einem breiten Grinsen. »Eigentlich hatte ich nur an ein gemeinsames Abendessen in der Öffentlichkeit gedacht und nicht an Sex. Aber wenn du darauf bestehst. Gerne.«

»Blödmann. Safeword war der falsche Begriff.« Ich versetzte ihm einen Stoß in die Seite. »Auch wenn dein ausgeprägtes männliches Ego jetzt wahrscheinlich einen tiefen Knacks bekommen wird, muss ich dir sagen, dass ich auf keinen Fall an Sex gedacht habe.«

»Bist du dir da sicher?«

»Ganz sicher«, erwiderte ich wahrheitsgemäß. Meine Wangen brannten wie Feuer. Wahrscheinlich sah ich aus wie ein Ampelmännchen.

»Schade.« Tyler verzog das Gesicht.

»Die Wahrheit tut eben manchmal weh.« So langsam fand

ich Gefallen an der Sache. Tyler Lepley war im Gegensatz zu den Langweilern, die ich bisher gesehen hatte, zumindest unterhaltsam.

Er drehte seinen Kopf zu mir. »Du gehst gerne auf Nummer sicher?«

»Ja, immer.« Das war ich Juliette schuldig, um nicht ihren Ruf nicht aufs Spiel zu setzen, aber das wusste Tyler schließlich nicht.

»Eigentlich schade.«

Das Gras raschelte leise, als eine sanfte Windböe darüberfuhr.

»Dabei fällt mir ein, genaugenommen weiß ich nichts über dich, außer deinen Namen und das du der begehrteste Junggeselle Englands bist, seit Prinz Harry geheiratet hat.«

»Ich bin die Nummer zwei nach Prinz Harry. Autsch, das tat weh.« Lächelnd blieb er stehen.

»Du hast nicht ernsthaft erwartet, dass du einen Prinzen toppen kannst.« Ich mochte seinen Humor, oder zumindest das, was ich bisher davon kennengelernt hatte.

»Wahrscheinlich. Also, was willst du wissen, was nicht in der Presse steht?« Seine Blicke brannten sich in mein Gesicht. Sofort setzte ein Kribbeln in meinem Bauch ein.

»Wie bist du zum Polo gekommen?« Ich hatte noch nie einen Polospieler kennengelernt, aber das konnte ich ihm nicht sagen. Nach wie vor war dieser spezielle Sport der Elite vorbehalten. Menschen aus dem Volk durften im besten Fall als Zuschauer daran teilnehmen.

»Meine Familie besitzt eines der größten Gestüte in England. Dadurch bin ich mit Pferden groß geworden.« Seine Augen schienen förmlich zu leuchten.

»Verstehe, dann hast du dein Hobby zu deinem Beruf gemacht«, stellte ich fest.

»Könnte man so sagen. Außerdem habe ich eine Schwäche für alte Autos und schöne Frauen.«

»Wie mein Dad«, rief ich dazwischen.

»Der ist mir sofort sympathisch. Vor allem, was die Schwäche für Frauen anbelangt.« Er grinste schief.

»Du weißt genau, was ich meine.« Ich versetzte Tyler einen sanften Stoß in die Seite.

»Dein Vater sammelt also Oldtimer.« Sein Blick hielt mich gefangen.

»Als sammeln würde ich es nicht bezeichnen. Aber er hat sich schon immer dafür interessiert«, wich ich seiner Frage aus.

»Dann hast du ein enges Verhältnis zu deiner Familie?«

Ich zögerte einen Moment. Von Juliette wusste ich, dass es durchaus Spannungen zwischen ihr und den Eltern gab. Auf der anderen Seite liebte sie ihre Eltern sehr. »Das könnte man so sagen. Und du?«

»Ich würde es als eng bezeichnen. Meine Eltern haben mich bedingungslos in meinem Sport unterstützt«, fuhr er fort. »Wofür ich ihnen sehr dankbar bin.« Mit einem Mal wirkte er ernster und das Lächeln war aus seinem Gesicht verschwunden. Um uns herum herrschte eine friedliche Stimmung, die ganz im Gegensatz zu meiner Gefühlswelt stand. In meinem Kopf wirbelten noch immer die Gedanken und mein Magen blubberte.

»Und was ist mit dir?«, richtete Tyler seine Frage direkt an mich. »Was gibt es über dich zu wissen?«

Wir gingen vorbei an den summenden Lavendelfeldern. Bis zum Haupthaus waren es nur noch wenige Meter.

»Nicht viel. Ich habe im Gegensatz zu dir ein ziemlich normales Leben«, sagte ich leichthin. Vorsichtig strich ich mit der Hand entlang der lila Blüten und hielt mir anschließend die Hand unter die Nase, um daran zu schnuppern.

»Das wage ich zu bezweifeln, schließlich bist du die Tochter von Sir Walter Collins, dem größten Derbyveranstalter des Landes.«

Anscheinend wusste Tyler besser über mich beziehungsweise Juliette Bescheid, als ich über ihn. Ein Umstand, den ich sofort ändern würde, sobald ich wieder auf meinem Zimmer war.

»Also gut«, gab ich seufzend von mir, als würde mich meine eigene Geschichte langweilen. »Ich habe zwei beste

Freundinnen und ein Appartement in Notting Hill. Ich liebe mein Leben als Single.«

»Und du liebst Lavendel« Seine Augen ruhten auf mir.

»Ich mochte den Duft schon immer. Der erinnert mich an meine Ferien in Südfrankreich.«

»Okay. Du warst also in den Ferien in Frankreich.« Man konnte ihm ansehen, dass er die Informationen abspeicherte.

»Ja, mit meinem damaligen Freund. Allerdings muss ich gestehen, dass ich außer dem Inneren unseres Zeltes nicht viel gesehen habe.« Ein Lächeln huschte über mein Gesicht bei dem Gedanken an damals. »Aber der Duft der Lavendelblüten ist mir im Gedächtnis geblieben.

»Verstehe.« Tylers Mundwinkel zuckten belustigt. »Allerdings hätte ich nicht erwartet, dass du das Innere eines Zeltes überhaupt kennst.«

»Ich wollte einfach mal einen Urlaub machen wie jeder andere auch.«

»Und wie hat es dir gefallen?« Seine Augen forschten in meinem Gesicht.

»Super, aber ein Urlaub im Four Seasons ist auch nicht schlecht«, versuchte ich die Kurve zu kriegen.

»Okay, da sind wir einer Meinung.« Er klang erstaunt.

Wir hatten das Ende des Lavendelfeldes erreicht. Vor uns breitete sich die Rasenfläche mit den weißen Partyzelten darauf aus. Dahinter thronten die Mauern von Blenheim. Die ersten Gäste hatten uns bereits ins Visier genommen. Mein Herz wummerte so stark gegen meine Brust, dass ich Angst hatte, es könnte heraushüpfen.

»Na, dann wollen wir mal.« Wie selbstverständlich legte Tyler seinen Arm um meine Taille und zog mich besitzergreifend an sich. Eine unglaubliche Wärme ging von ihm aus. Meine Güte, wie machte der Mann das nur?

Ich gehörte zu der Sorte Frau, die ständig fröstelte. Selbst im Sommer schlief ich mit einer Wärmflasche auf dem Bauch und im Winter legte ich über meine normale Decke noch eine Fleecedecke, was mir bei meiner Familie den Spitznamen Frostie eingebracht hatte.

Mit wenigen Schritten hatten wir den Eingang erreicht. Ich spürte, wie uns die Blicke der umstehenden Gäste folgten. Aus dem Augenwinkel bemerkte ich zwei Frauen, die die Köpfe zusammensteckten und tuschelten. Dabei hatten sie die Augen starr auf Tyler gerichtet.

»Zwei Ex-Freundinnen von dir?«, witzelte ich und deutete unauffällig auf die beiden.

Tyler warf einen zufälligen Blick hinüber. »Glaubst du wirklich, dass ich so einen schlechten Geschmack habe?«

»Wie ist denn dein Geschmack?«, fragte ich neugierig.

»Das werde ich dir nicht verraten«, erwiderte Tyler grinsend. »Aber die beiden sind es jedenfalls nicht.«

»Guten Abend«, wurden wir von einer jungen Frau gleich an der Tür zum Salon begrüßt. »Dürfte ich bitte Ihre Karten sehen?« Jeder der Gäste hatte eine Plastikkarte mit seinem Namen darauf bekommen, um sich für die verschiedenen Events, die an diesem Wochenende stattfinden würden, ausweisen zu können.

»Aber selbstverständlich.« Lächelnd zückte Tyler seine Karte.

Die Blondine warf einen kurzen Blick darauf. Dabei weiteten sich ihre Augen fast unnatürlich. »Mr Lepley. Was für eine Ehre.« Eine zarte Röte zeichnete sich auf ihren Wangen ab. »Herzlich willkommen.«

»Vielen Dank.« Tyler schenkte der Frau ein warmherziges Lächeln. Ihm schien die Aufmerksamkeit nichts auszumachen.

»Bitte entschuldigen Sie, dass ich Sie nicht gleich erkannt habe.« Die Stimme der Frau war kaum mehr als ein ehrfürchtiges Hauchen.

»Hier ist meine Karte.« Ich hielt sie der Frau entgegen.

»Das ist nicht nötig.« Die Empfangsdame winkte ab. »Sie sind in der Begleitung von Mr Lepley.«

»Okay.« Etwas irritiert steckte ich den Ausweis zurück in die Clutch.

»Zum Empfang geht es geradeaus. Das Essen wird später in der Orangery stattfinden«, erklärte die Frau, den Blick fest auf Tyler gerichtet. »Ich wünsche Ihnen viel Vergnügen.« Es war offensichtlich, dass sie meinen Begleiter meinte und nicht mich. Umso besser. Das zeigte mir, dass mein Plan aufgehen würde. Als Frau an der Seite von Tyler wurden meine Stellung und Person nicht hinterfragt.

»Vielen Dank«, verabschiedete sich Tyler höflich.

Stimmgewirr und leise Musik schlug uns entgegen, als wir den Wintergarten betraten. Ein leichter Blumenduft hing in der Luft und schon auf den ersten Blick war zu erkennen, dass sich die gesamte Londoner High Society hier versammelt hatte. Frauen in Cocktailkleidern mit Hutkreationen auf dem Kopf, wie man sie sonst nur während der Saison in Ascot fand. Daneben Männer mit maßgeschneiderten Anzügen und Zylindern, denen die Langeweile förmlich aus dem Gesicht sprang.

Überall waren Stehtische verteilt, um die sich kleine Grüppchen gebildet hatte. Junge Frauen und Männer in schwarz-weißen Kellneruniformen huschten lautlos wie Geister zwischen den Gästen hindurch, um Champagner und kleine Häppchen anzubieten. Riesige Liliensträuße zierten die Vasen, die überall aufgestellt worden waren. Weiße Girlanden, auf denen mit goldenen Lettern Club Privé geschrieben war, hingen entlang der hohen Decken. Eine riesige Glasfront gab den Blick auf den Garten frei, wo die weißen Zelte, wie Fremdkörper hervorstachen. Auch dort hatte man Tische und Stühle über die Rasenfläche verteilt, an denen bereits Gäste Platz genommen hatten, um ihr Glas Champagner in der goldenen Frühlingssonne zu genießen. Trotz der vielen Menschen, die sich im Salon und draußen versammelt hatte, wollte keine Stimmung aufkommen. Alles wirkte eigenartig steif und gezwungen. Vielleicht hatte Juliette doch recht daran getan, nicht herzukommen. Aber schließlich war ich nicht zum Vergnügen, sondern aus Business-Gründen hier.

»Was hältst du von einem Glas Champagner?« Tyler deutete auf die Bedienung, die ein paar Schritte entfernt von uns mit einem Tablett in der Hand stand.

»Champagner wäre fabelhaft.«

Tyler gab der Bedienung ein Zeichen, worauf sie zielstrebig zu uns kam.

»Bitteschön.« Die junge Frau reichte mir ein Glas, indem die goldgelbe Flüssigkeit perlte.

»Und für Sie, Mr Lepley?« Die Bedienung schenkte Tyler einen Augenaufschlag der Extraklasse. Es war offensichtlich, dass es sich bei der Frau um einen weiteren Fan meines Begleiters handelte.

»Vielen Dank.« Tyler nahm lächelnd sein Getränk entgegen.

»Sehr gerne. Kann ich Ihnen sonst noch etwas bringen?« Die Frau machte eine kurze Pause, die Augen fest auf Tyler gerichtet, als würde ich gar nicht existieren.

»Danke, aber wir sind versorgt.« Tyler wandte sich wieder mir zu.

»Auf uns.« Er prostete mir zu.

Lächelnd schaute ich zu ihm hoch. Ein Fehler wie sich herausstellte. Sofort nahmen mich seine Augen gefangen. Eine verräterische Hitze kroch meinen Hals hoch.

»Auf einen schönen Nachmittag und Abend.« Ohne zu zögern, nahm ich einen Schluck Champagner. Ein zarter säuerlicher Geschmack mit einem Hauch Frucht breitete sich in meinem Mund aus.

»Mhm.« Ich fuhr mir mit der Zungenspitze über die Unterlippe. »Daran könnte ich mich durchaus gewöhnen.«

»Tu dir keinen Zwang. Es ist genug davon da.« Tylers Mundwinkel zuckten verdächtig.

Aus dem Augenwinkel bemerkte ich eine kleine Gruppe bestehend aus zwei Frauen und einem Mann, die zielstrebig Kurs auf uns nahmen. Wahrscheinlich Fans von Tyler. Mich kannte schließlich niemand hier. Meinen Namen vielleicht, aber soweit ich von Juliette wusste, war keiner aus dem engeren Freundeskreis hier.

Die größere der beiden Frauen hatte platinblonde Haare und ein faltenloses Gesicht, bei dem mit Sicherheit nicht nur der liebe Gott die Hände im Spiel gehabt hatte. Dafür waren der Mund zu groß, die Stirn zu glatt und die Brüste im Verhältnis zum Rest des Körpers riesig. Die jüngere Frau hatte gewisse Ähnlichkeit mit der Blondine. Nur, dass ihr Gesicht bei weitem nicht so maskenhaft wirkte und sie einen etwas dunkleren Blondton hatte. Der Mann sah auf den ersten Eindruck wie ein Versicherungsvertreter aus, den man in einen maßgeschneiderten Anzug gesteckt hatte.

»Achtung«, flüsterte Tyler mir ins Ohr, der die Gruppe ebenfalls entdeckt hatte. »Die Balton-Geschwister haben uns ins Visier genommen.«

»Kennst du die?« Ich folgte unauffällig seinem Blick.

»Du nicht?« Erstaunen sprach aus seinem Gesicht.

»Nein, bisher sind wir uns nicht begegnet.«

»Du Glückliche. Ich entschuldige mich schon jetzt für alles, was gleich passiert.« Ein freches Grinsen spielte um seinen Mund, gepaart mit einem Ausdruck wilder Entschlossenheit in seinen Augen. Er stellte sein Glas auf dem Beistelltisch ab.

Ein ungutes Gefühl beschlich mich. »Was meinst du damit?«

Statt mir zu antworten, beugte sich Tyler zu mir. Sekunden später berührten sich unsere Lippen. Überrascht sog ich die Luft ein. Sein Mund lag warm und weich auf meinem, dabei hielten mich seine Arme fest umschlungen. Instinktiv schmiegte ich mich an ihn. Selbst durch das Jackett konnte ich seine stahlharten Muskeln spüren.

Das letzte bisschen meines Verstandes, das noch funktionierte, schrie mich an, damit aufzuhören und dem unverschämten Kerl die Meinung zu sagen. Mein Körper hingegen gab eindeutige Signale von sich. Winzige elektrische Schläge wanderten dort über meine Haut, wo er mich berührte. Sein männlicher Duft hüllte mich ein – wild und erregend zugleich.

*Verdammt.*

Seine Zungenspitze strich über meine Lippen, als würde er sie streicheln. Ich zuckte überrascht zusammen. Wie auf Kommando löste er sich von mir.

»Tyler Steven Lepley«, ertönte eine fremde Männerstimme.

Ich öffnete benommen die Augen. Das Blut rauschte in meinen Ohren. Gleichzeitig meldete sich mein Verstand wieder. Sobald wir allein waren, würde ich Tyler gehörig die Meinung geigen. Aber jetzt war nicht der richtige Zeitpunkt.

Die beiden Schwestern und ihr Bruder musterten mich mit unverhohlener Neugier. Ich würde Tylers kleines Spiel wohl oder übel mitspielen müssen, wenn ich nicht einen Skandal heraufbeschwören wollte.

»Hallo, Henry«, antwortete Tyler deutlich reserviert. Sein Arm legte sich wie ein Schraubstock um meine Taille, als hätte er Angst, ich könnte ihm weglaufen. Sein Blick wanderte zu den beiden Frauen.

»Hallo, Philippa. Hallo, Henrietta. Darf ich euch Juliette vorstellen? Juliette Collins.«

Die Balton-Geschwister starrten mich an, als würden kleine grüne Männchen auf meinen Schultern Samba tanzen. Nervös leckte ich mir mit der Zungenspitze über die Lippen. Dabei versuchte ich ein entspanntes Gesicht zu machen.

»Hallo«, hauchte ich schwach. Aus dem Augenwinkel bemerkte ich einige der Gäste, die zu uns herübersahen.

Tyler zog mich noch dichter an sich. Mein ganzer Körper kribbelte. Ich konnte noch immer seine Lippen auf meinen spüren.

»Die Freude ist ganz auf unserer Seite.« Die Augen des Mannes klebten auf mir.

»Juliette Collins«, wiederholte die Blondine langsam, als müsste sie die Buchstaben in ihrem Kopf erst einmal sortieren. »Die Tochter von Sir Walter Collins, wenn ich mich recht entsinne. Wir sind uns mal auf einem Empfang vorgestellt worden.«

*Shit. Shit. Shit.*

Ich spürte Tylers Blicke auf mir ruhen.

»Tatsächlich. Das hatte ich total vergessen«, antwortete ich betont gleichgültig. Ich hoffte, dass niemand das Zittern in meiner Stimme bemerkte. »Aber ich begleite meine Eltern so häufig auf Events dieser Art, dass ich schon mal etwas vergesse. Nichts Persönliches.«

»Kein Problem, das kann jedem Mal passieren.« Philippa winkte huldvoll ab.

»Du hast dich ziemlich verändert.« Instinktiv hielt ich die Luft an. Das war genau die Situation, die ich gefürchtet hatte. Sie musterte mich scharf. »Irgendwas mit deinen Haaren. Du hast sie etwas dunkler und länger als damals.«

»Ja, das kann schon sein.« Ich atmete erleichtert aus. »Gefällt mir«, lautete ihr abschließendes Urteil. »Das lässt dich irgendwie jünger aussehen. Nicht, dass du alt wirken würdest. Wie geht es deinen Eltern?«

»Sehr gut. Danke der Nachfrage«, beeilte ich mich, zu sagen.

»Seit wann seid ihr ...« Philippa wedelte mit dem Zeigefinger zwischen mir und Tyler in der Luft herum.

Ich öffnete den Mund.

»Wir kennen uns noch nicht so lange«, kam Tyler mir zuvor. Zärtlichkeit lag in seinem Blick, was meinen Magen dazu brachte, wilde Purzelbäume zu schlagen. Eins musste man ihm lassen, er war ein hervorragender Schauspieler.

»Tatsächlich? Eine junge Liebe«, rief Philippa erstaunt.

»So könnte man es sagen«, gab Tyler süffisant zurück. Ich kochte innerlich vor Wut. Mit seiner kleinen Aktion hatte er eine Welle losgetreten, die nicht mehr zu stoppen war. Ich hatte doch nur Leute kennenlernen wollen, und nicht so eine Aufmerksamkeit auf mich ziehen.

»Tja, dann wollen wir euch nicht länger stören«, säuselte Henrietta. »Ich hoffe, wir sehen uns später noch. Es hat uns gefreut.«

»Mich auch.« Ich setzte mein geschäftsmäßiges Lächeln auf.

»Sag mal, hast du sie noch alle?«, zischte ich, als die drei außer Sichtweite waren. »Du kannst mich nicht einfach küssen.« Fast hätte ich mit den Füßen aufgestampft.

»Sorry, aber das war Notwehr. Die Baltons sind eine wahre Pest und so wie Henry dich angesehen hat, warst du in seinem Visier.«

»Du erwartest nicht ernsthaft, dass ich mich bei dir bedanke, oder?« Ich tippte wütend mit den Fußspitzen auf.

»Entschuldige bitte. Du hast recht, das war nicht okay von

mir.« Seine Augen nahmen mich gefangen und ließen meinen Widerstand schmelzen.

»Nein, war es nicht«, brummte ich.

»Ich hatte übrigens den Eindruck, dass dir der Kuss gefallen hat. Zumindest hast du mir nicht die Zunge abgebissen.« Seine Augen blitzten vergnügt. »So schlimm kann es also nicht gewesen sein.«

»Es ist unglaublich. Du küsst mich ungefragt und nur, weil ich mitgespielt habe, denkst du, es hat mir gefallen. Bild dir bloß nichts ein. Ich wollte nur keinen Skandal hervorrufen. Außerdem war es kein richtiger Kuss und der war gerade mal passabel.« Das war eine Lüge, aber Tyler war auch so schon von sich überzeugt. Ein kleiner Dämpfer seines Egos konnte nicht schaden.

»Passabel.« Er wirkte sichtlich getroffen. Anscheinend hatte ich ihn in seiner männlichen Ehre verletzt. Etwas, das ich durchaus beabsichtigt hatte. Es war an der Zeit, dass ich wieder die Oberhand gewann. »Das hat noch keine Frau zu mir gesagt.«

Ich zuckte gelassen mit den Schultern. »Einmal ist immer das erste Mal. Außerdem sind wir Frauen Weltmeister im Faken.«

»Die Gefühle bei einem Kuss kann man nicht faken.«

»Glaubst du das wirklich?« Ich funkelte ihn angriffslustig an.

»Unbedingt. Ich würde es sofort spüren, wenn eine Frau mir etwas vorspielt«, erwiderte Tyler im Brustton der Überzeugung.

Na warte, dem würde ich es zeigen. Ich schnappte mir seine Hand und zog ihn um die Ecke. Hinter einer der großen Säulen blieb ich stehen. Hier gab es wenigstens keine neugierigen Zuschauer.

»Moment.« Ohne zu zögern, stellte ich mich auf die Zehenspitzen, legte meine Arme um seinen Hals und zog ihn an mich heran. Unsere Lippen trafen sich erneut. Er gab einen überraschten Laut von sich, was mich nur noch mehr anspornte. Sein Mund fühlte sich wunderbar weich an. War sein Kuss zärtlich, herantastend gewesen, so war dieser verzehrend und wild. Ich tauchte meine Zunge tief in ihn ein. Ich liebte seinen Geschmack, genau wie seinen männlichen Duft, der ihn umgab. Meine Hand glitt runter zu seinem knackigen Po, wo sie einen Moment liegen blieb. Tyler presste seine Hüfte gegen mich und ich spürte die harte Beule unter dem Stoff seiner Hose. Jetzt war er genau da, wo ich ihn haben wollte. Mit einem Ruck löste ich mich von ihm. Zeitgleich gab ich ihm einen Klaps auf seinen Allerwertesten. Tyler öffnete die Augen. In seinem Blick lagen pure Lust und Verwunderung.

Ich lehnte mich lässig gegen die Säule in meinem Rücken.

»Und wie hat sich der Kuss angefühlt?«

Er stockte. »Wahnsinn. So, als wolltest du mich auf der Stelle vernaschen.«

»Siehst du und genau das ist der Fehler. Ich habe nämlich gar nichts dabei gespürt.«

»Du willst mich auf den Arm nehmen«, sagte Tyler entschlossen. »Ich habe genau gehört, wie du diesen winzigen kleinen Laut von dir gegeben hast, den Frauen immer von sich geben, wenn sie ...«

Ich wiederholte das leise Quietschen, dabei schloss ich die Augen und fuhr mir mit der Zungenspitze über die Unterlippe. »Meinst du den?«

»Blimey«, sagte er fassungslos. »Und du hast das alles nur gespielt?«

»Absolut.« Das war eine glatte Lüge. Der Kuss hatte meinen ganzen Körper in Aufruhr versetzt und es kostete mich meine ganze Kraft, ein gleichgültiges Gesicht zu machen.

Es klingelte leise im Hintergrund.

»Es geht los.« Wir eilten die paar Schritte zurück in den Salon. Niemand schien unsere kurze Abwesenheit bemerkt zu haben. Alle Blicke waren auf das Podium gerichtet, das sich vor dem Eingang zur Orangery befand. Eine Gruppe wichtig aussehender Menschen in Abendkleidung hatte sich darauf aufgebaut.

»Das Empfangskomitee von Blenheim«, flüsterte Tyler mir ins Ohr.

Er hatte den letzten Satz noch nicht fertig gesprochen, als ein untersetzter Mann mit schütterem, blondem Haar das Wort ergriff.

Es freut mich sehr, dass Sie so zahlreich unserer Einladung zum diesjährigen Club Privé gefolgt sind. Diese Veranstaltung ist jedes Jahr immer wieder etwas Besonderes für mich. All diese jungen Menschen, die hierher nach Blenheim kommen, um Kontakte zu knüpfen, die nicht selten bis ans Lebensende dauern.«

Leise Beifallrufe waren zu hören.

»Der Typ hört sich wie der Chef von Tinder an«, raunte ich, noch immer darum bemüht meinen Herzschlag zu beruhigen.

Tylers Mundwinkel zuckten belustigt. »Lass das niemanden hören. Das ist James Spencer-Churchill, der 12th Duke of Marlborough.«

»Oh.«

»Ich dachte, das wüsstest du.« Verwunderung sprach aus seiner Stimme. »Soweit ich weiß, sind dein Vater und er befreundet.

»Ja, aber das bedeutet noch lange nicht, dass ich ihn kennen muss. Außerdem war ich das letzte Jahr in New York. Da ist so einiges an Neuigkeiten aus der Society an mir vorbei gegangen.«

»Verstehe.« Tyler sah mich mit diesem durchdringenden Blick an, den ich nicht zu deuten wusste. Ahnte er womöglich, dass ich nicht Juliette war?

»Damit die Gentlemen ihren Damen zeigen können, dass sie nicht nur gut mit Worten umgehen können, sondern auch Taten folgen lassen, werden wir auch dieses Jahr wieder unser berühmtes Rennen durch die Cotswolds veranstalten. Morgen Vormittag werden die Ausstellungszelte ihre Tore öffnen, wo sie die exklusiven Stände unserer Partner bewundern können. Wir freuen uns sehr, Ihnen diesmal das traditionelle Unternehmen Chopard mit seinen wundervollen Schmuckkreationen zu präsentieren.« Er machte eine kurze Pause, um das Gesagte sacken zu lassen.

»Also, meine Herren, halten Sie Ihre Portemonnaies gut fest.«

Lautes Gelächter ertönte.

»Unser Partner Pommery wird dafür sorgen, dass die Gläser der Damen immer gefüllt sind. Für das leibliche Wohl heute Abend sorgt die hauseigene Küche und ich kann Ihnen versichern, dass Sie lange suchen werden, um einen ähnlichen Gaumengenuss zu finden«, fuhr der Duke in jovialem Tonfall fort. »Deshalb möchte ich Sie auch nicht länger aufhalten und wünsche Ihnen einen schönen Abend hier in Blenheim Palace.«

Tosender Applaus ertönte. Im Hintergrund hatten sich die Angestellten aufgebaut. Der Duke, der sich bis eben im Beifall gesonnt hatte, gab ein Zeichen. Sofort flogen die großen Flügeltüren auf und gaben den Blick in das Innere des Restaurants frei.

»Ich weiß nicht, wie es dir geht, aber ich könnte eine Kleinigkeit zu essen vertragen.«

»Ja, von mir aus. Darf ich?« Tyler reichte mir galant die Hand.

»Solange du nicht wieder versuchst, mich zu küssen.«

»Versprochen. Es wird nicht mehr geschehen, außer du möchtest es.«

»Das wird nicht passieren.« Lächelnd schlug ich ein.

»WIE SCHMECKT DIR DER WEIN?« Fragend sah mich Tyler an, der neben mir Platz genommen hatte. Mit uns am Tisch saßen noch drei weitere Paare, mit denen ich abgesehen von einer formellen Vorstellung kaum ein Wort gewechselt hatte. Eine Gruppe Musiker hatte sich auf einem Podest aufgebaut und untermalte das leise Gemurmel der Gäste mit ihren Interpretationen klassischer Musik. Über unseren Köpfen breitete sich der nächtliche Himmel hinter dem gigantischen Glasdach der Orangery aus. Riesige Kronleuchter hingen von der Decke, in denen sich das Licht tausendfach brach. Der ganze Raum war in einem festlichen Weiß gehalten, das lediglich durch die Palmen und Pflanzen unterbrochen wurde, die entlang der großen Flügeltüren zum Garten aufgestellt waren.

»Absolut fantastisch.« Genüsslich fuhr ich mir mit der Zungenspitze über die Unterlippe. »Genauso wie die Vorspeise. Die Garnelen mit der Kokosnuss-Sauce und dem gerösteten Brot dazu waren eine absolute Offenbarung. Ich kann mich nicht erinnern, schon mal so etwas Leckeres gegessen zu haben.«

»Dann solltest du unbedingt das Dorcester in London besuchen. Die Garnelen und der Hummer, die sie dort servieren, sind legendär. Allerdings nicht so gut wie die Pizza bei Nino.« Ein breites Grinsen lag um seinen Mund.

»Nino?« Ich runzelte die Stirn. »Ist das nicht der kleine Italiener in Soho gleich neben Dean&Deluca?«

»Du kennst Ninos Pizzeria?« Erstaunen breitete sich auf seinem Gesicht aus.

»Na klar! Wer kennt den kleinen, dicken Italiener nicht? Meine Freundinnen lieben die gemütliche Atmosphäre da.« Auf einem unserer Streifzüge durch das nächtliche Soho hatten wir das kleine Restaurant durch Zufall entdeckt. Seitdem gehörte es wie das Heavens Place zu unseren Stammlokalen.

»Geht mir genauso. Die Jungs und ich gehen nach dem Training manchmal dorthin, um 'ne Pizza zu essen«, erklärte Tyler. »Du bist die Erste, die Ninos kennt außer mir.«

»Reiner Zufall.« Ich tupfte mir mit der Serviette über die Mundwinkel, um eventuelle Krümel zu entfernen. Eine Übersprunghandlung, um Zeit zu gewinnen.

»Für jemanden, der in der High Society in London aufgewachsen ist, bist du ganz schön ...«, er schien nach den richtigen Worten zu suchen, »bodenständig geblieben.«

»Du doch auch.« Je mehr Zeit ich mit Tyler verbrachte, desto mehr veränderte sich das Bild von ihm, dass ich in meinem Kopf gehabt hatte. In den letzten Stunden hatte er sich als unterhaltsamer Begleiter herausgestellt, der ernsthaftes Interesse an mir gezeigt hatte. Kein oberflächliches Geschwätz, wie ich es erwartet hatte bei einem gesellschaftlichen Anlass wie diesem. Er hatte mich mit kleinen Anekdoten über die anwesenden Gäste unterhalten und mich mehr als einmal damit zum Lachen gebracht.

»Das liegt wahrscheinlich daran, dass ich völlig normal aufgewachsen bin.« Tyler lehnte sich lässig in seinem Stuhl zurück. In seinen grünen Augen spiegelte sich das Licht als kleine goldene Punkte wider. »Wenn man auf einem Gestüt lebt, dreht sich den ganzen Tag alles nur um die Pferde.«

»Wie läuft den so ein Tag ab?«, wollte ich wissen. Ich hatte noch nie jemanden getroffen, der seinen Lebensunterhalt mit Pferden bestritt.

»Als ich noch zuhause gewohnt habe, sind wir morgens um sechs Uhr aufgestanden.«

»So früh.« Ich gab einen anerkennenden Laut von mir.

»Das klingt, als ob du eine Langschläferin bist.« Er klang belustigt.

»Ich bin eine Eule. Abends lange wach und morgens lange im Bett«, erwiderte ich lachend. »Sechs Uhr ist für mich mitten in der Nacht.«

»Wenn du ein Gestüt hast, zählt das eigene Bedürfnis nicht. Um spätestens halb sieben sitzt die ganze Familie am Frühstückstisch. Außerdem sind Hildas Pancakes das frühe Aufstehen wert.«

»Wer ist Hilda?«

»Unsere Köchin«, erklärte Tyler, als wäre es die selbstverständlichste Sache auf der Welt, eine eigene Köchin zu beschäftigen. Bei uns war es Mum gewesen, die morgens verschlafen und mit Knitterfalten im Gesicht das Frühstück für uns zubereitet hatte. Einmal mehr wurde mir bewusst, wie verschieden die Welten waren, in denen wir beide groß geworden waren.

»Danach geht es in die Ställe, um mit den Pflegern und Trainern zu sprechen.«

»Dann trainiert ihr die Pferde gar nicht selbst?« In meinem Kopf hatte ich eine Version gehabt, in der die Besitzer selbst Hand anlegten. Wie es sich anhörte, war das bei Tylers Familie nicht der Fall.

»Bei der Größe, die unser Gestüt mittlerweile hat, ist man auf Unterstützung und Fachkräfte angewiesen. Die Tiere brauchen rund um die Uhr Betreuung. Das lässt sich gar nicht anders darstellen. Wobei Dad und Grandpa sich bis heute höchstpersönlich um die Züchtung kümmern. Das ist sozusagen ihr Steckenpferd. Das dürfte übrigens deinen Vater interessieren. Unsere Derby-Pferde sind die besten auf dem Markt.«

»Hm, dann kennt er sie bestimmt. Wobei ich gestehen muss, dass wir uns eigentlich nie über seinen Job unterhalten.«

Für einen winzigen Augenblick sah Tyler so aus, als wäre er enttäuscht. Oder hatte ich mich getäuscht?

»War dein Vater auch Polospieler?«

»Wie hast du das erraten?« Verwunderung sprach aus seinem Gesicht. »Mein Großvater und mein Vater waren bereits im Nationalteam. Ich bin quasi mit dem Schläger in der Hand groß geworden.« Ein Leuchten breitete sich auf seinem Gesicht aus. »Was ist mit dir? Reitest du auch?«

»Früher bin ich mal geritten«, erklärte ich großspurig. Das war die Übertreibung des Jahrhunderts. Ich hatte als Kind ein paar Stunden gehabt und hatte seitdem nicht mehr auf einem Pferd gesessen.

»Wenn du Lust hast, könnten wir zusammen einen Ausritt machen. Ich kenne einen Stall nicht weit von hier, wo wir uns Pferde leihen könnten.«

*Shit.* Warum hatte ich meine Klappe nicht halten können. Spätestens wenn Tyler mich auf dem Pferd sitzen sah, wusste er, dass ich nicht wirklich reiten konnte.

»Das klingt absolut verlockend, aber ich habe keine Reitsachen eingepackt«, lehnte ich hastig ab. »Außerdem ist es schon eine Weile her, dass ich auf einem Pferd gesessen habe. Ich würde dich nur behindern.«

»Hm.« Tyler sah mich nachdenklich an. »Ich dachte eigentlich, dass Reiten bei euch zum guten Ton gehört. Schließlich ist dein Vater einer der größten Veranstalter des Landes.«

»Ich bin diesbezüglich das schwarze Schaf der Familie«, versuchte ich meinen Fehler scherzhaft zu überspielen. Mir war leicht schwindelig vom Alkohol.

»Das macht dich umso interessanter.« Seine Augen versenkten sich in meine und ich hatte das Gefühl, in seinen grünen Seen zu versinken. Mein ganzer Körper fing an zu kribbeln.

*Verdammt.* Ich war auf dem besten Wege, mich in diesen Mann zu verlieben. Etwas, das auf keinen Fall passieren durfte. Tyler und ich lebten in zwei verschiedenen Welten. Außerdem hielt er mich für eine andere. Gleich zwei Gründe, die Finger von ihm zu lassen.

Hastig hob ich mein Glas. »Auf die Freiheit.«

»Auf die Freiheit«, erwiderte Tyler mit rauer Stimme.

# TYLER

»WIE WÄRE es mit einem Nachtisch?«, fragte die Bedienung mit einem leichten schottischen Akzent.

»Ich glaube nicht, dass ich das schaffe. Ich bin so satt wie schon lange nicht mehr.« Lächelnd legte Juliette die Gabel neben ihrem Teller ab. Im Gegensatz zu den meisten Frauen, die ich kannte, hatte sie keinen Gang ausgelassen und ihren Teller immer bis auf das letzte Blättchen leergegessen.

»Ach, komm schon. Du kannst unmöglich auf das Dessert verzichten«, erwiderte ich. »Blenheim hat eine eigene Patisserie und ist bekannt für seine erlesenen Desserts.«

»Einverstanden«, sagte Juliette seufzend. »Aber du bist schuld, wenn ich platze, und ich verspreche dir, das ist kein schöner Anblick.«

»Damit kann ich leben.« Lächelnd gab ich der Bedienung ein Zeichen, uns das Dessert zu bringen.

»Was für ein wunderschöner Abend.« Juliettes Blick wanderte durch den Raum. Es überraschte mich, wie begeistert eine Frau ihres Standes von einer Veranstaltung wie dieser war. Hätte ich es nicht besser gewusst, ich hätte angenommen, dass es das erste Mal für sie war.

»Danke für das Kompliment.« Ich lehnte mich entspannt in meinem Stuhl zurück. Unsere Tischnachbarn unterhielten sich leise miteinander. Den Gesichtern nach zu urteilten, langweilten sich die meisten, im Gegensatz zu Juliette und mir.

»Ich meinte nicht dich, sondern das Ambiente und das Essen«, erwiderte sie scharfzüngig. »Das alles hier ist einfach traumhaft schön.«

»Und was ist mit mir?«, protestierte ich scherzhaft. »Schließlich bin ich dein Date.«

»Deine Worte, nicht meine. Von einem echten Date sind wir weit entfernt. Zweckgemeinschaft trifft es bestenfalls.« Juliette prostete mir zu. Ihre Augen glänzten im Licht der Kerzen, die überall auf dem Tisch verteilt waren. Auf ihre Wangen hatte sich ein rosiger Hauch gelegt. Ihr Mund, der so wunderbar küssen konnte, war leicht geöffnet. Einige Strähnen hatten sich aus ihrer Frisur gelöst und fielen ihr seitlich ins Gesicht, was sie nicht weiter zu stören schien. Sie sah einfach atemberaubend aus, und ich musste mich zwingen, sie nicht die ganze Zeit anzustarren.

Die Bedienung war mit unserem Dessert zurück.

»Unser Blenheim Lavendel-Honig-Käsekuchen an selbstgemachter Vanille-Eiscreme.« Sie stellte die Teller vor uns ab.

»Wow, wenn es so schmeckt, wie es aussieht, dann bin ich im Desserthimmel angekommen«, rief Juliette begeistert. Ihre Augen stachen fast unnatürlich blau hinter dem dunklen Wimpernkranz hervor.

»Ich bin mir sicher, dass es noch besser schmeckt, als es aussieht.«

»Das ist fast nicht möglich.« Ihr Blick glitt bewundernd über die Dekoration aus Lavendelblüten und Goldplättchen auf dem Teller. Im Gegensatz zu den meisten Gästen schien Juliette nichts von dem, was heute Abend serviert worden war, für selbstverständlich zu halten. Jedes kleine Detail rief Begeisterung bei ihr hervor.

Einer der Gründe, warum ich den Abend genossen hatte. Ich konnte mich nicht erinnern, wann ich das letzte Mal so viel Spaß mit einer Frau gehabt hatte.

Unauffällig beobachtete ich, wie sie den langstieligen

Löffel in den Kuchen senkte, um ihn dann zum Mund zu führen. Dabei hatte sie die Augen genießerisch geschlossen.

Ihre rosa Zungenspitze blitzte zwischen ihren geschwungenen Lippen hervor, um den süßen Klecks gierig abzulecken, der auf dem Löffel lag. Eine winzige Bewegung, die bei jeder anderen Frau normal gewirkt hätte, bei Juliette sah es ungemein sexy aus. Am liebsten hätte ich sie an mich gerissen und vor allen Gästen geküsst. Allein der Gedanke an ihre weichen Lippen genügte, dass ein heißer Strahl durch meinen Unterleib fuhr. Noch nie war ich einer Frau begegnet, die so viel Sinnlichkeit ausstrahlte wie Juliette Collins.

»Oh mein Gott. Das ist der Hammer.« Juliette strahlte. »Ich habe noch nie ein so leckeres Dessert gegessen.« Ihr Blick wanderte zu meinem Teller. »Aber du hast ja noch gar nicht probiert.«

Ertappt nahm ich den Löffel in die Hand. »Ich wollte erst einmal hören, wie es dir schmeckt. Eigentlich bin ich ziemlich satt.«

»Hey, komm schon. Du hast mich schließlich überredet, mir diese Kalorienbombe auf die Hüfte zu schmieren. Du kannst dich jetzt nicht drücken.«

»Einverstanden.« Schmunzelnd nahm ich einen Löffel des Desserts. Tatsächlich hatte Juliette nicht übertrieben. Der cremige Geschmack des Käsekuchens mischte sich mit dem zarten des Lavendels zu einer einmaligen Mischung.

Juliette hatte ebenfalls noch einen Löffel genommen. Ein winziger Tupfen blieb an ihrem Mundwinkel hängen.

»Du hast da was.«

»Wo?« Juliettes freche Zungenspitze fuhr über die Lippe. Ohne den gewünschten Erfolg. »Weg?«

»Warte.« Einem Reflex folgend fuhr ich mit dem Daumen über die zarte Haut ihrer Unterlippe, um den Klecks zu entfernen. Es kostete mich meine ganze Kraft, sie nicht einfach zu küssen. Juliette zuckte kaum merklich, als ich sie berührte. Fand sie mich so abstoßend?

»Ist er weg?«, fragte sie mit rauer Stimme. Ihre Augen hingen auf meinem Gesicht. Die Selbstsicherheit, die sie den ganzen Abend ausgestrahlt hatte, war mit einem Schlag verschwunden und hatte einem Ausdruck Platz gemacht, den ich bisher noch nicht an ihr bemerkt hatte. Eine Verletzlichkeit lag darin.

Wie es aussah, steckte hinter der selbstbewussten Schale eine Frau, die ich bisher noch nicht kennengelernt hatte. Als ich nach Blenheim gefahren war, hatte ich nur ein Ziel gehabt: Juliette Collins kennenzulernen, um sie für unsere geschäftlichen Zwecke zu nutzen. Mittlerweile war ich mir nicht mehr sicher, ob es das war, was ich wirklich wollte. Ich hatte mit einer verwöhnten, reichen Vertreterin der Londoner High Society gerechnet und vorgefunden hatte ich eine faszinierende Frau. Mit jeder Minute, die ich länger in ihrer Gesellschaft verbrachte, wuchs in mir der Wunsch, mehr Zeit mit ihr zu verbringen.

Eine zarte Röte hatte sich auf Juliettes Gesicht ausgebreitet, was sie noch begehrenswerter aussehen ließ. »Entschuldige mich bitte. Ich muss mal kurz an die frische Luft.«

Ehe ich etwas sagen konnte, war sie aufgestanden und davongeeilt. Verwundert schaute ich der schlanken Figur hinterher, bis sie im Durchgang verschwunden war.

## 11
# KINSEY

MEINE WANGEN BRANNTEN, als hätte ein Flächenbrand darauf gewütet. Hastig eilte ich durch den Saal in Richtung Ausgang. Ich brauchte dringend etwas frische Luft, um wieder klar denken zu können. Die zarte Berührung seiner Finger hatte mich völlig aus dem Konzept gebracht. Schon zum wiederholten Mal an diesem Tag. Mein Herz schlug noch immer wie verrückt und mir war schwindelig. Dabei kannte ich Tyler gerade mal ein paar Stunden. Wie war das möglich?

Ich schlängelte mich an den Tischen vorbei, bis ich endlich die Flügeltür zum Park erreicht hatte.

Als ich nach draußen trat, schlug mir die kühle Abendluft entgegen. Bis auf die Lichter, die durch die Glastür drangen, war es dunkel. Der Mond hing wie eine silberne Scheibe über den Bäumen, deren lange Schatten sich über den Rasen zogen. Außer mir schien niemand hier zu sein. Endlich allein. Erleichtert lehnte ich mich gegen das kühle Mauerwerk und nahm einen tiefen Atemzug, um meinen Puls zu beruhigen. In meinem Kopf herrschte völliges Chaos.

Nicht, dass ich den Abend nicht genossen hätte. Im Gegenteil. Ich kam mir vor wie Cinderella, nur, dass das hier kein Märchen, sondern die Realität war. Die Location, das tolle Essen, die Menschen, die Gespräche. Alles war so anders, als ich es kannte. Berauschend schön und doch machte es mir Angst, weil ich wusste, dass Blenheim eine einmalige Sache war. Ich gehörte nicht hierher.

Ich gab einen leichten Seufzer von mir. Wie sollte ich die nächsten achtundvierzig Stunden durchhalten, ohne in der Nähe von Tyler den Verstand zu verlieren? Von ihm ging eine geradezu unglaubliche Anziehungskraft aus. Der Mann war wie ein Mahlstrom der Gefühle, der mich langsam in die Tiefe zog. Dabei war er eigentlich gar nicht mein Typ. Ich mochte ruhige, etwas in sich gekehrte Männer, die sich selbst nicht so wichtig nahmen. Tyler war genau das Gegenteil. Ein Mann, der es gewohnt war in der Öffentlichkeit zu stehen. Egal, wo ich bisher mit ihm aufgetaucht war, richtete sich die Aufmerksamkeit der Umstehenden sofort auf ihn. Frauen warfen ihm schmachtende Blicke zu, während aus den Augen der Männer purer Neid und Bewunderung sprachen.

»Noch jemand, der dringend mal raus musste«, ertönte eine raue Stimme durch die Dunkelheit.

Ich blinzelte irritiert.

Eine hochgewachsene Gestalt trat aus dem Schatten der Bäume. Im ersten Moment dachte ich anhand der Größe und der Kleidung, es würde sich um einen Mann handeln. Aber auf den zweiten Blick erkannte ich, dass es eine Frau war. Mit wenigen Schritten war sie bei mir.

Sie hatte hellbraune Haare, die zu einem Bob geschnitten waren, der knapp unter dem Kinn endete. Ihr Gesicht mit den hohen Wangenknochen, der geraden Nase und dem energischen Mund wirkte auf eine eigenartige Weise alterslos. Im Gegensatz zu den meisten Frauen, mich eingeschlossen, trug sie kein Kleid, sondern einen locker geschnittenen Anzug aus nachtblauer Seide und dazu eine weiße Bluse, die tiefe Einblicke gewährte, ohne jedoch dabei ordinär zu wirken. Um den Hals hatte sie eine goldene Kette geschlungen, deren Anhänger zwischen ihren schweren Brüsten baumelte.

»Nach dem vielen Essen wollte ich etwas frische Luft schnappen«, antwortete ich wahrheitsgemäß.

»Frische Luft ist nicht so mein Ding.« Lächelnd führte sie

die Hand zum Mund. Erst jetzt bemerkte ich die brennende Zigarette.

»Das sehe ich.«

»Eines meiner Laster, auf das ich nicht verzichten kann.« Die Unbekannte spitzte ihre roten Lippen und blies weiße Ringe in die Luft, die sich kurz vor meinem Gesicht auflösten. Sie streckte mir ihre Hand entgegen. »Lady Florence Mathilda Blair. Ich weiß auch nicht, was sich meine Eltern bei meinem Namen gedacht haben. Ich vermute ja, dass die beiden betrunken waren, als sie diesen Geistesblitz hatten.« Sie grinste schief. Die Frau hatte einen Wortwitz, der mir gefiel. »Nenn mich einfach Flossy. Das machen alle, die mich kennen.« Sie war nahtlos in die persönliche Anrede übergegangen, was eher untypisch für ihre Generation war, so wie die ganze Frau.

»Juliette. Juliette Collins.« Es fiel mir zusehends leichter, Juliettes Namen statt dem meinen zu nennen. Erstaunlich, wie schnell man sich an eine Lüge gewöhnen konnte. »Freut mich, dich kennenzulernen. Ich dachte schon, ich bin die einzige Normale auf diesem Event.«

»Juliette Collins.« Flossys gezupfte Augenbrauen schnellten nach oben. »Die Tochter von Sir Walter Collins?«

»Genau die.« Im Stillen betete ich, dass sie Juliette nicht persönlich kannte.

»Kaum zu glauben.« Sie nahm einen tiefen Zug von ihrer Zigarette den Blick fest auf mich gerichtet.

»Warum? Ist was verkehrt?«

»Nein, natürlich nicht. Bitte nimm es nicht persönlich. Aber ich finde es erstaunlich, dass ein Mann wie dein Vater eine so bezaubernde Tochter haben kann. Das müssen die Gene deine Mutter sein, die bei dir durchschlagen.«

Ich lachte laut auf. Sir Walters Gesicht tanzte durch meinen Kopf. Ein kleiner untersetzter Mann mit stechenden Augen, der es gewohnt war, sich durchzusetzen. »Da bist du nicht die Erste, die das denkt. Aber so schlimm ist der alte Herr gar nicht«, versicherte ich ihr. Ich kannte Juliettes Eltern gut genug, um behaupten zu können, dass Sir Walter hinter seiner rauen Schale ein echt netter Mann war, der sich manchmal selbst im Weg stand.

»Du musst es ja wissen. Ehrlich gesagt bin ich deinem Vater nur einmal auf einer Demonstration begegnet. Ich schätze, wir waren beide nicht wirklich in der richtigen Stimmung«, sagte Flossy versöhnlich.

»Kein Problem. Eine Demonstration?« Ich konnte mir beim besten Willen nicht vorstellen, was eine Frau wie Flossy bewegen könnte, auf die Straße zu gegen.

»Ja, ich bin schon sehr lange Mitglied bei Greenpeace und es ist eine Schande, dass auf den Derbys, die dein Vater organisiert, immer noch Plastikgeschirr verwendet wird«, schnaubte Flossy empört. »Dabei wäre es so leicht, darauf zu verzichten. Vor allem in der heutigen Zeit sollte ein Mann in der Position deines Vaters als gutes Vorbild vorangehen.«

»Da bin ich ganz deiner Meinung. Allerdings muss ich gestehen, dass ich mir darüber noch nie Gedanken gemacht habe.« Sobald ich Juliette sprechen würde, würde ich ihr von Flossys Idee erzählen. Vielleicht konnte sie auf ihren Vater einwirken. Wenn es einen Schwachpunkt in Sir Walters DNS gab, dann war es seine Tochter.

»Du kannst deinem Vater gerne schöne Grüße von mir ausrichten und ich hätte ein paar wirklich gute Vorschläge zu machen, wie er die Derbys im Sinne der Nachhaltigkeit gestalten könnte, ohne auf lange Sicht einen finanziellen Verlust zu erleiden.« Sie sog an ihrer Zigarette, als würde es sich dabei um ihren letzten Atemzug handeln.

»Ich werde es ihm ausrichten«, erwiderte ich schmunzelnd. »Darf ich dich etwas fragen? Was macht eine Frau wie du auf einem Event wie diesem? Oder planst du eine Protestaktion?« Zugetraut hätte ich es ihr.

Flossy lachte laut auf, was klang, als würde man eine alte Trommel anschlagen.

»Weshalb alle hier sind. Ich bin auf der Suche nach einem Mann, der es mit mir aushält. Im Gegensatz zu dir habe ich noch nicht den Mann fürs Leben gefunden«, kam Flossy ohne Umwege auf den Punkt.

Ich stutze einen Moment.

»Du meinst Tyler?« Sie hielt uns für ein Liebespaar?

»Wenn das der Name dieses Schmuckstückes ist, das schon den ganzen Abend an deinen Lippen klebt – dann ja.«

Eine Hitze breitete sich auf meinen Wangen aus. »Also Tyler und ich ...« Ich quirlte mit den Fingern in der Luft. »Wir kennen uns noch nicht so lange. Genau genommen haben wir uns gerade erst kennengelernt.«

»Das habe ich mir gleich gedacht, so verliebt wie ihr beide euch den ganzen Abend angesehen habt.« Flossy zog ein Döschen aus ihrer Clutch, in dem sie den Zigarettenstummel verschwinden ließ. »Je älter ich werde, desto mehr weiß ich die Gesellschaft eines klugen Mannes zu schätzen. Es ist nicht so, dass ich einen Mann zum Leben brauche. Ich bin in der glücklichen Lage für mich allein sorgen zu können. Meine Mutter war eine kluge und für ihre Zeit sehr emanzipierte Frau, die der Ansicht war, dass man in seinen Entscheidungen erst wirklich frei ist, wenn auf eigenen Beinen steht. Und ich muss sagen, sie hatte absolut recht damit. Wenn ich mich für einen Mann entscheide, dann nur aus Liebe und nicht wegen seines Einkommens.« Um ihre Augen bildeten sich winzige Lachfältchen. Ich fragte mich im Stillen, wie alt sie wohl war.

»So weit sind wir gar nicht. Wie gesagt, es ist noch ganz frisch«, versuchte ich sie zu überzeugen.

»Glaub mir. Dieser Tyler ist bis über beide Ohren in dich verliebt.« Ihr Blick wanderte meinen Hals entlang und blieb an der Kette hängen, die ich für den heutigen Abend aus meiner aktuellen Kollektion ausgesucht hatte. Eine Goldkette, an deren Gliedern winzige Sterne aufgesetzt waren. Daran hing ein tropfenförmiger Anhänger mit einem milchig schimmernden Mondstein. Dazu hatte ich die passenden Ohrringe angelegt, die wie der Anhänger gearbeitet waren und mit einem winzigen Stern an der Fassung befestigt waren.

»Ich bewundere schon den ganzen Abend deinen wunderschönen Schmuck. Tatsächlich habe ich noch nie eine solche Arbeit gesehen.«

Ein Lächeln breitete sich auf meinem Gesicht aus. Für

einen winzigen Moment war ich versucht ihr mitzuteilen, dass ich es gewesen war, die den Schmuck designt hatte. Aber dann siegte mein Verstand. »Den hat meine beste Freundin Kinsey gemacht«, sagte ich stattdessen. Ich hatte beschlossen so dicht, wie es irgend möglich war, bei der Wahrheit zu bleiben. Umso weniger lief ich Gefahr, mich zu verplappern.

Flossys Augenbraue schnellte nach oben. »Wirklich? Deine Freundin muss eine Meisterin ihres Fachs sein. Die Kette ist ein absolutes Kunstwerk und die Ohrringe passend perfekt dazu.«

»Kinsey hat sie die *Tränen des Mondes* getauft«, erklärte ich stolz. Noch nie hatte jemand mich eine Meisterin meines Fachs genannt.

»Hat deine Freundin zufällig eine Galerie oder Werkstatt, wo man ihre Arbeiten bewundern kann?« Flossys Augen wanderten zurück zu der Kette.

»Ja, Kinsey hat vor einiger Zeit eine kleine Goldschmiede in Soho eröffnet.« Meine Stimme zitterte leicht vor Aufregung. Wenn mein Gegenüber auch nur eines meiner Stücke kaufen würde, dann hatte sich der Besuch auf Blenheim schon gelohnt, abgesehen von Tylers grandiosen Kuss.

»Sobald ich in London bin, *muss* ich deine Freundin aufsuchen.« Sie betonte das Wort *muss*. »Die meisten Frauen in meinem Alter sehen aus wie Weihnachtsbäume, die man mit Lametta geschmückt hat. Mir gefallen eher Schmuckstücke, die durch ihre Schlichtheit und die Liebe zum Detail bestechen.«

»Ich verstehe dich total. Mir geht es genauso.« Ich nahm meine Clutch zur Hand, in die ich vorsorglich einige Visitenkarten gesteckt hatte. »Wenn ich mich nicht irre, habe ich eine von Kinseys Karten dabei.«

»Das ist ja wundervoll.« Flossy klatschte begeistert die Hände zusammen, als ich ihr die Karte überreichte. »Was für ein glücklicher Zufall, dass wir uns getroffen haben.«

»Hier bist du«, ertönte Tylers Stimme hinter mir.

Überrascht drehte ich mich um.

»Ich habe dich überall gesucht.« Mit wenigen Schritten war

er bei mir. »Alles okay mit dir?« Seine Augen musterten mich aufmerksam.

»Ja. Ich brauchte nur ein bisschen frische Luft«, versicherte ich ihm.

»Gut, ich hatte schon Angst, dass dir etwas zugestoßen sein könnte.« Er klang erleichtert. Allein seine Anwesenheit genügte, um meinen Puls nach oben zu treiben. Sein Blick fiel auf Flossy. »Aber wie ich sehe, bist du nicht allein.«

»Entschuldigen Sie, ich habe Ihre Freundin mit meinen Fragen aufgehalten.« Sie schenkte Tyler ein breites Lächeln. »Darf ich mich vorstellen. »Lady Florence Blair. Aber Flossy reicht.« Sie streckte Tyler die Hand entgegen. Dabei strahlte sie eine natürliche Autorität aus, die ich zuvor nicht an ihr wahrgenommen hatte.

»Tyler Steven Lepley. Sehr erfreut, Ihre Bekanntschaft zu machen.« Wie es sich für einen echten Gentleman gehörte, hauchte Tyler einen formvollendeten Kuss auf ihren Handrücken.

»Tyler Steven Lepley. Der Polospieler.« Flossy stieß einen sehr undamenhaften anerkennenden Pfiff aus. »Ich habe schon viel von dir gehört.«

Tylers Mundwinkel zuckten, als Flossy in die persönliche Anrede übergegangen war. Anscheinend fand er es amüsant. »Ich hoffe nur Gutes.«

»Das kommt auf die Sichtweise an«, erwiderte Flossy zweideutig. Ich war mir sicher, dass sie auf seinen Ruf als Frauenheld anspielte. »Das nenne ich mal eine glückliche Verbindung. Die Erbin eines Derbyveranstalters und ein Polospieler. Das würde man umgangssprachlich wohl als *Match Made in Heaven* bezeichnen. Ihre Eltern dürften begeistert sein.« Sie lächelte uns wissend zu.

»Die wissen noch gar nichts davon.« Tyler stellte sich dicht hinter mich. Sofort fing mein ganzer Körper an zu kribbeln. Was war nur los mit mir? Normalerweise reagierte ich nicht derart heftig in der Nähe eines Mannes.

»Was haltet ihr davon, wenn wir in den Salon gehen und auf unsere unerwartete Bekanntschaft anstoßen? Soweit ich

gehört habe, sollen die Cocktails dort hervorragend sein.«
Flossy lächelte.

»Gegen einen guten Cocktail hätte ich auch nichts einzuwenden«, meinte Tyler den Blick auf mich gerichtet.

»Cocktail klingt gut«, murmelte ich, darum bemüht meinen
Puls wieder auf Normalnull zu bringen, was mir nur mäßig
gelang.

»Wunderbar.« Flossy strahlte uns an. Langsam setzte sich
unsere kleine Gruppe in Bewegung. Der Stoff meines Kleides
raschelte leise bei jedem Schritt begleitet durch das Zirpen
eines Vogels, der irgendwo in der Dunkelheit sein einsames
Lied sang.

Als wir in den Salon traten, wurden wir von leiser Musik
und Stimmengewirr empfangen.

Neugierig schaute ich mich um. Im Gegensatz zur Orangery, wo alles in gedecktem Weiß gehalten war, dominierten
hier kräftige Farben.

Die hohen Wände waren mit Stofftapeten in einem leuchtenden smaragdgrün überzogen, auf die in schillernden Farben
eine Dschungel-Landschaft gemalt war. Palmenwedel und
Blumen teilten sich den Platz mit exotischen Vögeln. Die
Möbel waren aus dunklem Holz gearbeitet und mit Verzie-
rungen versehen, deren Polster mit einem Samtstoff in einem
satten Pinkton überzogen waren, der einen starken Kontrast zu
der Tapete bildete. Eine wilde Mischung, die auf eine seltsame
Weise harmonisch, ja fast schon modern wirkte und locker als
Kulisse für eine Netflixserie aus dem achtzehnten Jahrhundert
dienen konnte.

»Gefällt es dir?«, fragte Tyler, der meinen Blicken gefolgt
war.

»Der Salon ist bisher mein absolutes Lieblingszimmer,
auch ohne die Bar«, teilte ich ihm mit.

»Das kann jeder behaupten«, erwiderte Tyler lachend.

»Ich liebe den Salon auch«, sagte Flossy, die neben uns
ging. »Aber definitiv wegen der Bar.«

Wir lachten alle drei. Dank Flossy war die Spannung
verflogen, die zwischen Tyler und mir geherrscht hatte.

Flossy deutete auf einen freien Stehtisch nur ein paar Meter von der Bar entfernt. »Was meint ihr?«

»Das ist der perfekte Spot«, bemerkte ich. »Von hier aus haben wir alles im Blick.«

»Endlich fängt der gemütliche Teil des Abends an.« Flossy gab der Bedienung ein Zeichen.

Ein junger Mann kam mit einem vollen Tablett zu uns geeilt. »Guten Abend, die Herrschaften. Was darf ich Ihnen zu trinken anbieten?«

»Was haben Sie denn?« Flossy schenkte dem Mann einen Blick, der selbst einen Schneemann zum Schmelzen gebracht hätte.

Der Kellner räusperte sich. »Sie haben die Auswahl zwischen einem klassischen Pimms.« Er deutete auf ein Glas, in dem sich Gurkenscheiben zusammen mit den Eiswürfeln tummelten. »Alternativ kann ich Ihnen unseren Signaturecocktail, einen Blenheim Negroni anbieten.« Sein Blick wanderte zu Tyler. »Für den Herren würde ich einen Black Velvet empfehlen.«

»Für mich einen Negroni. Den habe ich seit meinem letzten Urlaub an der Amalfi-Küste nicht mehr getrunken«, sagte Flossy mit einem verträumten Gesichtsausdruck. »Wie wunderbar. Ich wusste gar nicht, dass der wieder in Mode gekommen ist.«

»Dann schließe ich mich an.« Ich schenkte der Bedienung ein Lächeln. Posey, Juliette und ich hatten den Drink auf einer unserer Streifzüge durch das nächtliche London für uns entdeckt. Seitdem tranken wir ihn immer, wenn wir zu dritt unterwegs waren.

»Die perfekte Wahl. Mit dem guten alten Negroni kann man nichts falsch machen«, seufzte Flossy, als würde sie über einen ehemaligen Liebhaber sprechen.

»Für mich einen Black Velvet.« Tyler deutete auf eines der flachen Cocktailgläser, die mit einer fast schwarzen Flüssigkeit gefüllt waren und überhaupt nicht ansprechend wirkten.

»Was ist denn ein Black Velvet?«, erkundigte ich mich auf die Gefahr hin, mich zu blamieren.

»Das ist einer von James Bonds Lieblingscocktails«, erklärte Tyler milde lächelnd. »Schwarzes Bier mit Champagner.«

»Brrr, das klingt schon scheußlich.« Ich schüttelte mich gespielt.

»Das ist es ganz und gar nicht«, widersprach Tyler. »Du solltest unbedingt mal einen Schluck davon probieren.« Die Bedienung reichte uns die Gläser. Erleichtert bemerkte ich, wie Tyler mich aus seiner Umarmung entließ.

»Cheers.« Flossy hielt ihr Glas in die Höhe. »Auf Blenheim und die guten alten Zeiten.«

Gespannt nahm ich einen Schluck. Sofort hatte ich den wunderbar bitter-süßlichen Geschmack, der typisch für einen Negroni war, auf der Zunge.

»Mhm, köstlich.« Ich leckte mir mit der Zungenspitze einen Tropfen von der Lippe. Tylers Augen verfolgten jede meiner Bewegungen, was meinen Puls sofort wieder in die Höhe schnellen ließ.

»Negroni ist wie die Sonne Italiens im Glas.« Flossy stellte ihren Drink vor sich auf den Tisch ab. »Man kann nicht genug davon bekommen.«

»Ich will unbedingt mal an die Amalfi-Küste fahren.« Posey, Juliette und ich hatten schon häufig darüber gesprochen, einen Urlaub dort zu machen, aber immer wieder war etwas dazwischengekommen und wir hatten es auf das nächste Jahr geschoben.

»Das musst du unbedingt tun. Die schönsten Erinnerungen meines Lebens verbinde ich mit Positano. Die Landschaft dort ist einmalig und der Ort ist entzückend. Die Häuser mit ihren maroden Fassaden sind von einer Schönheit, wie man sie nur dort findet. Dazu der Duft von reifen Zitronen und das Meer mit seinen Facetten von Blau, wie ich sie sonst nur in der Karibik gesehen habe.« Flossy stieß einen leisen Seufzer aus. »Leider ist die Küste ziemlich überlaufen. An jeder Ecke stehen Frauen und fotografieren sich. Schrecklich.« Sie verzog das Gesicht. »Manchmal denke ich, dass die jungen Leute heutzutage so damit beschäftigt sind, alles auf ihren Handys festzuhalten, dass sie ganz vergessen, es hier zu speichern.« Sie legte die flache Hand auf ihre Brust. »Die wahre Schönheit eines Landes kann man nur mit dem Herzen erfassen und nicht mit der Kamera. Genau wie die Liebe.«

»Darauf trinke ich.« Tyler hatte sein Glas erhoben. Seine Augen ruhten auf mir, was meinen Körper in eine gewisse Unruhe versetzte. »Und auf die Liebe.«

Oh Mann, Tyler war definitiv der beste Schauspieler, den ich jemals getroffen hatte.

Ich nippte an meinem Glas. Anders würde ich den Abend nicht überstehen, so viel war sicher.

»Wie schön, dass ich euch getroffen habe. Bis dahin war es ziemlich langweilig hier«, flötete Flossy. »Mein Sitznachbar war einer von diesen Landadligen, die über nichts anderes reden können als ihre Kühe und die Aktienkurse. Schrecklich.« Sie schüttelte sich.

»Das war eine glückliche Fügung, würde ich behaupten.« Das war nicht gelogen, denn so war ich zumindest nicht mehr allein mit sexy Tyler und noch dazu hatte ich eine potenzielle Kundin gewonnen.

»Hier, du wolltest doch mal probieren.« Tyler hielt mir sein Cocktailglas entgegen.

»Auf deine Verantwortung«, erwiderte ich grinsend.

»Damit kann ich leben.« Tyler zwinkerte mir zu.

Vorsichtig nippte ich. Ein feinperliges Prickeln breitete sich in meinem Mund aus gepaart mit einem bitter-süßlichen frischen Geschmack. »Gar nicht so schlecht.« Anerkennend schnalzte ich mit der Zunge.

»James weiß eben, was gut ist.« Tyler legte plötzlich seinen Arm um mich. Ich wollte gerade protestieren, als ich den Grund dafür sah.

Wie aus dem Nichts tauchten Henrietta Balton und ihre Schwester Philippa hinter Flossy auf. Sekunden später gesellte sich noch Henry dazu. »Hallo, wir haben euch schon gesucht.«

»Tatsächlich.« Tyler klang deutlich unterkühlt. »Wir waren die ganze Zeit hier.«

Ich hatte beschlossen, den dreien mit Gleichgültigkeit zu begegnen und setzte ein geschäftsmäßiges Lächeln auf. Henriettas Blick wanderte zu Flossy.

»Miss Florence Mathilda Blair.« Ihre Stimme überschlug sich, dabei klang sie wie ein wildgewordenes Schweinchen. »Die Gründerin von Blair Pure Nature Cosmetics. Ich kann es nicht glauben, Sie hier zu treffen.« Einige Köpfe der umstehenden Gäste drehten sich irritiert in unsere Richtung.

»Was für eine Ehre«, lispelte Philippa vor Aufregung. Ihr Gesicht hatte eine unnatürlich rote Farbe angenommen. Es hätte nur noch gefehlt, dass sie einen Knicks machte. Aus ihrem Gesicht sprach pure Ehrfurcht.

»Meine Liebe, es wäre schön, wenn Sie meinen Namen nicht in die Welt hinausschreien würden«, bat Flossy mit zuckersüßer Stimme. Dem Unterton konnte ich jedoch entnehmen, dass sie alles andere als begeistert war.

»Du bist die Gründerin von Pure Nature Cosmetics.« Ich sah meine neu gewonnene Freundin überrascht an. Das waren genau die Kontakte, die ich gesucht hatte. Wobei mir Flossy auch ohne ihre Firma sympathisch war. Ihre Kosmetik hatte den Markt revolutioniert, indem sie hochwertige Produkte auf Naturbasis erschwinglich gemacht hatte. Allerdings hatte ich bis zu diesem Moment kein Gesicht und Namen dazu gehabt.

»Entschuldigen Sie bitte, aber ich und meine Schwester sind große Bewunderinnen von Ihnen«, drängte sich Philippa zwischen uns.

Henry nickte ebenfalls. »Sie sind eine Visionärin.«

»Das ehrt mich sehr, aber ich wäre Ihnen dankbar, wenn wir an diesem herrlichen Abend nicht über das Geschäft reden würden.« Flossy zwinkerte mir verschwörerisch zu. »Ich genieße es gerade sehr, mich mit meinen Freunden zu unterhalten.« Demonstrativ tätschelte sie meine Hand.

Philippa verzog überrascht das Gesicht. »Eine Frage noch.«

Flossys Augenbraue schnellte missbilligend nach oben. Sie hatte schließlich mehr als deutlich klar gemacht, dass sie nicht über ihr Unternehmen sprechen wollte, was ich verstehen konnte. Sie war hier als Privatperson und wollte auch als solche behandelt werden.

»Wie würden Sie meinen Hauttyp einschätzen?«, fragte Henrietta unbeirrt weiter. »Jetzt, wo ich den großen Profi vor mir habe.« Ihrem Tonfall konnte man entnehmen, dass sie mit einem positiven Feedback rechnete.

»Lassen Sie mich mal schauen.« Flossy legte die Hand an Henriettas Kinn und schob ihren Kopf sanft von rechts nach links. Dabei kniff sie die Augen zusammen, als würde sie alles genau betrachten.

»Sie sind ein schnell alternder Hauttyp«, lautete ihr abschließendes Urteil. An Hernriettas Gesicht konnte ich sehen, dass das ganz bestimmt nicht die Antwort war, mit der sie gerechnet hatte. »Erste Fältchen rund um die Augen sind bereits zu erkennen und ihre Haut hat schon an Elastizität verloren. Sie sollten definitiv weniger Make-up nehmen, um die Trockenheit nicht noch hervorzuheben. An ihrer Stelle würde ich die Sonne meiden und ...«, ihr Blick wanderte zu dem Champagnerglas in Henriettas Hand, »auf Alkohol verzichten. Der fördert die Hautalterung. Und Sie sollten definitiv mehr auf Ihre Ernährung achten. Kein Zucker und wenig Fette.« Bei beiden Schwestern war die Tendenz zum Doppelkinn zu erkennen.

Philippa, die einen Teller mit Macarons in der Hand hielt, zuckte zusammen.

»Das gilt übrigens auch für Männer«, verpasste sie Henry einen kleinen Denkzettel.

»Ähm, vielen Dank für Ihre Analyse.« Henrietta machte den Eindruck, als ob sie jeden Moment in Tränen ausbrechen würde. Philippa war blass wie eine Wand und Henry sah aus, als hätte er soeben eine Gesichtslähmung erlitten. Fehlte nur noch, dass ihm der Sabber über das Kinn lief.

»Sehr gerne«, sagte Flossy, ganz die Liebenswürdigkeit in Person.

»Es war mir eine große Ehre, Sie getroffen zu haben«, säuselte Philippa. Zumindest blieb sie höflich.

»Ich wünsche Ihnen noch einen schönen Abend.« Mit diesen Worten entließ Flossy die Baltons wie lästige Fliegen.

»Das war mehr als deutlich«, bemerkte Tyler trocken, sobald die Geschwister außer Hörweite waren.

»Wenn sie die Message nicht bekommen haben, dann weiß ich auch nicht«, sagte ich.

»Ich hoffe, ich war nicht zu voreilig«, wandte sich Flossy an Tyler.

»Auf keinen Fall. Ich bin froh, wenn ich die drei nicht mehr sehen muss.«

»Das kann ich verstehen.« Flossy nickte. »So und nun lasse ich euch beiden Love Birds allein. Für mich wird es langsam Zeit, ins Bett zu gehen. Schließlich gibt es morgen ein Rennen zu gewinnen und dafür muss ich ausgeschlafen sein.« Flossy stellte ihr Glas auf den Tresen.

»Du fährst das Rennen mit?«, fragte ich voller Bewunderung.

»Das ist der zweite Grund, warum ich hier bin. Ich habe mein Leben lang schnelle Autos geliebt, und sehe keinen Veranlassung, damit aufzuhören, nur weil ich die sechzig überschritten habe. Was ist mit euch beiden, macht ihr auch mit?«

»Mein Jaguar wartet schon auf mich«, erklärte Tyler mit einem siegessicheren Grinsen auf dem Gesicht.

Ich hatte schon als junges Mädchen den Wunsch gehabt einmal in einem solchen Wagen mitfahren zu dürfen. Das war meine Chance.

»Wir fahren zusammen«, erklärte ich in dem Wissen, dass Tyler mir nicht widersprechen konnte. Aber wenn er neue Regeln aufstellte, konnte ich es genauso.

»Ich wusste gleich, warum du mir so sympathisch bist« Flossy klopfte mir anerkennend auf die Schulter. »Endlich mal eine Frau, die Feuer unterm Hintern hat, wie ich.«

»Deswegen habe ich mich auch in Juliette verliebt. Sie ist selbstständig und weiß genau, was sie will.« Tyler warf mir zärtliche Blicke zu. Zumindest sah es so aus. Eigentlich hatte ich damit gerechnet, dass er wütend sein würde, dass ich mich so einfach selbst zum Rennen eingeladen hatte. Wenn es so war, überspielte er seine wahren Gefühle nahezu perfekt. Tyler war wirklich ein verdammt guter Schauspieler. Das musste man ihm lassen. Eine Eigenschaft, die ich gleichzeitig ziemlich beunruhigend fand, da sie es mir schier unmöglich machte ihn einzuschätzen.

»Ein Mann mit Verstand. Das findet man nicht alle Tage«, sagte Flossy. »Die meisten Kerle suchen sich eher eine Frau, die verdammt sexy aussieht, ein bisschen naiv ist und sie den ganzen Tag bewundernd anschaut. Am besten gebärt sie ihm zwei perfekte Kinder, erledigt den Haushalt und sieht dabei auch noch sexy aus. Sie darf nie schlechte Laune haben und sich beschweren, selbst wenn es ihr mal schlecht geht. Sie muss emanzipiert sein, ohne dabei dominant zu sein. Und natürlich muss sie ihren Job hinten anstellen und zuhause bleiben, um die zwei perfekten Kinder großzuziehen. Das ist die Traumfrau für den Durchschnittsmann.«

»Puh, da bin ich raus.« Ich wischte mir einen imaginären Schweißtropfen von der Stirn. Tylers Grinsen wurde breiter.

»Deshalb habe ich mich auch nie darauf verlassen, diesen einen unter den tausenden zu finden, der nicht so denkt. Bisher hatte ich nicht das Glück, einen solchen Traummann zu begegnen, im Gegensatz zu dir.« Flossy bedachte uns mit einem Lächeln.

Ich öffnete den Mund, um ihr zuzustimmen, denn schließlich war ich, wie sie, Single, weil ich bisher noch nicht den Kerl fürs Leben gefunden hatte, aber dann erinnerte ich mich daran, dass Flossy dachte, Tyler und ich wären ein Paar und schloss ihn wieder.

»Ja, ich schätze mich ziemlich glücklich, Juliette gefunden zu haben.« Tyler legte seinen Arm fest um meine Taille und zog mich zu sich. »Nicht wahr, Darling.«

»Das stimmt. Wobei es auch bei dir noch ein zwei Dinge zu verbessern gibt«, erwiderte ich keck.

»Was? Das sagst du mir erst jetzt, wo wir zusammen sind«, rief Tyler mit gespielter Entrüstung.

Flossy lachte vergnügt.

»Besser jetzt als nie.«

»Und was wäre das?«, forderte Tyler mich heraus.

»Du musst noch beweisen, ob du genauso gut mit dem Steuerknüppel umgehen kannst wie mit dem Poloschläger.« Ich sah ihn herausfordernd an.

»Das werden wir morgen sehen.« Tylers Augen zogen sich wie bei einer Raubkatze zusammen. Anscheinend hatte ich ihn in seiner männlichen Ehre getroffen.

»Ich bin gespannt.«

»Dann seid ihr noch nicht zusammen gefahren?«, folgerte Flossy haarscharf.

»Nein, morgen ist Premiere«, erwiderte ich wahrheitsgemäß.

»Verstehe. Da wird sich zeigen wie ihr miteinander funktioniert. Entweder ihr sprecht hinterher kein Wort mehr miteinander oder ihr liebt euch umso mehr. Ich spreche da aus Erfahrung.« Flossy beugte sich zu mir und hauchte mir einen Abschiedskuss auf die Wange. »Und damit ich nicht hinterherfahre, werde ich jetzt in mein Bett hüpfen und mir die nötige Portion Schlaf holen. In diesem Sinne wünsche ich euch eine gute Nacht. Bis morgen und tut nichts, was ich nicht täte.« Ohne unsere Antwort abzuwarten, eilte sie mit langen Schritten davon.

»Was meinst du, wollen wir auch aufbrechen?« Bis auf einige wenige Gäste hatte sich der Club in der letzten halben Stunde geleert. Wie es aussah, hatten die meisten Gäste beschlossen, früh ins Bett zu gehen, um für den morgigen Tag fit zu sein.

»Ja, gute Idee. Was hältst du von einem kleinen Spaziergang zurück zum Cottage?«, Tyler sah mich fragend an.

»Ein kleiner Walk wäre gut«, stimmte ich seiner Idee zu. Ich sehnte mich nach frischer Luft.

»Wollen wir?« Tyler reichte mir seinen Arm.

»Mit Vergnügen, Mr Lepley.« Kichernd legte ich meine Hand in seine. »Ich glaube, ich habe einen leichten Schwips.«

»Der Negroni war wohl zu viel.« Seine Mundwinkel zuckten belustigt.

»Vielleicht, aber anders kann man die schrecklichen

Baltons nicht ertragen. Hut ab dafür, dass du deine gesamte Schulzeit mit denen ausgehalten hast. Flossy hat den dreien ordentlich die Meinung gegeigt.

»Die Frau ist eine echte Naturgewalt«, sagte Tyler auf dem Weg nach draußen.

»Das kann man wohl sagen«, erwiderte ich lächelnd. Ich hatte jede Minute des Abends genossen, wenn man mal von unserer Begegnung mit den Baltons absah. Dank Flossy hatte der Abend eine lustige Wendung genommen und ich hatte nicht mehr daran gedacht, dass ich die Nacht mit dem heißesten Typen des Universums unter einem Dach verbringen würde. Mit jedem Schritt, den wir uns dem kleinen Cottage näherten, fing mein Herz schneller an zu klopfen. Wie sollte es nur weitergehen?

# 12

# TYLER

Ich warf Juliette einen kurzen Seitenblick zu. Seit wir allein waren, hatte sie kein Wort mehr gesagt und ich fragte mich, was der Grund für ihre plötzliche Schweigsamkeit war.

Eine Windböe fuhr über uns hinweg, begleitet durch das leise Rascheln der Blätter. Jetzt, wo die Sonne nicht mehr schien, hatte sich eine feuchte Kälte über die Landschaft gelegt.

Juliette, die etwa eine Handbreit entfernt neben mir auf dem schmalen Weg ging, schauderte kaum merklich.

»Ist dir kalt?« Eine dumme Frage angesichts des hauchdünnen Bolerojäckchens, das sie trug.

»Nur ein bisschen«, gab sie zu. In ihren blauen Augen schimmerten silberne Punkte im Licht.

»Warte, das kann ich ja nicht mitansehen.« Ohne zu zögern, schlüpfte ich aus meinem Jackett und legte es Juliette vorsichtig über die Schultern. Als meine Hände sie berührten, zuckte sie kaum merklich zusammen.

»Besser?« Ich legte meinen Arm schützend um sie. Zu meiner Überraschung ließ sie es geschehen und kuschelte sich an mich.

Dabei lag ein Lächeln um ihren Mund. »Viel besser. Danke.«

Langsam setzten wir uns wieder in Bewegung. Über unseren Köpfen breitete sich der nächtliche Sternenhimmel aus. In London, wo die Lichter der Großstadt alles überlagerten, bekam man ein solches Naturschauspiel nie zu sehen. Erneut wirbelte eine Windböe über uns hinweg. Ehe Juliette es verhindern konnte, hob der Wind ihren Hut hoch in den nächtlichen Himmel.

»Halt. Nicht!«, durchdrang Juliettes klare Stimme die Stille.

Der Strohhut flog durch die Luft wie ein trudelndes Ufo, um ein paar Meter von uns entfernt im Lavendelfeld zu landen. Ohne zu zögern, lief Juliette los.

»Hey, warte auf mich«, rief ich ihr hinterher. Mit wenigen Schritten hatte ich sie eingeholt.

Wir standen inmitten des Lavendelfelds, dessen schwerer betörender Duft alles überlagerte. Die Halme der Sträucher waren vom Mondlicht beschienen und ragten silbern zum Himmel empor. Juliette bückte sich, um den Hut vom Boden aufzuheben.

»Hoffentlich hat er nichts abbekommen.« Vorsichtig wischte sie mit der Hand über die Oberfläche. »Meine Freundin killt mich, wenn der beschädigt ist.« Selbst in dem Dämmerlicht war die Sorge auf ihrem Gesicht zu erkennen.

»Deine Freundin?« Ich runzelte die Stirn.

»Eine Leihgabe«, teile sie mir knapp mit. Langsam richtete sie sich auf, dabei hielt sie den Hut fest in der Hand umklammert, als hätte sie Angst, er könnte wieder davonfliegen.

»Oh mein Gott.« Juliette hatten den Blick gen Himmel gerichtet, wo sich die Milchstraße über unseren Köpfen hinzog, wie ein glitzerndes Diamantenarmband. Der Mond hing wie eine Scheibe am Horizont, die man versehentlich dort aufgehängt hatte. In der Ferne war der Ruf eines einsamen Vogels zu hören. Ansonsten war es mucksmäuschenstill. Es herrschte eine mystische Stimmung. Eine Sternschnuppe zog über den Himmel. Nur wenige Sekunden und sie war verglüht.

»Hast du so etwas Schönes schon mal gesehen?« Ihre

Stimme war kaum mehr als ein heiseres Flüstern. »Das ist unglaublich.« Ihr warmer Atem streifte meine Wange. »Noch nie.« Unsere Blicke kreuzten sich. Winzige, silberne Punkte spiegelten sich in dem Blau ihrer Augen, wie die Sterne am Himmel. Ihr Mund war halb geöffnet. Nur eine winzige Bewegung und unsere Lippen würden sich berühren. Der Wunsch, sie zu küssen, war geradezu übermächtig. Ich wollte diese Frau wie noch keine Frau zuvor.

Der Ruf eines Vogels ertönte und zerschnitt das Band zwischen uns. Juliette blinzelte hektisch. Der Moment war vorbei, wie ich enttäuscht feststellen musste.

»Wir sollten gehen.« Mit einem Ruck setzte sie sich in Bewegung. »Es ist schon spät und du willst bestimmt für das Rennen fit sein.«

Ich nickte stumm, unfähig zu sprechen. Mein Schwanz pochte hart gegen den Stoff der Hose.

Ich wurde aus dieser Frau nicht schlau. Für einen Moment hatte ich das Gefühl gehabt, dass zwischen uns eine Verbindung bestand und dann sagte sie etwas und machte alles zunichte.

Langsam setzten wir uns wieder in Bewegung. Die Umrisse des Cottage lösten sich aus der Dunkelheit. Aus den Fenstern drang schwaches Licht nach draußen und aus dem Schornstein stieg eine weiße Rauchsäule empor. Anscheinend hatten jemand die Kamine angefacht.

»Wie ist eigentlich dein Plan für morgen?«, erkundigte sich Juliette.

»Hast du es wirklich ernst gemeint, dass du mitfahren möchtest?«

»Wenn du mich mitnimmst.« Für einen Moment trafen sich unsere Blicke. Wilde Leidenschaft funkelte in ihren Augen.

»Na klar. Es hat mich nur überrascht. Die meisten Frauen hätten keine Lust, den halben Tag in einem alten Auto zu sitzen, wenn sie sich stattdessen im Garten amüsieren könnten.«

»Ich bin eben nicht wie die meisten Frauen.« Sie reckte mir das Kinn entgegen.

»Das ist mir nicht entgangen.« Wir hatten das Cottage erreicht. Galant hielt ich ihr die Tür auf. Als wir eintraten, schlug uns eine angenehme Wärme entgegen. Wie ich vermutet hatte, hatten die Angestellten den Kamin im Wohnzimmer angefeuert. »Hast du Lust auf einen kleinen Schlummertrunk?« Ich deutete auf das Sofa.

Sie zögerte. »Danke für da Angebot, aber ich sollte wirklich ins Bett. Es war ein langer Tag und ich bin müde. Wir sehen uns morgen.«

»Ja, bis morgen.«

Nachdenklich sah ich der schlanken Gestalt hinterher, als sie die Treppe hochging.

»Juliette.«

Sie blieb stehen. Langsam drehte sie sich zu mir. Sie sah wunderschön aus in ihrem Kleid und mit den wild zerzausten Haaren.

»Wollen wir zusammen frühstücken?«

Ein Lächeln huschte über ihr Gesicht. »Von mir aus.«

»Prima. Das Rennen startet um zehn, deshalb würde ich acht Uhr vorschlagen. Dann kann ich das Auto noch mal in Ruhe inspizieren und auf die Position fahren.«

»Abgemacht. Ich werde pünktlich sein.« Sie zögerte, dann huschte ein Lächeln über ihr Gesicht. »Danke, dass du mich mitnimmst.«

»Gerne. Zu zweit macht das Rennen ohnehin viel mehr Spaß und zusammen können wir nur gewinnen.«

»An mir soll es nicht liegen.« Sie warf mir ein Lächeln zu, dann machte sie auf dem Absatz kehrt und ging los.

Am liebsten wäre ich ihr gefolgt und hätte sie geküsst, aber das hätte alles zwischen uns kaputt gemacht.

Dad würde zufrieden sein, wenn er hörte, dass ich Juliette für mich gewinnen konnte. Wenn ich ganz ehrlich war, ich auch. Juliette war die interessanteste Frau, die ich bisher getroffen hatte. Stumm sah ich zu, bis Juliettes Gestalt im Flur verschwunden war.

# 13
## KINSEY

MIT KLOPFENDEM HERZEN trat ich in mein Zimmer. Es hätte nicht viel gefehlt und ich hätte mich Tyler an den Hals geworfen. Das Lavendelfeld, der Vollmond und Tylers unglaubliche Augen hatten mich fast schwach werden lassen. Zum Glück war dieser blöde Wind gekommen und hatte mich davor bewahrt, dass meine Hormone die Oberhand über meinen Verstand gewonnen hatten. Sobald Tyler in der Nähe war, konnte ich nur noch an eins denken – seine Küsse. *Verdammt.* Ich würde den Blick nicht so schnell vergessen, mit dem er mich bedacht hatte, als wir uns im Flur verabschiedet hatten. Begierde hatte in seinen Augen gelegen.

Nachdenklich wanderte mein Blick zum Fenster. Die Vorhänge waren zurückgezogen und fahles Mondlicht drang in das Zimmer. Jemand musste hier gewesen sein, denn die Tagesdecke lag sorgfältig gefaltet am Fußende und die Bettdecke war zurückgeschlagen, sodass ich nur noch hineinzuschlüpfen brauchte. Hausschuhe und ein flauschiger Bademantel lagen ausgebreitet auf dem Bett. Auf dem Nachttisch standen eine frische Flasche Wasser und eine Schale mit Obst. Der Champagner lag noch immer in dem Kühler auf dem Schreibtisch, nur das jemand das Eis darin erneuert hatte.

Im Kamin flackerte ein munteres Feuer, das seine angenehme Wärme in das Zimmer abgab. Man hatte wirklich an alles gedacht, um es seinen Gästen so gemütlich wie möglich zu machen.

Eigentlich war ich hundemüde, aber ich war viel zu aufgekratzt, um schlafen zu können. Die Ereignisse des Tages hatten mich aufgewühlt. Allen voran diese unglaublichen Küsse. Wenn ich die Augen schloss, konnte ich noch immer Tylers Lippen auf meinem Mund spüren. Der Gedanke allein genügte, um die Schmetterlinge in meinem Bauch dazu zu bringen, nervös zu flattern. Seufzend streifte ich die Schuhe von meinen schmerzenden Füßen. Wahrscheinlich waren die Zehen längst abgestorben. Der kleine Sprint im Lavendelfeld hatte ihnen den Rest gegeben. Wie zum Beweis wackelte ich mit meinen Zehen. Zumindest das funktionierte noch.

Anschließend entledigte ich mich des Kleides, hängte es sorgfältig auf den Bügel und platzierte es neben dem Outfit für den morgigen Tag. Nachdenklich legte ich den Schmuck in mein Reiseetui. Unwillkürlich musste ich an Flossy denken. Wenn sie ihre Ankündigung wahr machte, dann würde sie spätestens nächste Woche in meinem Atelier auftauchen.

Wie sollte ich ihr erklären, dass ich es war, die auf der Karte stand und nicht Juliette? Ein Aspekt, den wir nicht bedacht hatten, als wir unseren kleinen Plan ausgeheckt hatten. Vielleicht wäre es besser, wenn ich das Rennen morgen nicht mitfuhr, um keine weiteren Gerüchte in Umlauf zu setzen. Ich hatte schon genug Schaden angerichtet. Auf der anderen Seite war es die Gelegenheit meines Lebens, einmal in einem Oldtimer zu sitzen und ein Rennen der High Society mitzufahren.

Ich streifte meine Unterwäsche ab und nahm den Bademantel. Eingehüllt in den flauschigen Stoff setzte ich mich aufs Bett und schnappte mir das Handy. Schließlich hatte ich meiner Freundin versprochen mich bei ihr zu melden.

Genau in dem Moment, als ich den Wahlknopf drücken wollte, klingelte es.

»Hallo, Juliette«, meldete ich mich mit dem Namen, der

den ganzen Abend mein Eigener gewesen war. Fast hatte ich mich daran gewöhnt.

»Du lebst«, kreischte die echte Juliette am anderen Ende in das Mikrofon. »Langsam haben wir angefangen, uns Sorgen zu machen.«

»Du klingst wie meine Mutter. Wer ist wir? Dein Hamster-Lover und du? Ich dachte, du hast wilden Sex statt am Handy zu hängen.«

»Es hat sich ausgehamstert« Juliette schnaubte. »Ich bin bei Posey und Marcus und versuche, meine Enttäuschung mit Alkohol runterzuspülen.

»Hallo, Kinsey«, ertönte es fröhlich aus dem Hintergrund.

»Ich stelle dich mal auf laut«, verkündete Juliette. Ehe ich es verhindern konnte, knackte es. Ein sicheres Zeichen, dass sie umgestellt hatte.

»Hallo, Posey, hallo, Marcus«, begrüßte ich den Rest der Truppe.

»Na, wie geht es unserer Cinderella?«, wollte Marcus wissen.

Es polterte im Badezimmer, was mich daran erinnerte, dass ich nicht allein war.

Instinktiv senkte ich meine Stimme. »Eigentlich ganz gut.«

»Warum redest du so leise?«, fragte Posey.

»Weil mein Zimmernachbar nebenan ist und nicht alles mithören muss.«

»Oha, der heiße Polospieler, von dem Juliette erzählt hat?« Typisch Posey. Immer direkt. Einer der Gründe, warum sie in ihrem Job so gut war.

Ich stöhnte leise. »Es bleibt wirklich nichts geheim. Genau der.«

»Und wie läuft es mit dir und sexy Lepley.«

Ich hole tief Luft. »Wirhabenunsgeküsst.« Endlich war es raus.

»Waaas!«, drang es aus drei Kehlen zu mir.

»Also genau genommen hat er mich geküsst. Aber das hatte nichts zu bedeuten«, schob ich hinterher. In meinem Kopf drehte sich alles. Ich ließ mich auf das Bett fallen. »Das war nur ein Notfall.«

»Oh mein Gott«, ertönte Marcus Stimme aus dem Hintergrund. »Warum habe ich nie solche Notfälle. Mir quellen dann immer irgendwelche aufgeplatzten Organe entgegen.«

Ein Lächeln huschte über mein Gesicht.

»Du hast wirklich Tyler Steven Lepely geküsst?«, hauchte Juliette fassungslos.

»Er mich, und dann habe ich ihn zurückgeküsst, um ihm zu beweisen, dass ich keine Gefühle für ihn habe.«

»Eine ziemlich eigenwillige Methode, um das unter Beweis zu stellen«, kommentierte Posey trocken.

»Tyler hat mich nur geküsst, damit die anderen denken, dass wir ein Paar sind«, verteidigte ich mich. »Und er dachte, ich hätte Gefühle für ihn. Deshalb habe ich ihn zurückgeküsst, damit er merkt, dass das alles nur gespielt war.«

»Und die gute Fee gibt es auch. Das ist doch Quatsch«, widersprach Juliette. »Du kannst gar keinen Mann küssen ohne Gefühle für ihn zu entwickeln. Das liegt bei dir in den Genen.«

»Wenn ich es euch doch sage.« Ich seufzte laut.

»Was war denn das für ein Notfall?«, wollte Juliette wissen. »Und wie ist es dazu gekommen, dass Tyler bei dir war? Hast du mir nicht noch am Telefon heute Nachmittag erzählt, dass du ihn doof findest?«

»Na ja, doof nicht direkt«, ruderte ich zurück. »Es ist einfach nur so, dass wir überhaupt nicht zusammenpassen.«

»Aber mit dem Küssen, scheint es zu klappen«, unterbrach mich Juliette fröhlich.

»Jetzt lass sie mal zu Ende erzählen«, raunzte Posey sie an.

»Ihr müsstet mal sehen, wie alle hier ihn hofieren. Als wäre er so eine Art Gott«, fuhr ich fort.

»Den du geküsst hast«, fing Juliette erneut an.

»Juliette«, riefen Marcus und Posey.

»Ist ja schon gut.« Ich hatte förmlich vor Augen, wie Juliette die Arme in die Luft hob, als wäre sie die Unschuld in Person.

»Was hältst du davon, wenn wir auf Video umschalten?«,

fragte Posey. Im selben Moment tauchte die Anfrage auf meinem Display auf.

Ich drückte den Annahmeknopf und Sekunden später strahlten mich die Gesichter meiner drei Freunde an.

»Wow!« Marcus stieß einen anerkennenden Pfiff aus. »Du siehst hammermäßig aus in deinem Bademantel.«

»Danke Marcus.« Lächelnd ließ ich mich zurück auf das Kopfkissen fallen.

»Nettes Bett. So eines hätte ich auch gerne«, sagte Juliette, die neben Posey auf dem Sofa in ihrer Wohnung saß.

»Ich auch, aber das würde nicht mal ansatzweise in mein Zimmer passen«, gab ich zurück. »Ich habe heute Abend eine sehr interessante Frau kennengelernt habe. Florence Mathilda Blair.«

»Ist das nicht die Gründerin von Pure Nature Cosmetics?« Poseys Stirn lag in Falten.

»Jep. Genau die. Eine Hammerfrau mit einem sauguten Humor. Hat sich die Karte von meiner Goldschmiedin geben lassen.« Ich grinste schief.

»Na, siehst du. Wenn die auch nur ein Teil kauft, dann hat sich der kleine Ausflug nach Blenheim schon gelohnt«, meinte Juliette.

Nachdenklich wackelte ich mich meinen Zehen. »Wahrscheinlich hast du recht. Allerdings haben wir das kleine Problem, dass sie mich wiedererkennt und das unweigerlich Fragen aufwerfen wird.«

»Dann erklärst du es ihr eben, dass du als meine Vertretung dort warst. Jemand wie diese Flossy wird es verstehen, so wie du sie mir beschrieben hast.«

»Mhm.«

»Aber nun mal zurück zu deinem sexy Loverboy«, nahm Marcus wieder den Faden auf. »Du hast die Sache mit dem Sex noch nicht erklärt.«

»Wir hatten keinen Sex. Wir haben uns geküsst. Zwei winzige Küsse«, korrigierte ich mich. »Mehr nicht.«

Das war eine glatte Lüge. Die Küsse hatten meine ganze bisherige Vorstellung über das Küssen ins Wanken gebracht.

»Das kann ja noch werden.« Posey kicherte.

»Wer euch als Freunde hat, braucht keine Feinde«, murmelte ich.

»Warte, bevor du weitermachst.« Juliettes Gesicht tauchte übergroß auf dem Display auf. »Ich muss kurz pinkeln.«

»Nicht dein Ernst.« Zu spät. Juliette eilte bereits aus dem Bild nach draußen.

Marcus und Posey waren ebenfalls aufgestanden.

»Was ist denn los? Geht ihr jetzt alle?«, fragte ich.

»Nee, ich hole nur kurz was zu trinken«, erklärte mir Posey lächelnd.

»Und ich besorge Chips.« Marcus winkte mir fröhlich zu.

»Oh, Mann.« Mein Blick wanderte zu dem Flaschenkühler auf dem Schreibtisch. Mit einem Satz war ich aus dem Bett. Wenn die drei es sich gemütlich machten, dann konnte ich das auch.

Ich schnappte mir die Flasche. Mit einem lauten Knall flog der Korken durch die Luft. Ich konnte nur hoffen, dass mein Nachbar dadurch nicht aufgeschreckt worden war und jede Sekunde in mein Zimmer gestürmt kam. Ich lauschte einen kurzen Moment. Nichts. Erleichtert ließ ich mich samt Flasche und Glas in der Hand auf die weiche Matratze sinken.

»Bin wieder da«, meldete sich Juliette zurück. Sie hatte ihre Haare zu einem Knoten zusammengebunden. Ihr Blick wanderte zu dem Glas in meiner Hand. »Ah, du lässt es dir gut gehen.«

»Na, wenn ich schon mal dein Leben genießen darf, dann aus vollen Zügen.«

»Recht hast du«, meinte Marcus, der mit einer Schüssel Chips um die Ecke des Wohnzimmers gebogen war und offensichtlich mitgehört hatte.

»Die Party kann starten«, trällerte Posey mit einer Flasche Rotwein bewaffnet.

»Marcus, kannst du mir mal die Chips rüberreichen?«, rief Juliette.

Ich schüttelte unwillkürlich den Kopf. »Ihr seid echt unmöglich.«

»Quatsch keine Arien, sondern erzähl uns lieber, was bei dir los ist. Wir wollen alles wissen. Stimmt´s Mädels?« Posey sah beifallheischend zu den beiden anderen hinüber.

»Hey, falls es euch nicht aufgefallen ist – ich bin immer noch ein Mann«, protestierte Marcus.

»Ja, aber trotzdem du bist eine von uns«, konterte Posey.

»Okay. So ganz unrecht hast du nicht, solange ihr noch wisst, dass ich ein Mann bin.« Marcus grinste schief.

»Und wie war der Kuss so?«, nuschelte Juliette mit einer Ladung Chips im Mund.

»Ehrlich?« Ich knabberte an meiner Unterlippe. Der Gedanken an den Kuss reichte schon, um mich rot werden zu lassen. Zumindest brannten meine Wangen, was ein sicheres Zeichen dafür war.

»Natürlich. Was denn sonst. Wir sind deine besten Freundinnen ...«

Marcus räusperte sich.

»Pass auf, Marcus, entweder du lebst damit oder du fliegst raus«, sagte Posey.

Marcus hob beschwichtigend die freie Hand in die Luft.

»Okay, Boss.«

»Wunderbar, dann hätten wir das auch schon mal geklärt.« Posey lächelte zufrieden. »Wie war der Kuss also?«

»Es war der beste, unglaublichste, tollste Kuss meines Lebens. Auf einer Skala von ein bis zehn eine glatte Elf. Dabei war er noch nicht einmal besonders lange oder so.«

Für einen kurzen Moment herrschte Schweigen.

»Du bist ein verdammter Glückspilz«, durchbrach Posey die Stille. »Männer, die gut küssen können, gibt es viel zu selten.«

»Stimmt, oft haben Männer keine Ahnung davon. Die meisten stecken dir ihre Zunge in den Rachen wie einen Fleischklops, den man bearbeiten soll. Oder sie quirlen dir damit im Mund herum, als wollte sie eine Zahnreinigung vornehmen«, sagte Posey.

»Bäh.« Ich verzog angewidert das Gesicht.

»Bei meinem letzten Typen dachte ich, dass er während des

Küssens einen Schlaganfall erlitten hat. Was zum Glück nicht so war«, verkündete Marcus. »Auf jeden Fall habe ich ihn danach ziemlich schnell aus meinem Bett verbannt.«

»Gut zu wissen«, sagte ich trocken. »Ich kann euch versichern, dass das bei Tyler nicht der Fall ist. Der Mann küsst wie ein Gott.«

»Wer weiß, was der sonst noch alles mit seiner Zunge kann.« Marcus wieherte hysterisch.

»Das will ich gar nicht wissen«, rief ich heftiger als geplant.

»Lügnerin!« Posey hielt ihr Glas in die Höhe und stieß mit den beiden an.

»Habt ihr etwa gerade darauf angestoßen? Ihr seid wirklich schrecklich.«

»Das mit dem Kuss war eine einmalige Sache. Tyler hat ziemlich deutlich klar gemacht, dass er kein Interesse an mir beziehungsweise an einer Beziehung hat. Deswegen war ich auch einverstanden, als er mich gefragt hat, ob ich seine Tischdame sein möchte.«

»Tischdame, wie sich das aus deinem Mund anhört.« Posey kicherte vergnügt.

»Wirklich. So wie du dich anhörst, würde ich behaupten, dass du dich in den Typen verknallt hast«, sagte Posey.

»Niemals!« Ich tippte mir mit dem Zeigefinger gegen die Stirn. »Ich bin nur hier, um Kontakte zu knüpfen.«

»So nennt man das also«, wieherte Juliette.

»Sehr witzig. On top leben wir in zwei völlig verschiedenen Welten. Der Mann ist ein bekannter Polospieler. Ihr müsstet mal sehen, wie die Frauen ihn anhimmeln.« Ich drehte eine Locke um meinen Finger.

»Das ist doch egal, wenn er dich gut findet«, widersprach Posey.

Ich dachte daran, wie Tyler mich bei der Verabschiedung angesehen hatte. Konnte es sein, das Posey recht hatte?

»Und was steht morgen auf dem Programm?«, erkundigte sich Marcus.

»Das Rennen, die Siegerehrung und anschließend der

große Abschlussball«, verkündete ich, froh, endlich nicht mehr über den Kuss reden zu müssen. »Ich fahre übrigens mit.«

»Echt jetzt?«, riefen Posey und Juliette zeitgleich.

Ich lächelte und nahm einen Schluck aus meinem Glas. Der Champagner prickelte angenehm auf der Zunge. »Flossy fährt auch das Rennen mit, da dachte ich mir, das kann ich auch. Also habe ich Tyler davon überzeugt, mich als seinen Copiloten mitzunehmen.«

»Nicht schlecht.« Die Anerkennung in Marcus Stimme war nicht zu überhören.

»Ich bin schon ziemlich gespannt«, sagte ich.

»Wie ist es denn sonst so, abgesehen von tollen Küssen und schnellen Oldtimern?«, fragte Marcus.

»Erinnert ihr euch noch an die Serie Bridgerton?« Posey, Juliette und ich hatten jede Folge der Netflix-Serie durchgesuchtet. »Blenheim ist ein bisschen von allem. Nur, dass die Königin fehlt.«

»Beneidenswert«, sagte Posey. »Solltest du einen coolen Prinzen treffen, der noch auf der Suche nach einer Prinzessin ist, kannst du ihm gern meine Nummer geben.«

»Oder meine«, kreischte Marcus dazwischen.

»Erst einmal bin ich dran. Ihr könnt ja nächstes Jahr auf den Ball«, konterte ich fröhlich.

»Dann bist du also froh, dass du gefahren bist?«, fragte Juliette ungewöhnlich ernst.

»Ja, absolut. Zumindest ist es sehr unterhaltsam.«

»Eine nette Umschreibung für: Ich habe einen Hottie an meiner Seite, der küssen kann wie ein Gott«, sagte Posey.

»Hör nicht auf sie«, ging Juliette dazwischen. Sie hatte ihr Glas schon wieder halb geleert. »Genieß die Zeit und lass es dir gut gehen. Du hast es dir verdient.«

»Das werde ich tun«, versprach ich.

»Du hast hiermit meine offizielle Erlaubnis, Tyler Steven Lepley zu vögeln. Dann hat wenigstens eine von uns heißen Sex«, fuhr Juliette fort. »Aber bitte dezent, so dass es nicht gleich die ganze Londoner Gesellschaft erfährt.«

»Ich habe nicht, vor mit Tyler ins Bett zu hüpfen.«

»Manchmal bist du echt spießig.« Juliette verzog das Gesicht zu einer Grimasse. »Aber schrecklich lieb.«

»Nein, wirklich. Ich habe nicht vor mit Tyler ins Bett zu hüpfen. Die Küsse waren eine einmalige Sache, die sich nicht wiederholen wird.«

»Du musst es ja wissen«, gab Posey zurück.

»Ich wäre an deiner Stelle nicht so zimperlich.« Marcus prostete mir zu.

Ich gähnte verstohlen. »Leute, ich glaube, ich muss ins Bett.« Nebenan war es still geworden, was hoffen ließ, dass das Bad frei war.

»Alles klar. Und du versprichst, dass du uns auf dem Laufenden hältst«, forderte Posey.

»Ja, ja. Wobei da nichts mit Tyler sein wird, mit dem ich euch unterhalten könnte.«

»Kinsey, eine Sache noch.« Juliettes Gesicht kam näher. »Bei dem Rennen wird bestimmt Presse anwesend sein. Bitte pass ein bisschen mit den Fotografen auf. Wir wollen ja nicht, dass unser kleiner Schwindel auffliegt.«

»Das mache ich, versprochen.«

»Prima. Na dann, viel Spaß.« Juliette winkte mir zu.

»Alles klar. Bis morgen. Ich hab euch lieb.«

»Wir dich auch!«, hallte es durch den Lautsprecher.

Schmunzelnd beendete ich das Gespräch.

# 14
# KINSEY

BLINZELND ÖFFNETE ICH DIE AUGEN. Helles Sonnenlicht fiel durch das Fenster auf den Dielenboden. Winzige Staubpartikel tanzten in den Lichtstrahlen wie Ballerinas. Von draußen war das Zwitschern der Vögel zu hören. Ansonsten war es komplett still. Kein Geräusch drang aus dem Nachbarzimmer zu mir. Entweder schlief Tyler noch oder er war bereits unten und bereitete sich vor. Mühsam schlug ich die Bettdecke zur Seite und kroch aus meinem warmen Federkokon hervor.

Ich hatte nicht sonderlich gut geschlafen. Immer, wenn ich kurz davor gewesen war wegzunicken, war Tylers Gesicht hinter meinen geschlossenen Lidern aufgetaucht und hatte mich von meinem verdienten Schlaf abgehalten. Ich richtete mich räkelnd auf. Auf nackten Füßen tapste ich zum Fenster, um einen Blick nach draußen zu werfen.

Die Sonne stand noch hinter den Bäumen und bis auf ein paar Wölkchen, die träge am Horizont hingen, war der Himmel strahlend blau. In der Ferne leuchteten die weißen Zelte vom Club Privé. Ich wollte mich gerade abwenden, als ich in einiger Entfernung eine hochgewachsene Gestalt entdeckte. Tyler.

Ich hätte ihn überall erkannt. Er trug ein sportliches Outfit, bestehend aus einer schwarzen Stoffhose und einem Hemd, über dem er eine dunkelbraune Lederjacke trug. Mit federndem Gang näherte er sich dem Cottage. Ich fragte mich, was er um diese Uhrzeit bereits draußen gemacht hatte.

In diesem Moment wanderte sein Blick zum Cottage, genau in meine Richtung. Hastig trat ich zur Seite, damit er mich nicht sah. Als ich wieder langsam hervorkam, war Tyler verschwunden. Zumindest konnte ich davon ausgehen, dass ich das Badezimmer für mich allein hatte. Was ich jetzt brauchte, um wach zu werden, war eine heiße Dusche und anschließend einen Kaffee. Am besten literweise. Ohne die nötige Dosis Koffein lief bei mir gar nichts. Ich war ein kompletter Kaffee-junkie und war mir sicher, dass, sollte ich verbrannt werden, von mir nichts übrig blieb außer Kaffeesatz. Ich hatte schon ein paar Mal versucht, meinen Konsum zu reduzieren, was dazu geführt hatte, dass ich wie ein Zombie durch die Gegend gelaufen war.

Schwerfällig schlurfte ich in den Pantoffeln ins Bade-zimmer und trat vor den Spiegel. Leider gehörte ich nicht zu den Frauen, die morgens aus dem Bett stiegen und aussahen, als kämen sie gerade von einem Fotoshooting. Eine Falte zog sich quer über mein Gesicht. Unter meinen Augen lagen dunkle Schatten und meine Haare hingen schlaff auf meine Schultern. Mein Teint war fahl und grau und die Augen wirkten verquollen. Nichts, was eine heiße Dusche und ein Becher Kaffee nicht beheben konnten.

Mürrisch drehte ich den Hahn auf und schlüpfte unter den heißen Strahl. Mit geschlossenen Augen lehnte ich mich gegen die Duschwand und genoss das Gefühl der Wärme. Langsam erwachten meine Muskeln und die Energie kehrte zurück in meinen Körper. Ich dachte an den gestrigen Tag. Von Tyler ging eine sexuelle Anziehungskraft aus, der ich mich nicht entziehen konnte. Seine grünen Augen hatten eine geradezu hypnotische Wirkung auf mich.

Wenn er in meiner Nähe war, konnte ich an nichts anderes denken, als ihn zu küssen. Wie es sich wohl anfühlen würde seine Haut zu berühren? War seine Haut genauso weich wie seine Lippen? Der Gedanke genügte, um mein ganzes System in helle Aufregung zu versetzen, was sehr ungewöhnlich für diese Uhrzeit war. Ein warmes Gefühl breitete sich in meinem Unterleib aus. Etwas, das ich schon seit einer Ewigkeit nicht mehr gespürt hatte.

Langsam fuhr ich mir mit der Hand über meinen Bauch. Dabei stellte ich mir vor, es wäre Tylers. *Hör auf damit.* Tyler Lepley war tabu. Alles hier auf Blenheim war tabu. Ich gehörte nicht in diese Gesellschaft. Ich war nicht Juliette Collins.

Meine Hand lag noch immer auf meinem Bauch, während das warme Wasser auf mich niederprasselte.

Langsam ließ ich sie nach unten gleiten. Ein heißer Strahl schoss durch den Unterleib, als ich mit der Fingerspitze meine Klitoris berührte. Verlangen flammte in mir auf. Wieder tauchte Tylers Gesicht hinter meinen geschlossenen Lidern auf. Ich spreizte die Beine, sodass meine Hand bequem dazwischen passte. Ein leises Stöhnen entwich meiner Kehle, als ich mit dem Finger entlang der pulsierenden Lustperle strich. Mit leichtem Druck fing ich an, sie mit kreisenden Bewegungen zu massieren. Erst ganz sacht und dann immer schneller und fester. Tylers Augen tanzten dabei durch meinen Kopf. Alles um mich herum war vergessen. Es gab nur Tyler und mich.

Ich spürte seine Lippen auf meinem Mund. Stellte mir vor, wie seine Finger in mich hineingleiten würden, um mir Erlösung zu verschaffen. Während ich mich befriedigte, dachte ich an Tylers nackten Körper. Fein definierte Muskeln, die sich wie gemalt über seine glatte Haut zogen.

Ich stöhnte lustvoll. Das Blut rauschte in meinen Ohren und mein Atem ging stoßweise. Als sich die erste Welle ankündigte, musste ich mich abstützen, um nicht zu fallen.

*Tyler. Tyler. Tyler,* wiederholte ich in meinem Kopf seinen Namen wie ein Mantra, während mein Orgasmus über mich hinweg rollte.

MEINE BEINE ZITTERTEN NOCH IMMER, als ich aus der Dusche stieg. Ich nahm einen tiefen Atemzug, um meine Nerven zu beruhigen.

Im Haus war es mucksmäuschenstill. Mit klopfendem Herzen stützte ich mich am Waschbecken ab. Mein Gesicht schaute mich aus dem Spiegel an. Meine Augen waren weit aufgerissen. Ein rosiger Hauch hatte sich auf meine Wangen gelegt. So sah ich also aus, wenn ich einen Orgasmus hatte mit einem Mann, den ich eigentlich gar nicht wollte. *Halt.* Das war eine Lüge. Ich wollte Tyler wie noch nie einen Mann zuvor. Aber ich wusste, dass es keine Zukunft für uns gab. Man konnte eine Beziehung nicht auf einer Lüge aufbauen.

Meine Finger zitterten noch immer, als ich die Make-up-Tube zur Hand nahm. Mit sanften Strichen verteilte ich die Flüssigkeit auf meiner Haut. *Fertig.*

Zufrieden betrachtete ich mich. Meine Haut hatte dank des leichten Make-ups einen zarten, frischen Glow. Die Röte auf meinen Wangen war verschwunden. Meine Augen betonte ich lediglich mit etwas Wimperntusche und einem zarten Eyeliner-strich. So wirkte das Gesicht dem Anlass entsprechend natürlich.

Da ich kein Glätteisen benutzte, brachte ich meine Haare mit einer Rundbürste in Form. Jetzt fielen die einzelnen Strähnen schimmernd über die Schultern. Zufrieden legte ich alles zurück in den Kulturbeutel, der dicht neben dem von Tyler stand. Wie zwei Freunde.

Durch die Tür hörte ich nahende Schritte. Hastig zog ich den Bademantel über.

Es klopfte an der Badezimmertür.

»Juliette. Bist du da drin?« Tylers samtweiche Stimme drang durch das Holz zu mir.

»Ja, wieso?« Mein Puls, der sich gerade beruhigt hatte, schnellte abrupt nach oben.

»Ich habe eine kleine Überraschung für dich.«

Unwillkürlich musste ich lächeln. »Ich hasse Überraschungen.« Tyler sollte nicht denken, dass ich neugierig war.

»Auch, wenn es sich dabei um eine dampfende Tasse Kaffee handelt?« Das Lächeln in seiner Stimme war nicht zu überhören. Mistkerl. Er wusste genau, wie er mich kriegte. Für Kaffee würde ich sterben.

Mit einem Ruck hatte ich die Tür aufgerissen. »Du hast Kaffee für mich?« Tyler stand lässig gegen den Türrahmen gelehnt und hielt einen dampfenden Becher in der Hand. Seine Augen scannten jeden Millimeter meines Gesichts, um dann in Zeitlupe nach unten zu wandern. Nur mit Mühe widerstand ich der Versuchung, den Bademantel zurechtzuzupfen. Stattdessen setzte ich ein Lächeln auf. »Frisch gebrüht und verdammt lecker.« Er reichte mir den Becher mit der dunkelbraunen Flüssigkeit.

»Kannst du Gedanken lesen?« Hoffentlich nicht, denn dann wüsste er, dass ich eben noch wilden Sex mit ihm gehabt hatte. Zumindest in meinen Gedanken.

»Vielleicht.« Er legte seinen Kopf leicht schräg. Sein Blick ruhte auf mir. Intensiv und wild zugleich. »Aber der eigentliche Grund ist, dass ich einen fitten Copiloten für das Rennen haben möchte. Da, trink, solange er noch heiß ist.«

»Danke.« Ich schnupperte daran. »Mhm, der riecht schon mal köstlich.«

»Der schmeckt auch so. Ich hätte noch ein Croissant im Angebot.« Wie von Zauberhand holte er einen Teller mit einem Hörnchen darauf hinter seinem Rücken hervor. Der Mann war wirklich unglaublich. Noch nie hatte mich einer meiner Freunde mit einem improvisierten Frühstück überrascht.

»Wo hast du das und den Kaffee her?« Ich biss in das Croissant. Sofort hatte ich den herrlich buttrigen Geschmack auf der Zunge. Genießerisch rollte ich mit den Augen.

»Ich pflege gute Beziehungen zum Personal.«

»Soso.« Ich nippte am Becher. Der Kaffee war genau, wie ich ihn liebte: stark und heiß.

»Nicht so, wie du denkst.« Sein Blick ruhte auf mir. Sofort verspürte ich wieder das bekannte Kribbeln in meinem Körper, wenn Tyler in der Nähe war.

»Und wie wäre das?« Ich reckte ihm keck mein Gesicht entgegen.

Er zuckte mit den Schultern. »Tatsächlich bin ich eher schüchtern.«

Ich kicherte vergnügt. »Also, wenn du schüchtern bist, dann bin ich ...«

»Wunderschön«, unterbrach er mich. Eine Bewegung und wir würden uns berühren. Ich konnte die Wärme spüren, die von seinem Körper ausging, was nicht gerade zu meiner Entspannung beitrug. Meine Hormone waren kurz davor, die Oberhand über meinen Verstand zu gewinnen. Ich musste hier weg, ansonsten konnte ich für nichts mehr garantieren.

»Tyler ...« Ich hatte das Gefühl, in die grünen Seen seiner Augen gezogen zu werden. »Ich sollte mich lieber fertig machen, damit wir nicht zu spät kommen.«

Für einen winzigen Moment spiegelten sich die Gefühle auf seinem Gesicht: Enttäuschung. Verwunderung. Ärger. Dann hatte er sich wieder im Griff.

Er räusperte sich. »Alles klar. Ich warte unten auf dich.«

Ich nickte. »Danke für den Kaffee und das leckere Croissant.« Wie zum Beweis biss ich in das buttrige Teilchen. »Das war total klasse von dir.«

Seine Mundwinkel kräuselten sich. »Gern geschehen. Dann habe ich ja wenigstens etwas richtig gemacht.« Mit einem Lächeln machte er auf den Hacken kehrt und lief den Flur entlang.

Hastig eilte ich zurück in mein Zimmer. Erst als die Tür hinter mir ins Schloss fiel, sackte ich in mir zusammen.

Das war knapp gewesen. Es hätte nicht viel gefehlt und ich wäre schwach geworden. Ich hielt einen Moment inne, um mich zu sortieren und meinen Puls wieder zu beruhigen.

Als ich mich gefasst hatte, nahm ich einen tiefen Schluck aus dem Becher. Der Kaffee war mittlerweile lauwarm, aber das war mir egal. Hauptsache, es kam Koffein in mein System. Parallel aß ich das letzte Stückchen Croissant.

Mein Blick wanderte zum Kleiderschrank, wo die Sachen hingen, die Juliette und ich für den heutigen Tag ausgewählt hatten. Ein sommerliches Kleid mit A-Linien-Schnitt und roten Blumen darauf, die von der Taille nach unten verliefen. Dazu hatte Juliette mir einen Faszinator ausgesucht. Bis zu unserem Deal hatte ich keine Ahnung gehabt, was ein Faszinator überhaupt war – ein winziges Hütchen, das mit einer Spange oder Haarreif am Kopf befestigt wurde. Dazu hatte ich rote Pumps eingepackt.

Für eine Soirée im Garten von Blenheim war das Outfit perfekt, aber nicht für ein Autorennen.

Kurzentschlossen stand ich auf und riss die Kleiderschranktür auf. Wenn ich schon an einem Oldtimer-Rennen teilnahm, dann bitte mit Style.

Ohne Umschweife holte ich die cremefarbene, weite Leinenhose mit dem hohen Bund aus dem Schrank und passend dazu eine Kurzarmbluse. Um das Outfit abzurunden, wählte ich einen breiten, braunen Ledergürtel. Rasch zog ich mich um. Darüber warf ich mir einen gefütterten schwarzen Blazer über die Schultern.

Der Leinenstoff war angenehm warm und schmiegte sich an meine Haut. Das rote Seidentuch, das mir Juliette als Accessoire für die Handtasche ausgesucht hatte, band ich mir um den Kopf, sodass die Enden locker über meine Schulter fielen. So würden die Haare dem Fahrtwind standhalten. Etwas Ähnliches hatte ich in einem alten Film aus den Sechzigerjahren mit Grace Kelly gesehen.

Zufrieden mit meinem Aussehen schlüpfte ich in die flachen Sandalen. Ein kurzer, prüfender Blick in den Spiegel genügte. Ja, so würde es gehen.

Zum Abschluss zog ich meine schwarze Sonnenbrille aus der Tasche und setzte sie mir auf. Wunderbar. Ich kam mir vor wie ein Filmstar.

Eine Sache fehlte jedoch noch. Ich eilte ins Badezimmer und zog den roten Lippenstift aus der Tasche. Der kräftige Rotton setzte meinen geschwungenen Mund in Szene. Ich presste die Lippen zusammen, um die Farbe gleichmäßig zu verteilen.

*Perfekt.* Ich war gespannt, was Tyler zu meinem neuen Look sagen würde.

»Du bist wunderschön«, hallten seine Worte durch meinen Kopf. Für einen Moment war ich versucht anzunehmen, dass er es wirklich ernst gemeint hatte. Auf der anderen Seite hatte Tyler mehr als einmal gezeigt, dass ihm Schmeicheleien leicht von der Hand gingen.

Ich schnappte mir Juliettes schwarze Hermès-Handtasche. Vorsorglich nahm ich noch einen der Hüte mit, um im Notfall den Blitzen der Fotografen zu entgehen. Summend ging ich die Treppe nach unten.

Als ich ins Wohnzimmer kam, saß Tyler lässig auf der Armlehne des Sessels und starrte in den Kamin, wo ein munteres Feuer brannte.

Ich schluckte bei seinem Anblick und ein nervöses Flattern breitet sich in meiner Magengegend aus. Er sah aus wie ein Model. Er hatte die langen Deckhaare locker zurückgegelt. Um seinen Mund lag ein dunkler Bartschatten. Anscheinend hatte er heute Morgen auf eine Rasur verzichtet.

»Da bist du ja.« Seine Augen glitten bewundernd über mich hinweg. Er stieß einen leisen Pfiff aus.

»Gefällt es dir?« Keck drehte ich mich zu allen Seiten wie ein Model auf einer Show. Dabei hielt ich den Sonnenhut in der Hand. Ein schwarzer Hut mit einer breiten Krempe, hinter der mein Gesicht fast völlig verschwand.

»Das ist die perfekte Garderobe für den heutigen Tag. Bis auf den Hut. Den kannst du unmöglich während der Fahrt aufsetzen.«

»Der ist für später gedacht«, erklärte ich leichthin.

»Du wirst sie alle ausstechen«, lautete sein abschließendes Urteil. »Ich könnte mir keinen hübscheren Copiloten wünschen.«

»Keine bessere Copilotin«, korrigierte ich ihn streng.

Seine Mundwinkel kräuselten sich. »Du hast natürlich recht.« Er deutete auf den Beistelltisch neben dem Sofa, auf dem Kaffee und ein Korb mit Croissants und anderen süßen

Teilchen stand. »Was hältst du davon, wenn wir die Route kurz durchsprechen und dabei noch einen Schluck Kaffee trinken?«

»Prima Idee.« Ich hockte mich neben ihn aufs Sofa.

»Kaffee?«

»Gern.« Ich schenkte ihm ein Lächeln. Meine Befangenheit von vorhin war verschwunden und ich hatte wieder die Oberhand über meine Gefühle.

Er reichte mir einen Becher, um anschließend seinen aufzufüllen.

»Noch ein Croissant?«

»Danke, nein. Das kann ich mir nicht erlauben«, lehnte ich lächelnd ab.

»Blödsinn, du hast eine Traumfigur.« Seine Augen ruhten liebevoll auf mir.

»Danke, aber damit es so bleibt, belasse ich es lieber bei einem Croissant.« Ich nippte an meinem Becher.

Er breitete eine Karte vor uns auf dem Tisch aus, auf der er bereits die Route rot markiert hatte.

»Das ist unser Startpunkt.« Er tippte auf den Punkt. »Danach geht es mehr oder minder in einem großen Ring durch die Cotswolds, vorbei an Bibury, Cirencester ...«

Mit den Augen folgte ich seinem Zeigefinger.

»Chedworth, Winchcombe, Bourton-on-the-Water, Moreton-in-Marsh, Chipping Norton und schließlich wieder zurück nach Blenheim. Die Strecke ist nur teilweise innerhalb der Ortschaften abgesperrt. Ansonsten sind wir auf uns gestellt. Verboten sind GPS-Sender oder sonstige Hilfen. Alles soll so authentisch wie möglich sein.«

»Verstehe. Aber das dürfte kein Problem sein. Es ist ja nicht so, als ob wir durch die Kalahari fahren würden«, erwiderte ich grinsend.

Tyler lachte laut auf. »Da hast du absolut recht. Ich habe noch mal die Wettervorhersage gecheckt und so, wie es vorhergesagt ist, bleibt es schön. Hast du sonst noch Fragen?«

»Nein, so weit ist alles klar.« Ich leerte meinen Becher mit einem großen Schluck. »Wann geht es los?«

»Jetzt. Die Wagen sind bereits alle vor der Startlinie aufgebaut.« Das hatte er also heute so früh schon gemacht. »Der Duke wird eine kurze Ansprache halten und den Startschuss geben. Was meinst du?« Seine Augen brannten sich in mein Gesicht. Ich schluckte angesichts der blauen Seen. »Wollen wir sie fertig machen?«

»Das ist der Plan. Zumindest meiner.«

»Gut, dann würde ich sagen, wir machen uns auf den Weg.« Ein zufriedenes Lächeln breitete sich auf seinem markanten Gesicht aus.

ALS WIR AM SCHLOSS ANKAMEN, herrschte bereits helle Aufregung. Menschenmassen drängten sich über den Rasen, um einen Blick in die Zelte zu werfen, in denen Luxusmarken ihre Produkte präsentierten. Einige der Damen hatten bereits Einkaufstüten bekannter Marken um den Arm hängen. Wie gestern waren die Besucher festlich gekleidet. Wären da nicht die Oldtimer gewesen, man hätte die Szenerie genauso gut nach Ascot zum Pferderennen übertragen können. Jetzt verstand ich zumindest, warum Juliette darauf bestanden hatte, mehrere Hüte einzupacken. Die Frauen trugen zum Teil bizarre Gebilde auf ihren Köpfen. Ich entdeckte keine Frau, die sich wie ich für eine Hose entschieden hatte. Ausnahmslos alle Frauen trugen sommerliche Cocktailkleider. Die Männer flanierten in teuren Anzügen. Überall auf der Rasenfläche waren Stehtische aufgebaut, an denen Grüppchen von Besuchern standen. Es wurde geplaudert und gelacht. Einige hielten bereits ihr erstes Glas Champagner in der Hand. Andere tranken Kaffee oder Tee. Angestellte liefen in schwarzer Livree durch die Reihen und boten den Gästen kleine Häppchen zur Stärkung an. Das Bouquet der Blumen, die rund um das Gelände wuchsen, mischte sich mit dem Duft von teurem Parfüm.

Als Tyler und ich die Fläche betraten, spürte ich, wie uns einige der Blicke neugierig folgten.

»Die Männer sind alle neidisch auf mich«, meinte Tyler mit

einem breiten Grinsen. Offenbar hatte er die Blicke auch bemerkt. Es war schon das zweite Mal, das er mir an diesem Morgen ein Kompliment machte.

»Ich glaube, so manche Frau würde auch gern mit mir tauschen.« Ich deutete unauffällig auf eine Gruppe weiblicher Gäste, die sich förmlich den Hals nach Tyler verrenkten.

»Wie fühlt man sich so als Sexobjekt?«, witzelte ich.

»Das kommt immer darauf an für wen«, erwiderte Tyler schlagfertig. Dabei richtete er seine Augen auf mich.

Hatte er meinen kleinen Sexfantasieausflug unter der Dusche bemerkt? Sofort breitete sich eine verräterische Hitze in meinem Gesicht aus. Hastig drehte ich den Kopf zur Seite, damit er es nicht sah.

»Und wo sind die Autos?«, versuchte ich das Gespräch auf ein weniger verfängliches Thema zu lenken. Ich war gespannt darauf, all die Oldtimer zu bewundern, die ich sonst nur aus Dads Zeitschriften kannte.

»Komm mit. Ich zeige es dir.« Tyler legte den Arm um meine Taille und zog mich mit sich. »Wir wollen doch nicht, dass jemand Verdacht schöpft.« Er zwinkerte mir zu.

»Auf keinen Fall.« Ich musste an mein Gespräch von gestern Abend denken. Hoffentlich behielt Marcus recht und die ganze Sache würde nicht noch größere Kreise ziehen, als sie es ohnehin schon tat. Ich wartete nur darauf, dass die Balton- Geschwister aus einem Busch sprangen und uns belagerten. Aber zum Glück blieb uns eine solche Begegnung erspart.

# 15

## KINSEY

DIE SONNE SCHIEN WARM auf uns herab und ich genoss es, die paar Meter bis zu dem großen Platz zu gehen, auf dem die Wagen aufgereiht nebeneinanderstanden, damit die Besucher sie aus nächster Nähe bewundern konnten. Parallel zu den geparkten Autos verlief die Straße, die zum Schloss führte und gleichzeitig der Startpunkt sein würde.

»Oh mein Gott!«, stieß ich begeistert hervor. Vor meinen Augen breitete sich die größte Ansammlung an Oldtimern aus, die ich jemals gesehen hatte. Die Besitzer hatten sie leicht versetzt zueinander auf den Platz gestellt. Ich schätze es auf zirka vierzig Wagen. Alles teure Marken, die ich bisher nur auf Ausstellungen oder in Magazinen bewundert hatte. Überall blitzte das polierte Chrom und es roch nach Leder und Benzin.

»Dad würde ausflippen, wenn er das sehen könnte.«

Tylers Augenbraue schnellte fragend nach oben. Im selben Moment wurde mir bewusst, wie ungewöhnlich das für ihn geklungen haben musste. Schließlich war ich Juliette Collins, die Tochter von Sir Walter. Events wie diese waren für Juliettes Familie an der Tagesordnung.

»Dad ist immer so beschäftigt, dass er fast nie Zeit hat, mitzukommen«, beeilte ich mich zu sagen.

»Dann geht es ihm wie meinem Vater. Er hat den Jaguar vor Jahren gekauft und fährt so gut wie nie damit.«

»Dann ist der Wagen also eine Leihgabe.« Es war eine Feststellung und keine Frage.

»So könnte man es nennen.« Ein geheimnisvolles Lächeln breitete sich auf Tylers Gesicht aus, das ich nicht deuten konnte.

Mitten auf der Ausstellungsfläche hatte man ein kleines Podium mit einem Mikrofon aufgebaut, um das sich bereits die Veranstalter versammelt hatten.

Die meisten Fahrer waren bereits vor Ort und inspizierten ihre Oldtimer.

»Ich war heute Morgen schon früh wach und habe alles erledigt«, erklärte Tyler, der meinem Blick gefolgt war. »Der Wagen ist in top shape.«

Wir hatten den Jaguar erreicht. Aus der Nähe betrachtet, sah der Sportwagen noch schöner aus als ich ihn in Erinnerung hatte. Die Karosserie glänzte in einem metallischen Silberblau. Tyler hatte das rote Verdeck bereits zurückgeschlagen. Die hellbraunen Ledersitze sahen aus wie neu. Überhaupt machte der Wagen einen sehr gepflegten Eindruck.

»Da ist das Prachtstück.« Tyler entließ mich aus seiner Umarmung.

»Ich weiß«, erwiderte ich triumphierend.

»Woher weißt du, dass das mein Jaguar ist?« Er sah mich verblüfft an.

»Weil du mich damit überholt hast, auf dem Weg nach Blenheim.«

»Okay, daran kann ich mich gar nicht erinnern.« Tyler fuhr mit der Hand über sein Kinn.

»Der rote Mini? Klingelt da was bei dir?«

Er schüttelte den Kopf.

»Mach dir keine Gedanken. Ist nicht so wichtig.« Ich winkte ab.

»Du bist mit einem Mini von London hergefahren?« Verwundert schaute er mich an. Wahrscheinlich hatte er damit gerechnet, dass ich einen Tesla, BMW oder zumindest einen

Rover fahren würde. Ein Mini war für die höheren Kreise der Gesellschaft eher ungewöhnlich.

»Ich mag kleine Autos, da hat man in der Stadt nicht so ein Problem, einen Parkplatz zu finden.« Andächtig fuhr ich mit der flachen Hand über die Motorhaube.

»Ein Jaguar E-Type der ersten Serie. Sechszylinder-Reihenmotor mit 3,8 Liter. Viergang-Schaltgetriebe. Doppelquerlenkrad-Aufhängung. 269 PS Höchstgeschwindigkeit«, ratterte ich die Fakten runter, als wäre es das Normalste auf der Welt. »Mit abgesenkten Bodenblechen für mehr Sitzkomfort. Ein absoluter Traumwagen.« Mein Herz machte einen freudigen Hüpfer bei dem Gedanken, dass ich den Tag in diesem Auto verbringen durfte. Gleichzeitig wünschte ich mir, Dad wäre hier.

Tyler stieß einen anerkennenden Pfiff aus. »Wieso kennst du dich so gut aus?«

»Ich habe dir doch erzählt, dass mein Vater ein begeisterter Oldtimer-Fan ist und mich schon als kleines Mädchen zu allen Ausstellungen und Rennen mitgenommen hat. Ich habe eine Schwäche für alte Autos.«

»Als du sagtest, dass du ein Oldtimer-Fan bist, habe ich nicht damit gerechnet.« Hochachtung sprach aus seinem Blick.

»Dann solltest du in Zukunft genau zuhören, wenn ich etwas sage. Im Gegensatz zu anwesenden Herren neige ich nicht zu Übertreibungen.« Ich grinste ihn frech an.

»Willst du etwa behaupten, ich würde übertreiben?«, plusterte Tyler sich auf.

»Das tun doch alle Männer«, gab ich zurück.

Er sah gekränkt aus. Hatte ich ihn in seiner männlichen Ehre getroffen?

»Darf ich?« Meine Hand lag am Türgriff.

»Natürlich. Bitte nimm Platz.« Mit wenigen Schritten war er bei mir, um die Tür aufzuhalten. »Wenn alles nach dem vorgegebenen Zeitplan läuft, geht es ohnehin gleich los.«

Lächelnd ließ sie sich auf den braunen Ledersitz gleiten.

»Vielen Dank, Mr Lepley.« Obwohl der Fußraum beengt und die Sitze nicht mit denen von heutzutage zu vergleichen waren, saß man erstaunlich bequem. Es roch leicht nach Leder. Ein Duft, den ich schon immer gemocht hatte, genau wie den von Papier in Buchhandlungen.

Interessiert unterzog ich das Cockpit einer schnellen optischen Untersuchung. Im Vergleich zu modernen Autos gab es eine verhältnismäßig große Zahl an Armaturen, die alle ordentlich nebeneinander aufgereiht waren, sodass der Fahrer alles mit einem Blick erkennen konnte. Das Lenkrad war schlicht aus Stahl gehalten und mit einer Lederumwickelung in dem gleichen Hellbraun wie die Sitzüberzüge versehen. Über dem Schaltknüppel befanden sich eine Anzahl von Schaltern, die Lüftung und das Radio.

»Wir müssen uns auf die Startposition begeben. Tyler deutete auf das Podium, wo der Duke mit den Organisatoren stand. »Alle Teilnehmer starten versetzt, damit es keine Unfälle gibt.« Er drehte den Zündschlüssel im Schloss herum und legte den ersten Gang ein. Der Motor gab ein sattes Brummen von sich, wie es nur Sportwagen zu eigen war, und mein Sitz vibrierte leicht.

»Das klingt wie Musik in den Ohren.« Meine Wangen glühten vor Aufregung.

Tylers Mundwinkel kräuselten sich. Langsam rollten wir nach vorn an die Startlinie. Hinter und vor uns reihten sich die anderen Wagen ein. Ich zog mein Handy aus der Tasche und machte ein Foto.

»Das muss ich Dad schicken«, rief ich begeistert.

Tyler umfasste mit seiner schlanken Hand den Schaltknüppel. Die andere hatte er auf das Lenkrad gelegt. Eine gewisse Anspannung lag in seinen Augen.

»Juhuuu«, trällerte eine bekannte Stimme von der Seite.

Zeitgleich schob sich ein roter Austin-Healy an uns vorbei, in dem unverkennbar Flossy hinter dem Steuer saß. Sie hatte ihren Seidenanzug gegen einen braunen Tweedanzug eingetauscht, dazu hatte sie eine weiße Bluse angezogen, die mit einer gigantischen Schleife am Hals zugebunden war. Auf dem Kopf trug sie eine braune Tweedkappe, die perfekt auf ihrem

Bob saß. Wie schon gestern Abend war sie ein absoluter Hingucker.

»Hallo, Flossy«, begrüßte ich sie freudig winkend.

»Na, ihr zwei Hübschen. Schicker Wagen.« Sie spitze die Lippen.

»Das Kompliment kann ich nur zurückgeben«, meldete sich Tyler von der Seite zu Wort.

»Ja, ich finde, die kleine rote Schüssel passt perfekt zu mir.« Flossy grinste schief. »Man könnte sagen, es war Liebe auf den ersten Blick. Habt ihr gut geschlafen?«

»Bestens. Tyler hat mich mit einer herrlichen Tasse Kaffee geweckt«, antwortete ich wahrheitsgemäß. Aus dem Augenwinkel sah ich ihn lächeln.

»So gehört es sich schließlich.« Flossy schenkte uns einen wissenden Blick. »Immer schön die Frau bei Laune halten, dann geht es dir auch gut. Eine alte Weisheit meines Vaters.« Flossy lachte herzhaft.

»Das werde ich mir merken.«

Im Hintergrund verkündete der Duke den Beginn des Rennens. Der Schiedsrichter baute sich vor der Startlinie auf.

»Auf die Plätze«, ertönte es durch die Lautsprecher.

Das Brummen der Motoren erfüllte die Luft. Jubelrufe waren aus dem Publikum zu hören. Eine freudige Erregung breitete sich in meinem Körper aus.

Der Schiedsrichter hielt die Startpistole in die Höhe. Rund um das Gelände hatten sich die Zuschauer versammelt, die gespannt den Start verfolgten. Die Balton-Geschwister waren auch unter ihnen. Henry, Philippa und Henrietta hatten sich direkt neben der Startlinie beim Podium platziert. Für einen Augenblick trafen sich unsere Blicke und ich konnte den Neid darin erkennen. Auch in dieser scheinbar so perfekten schönen Welt war eben doch nicht alles so, wie es schien, stellte ich fest.

»Möge der Bessere gewinnen«, rief Flossy uns zu.

»Wir sehen uns im Ziel wieder«, antwortete ich lachend.

Ich hatte den Satz noch nicht zu Ende gesprochen, als der Schiedsrichter den Startschuss gab. Ohne Verzögerung legte

Tyler den Gang ein und der Jaguar schoss wie ein Pfeil nach vorn.

～

BEREITS EIN PAAR Kilometer nach dem Start hatten wir das große Feld der Teilnehmer hinter uns gelassen. Jetzt fuhren wir allein durch die grüne Landschaft der Cotswolds. Der Jaguar lag ruhig auf der Straße. Tyler fuhr konzentriert, trotz der hohen Geschwindigkeit. Sanfte Hügel breiteten sich vor unseren Augen aus, auf die sich eine grüne Decke aus Gras und Moos gelegt hatte, gelegentlich unterbrochen von kleinen Baumgruppen und Büschen. Hüfthohe Trockensteinmauern durchzogen das Gelände wie graue Schlangen. In der Luft lag der Geruch von Erde und Blumen. Wildblumen grüßten uns am Straßenrand wie alte Wegbegleiter. Die Sonne schien warm von oben auf uns herab. Ich genoss den Fahrtwind und das Gefühl der Geschwindigkeit.

Unauffällig warf ich einen Blick zur Seite und studierte Tylers Profil.

Seine gerade Nase war wie gemeißelt. Zum Schutz gegen die Sonne hatte er die Sonnenbrille aufgezogen. Sein Mund war leicht geöffnet, während er den Blick fest auf die Straße gerichtet hatte. Schon ein paar Mal hatten uns Schlaglöcher überrascht, denen Tyler gekonnt ausgewichen war, ohne das Tempo zu drosseln. Seine Hände hielten das Lenkrad locker fest. Der Spaß am Rennen war ihm deutlich anzumerken.

Er war der bestaussehende Mann, neben dem ich jemals in einem Auto gesessen hatte. Wie jedes Mal, wenn ich in seiner Nähe war, überkam mich der spontane Wunsch, ihn zu küssen. Ich war süchtig nach seinen Küssen. *Verdammt.*

»Da vorne ist Bibury«, holte mich Tyler aus meiner heimlichen Beobachtung.

Er ging vom Gas.

Über dem Ortseingang war ein Banner aufgehängt worden, auf dem in großen Lettern *Willkommen* geschrieben stand. Zwischen Straße und Gehweg waren Absperrungen errichtet worden, damit die Oldtimer problemlos durch den Ort fahren konnten, ohne durch unachtsame Zuschauer, die der Fahrbahn zu nahe kamen, aufgehalten zu werden.

Winzige Cottages reihten sich aneinander, deren Fassaden im Sonnenlicht in einem sattem Goldbraun erstrahlten. Überall wuchsen Rosenbüsche und Blauregen und tauchten die Häuserfronten in ein Blütenmeer. Schaulustige hatten sich entlang der Straße versammelt und jubelten uns zu, als wir an ihnen vorbeifuhren. Kinder winkten auf den Schultern ihrer Väter sitzend. Es herrschte die reinste Festtagsstimmung.

»Ich komme mir vor wie die Queen«, rief ich lachend.

»Du bist die Königin des Tages«, gab Tyler zurück und warf mir einen kurzen liebevollen Blick zu. »Das haben die Zuschauer auch erkannt.«

Verwundert sah ich zu ihm hinüber. Seit heute Morgen machte Tyler mir ständig Komplimente. Konnte es sein, dass er ähnliche Gefühle wie ich hatte? War vielleicht doch nicht alles gespielt, so wie er vorgab?

Wir passierten eine Steinbrücke, die über den breiten Bach führte, der parallel zur Straße verlief. Direkt an der Brücke stand eine alte Mühle, deren Rad sich nicht mehr drehte und deren Fassade über und über mit Efeu überzogen war. Riesige Rosenbüsche mit Blüten so groß wie mein Handteller wuchsen in dem kleinen Vorgarten. Über dem Eingang der Mühle entdeckte ich ein Holzschild auf das jemand in geschwungener Schrift *Julias Buchcafé,* gemalt hatte. Im Vorhof waren einige Tische aufgebaut, an denen Besucher in der Sonne saßen und sich unterhielten. Das Ganze wirkte wie ein Gemälde.

»Hier würde ich auch gern einen Kaffee trinken«, sagte ich mehr zu mir selbst. Sofort nahm Tyler den Fuß vom Gaspedal und trat auf die Bremse. Keine zehn Meter von der Brücke entfernt kam der Jaguar mit einem Ruck zum Stehen.

»Was machst du?« Fragend sah ich Tyler an. »Ist was mit dem Wagen?«

Mit einer lässigen Handbewegung schob er seine Sonnenbrille nach oben ins Haar. Seine Augen blitzten vergnügt auf.

»Du hast dir einen Kaffee gewünscht und den sollst du haben.« Ohne meine Antwort abzuwarten, stieg er aus.

»Aber du bist ja völlig verrückt.« Fassungslos sah ich zu, wie er den Wagen umrundete. Das Blut rauschte in meinen Ohren. »Du kannst doch nicht einfach anhalten. Wir sind mitten in einem Rennen.«

»Wir haben einen guten Vorsprung.« Tyler öffnete die Beifahrertür. »Miss Collins, wenn ich bitten darf. Ihr Wunsch ist mir Befehl.«

»Du spinnst«, rief ich hysterisch lachend. Ich konnte noch immer nicht glauben, dass er tatsächlich angehalten hatte, damit ich einen Kaffee trinken konnte.

»Vielleicht. Aber dein Lachen ist es mir wert.« Er reichte mir die Hand. »Und wenn wir uns ein wenig beeilen, dann sollten die anderen uns nicht einholen.«

»Alles klar. Worauf wartest du noch?« Ich lief los.

»Hey, warte.« Mit wenigen Schritten hatte er mich eingeholt.

So schnell wir konnten, liefen wir über die kleine Brücke bis zur Mühle. Die Tür zum Café stand weit offen. Einige Gäste blickten verwundert zu uns hoch.

»Ich schätze, da drinnen kriegen wir den Kaffee.« Tyler deutete auf das Innere der Mühle.

Ich nickte stumm. Mein Herz schlug von unserem kleinen Sprint. wie verrückt gegen die Brust. Wenn ich wieder in London war, musste ich dringend etwas für meine Fitness tun. Tyler schien es nichts ausgemacht zu haben, denn er atmete, als wäre nichts gewesen.

Tyler schnappte sich meine Hand. »Na, dann los.«

Eine Frau kam uns entgegen. Sie hatte sich eine Bauchtrage umgeschnallt, in der ein Baby schlief.

An der Hand hielt sie ein entzückendes kleines Mädchen mit wunderschönen dunklen Locken und leuchtenden, goldbraunen Augen. Die Haut des Mädchens sah aus wie von der Sonne geküsst.

»Hoppla. Ihr seht aus, als ob ihr es eilig habt.« Ihr Blick wanderte von mir zu Tyler und wieder zurück.

»Meine Freundin und ich würden wahnsinnig gerne einen Coffee-to-go haben.« Tyler schenkte der Frau ein Lächeln. Hatte er mich gerade als seine Freundin bezeichnet? Warum? Schließlich gab es niemanden hier, der der uns kannte oder verraten könnte. Ich warf Tyler einen verwunderten Blick zu, den er mit einem schiefen Lächeln quittierte.

Die Frau schielte über unsere Schulter. »Seid ihr Teilnehmer des Rennens?« Erstaunen sprach aus ihrer Stimme.

»Sind wir. Im Moment liegen wir noch vorn und wenn wir unseren Vorsprung nicht ganz verlieren wollen, dann wäre es toll, wenn es vielleicht etwas schneller gehen könnte«, sagte Tyler freundlich.

Die Augen der Frau weiteten sich fast unnatürlich. »Ach du Scheiße.« Sie fuhr sich mit der flachen Hand vor den Mund. »Entschuldigung. Ich meinte natürlich, Wahnsinn. Das muss Liebe sein. Ansonsten würde niemand etwas derart Durchgeknalltes machen.«

»Das Gleiche habe ich auch gesagt«, erwiderte ich.

Mit einem Mal war das Lächeln aus Tylers Gesicht verschwunden und hatte einem nachdenklichen Ausdruck Platz gemacht.

»Also ich meine, das mit dem durchgeknallt ...«, korrigierte ich mich. Es war offensichtlich, dass ihm die Idee, dass man ihn für verliebt halten konnte, nicht gefiel. Warum sollte er sonst so reagiert haben.

»Gebt mir drei Minuten.« Mit diesen Worten verschwand die Frau samt Kindern in der Mühle.

»Das schaffen wir niemals. Du bist verrückt.« Unsere Blicke trafen sich.

»Nur, wenn du in meiner Nähe bist«, raunte Tyler.

Sekundenlang sagte keiner von uns beiden ein Wort. Unsere Blicke verhakten sich ineinander und ich hatte das Gefühl, in dem Grün seiner Iriden zu versinken. Seine Fingerspitzen berührten meine Hand. Winzige elektrische Schläge wanderten meinen Arm hoch. Es gab nur uns beide.

In meinem Kopf herrschte absolutes Vakuum. Alles, was ich denken konnte, waren zwei Worte. *Küss mich.*

»Da bin ich wieder«, riss uns die Stimme der jungen Frau auseinander.

Ertappt trat ich einen Schritt zur Seite.

»Entschuldigung. Ich wollte euch nicht erschrecken.«

»Nein, hast du überhaupt nicht«, versicherte ich.

Sie hatte zwei Pappbecher in der Hand.

»Zwei Kaffee. Milch und Zucker sind extra eingepackt. Ich wusste nicht, was ihr mögt, und wollte nicht noch mal rauskommen und nachfragen.« Sie reichte uns die warmen Becher.

»Das hat Julia auch für euch eingepackt.« Das kleine Mädchen stand neben ihre Mutter und streckte uns eine Tüte entgegen, die mit einem seidenen Band verschlossen war, an dem ein Holzanhänger hing. *Harriets Lavendelshortbread,* war darauf eingraviert.

Fragend sah ich die Besitzerin des Cafés an.

»Ein kleiner Gruß aus der Bäckerei«, erwiderte sie meine unausgesprochene Frage.

Lächelnd nahm ich das kleine Päckchen entgegen. »Das nennt man Doping.«

Aus der Ferne war lauter Jubel zu hören. Ein sicheres Zeichen, dass unsere Konkurrenz im Anmarsch war.

»Wir sollten uns lieber beeilen.« Tyler zückte seine Brieftasche. »Was bekommst du?«

»Das geht aufs Haus. Hazel und ich finden nämlich, ihr solltet gewinnen und nicht immer diese alten Knacker, die für gewöhnlich das Rennen fahren.«

»Danke.« Tyler schnappte sich meine Hand. »Aber das dürfte schwierig werden. Die Konkurrenz ist groß.«

»Die Liebe gewinnt immer. Das weiß ich aus eigener Erfahrung.« Die Frau legte zärtlich die Hand auf die Schulter des Mädchens und gab dem schlafenden Baby einen Kuss auf den Kopf. »Viel Glück euch beiden.«

»Danke. Danke. Danke.« Ich warf der Besitzerin und der Kleinen einen Kuss zu.

So schnell uns die Füße trugen, ohne dabei den Kaffee zu verschütten, liefen wir zurück zum Wagen und stiegen ein. Zwei Oldtimer fuhren hupend an uns vorbei.

»Bist du gut angeschnallt? Ich schätze, wir müssen ein wenig Gas geben.« Wilde Entschlossenheit lag in seinen Augen.

»Unbedingt. Wir sind schließlich gestartet, um zu gewinnen.« Schmunzelnd steckte ich den Gurt ins Schloss. »Solange ich dabei meinen Kaffee trinken und einen Keks essen kann, bin ich glücklich und weil du so lieb zu mir bist, gebe ich dir auch einen Keks ab.«

»Ich bin eben ein echter Glückspilz.« Energisch trat Tyler auf das Gaspedal. Der Motor heulte kurz auf und der Jaguar machte einen Satz nach vorn. »Halt dich fest, Darling. Jetzt werden wir mal sehen, was wir aus dem Baby so rauskitzeln können.«

»Whohoooo.« Jauchzend hielt ich den Becher in die Höhe. Im Rückspiegel sah ich, wie die Mühle aus unserem Sichtfeld entschwand. Irgendwann würde ich hierher zurückkommen und mir den kleinen Ort in Ruhe anschauen. Aber jetzt wollte ich erst einmal das Rennen gewinnen.

# 16

# TYLER

DER JAGUAR GLITT RUHIG über die Straße. Der Kaffee war längst ausgetrunken und die Kekse waren aufgegessen. Juliette hatte sich als perfekte Copilotin herausgestellt, die eine Karte lesen konnte wie andere Leute die Zeitung. Problemlos hatte sie uns die Rennstrecke entlanggeführt. Nun waren es nur noch ein paar Kilometer, bis wir Blenheim erreichen würden.

Rechts und links breiteten sich Felder aus, so weit das Auge reichte, ab und zu unterbrochen durch kleine Baumgruppen. Eine Gruppe Schafe stand kauend auf einem der Felder. Als wir an ihnen vorbeifuhren, blickten sie kurz gelangweilt hoch, um sich dann wieder der Nahrungsaufnahme zu widmen. Leises Klingeln zeugte davon, dass man den Tieren Glöckchen umgehängt hatte.

Ich genoss den Fahrtwind und das unmittelbare Gefühl von Geschwindigkeit. Noch dazu saß die schönste Frau, die ich jemals gesehen hatte, neben mir. Seit unserem kleinen Abstecher zum Café hatte sich die Stimmung zwischen uns verändert. Es war, als ob sich ein Schleier gelüftet hatte. Wir hatten gescherzt und Juliette hatte mich unterhalten, indem sie jedes Mal, wenn wir einen Konkurrenten überholt hatten, die Stimme eines Radiomoderators nachgeahmt hatte, der das Rennen kommentierte. In der letzten Viertelstunde waren wir auf der Strecke keinem Auto mehr begegnet. Der kleine Stopp hatte uns gut fünfzehn Minuten gekostet. Aber ihr lachendes Gesicht war es mir wert gewesen. Unauffällig sah ich zu ihr hinüber.

Juliette saß völlig entspannt in ihrem Sitz, den Arm auf den Fensterrahmen abgelegt, die Augen auf die Straße gerichtet, und sie sang lauthals einen alten Sommerhit mit, der im Radio lief.

Seit wir gestartet waren, schien ihr sinnlicher Mund dauerhaft zu lächeln. Ihre hellbraunen Haare flatterten trotz des Haarbands im Wind wie eine Fahne. Ihre Augen lagen hinter der dunklen Sonnenbrille versteckt, aber ich wusste, dass sie strahlten wie zwei Kristalle. Es war offensichtlich, dass sie das Rennen genoss, wie alles, was sie tat. Juliette umgab pure Lebensfreude, die ansteckend auf die Menschen in ihrer Umgebung war. Ich konnte mich nicht erinnern, wann ich mich das letzte Mal so energiegeladen gefühlt hatte wie in ihrer Nähe.

Die ganze Nacht hatte ich wachgelegen und nur an sie gedacht. Es war, als ob sie mich verhext hatte. Je mehr Mühe ich mir gab, nicht an sie zu denken, desto mehr war sie in meinem Kopf. Es war, als ob sie sich unauslöschlich in meine Festplatte gebrannt hatte.

Etwas, mit dem ich nicht gerechnet hatte.

Natürlich war ich hergekommen, um mit Juliette zu flirten, damit ihr Vater auf unser Gestüt aufmerksam wurde. Alles, was ich bis zu dem Empfang getan hatte, war darauf ausgelegt gewesen, sie um des Gestüts willen für mich zu gewinnen. Aber irgendwie hatte sich die ganze Sache verselbstständigt. Das hier war kein Spiel mehr. Ich hatte Gefühle für Juliette, und zwar von der Sorte, die ein klares Denken verhinderte.

*Blimey.* Ich hatte mich verknallt. Die Erkenntnis traf mich wie ein Schlag ins Gesicht. Nur mit Mühe widerstand ich meinem ersten Impuls, auf die Bremse zu treten.

Aber wie sollte es weitergehen? Würde sie es verstehen, wenn ich ihr von meiner Motivation und meinen manipulativen Tricks erzählen würde?

Jede Minute in ihrer Nähe sehnte ich mich nach ihren

weichen Lippen, nach ihrem Duft und danach, ihre wunderbar seidige Haut zu berühren.

Wie war das nur möglich? Vor allem, wie sollte es mit uns weitergehen? Dad und Grandpa hätten mit Sicherheit nichts dagegen, wenn sie erfahren würden, dass ich mich in Juliette verknallt hatte. So weit, so gut.

Aber was war mit Juliette? Sie hatte mir sehr deutlich klar gemacht, dass sie kein Interesse an einer Vertiefung unserer Beziehung hatte.

»Was für ein bezauberndes Fleckchen Erde.« Juliette seufzte und holte mich aus meinen Gedanken. »Ich kann mich gar nicht sattsehen an dieser wunderschönen Landschaft. Seit wir losgefahren sind, reiht sich ein Örtchen an das nächste und eines ist schöner als das andere.« Sie warf mir ein Lächeln zu, das meinen Magen dazu brachte, Purzelbäume zu schlagen.

Ich lenkte den Jaguar durch die Kurve. Meine Hände umklammerten das Lenkrad so fest, dass die Knöchel weiß hervortraten. Wir waren schnell, zu schnell für eine solche Biegung. Aber mein sportlicher Ehrgeiz war geweckt.

Wie aus dem Nichts tauchte in einiger Entfernung ein roter Wagen vor uns auf.

»Das muss Flossy sein«, rief Juliette aufgeregt. Sie hielt den Kopf nach draußen. Der Wind zerrte an ihren Haaren.

»Sieht ganz danach aus«, erwiderte ich. »Aber da ist noch einer.« Ich machte eine Kopfbewegung nach vorn, wo ein zweiter Wagen vor dem Austin-Healey ins Bild rückte.

»Das bedeutet, dass wir gar nicht so weit hinten liegen, wie du gedacht hast. Flossy und der Porsche sind mit uns gestartet«, sagte Juliette mit hoffnungsvollem Unterton. »Vielleicht können wir sie noch einholen.« Ihr Blick wanderte zum Tacho, wo die Nadel im oberen Bereich der Skala stand.

Wir hatten die Höchstgeschwindigkeit noch nicht erreicht. Ich wollte nichts riskieren, schon gar nicht mit der kostbaren Fracht an meiner Seite.

»Gib Gas«, feuerte Juliette mich an.

Das ließ ich mir nicht zweimal sagen. Entschlossen trat ich aufs Gaspedal, um das letzte bisschen aus dem Jaguar herauszuholen. Tatsächlich hatte ich noch nie die Gelegenheit gehabt, den Wagen wirklich bis an seine Grenze auszufahren. Die verbleibende Strecke bis Blenheim war bis auf wenige Kurven fast gerade auf das Schloss ausgerichtet. Im Gegensatz zum Anreisetag hatte man die Straße für den normalen Verkehr gesperrt, sodass die Rennteilnehmer zu einem Endspurt ansetzen konnten. Und genau das war auch mein Plan. Aber zunächst würde ich versuchen, die Konkurrenz in einem Überholmanöver auszuschalten.

Meter um Meter näherten wir uns den beiden Autos.

»Bist du bereit für ein kleines Risiko?« Ich warf Juliette einen kurzen Seitenblick zu.

»Mit dir immer.« Ihre Stimme klang rau und in ihrem Blick lag eine wilde Entschlossenheit.

»Alles klar.« Ich würde nicht vom Gas gehen, wie die anderen beiden, sondern so schnell es ging die Kurve nehmen.

Wir hatten den Austin-Healey fast erreicht. Nur noch ein paar Meter. Die nächste Biegung setzte ein und Flossy ging vom Gas, so wie ich es erwartet hatte. Das war unsere Chance.

Mein Fuß lag schwer auf dem Gaspedal. Ich wurde in den Sitz gedrückt, als wir in die Kurve gingen. Juliette hielt sich mit beiden Händen fest, um nicht hin und her geschleudert zu werden. Von Angst keine Spur. Abenteuerlust funkelte in ihren Augen.

»Gleich haben wir sie.« Juliette schrie begeistert auf.

Meter für Meter näherten wir uns Flossys rotem Austin-Healey. Ich drückte auf die Hupe, um ihr zu signalisieren, dass wir uns von hinten herankamen. Schließlich wollte ich kein Risiko eingehen.

Endlich hatten wir sie. Ich warf einen kurzen Blick zur Seite, als wir uns an Flossy vorbeischoben.

Auf Flossys Gesicht lag ein breites Grinsen. Die Frau hatte echt Sportsgeist.

Ich ordnete mich vor ihr ein.

»Whoooooo.« Juliette riss triumphierend die Arme in die Höhe, was mich motivierte, auch noch den anderen Konkurrenten vor uns zu überholen.

Ich verstärkte den Druck auf das Gaspedal und der Jaguar beschleunigte wie auf Kommando. Stück für Stück.

Der Fahrer hatte uns bemerkt und drückte ebenfalls aufs Gas. Verbissen hielt ich weiter den Überholkurs.

»Du schaffst das«, hörte ich Juliette rufen. Sie wirkte mindestens so entschlossen wie ich, sich den Sieg zu holen. Ein Schweißtropfen lief mir kitzelnd den Rücken hinunter. Im nächsten Moment waren wir mit der Stoßstange auf gleicher Höhe. Nur ein paar Meter und wir lagen vorn. Die ersten Häuser von Woodstock kamen in Sicht. Von hier waren es noch knapp zwei Kilometer.

Endlich hatten wir es geschafft. Der Jaguar zog an unserem Konkurrenten vorbei. Ein älterer Mann in einem dunkelgrünen Lotus, der uns ein grimmiges Lächeln schenkte. Er sah nicht so aus, als würde er sich so leicht geschlagen geben, also behielt ich das Tempo bei.

»Oh mein Gott.« Juliette hatte geschrien.

»Tyler reicht völlig als Anrede«, gab ich grinsend zurück.

»Werd' bloß nicht größenwahnsinnig.« Der Tonfall strafte sie Lügen. Eine ungewohnte Zärtlichkeit lag darin, die mein Herz dazu veranlasste, einen kleinen Hüpfer hinzulegen.

Wir donnerten über die Landstraße. Das Ortsschild von Woodstock kam in Sicht und mit ihm weitere Zuschauer entlang der Strecke.

Laute Rufe begrüßten uns, gepaart mit wildem Jubel. Der Klang von Rasseln, Tröten und Dudelsackmusik hing in der Luft.

Mit jedem Meter, den wir uns Blenheim näherten, wurde die Menschenmenge größer, die uns seitlich der Absperrung begrüßte. Die Einwohner von Woodstock hatten riesige Banner über den Ortseingang gespannt. Bunte Wimpel flatterten im Wind.

Mit Vollgas brausten wir die Hauptstraße entlang hoch zum Schloss. Der Asphalt brach ab und die Straße ging nahtlos in den schmalen Weg über, der lediglich mit Schotter überzogen war.

»Wir liegen vorn.« Juliette hatte sich in ihrem Sitz umgedreht, um einen Blick auf die Konkurrenz zu werfen, die sich wieder von hinten näherte. Wie es aussah, hatte der Mann beschlossen, die gerade Strecke für sich zu nutzen. Aber den Gefallen würde ich ihm nicht tun.

»Gib nicht nach, sonst kriegt er uns noch auf die letzten Meter.« Ihre ganze Körperhaltung verriet Anspannung.

Es waren noch ein paar Meter bis zur Ziellinie. Der Jaguar schoss auf das Schlossgelände zu, dicht gefolgt von dem Lotus. In einiger Entfernung war Flossys roter Austin-Healey zu erkennen.

»Du schaffst es!« Juliettes Stimme überschlug sich.

Ein lauter Schuss verkündete, dass wir über die Ziellinie gefahren waren.

Ich nahm den Fuß vom Gaspedal und trat vorsichtig auf die Bremse.

Hunderte von Zuschauern hatten sich auf dem Rasen versammelt und jubelten uns zu. Im Fahrerbereich hinter der Ziellinie kam der Jaguar zum Stehen. Bis auf uns war niemand hier. Rundum war das Gelände aus Sicherheitsgründen abgesperrt worden. Die Presse wartete ein paar Meter entfernt mit gezückten Kameras.

Der Motor erstarb und im selben Moment brach ein tosender Jubel aus.

Langsam drehte ich mich zu Juliette. Ihre Wangen waren vom Fahrtwind gerötet und ihre Haare zerzaust. Sie hatte die Sonnenbrille abgenommen. Ihre Augen leuchteten und sie lächelte breit.

»Das war unglaublich. Wir haben tatsächlich gewonnen.« Pure Freude und Fassungslosigkeit sprachen aus ihren Augen.

»Ja, das haben wir.« Ein Kloß hatte sich in meinem Hals gebildet, der nicht verschwinden wollte. Alles, was ich wollte, war diese Frau. Der Sieg. Das Gestüt. Ich wollte einen Kuss.

Als ob sie meinen Gedanken erraten hatte, beugte sie sich zu mir. Ihre Augen brannten sich in meine. Einen Wimpernschlag später trafen sich unsere Lippen. Ich sog den köstlichen Duft ein, der sie umgab. Meine Hände gruben sich in ihre weichen Haare. Sanft ließ ich die Zunge in ihren Mund gleiten.

Alles um uns herum war vergessen. Es gab nur noch Juliette und mich.

Gierig nahm ich ihren Geschmack in mich auf, während sich unsere Zungen umspielten. Ihre Haare flatterten im Wind und strichen mir kitzelnd über die Wange. Es war unglaublich. Juliette schauderte, als meine Finger die zarte Stelle in ihrem Nacken berührten. Ein leises Stöhnen entwich ihrer Kehle. Mein harter Schwanz pochte gegen meine Hose. Am liebsten hätte ich sie hier und jetzt genommen.

Pures Adrenalin rauschte durch meine Adern wie heiße Lava und mischte sich mit einem unglaublichen Glücksgefühl, das sich in meinem Körper ausbreitete. In meinem Kopf herrschte völlige Leere und ich hatte das Gefühl, mich in ihren Armen aufzulösen.

Ein unsanftes, blechernes Klopfen riss mich aus meinem tranceähnlichen Zustand.

Abrupt gab Juliette mich frei.

*Blimey.* Konnte man nicht mal für ein paar Minuten den besten Kuss seines Lebens genießen?

»Sucht euch ein Zimmer«, ertönte eine Stimme, gefolgt von lautem Lachen.

Verärgert sah ich hoch und blickte geradewegs in das gerötete Gesicht von Flossy, die sich direkt neben der Beifahrertür aufgebaut hatte. Hinter der Absperrung lauerten mehrere Reporter mit Kameras auf uns gerichtet.

Juliette hielt sich schützend die Hand vor das Gesicht. Mit der anderen tastete sie nach der Sonnenbrille.

»Hallo, Flossy.« Ein leichtes Zittern lag in ihrer Stimme.

»Da habt ihr mich auf die letzten Meter ganz schön versenkt.« Flossy stemmte die Arme in die Hüfte.

»Man soll sich eben nie zu sicher sein«, erwiderte ich.

»Wo wart ihr die ganze Zeit?«, fragte Flossy. »Kurz nach Woodstock dachte ich, ihr hättet mich schon abgehängt und dann wart ihr plötzlich hinter mir.«

»Juliette wollte unbedingt einen Kaffee trinken.« Ich warf Juliette einen zärtlichen Blick zu. Am liebsten hätte ich sie gepackt und wäre mit ihr weggegangen. Ich sehnte mich danach mit ihr allein zu sein.

»Ihr wart Kaffee trinken?« Flossy starrte uns ungläubig an. »Ich habe ja schon viele verrückte Dinge gehört, aber das übertrifft alles. Ein Kaffee-Pläuschchen, mitten in einem Rennen!«

»Na ja, genau genommen haben wir uns nur einen Kaffee geholt.« Juliettes Augen wanderten unruhig zu den wartenden Reportern. Anscheinend war sie von den Journalisten genauso wenig begeistert wie ich.

»Während ich ein langweiliges Rennen gefahren und die Aussicht genossen habe, hattet ihr Spaß. Ich hoffe, ihr habt nichts Unanständiges gemacht.« Flossy grinste breit.

»Wir!« Juliette schüttelte entschlossen den Kopf. »Niemals.«

»Herzlichen Glückwunsch.« Der Zweitplatzierte, ein hochgewachsener Mann mit einem dichten Bart, kam zu uns an den Wagen geeilt.

»Darf ich mich vorstellen? Sir Gregory Vandenberg. Auch wenn ich es ungern zugebe, aber das war ein grandioser Sieg.«

»Danke, Sir. Sie selbst waren auch nicht schlecht«, erwiderte Tyler.

»Mr Lepley. Ein Foto, bitte«, waren die ersten lauten Rufe zu hören.

»Ich denke, wir sollten uns den Hyänen stellen, bevor sie die Absperrung umwerfen«, meinte Flossy.

»Würden Sie mich begleiten?« Die Augen von Sir Gregory ruhten auf Flossy. »Es wäre mir eine Ehre, eine so hübsche und noch dazu wagemutige Frau an meiner Seite zu haben.«

»Warum nicht?« Ohne zu zögern nahm Flossy die dargebotene Hand von Sir Gregory.

»Bist du so weit, dich der Meute zu stellen?«

Juliette nickte stumm. Mit einem Griff hatte sie den Hut vom Rücksitz geholt und sich aufgesetzt, sodass ihr Gesicht fast vollständig dahinter verschwand. Mit einem Satz war ich aus dem Wagen und eilte zu Juliette. Schützend stellte ich mich vor die Tür.

»Meine Herren, einen Augenblick bitte«, bat ich die Menge.

Ich reichte Juliette die Hand. Mit natürlicher Eleganz erhob sie sich aus ihrem Sitz. Schützend legte ich meinen Arm um sie und zog sie an mich.

»Das war fantastisch«, hauchte sie.

»Meinst du den Kuss oder das Rennen«, fragte ich mit rauer Stimme. Mein Herz wummerte noch immer wie verrückt gegen die Brust.

»Beides.« Zu mehr kam sie nicht, denn der Duke kam auf uns zugeeilt.

# 17
# KINSEY

DER DUKE GAB die Absperrungen frei und die Journalisten drängten in unsere Richtung. Niemals hatte ich mit einem so hohen Aufkommen von Presseleuten gerechnet.

Mein Puls raste noch immer und ich war damit beschäftigt, ihn wieder auf Normalnull zu bringen. Der Mann beherrschte den Zungenschlag genauso gekonnt wie sein Polospiel. Sein Kuss hatte mich umgehauen und es dauerte einen Moment, bis ich mich wieder im Griff hatte.

Tylers Augenbraue schnellte fragend nach oben, als ich meine Hand aus seiner löste. Ich musste an Juliette denken. Es wäre ihr mit Sicherheit nicht recht, wenn wir wie ein Paar abgelichtet wurden.

Die Fragen der Journalisten prasselten auf uns ein wie die Regentropfen auf einen Schirm.

»Sind Sie mit Ihrem Sieg zufrieden, Mr Lepley?«

»Mr Lepley, wechseln Sie ihr Genre und gehen in den Motorsport?«

»Was war Ihre Taktik?«

Tyler beantwortete ruhig alle Fragen. Es war ihm deutlich anzumerken, dass er es gewohnt war, sich den Mitgliedern der Presse zu stellen. So würde es sich also anfühlen, wenn man das Leben an der Seite eines bekannten Polospielers verbrachte, dachte ich. *Hör auf damit.* Das hier war alles nur ein Spiel für ihn. Ein netter Flirt. Mehr nicht. Ich hingegen war dabei mein Herz zu verlieren, so wie Juliette es vorhergesagt hatte.

»Miss Collins, was wird Ihr Vater dazu sagen, dass seine Tochter ein Autorennen gewonnen hat?«, richtete einer der Männer seine Frage direkt an mich.

»Keine Ahnung, das müssen Sie ihn schon selbst fragen.« Ich zuckte lässig mit den Schultern. »Außerdem gilt der Verdienst Mr Lepley und nicht mir.«

»Mr Lepely. Miss Collins«, meldete sich eine Reporterin zu Wort. »Uns ist aufgefallen, dass Sie beide sehr vertraut miteinander wirken.«

*Shit. Shit. Shit.* Das war genau der Moment, vor dem ich mich gefürchtet hatte.

Noch bevor ich etwas antworten konnte, hatte Tyler das Wort ergriffen.

»Miss Collins war meine Copilotin bei diesem Rennen und hat hervorragende Arbeit geleistet. Ich bin sehr froh, sie an meiner Seite zu haben«, erwiderte Tyler diplomatisch, ohne direkt auf die Frage einzugehen. Er schenkte mir ein zärtliches Lächeln.

»Dann sind sie beide kein Paar?«, hakte die Reporterin nach.

»Was denken Sie?«, spielte Tyler gekonnt den Ball zurück.

Ein leises Grummeln war aus der Ferne zu hören. Irritiert schaute ich nach oben. Dunkle Wolken schoben sich über den Horizont. Wie es aussah, hatte die Wettervorhersage recht behalten und eine Regenfront näherte sich Blenheim.

»Mr Lepely. Miss Collins.« Der Duke of Malborough kam mit schnellen Schritten auf uns zu und befreite uns unbeabsichtigt von den Journalisten. Dabei hatte er die Hände ausgestreckt.

»Herzlichen Glückwunsch zu diesem legendären Sieg.« Der Duke reichte uns beiden die Hand.

»Danke, Your Grace, es war das reinste Vergnügen, hier

starten zu dürfen«, erwiderte Tyler formvollendet. Dabei ruhte sein Blick auf mir.

»Das freut mich sehr. Wenn ich Sie beide zu uns nach vorn bitten dürfte? Wir würden gerne ein paar offizielle Fotos mit allen Siegern machen.« Der Duke deutete zum Podium, wo sich bereits Flossy und Sir Gregory versammelt hatten. »Meine Damen und Herren, wenn Sie uns kurz entschuldigen würden.«

»Alles okay mit dir?«, flüsterte Tyler mir auf dem Weg zum Podium zu. Sein warmer Atem streifte meine Haut wie ein Samthandschuh.

»Alles bestens.« Ich sah zu ihm hoch. »Aber ich denke, es ist besser, du nimmst die Glückwünsche allein entgegen.«

»Aber das ist auch dein Sieg«, protestierte er.

»Nein.« Ich zwang mich zu einem Lächeln. »Du bist gefahren. Flossy und der Zweitplatzierte stehen schließlich auch allein auf dem Siegertreppchen.«

»Bist du sicher?«, brummte er. »Ich hätte dich gern an meiner Seite.«

»Das ist lieb von dir. Aber der Sieg gebührt dir allein. Ich nutze die Gelegenheit und mache mich etwas frisch.« Ich deutete auf meinen Kopf. »Unter dem Hut sehe ich aus, als ob eine Krähe ihr Nest in meinen Haaren gebaut hat.«

Tylers Augen brannten sich in mein Gesicht. Er schüttelte kaum merklich den Kopf. »Du siehst wunderschön aus, so wie du bist.« Seine Stimme klang rau.

»Ich weiß nicht, was sie dir für Drogen heute Morgen gegeben haben, aber bitte hör nicht auf sie zu nehmen«, witzelte ich.

»Ich meine es ernst. Du siehst atemberaubend aus.«

Zögerlich forschte ich in seinem Gesicht. Aber alles, was ich darin sah, war pure Zärtlichkeit. Die Schmetterlinge in meinem Bauch fingen aufgeregt an zu flattern.

»Mr Lepley. Miss Collins«, zerriss die Stimme des Dukes das Band zwischen uns.

»Bis später.« Ohne seine Antwort abzuwarten, lief ich davon, bevor die Journalisten mich entdeckt hatten.

»Puh, ich hätte nicht gedacht, dass Gewinnen so eine anstrengende Sache ist.« Lächelnd trank ich einen Schluck aus meinem Glas. Seit unserem Sieg hatten wir unzählige Fragen beantwortet und Hände geschüttelt. Die ganze Zeit hatte ich darauf geachtet, die Sonnenbrille nicht abzunehmen, um keine unliebsame Überraschung zu erleben, was niemanden zu stören schien. Umso besser.

»Willkommen in meiner Welt«, gab Tyler schmunzelnd zurück. »Nach jedem Sieg wartet die Meute auf dich und will dir Fragen stellen und dich fotografieren.«

»Du Armer hast schon ein hartes Leben.« Mit gespieltem Mitleid legte ich ihm die Hand auf die Schulter. Wir standen an einem der Stehtische auf der Terrasse.

Die weißen Zelte flatterten leise im Wind. Noch immer herrschte reger Betrieb. Es wurde geshoppt, gefachsimpelt und gelacht, obwohl es im Hintergrund laut grummelte. Dichte Wolken hatten sich vor die Sonne geschoben. Ich sehnte mich nach etwas Ruhe, um das Durcheinander in meinem Kopf zu sortieren. Der letzte Kuss hatte mir fast den Atem geraubt und ich konnte an nichts anderes mehr denken. Aus dem Augenwinkel sah ich Flossy in Begleitung von Sir Gregory auf uns zukommen.

»Hallöchen, meine Turteltäubchen«, flötete sie schon von Weitem.

Sie war bestens gelaunt, genauso wie Sir Gregory, der etwas zu ihr sagte, worauf die beiden laut loslachten.

»Na, wenn sich da mal nicht zwei gefunden haben«, flüsterte ich Tyler ins Ohr, der neben mir stand.

»Hallo, wie ich sehe, bist du nicht mehr allein«, begrüßte ich die beiden lächelnd. Erst jetzt fiel mir auf, dass Sir Gregory ein ganzes Stück kleiner als Flossy war, was seinem Selbstbewusstsein jedoch keinen Abbruch tat.

Flossy tätschelte seine Hand. »Der liebe Gregory war etwas geknickt nach eurem Sieg und da musste ich ihn einfach trösten.« Sie zwinkerte uns zu. »Dabei haben wir festgestellt, dass wir einige Gemeinsamkeiten haben.«

»Tatsächlich. Wie schön für euch«, erwiderte ich lächelnd.

Es donnerte in unmittelbarer Nähe. Gefolgt von einem Blitz.

Etwas Kaltes traf mich auf der Stirn. Ich blinzelte irritiert. Ein zweiter Tropfen klatschte auf meinen Arm, gefolgt von dem nächsten. Eine Windböe wirbelte über den Rasen und die Zelte blähten sich für den Bruchteil einer Sekunde auf, um dann wieder zusammenzufallen.

Erste spitze Schreie waren zu hören und einige der Gäste eilten bereits ins Schloss. Die Musiker auf der Terrasse spielten unbeirrt weiter.

»Ich denke, wir sollten auch langsam reingehen«, sagte Flossy, den Blick auf ihren Begleiter gerichtet.

»Ich würde gerne zurück ins Jagdhaus und mich ein wenig frisch machen für heute Abend«, teilte ich Tyler mit.

»Gute Idee. Da komme ich mit.«

»Wollt ihr wirklich gehen?« Flossy deutete mit sorgenvollem Gesicht nach oben. Dunkle Wolken mit dicken Bäuchen hatten sich zu einer geschlossenen Decke zusammengefunden.

Es donnerte erneut. Lauter als zuvor und Sekunden später flammte ein weiterer Blitz auf. »Vielleicht wäre es besser, wenn ihr euch fahren lasst.« Sie drehte den Kopf zu Sir Gregory. »Die beiden wohnen im Jagdhäuschen des Duke.«

»Wie äußerst exklusiv.« Sir Gregory strich sich über seinen Oberlippenbart, als müsste er ihn in Form bringen.

»Das habe ich auch gedacht, und so privat.« Flossy blinzelte mit den Lidern wie ein Schmetterling in den letzten Zügen.

Dicke Tropfen platschten auf unsere Köpfe.

»Wenn wir uns beeilen, schaffen wir das noch, bevor es richtig losgeht«, schlug ich vor. Ich hatte keine Lust, in einem der Golfwagen zu sitzen und mich zum Cottage kutschieren zu lassen.

»Wir sehen uns auf dem Ball. Haltet uns einen Platz frei«, verabschiedete sich Tyler.

»Alles klar. Bis später.« Flossy und ihr Begleiter eilten zusammen mit den anderen Gästen ins Schloss. Die Zelte hingen bereits schlaff vom Regen und die Aussteller waren hektisch dabei, ihre teuren Stücke in Sicherheit zu bringen. Die Stehtische standen bis auf wenige verwaist auf dem Rasen.

Tyler schnappte sich meine Hand. »Bereit für einen kleinen Sprint?

Ich hob meinen Fuß mit den Sandalen in die Höhe. »Unbedingt. Ich habe zumindest das passende Schuhwerk an.«

»Sehr gut. Dann los.« Wir rannten so schnell wir konnten. Wir hatten kaum den Eingang des Secret Garden erreicht, als der Regen noch stärker wurde. Dicke Tropfen klatschen auf unsere Gesichter und liefen uns die Wangen herunter. Blitze zuckten über den Himmel und beleuchteten die Umgebung.

»Das ist ja der reinste Platzregen«, sagte ich lachend.

»Am besten wir stellen uns kurz unter, bis es vorbei ist.« Tyler deutete auf einen winzigen Unterstand, der inmitten des Gartens stand und als Schutz gegen die Sonne diente. Er war lediglich mit Strohmatten bedeckt, aber immer noch besser als sich unter einen Baum zu stellen. Mit wenigen Schritten hatten wir ihn erreicht. Keine Sekunde zu früh.

Dicke Pfützen bedeckten den Boden, auf deren Oberflächen die Regentropfen hüpften wie Trampolinspringer.

Tyler legte seine Arme schützend um mich, während der Regen auf das Mattendach prasselte. Ein intensiver Duft nach Blumen und feuchter Erde hüllte uns ein. Es donnerte laut und kräftig.

Ich zuckte unwillkürlich zusammen. Gewitter hatten mir schon immer Angst gemacht und hier draußen in der freien Natur wirkte es noch bedrohlicher als im Haus.

»Hey, ich bin bei dir.« Tyler legte seine Hand unter mein Kinn und zwang mich, ihm in die Augen zu schauen. Sein Gesicht kam wie in Zeitlupe näher. Ich wagte es kaum, zu atmen, aus Angst, den Moment zu zerstören.

»Juliette.« Er sprach meinen Namen aus wie eine Kostbarkeit. Sein warmer Atem traf meine kalte Haut und ich schauderte. Langsam beugte er sich vor.

Zart wie eine Feder strichen seine Lippen über meinen Mund und lösten ein Prickeln aus, das von dort über mein Gesicht wanderte.

Die Welle an Gefühlen, die ich die ganze Zeit so erfolgreich unterdrückt hatte, schlug über mir zusammen. Verlangen. Lust. Glück. Aber auch Angst. Angst vor dem, was danach passieren würde. Denn ich wusste bereits, dass ich den Kampf mit meinem Verstand verloren hatte.

Seine Hände glitten über meine Arme, zogen mich an sich, bis ich mich an seinen Oberkörper schmiegte, ohne dass sich unsere Lippen voneinander lösten.

Ich stöhnte leise. Vergessen waren meine Bedenken.

In diesem Moment gab es nur noch uns beide. Regen lief über unsere Gesichter, während sich unsere Zungen neckten. Seine Hand schob meine Haare beiseite und mit dem Daumen fing er an, die empfindliche Stelle in meinem Nacken zu massieren. Dabei löste er kleine Lustschauer aus, die über meinen Rücken wanderten.

Ich drückte meine Hüfte gegen ihn, dabei spürte ich seinen harten Penis unter dem Stoff, was meine Lust nur noch anfachte.

Der Regen wurde stärker und trommelte lautstark gegen die Natur. Innerhalb von Sekunden waren wir trotz des Mattendaches bis auf die Knochen durchnässt. Aber es war mir egal. Ich wollte einfach diesen wunderbar erotischen Kuss genießen. Ein lustvolles Stöhnen entwich meiner Kehle.

Langsam entließ mich Tyler aus seinem Armen.

»Juliette.« Seine Augen glitten an mir herab, um auf meinen Brüsten zu verweilen. Erst jetzt wurde mir bewusst, dass der Regen den dünnen Stoff in eine durchsichtige zweite Haut verwandelt hatte, die jeden Millimeter meines Körpers preisgab.

»Wir sollten ins Haus laufen, sonst holen wir uns noch den Tod«, schlug Tyler mit rauer Stimme vor, ohne die Augen von mir zu nehmen. Erst jetzt bemerkte ich das leichte Zittern, das durch meinen Körper lief. Meine Zähne fingen an zu klappern wie eine Nähmaschine.

»Komm, ich bringe dich nach Hause.« Mit einer kraftvollen Bewegung hatte er seinen Arm unter meine Hüfte gelegt und mich vom Boden gehoben, bis ich auf seinen Armen lag, wie ein kleines Kind.

»Hey, ich kann laufen«, protestierte ich lachend gegen den Lärm des Regens an, was Tyler erwartungsgemäß nicht zu kümmern schien.

»Wir wollen doch deine schönen Klamotten nicht versauen.« Ein schiefes Grinsen breitete sich über sein Gesicht aus. Mit schnellen Schritten durchquerte er den restlichen Garten vorbei am Lavendelfeld bis zum Cottage. Seine Wärme sickerte durch die Kleidung hindurch zu mir.

*Herrlich.* Ich kuschelte mich an ihn, so dicht ich konnte. Am liebsten wäre ich mit ihm verschmolzen. Alles, was ich in diesem Moment fühlte, war Geborgenheit und Glück.

Der Duft des Lavendels wurde durch den Regen noch verstärkt und hing süßlich schwer in der Luft. Blitze zuckten in der Ferne über den Himmel. Keine Menschenseele außer uns war weit und breit zu sehen. Einzig die Zelte flatterten verloren im Wind.

Tyler stieß die Tür des Cottage auf. Zum Glück brannte ein Feuer im Kamin, das eine behagliche Wärme ausstrahlte.

Anstatt mich abzusetzen, trug er mich scheinbar mühelos die Treppe hoch zu den Schlafzimmern. Für einen Moment schloss ich die Augen und genoss den Augenblick. Mein Ohr lag auf seiner Brust und ich konnte Tylers kräftigen Herzschlag hören.

Bumm. Bumm. Bumm.

Als ich die Lider wieder öffnete, standen wir zu meiner Überraschung nicht im Schlafzimmer, sondern im Bad.

Verwundert schaute ich zu Tyler hoch. Wassertropfen hingen in seinen Wimpern wie winzige Kristalle, dahinter leuchteten die grünen Augen fast unnatürlich hervor. Die dunklen Haare waren zerzaust und platt gedrückt von den Regenmassen. Sein Hemd war ebenfalls durchweicht und ließ die Muskeln erahnen. Er sah unglaublich sexy aus und ich konnte verstehen, warum sich die Frauen den Hals nach ihm verrenkten, wo immer er auftauchte. Tyler umgab die Aura eines modernen Mannes mit Sexappeal.

»Du siehst aus wie eine Eiskönigin, die in der Sonne schmilzt«, witzelte Tyler mit Blick auf meine Füße, wo sich bereits eine Pfütze gebildet hatte.

Unwillkürlich musste ich lachen. »So fühle ich mich auch.«

»Du solltest duschen, damit du dich nicht erkältest«, lautete seine Erklärung auf meine stumme Frage.

Ich nickte, ohne den Blickkontakt zu unterbrechen.

»Nur, wenn du mit mir duschst.«

Die Schmetterlinge in meinem Bauch flatterten aufgeregt und das Blut rauschte in meinen Ohren. Tyler stellte das Wasser in der Dusche an.

Unsere Lippen fanden sich erneut. Er schmeckte nach Regen und Salz. War der letzte Kuss zart und vorsichtig gewesen, so war dieser voller Leidenschaft. Mit einer Bewegung hatte er das Jackett von meinen Schultern gestreift, ohne den Kuss zu unterbrechen.

Wie machte der Mann das nur? Fast war ich versucht, zu blinzeln, um zu schauen, ob ihm ein Paar Arme gewachsen war. Sein Mund wanderte langsam meinen Hals hinunter und bedeckte ihn mit winzigen Küssen. Seine Bartstoppeln strichen über die empfindliche Haut und feuerten meine Lust an.

Ich warf den Kopf nach hinten, um ihm Platz zu machen, was Tyler mit einem heiseren Lachen quittierte.

Seine Finger machten sich an den Knöpfen meiner Bluse zu schaffen, während ich ihn von seinem Hemd befreite. Sekunden später stand ich nur noch in BH und Hose vor ihm. Ich zitterte vor Kälte und gleichzeitig hatte ich das Gefühl, innerlich zu brennen. Jede Zelle meines Körpers sehnte sich nach Tylers Berührungen.

Als ich den Stoff seines Hemdes beiseiteschob, gab ich ein leises Seufzen von mir.

Vor meinen Augen zogen sich feine Muskelstränge wie

gemalt über seinen nackten Oberkörper. Gab es denn an Tyler etwas, das nicht perfekt war? Zärtlich leckte ich mit der Zungenspitze über die glatte Haut und nahm seinen salzigen Geschmack auf.

Tyler hatte in der Zwischenzeit meine Hose geöffnet und schob sie mir über die Hüfte. Als seine Finger in den Rand meines Slips eintauchten, um ihn nach unten zu ziehen, erschauderte ich vor Lust. Ein Gänsehautschauer rieselte meinen Rücken hinab und die feinen Härchen entlang der Arme stellten sich auf. Warme Nebelschwaden stiegen aus der Duschkabine, als wollten sie uns einhüllen. Meine Hand glitt in seine Boxershorts, bis ich die samtweiche Haut berührte. Es fühlte sich so gut an.

Sekunden später standen wir nackt voreinander. Mein Blick wanderte zu seiner Körpermitte, wo sein beeindruckender Schwanz mir förmlich entgegensprang.

»Wow«, hauchte ich.

Tyler lachte heiser. Sein Blick glitt mit quälender Langsamkeit über mich hinweg, als wollte er sich jeden Millimeter einprägen.

»Du bist wunderschön«, lautete sein abschließendes Urteil. »Alles an dir ist wunderschön.«

Mit einem Ruck hatte er mich angehoben und trug mich unter die Dusche.

Ich quietschte leise, als das heiße Wasser auf meine Haut traf wie winzige Nadelstiche.

Vorsichtig setzte er mich ab. Seine Hände umfassten meinen Po. Ich stöhnte auf. Mein Verstand, auf den ich sonst immer verlassen konnte, hatte sich bereits im Secret Garden verabschiedet und meinen Hormonen das Feld überlassen. Das Einzige, woran ich denken konnte, war Sex. Ich wollte Tyler. Mit den Fingern fuhr ich durch seine dichten Haare, krallte mich in ihnen fest. Unsere Zungen umspielten einander, als wollte sie den anderen locken. Die Spitze seines Penis rieb an meinem Oberschenkel und brachte mich fast um den Verstand. Eine Lust wie ich sie noch nie erlebt hatte, flutete meinen Körper und ergriff Besitz von mir. Blinzelnd öffnete ich die Augen, als sich unsere Lippen voneinander lösten. Tylers Gesicht schwebte direkt vor mir. In seinen Augen spiegelte sich das gleiche Verlangen, das ich genau in diesem Moment empfand. Er fuhr mir mit dem Zeigefinger über die Unterlippe. Gierig saugte ich daran, ohne den Augenkontakt zu Tyler zu verlieren. Wasser lief über sein Gesicht und ließ die Konturen verschwimmen. In seinem dichten Wimpernkranz hingen dicke Tropfen, die er blinzelnd abschüttelte. Tyler stöhnte leise. Ansonsten sagte keiner von uns ein Wort.

Wozu auch? Unsere Körper hatten längst entschieden, was sie voneinander wollten. Eine stumme Frage stand in seinen Augen geschrieben, die ich mit einem kaum merklichen Kopfnicken beantwortete.

Tyler drückte mich gegen die Wand. Mit einem Ruck hatte er mich angehoben und geschickt auf seiner Körpermitte platziert.

Ich schlang meine Beine um seine Hüften. Wir verschmolzen zu einer Einheit. Als er in mich eindrang, gab ich ein lautes Stöhnen von mir. Mein ganzer Körper zitterte, als er mich mit kraftvollen Bewegungen langsam zum Höhepunkt brachte. Die erste heiße Welle breitete sich in meinem Unterleib aus. Sein Atem strich über mein Gesicht. Ich spürte das Spiel seiner Muskeln unter meinen Händen, als ich über seine Brust strich. Seine Arme umklammerten mich fest und gaben mir Halt. Alles, was ich hörte, war das Blut in meinen Ohren. Ich lege den Kopf in den Nacken und presste meine Brust gegen seinen Oberkörper. Mit einem letzten kraftvollen Stoß drang er in mich ein. Eine gigantische Welle rollte über mich hinweg und ich hatte das Gefühl, mich aufzulösen. Tyler zuckte, dabei flüsterte er meinen Namen.

Wir flogen zusammen, während sich unsere Körper vereinten. Es war unglaublich.

Als der Orgasmus vorbei war, hing ich kraftlos in seinen Armen. Emotionen brachen über mich herein. Glück. Lust. Leidenschaft.

Tylers Atem ging stoßweise und ich spürte sein Herz gegen

die Brust wummern. Dunkle Strähnen hingen in seine Stirn, dahinter blitzten seine Augen voller Zärtlichkeit auf.

»Was machst du nur mit mir?« Seine Stimme war kaum mehr als ein Flüstern.

»Das Gleiche könnte ich dich fragen.« Sanft schob ich ihm die Strähnen hinter das Ohr.

In meinem Kopf wirbelten die Gedanken. Vor wenigen Minuten hatte ich mit einem Mann Sex unter der Dusche gehabt, den ich gerade mal ein paar Stunden kannte und der mich zu einem unglaublichen Höhepunkt katapultiert hatte.

Tyler schüttelte den Kopf und winzige Wassertropfen flogen durch die Luft. Dampfschwaden erfüllten den engen Raum und die Luft war zum Schneiden dick.

»Zumindest ist mir wieder warm«, witzelte ich und strich ihm dabei zärtlich mit den Fingerspitzen über sein Gesicht und den Hals entlang.

Vorsichtig lockerte er seinen Griff. Ich glitt von seiner Hüfte, bis ich mit den Füßen zum Stehen kam. Meine Beine zitterten vor Anstrengung. Tyler jedoch schien es nichts ausgemacht zu haben, denn er griff nach dem Duschgel, um mich dann langsam damit einzuseifen.

»Mhm.« Ich schloss genießerisch die Augen. »Das fühlt sich gut an.« Der schwache Duft von Kokos und Vanille hüllte uns ein.

»Ein Service des Hauses«, erwiderte Tyler grinsend.

»Daran könnte ich mich durchaus gewöhnen. Aber da wir ja gleichgestellt sind ...« Ich schnappte mir die Flasche und fing an, den Schaum auf seinem nackten Körper zu verteilen.

»Wenn du so weitermachst, kann ich für nichts garantieren«, erwiderte Tyler mit rauer Stimme.

»Für die Folgen bin ich nicht verantwortlich.«

»Ich wusste gleich, dass du eine Hexe bist.« Tyler schlang seine Arme um mich und zog mich an seine Brust. »Seit ich dir begegnet bin, kann ich an nichts anderes mehr denken.«

»Selbst schuld.« Ich stellte mich auf die Zehenspitzen und gab ihm einen Kuss.

»Hey, ich meine es ernst.«

Ich gab ihm einen Klaps auf den Po. »Und jetzt raus aus der Dusche, damit ich mich fertig machen kann. Sonst kommen wir zu spät zum Ball.«

Er nickte kaum merklich, ohne den Blick von mir zu nehmen. »Ich warte auf dich.«

»Das will ich doch hoffen.«

Ohne etwas zu erwidern, schlüpfte er aus der Dusche.

Ich fing an, meine Haare einzuschäumen. Jetzt, wo Tyler nicht mehr bei mir war, kam mir alles unwirklich vor. Hatte ich wirklich gerade mit einem Mann geschlafen, den ich genau genommen nicht kannte und der mich für eine andere hielt? Das leichte Brennen zwischen meinen Beinen bestätigte, was mein Verstand nicht akzeptieren wollte.

Als echten One-Night-Stand konnte man es nicht bezeichnen. Aber was war es dann? Unglaublich heißer Sex ohne Verpflichtung? Teil seines Plans? Ich hatte keine Ahnung.

Durch die beschlagene Scheibe sah ich, wie Tyler sich bückte, um seine nassen Klamotten aufzuheben.

»Bis gleich, meine Schönste«, drang seine Stimme durch das Rauschen des Wassers zu mir. Dann war er verschwunden und ließ mich zitternd und völlig durcheinander zurück.

NACHDEM ICH DIE Haare geföhnt und mich fertig gemacht hatte, ging ich in mein Zimmer, um mich anzuziehen.

Eine traumhafte Robe aus Juliettes schier unermesslichem Fundus in einem zarten Blushton, die mit Blumendekor besetzt war.

Lächelnd schlüpfte ich in das Kleid. Der seidige Stoff lag kühl auf der Haut. Die handbreiten Träger verliefen vom Rücken über die Schultern, zu den Brüsten runter, bis sie in dem Stoffband verschwanden, das meine Taille umfasste. Dazwischen war nichts anderes als meine Haut zu sehen. Von der Taille aus fiel der weite, leicht ausgestellte Rock bis zu den Fesseln. Die Ohrringe und die Halskette waren meine Meisterstücke. Eine zarte Goldkette, die zweifach geschlungen und mit feinen Goldpunkte gearbeitet war, die das auftreffende Licht funkelnd reflektierten. Der Anhänger war ein großes Goldplättchen, in dessen Mitte ein Diamant funkelte und der durch seine Schlichtheit bestach. Dazu hatte ich einen dreifach geschlungenen Goldring gewählt.

Ich kam mir nun wirklich vor wie Cinderella, die zum Ball des Prinzen ging. Nur das auf mich kein Prinz, sondern Tyler wartete.

Nachdenklich betrachtete ich mein Gesicht. Die Röte auf den Wangen von eben war verschwunden, aber die Augen glänzten unnatürlich und ich hatte dieses Lächeln auf meinen Lippen, das nicht verschwinden wollte.

Ob es Tyler genauso ging wie mir?

Dass er ein guter Schauspieler war, hatte er mehr als einmal bewiesen. Ich hatte keine Ahnung. Aber seine Berührungen und Zärtlichkeiten sprachen eine eindeutige Sprache. Der Anblick seines nackten Körpers, seine Liebkosungen, der Sex hatten mich umgehauen. Nun stellte sich die Frage, wie ich damit umgehen sollte. Alles, was ich wusste, war, dass ich bis über beide Ohren in ihn verknallt war.

Mein Handy klingelte leise auf dem Nachtisch.

Hastig eilte ich dorthin. Es war Juliette.

»WirhabendasRennengewonnen«, kam ich ohne Umwege zum Punkt. Dabei überschlugen sich meine Worte. »Undich-hatteSexmitTyler.« Mein Herz raste, jetzt wo ich es das erste Mal ausgesprochen hatte.

»Du bist unglaublich«, kam es zurück.

Ich kicherte hysterisch. Meine Wangen brannten jetzt und der Hals war eigenartig trocken.

»Wusste ich es doch! Da hat es auch nichts genutzt, dass du ständig betont hast, dass er nicht dein Typ ist. Das ist genau der Punkt. Man verliebt sich nie in seinen Typen, sondern immer in das genaue Gegenteil. Das macht es nämlich erst interessant.«

»Ich weiß auch nicht, wie das passieren konnte. Wir sind durch den Regen gelaufen und plötzlich haben wir uns geküsst.« Ich holte tief Luft. Die Bilder der letzten Stunden flatterten durch meinen Kopf wie aufgeregte Vögel. »Dann hat mich Tyler ins Haus getragen und wir hatten Sex unter der Dusche.«

»Du Tier. Ich fasse es nicht. Meine kleine Spießerin hat wilden Sex mit dem heißesten Polospieler, den England im Moment hat. Wie machst du das nur?«

»Ich habe keine Ahnung. Es ist einfach so passiert«, entgegnete ich.

»Das war doch klar.« Juliette schnaubte.

»Nicht für mich. Aber Tyler ist einfach ...« Ich stieß einen Seufzer aus. »Er ist einfach unglaublich. Der Mann ist ein absoluter Sexgott.« Bilder von Tylers nacktem Körper wirbelten durch meinen Kopf.

»Hört sich ganz so an, als ob du bis über beide Ohren in den Kerl verknallt bist.« Juliette machte eine kurze Pause.

»Oh, Juliette, was soll ich nur tun?« Ich setzte mich auf die Bettkante. »Er denkt, dass ich du bin. Ich muss ihm die Wahrheit sagen.«

»Untersteh dich. Wenn du ihm jetzt die Karten auf den Tisch legst und er dir eine Szene macht, dann hast nicht nur du ein Problem, sondern ich gleich mit. Du kannst es ihm immer noch beichten, bevor du abreist. Wenn er danach sauer wird, kannst du dich wenigstens einfach ins Auto setzen und fahren.«

»Mhm.« Ich knabberte an meiner Unterlippe. Der Gedanke, dass Tyler nicht die gleichen Gefühle für mich hatte, wie ich für ihn, schmerzte mich. Am liebsten wäre ich zu ihm gelaufen und hätte ihm alles gestanden, aber wahrscheinlich hatte Juliette recht. Auf ein paar Stunden kam es jetzt auch nicht mehr an.

»Komm schon, Kinsey. Das bist du mir schuldig. Genieß es doch einfach, ohne dass du gleich wieder den Moralapostel spielen musst«, redete Juliette auf mich ein.

»Ja, wahrscheinlich ist es auch besser so. Ich kann ohnehin nicht mehr klar denken.«

»Und der Sex war wirklich so gut?«

»Der beste, den ich jemals hatte.« Ich seufzte.

»Ich habe dir gleich gesagt, wer mit seiner Zunge gut

umgehen kann, der kann auch andere Tricks.« Juliette lachte vergnügt auf.

»Was hat er denn gesagt? Hast du den Eindruck, dass er genauso verknallt ist?«

Ich dachte an all die zärtlichen Blicke und Worte, die wir ausgetauscht hatten. Konnte man das schauspielern?

»Keine Ahnung. Er hat immer wieder betont, wie wichtig ihm seine Unabhängigkeit ist.« *Genau wie ich.*

»Umso wichtiger, dass du cool bleibst. Wenn du ihm jetzt gestehst, dass du in ihn verknallt bist, wirst du uninteressant. Männer sind Jäger. Zumal ich bezweifele, dass er so denkt wie du. Der Typ ist ein Kerl durch und durch. Die denken nicht wie wir Frauen. Deren Gehirn wird durch ihren Schwanz gesteuert. Diesbezüglich würde ich mir also nicht allzu viele Hoffnungen machen.«

»Du machst mir Mut«, murmelte ich kaum hörbar. Trübsinnig schaute ich aus dem Fenster. Das Dämmerlicht hatte sich über alles gelegt und erstickte die Farben des Tages. Lediglich die roten Streifen am Himmel erinnerten noch an den Tag. Würde Tyler auch bald zu meinen Erinnerungen gehören wie ein schöner Traum?

Ein dicker Kloß hatte sich in meinem Hals gebildet. Ich schluckte dagegen an, aber er wollte nicht verschwinden.

»Du solltest dir nicht so viele Gedanken machen, sondern einfach den Abend genießen. Der Ball auf Blenheim ist berühmt für seine Exklusivität.«

»Wahrscheinlich hast du recht.« Leichte Panik breitete sich in mir aus. Ich wollte Tyler nicht verlieren. Aber wie es aussah, würde ich das gleiche Schicksal wie Cinderella erleiden. Nur das der Prinz in diesem Fall nicht kommen würde, um mich zu suchen, aber immerhin konnte ich Kunden gewinnen, was ein schwacher Trost war.

Ich hörte Tylers Schritte im Flur. Sekunden später klopfte es an meine Tür.

»Juliette?«

»Ich komme gleich«, rief ich.

»Alles klar. Ich bestelle schon mal einen Wagen«, teilte er

mir mit. Allein seine Stimme genügte, dass mir wohlige Schauer den Rücken runter rieselten.

»Ich muss Schluss machen«, flüsterte ich, so dass Tyler mich nicht hören konnte.

»Viel Spaß auf dem Ball und vergiss nicht: Du bist Cinderella.« Ein leichtes Schmunzeln war in Juliettes Stimme zu hören.

Seufzend legte ich auf.

# 18
# TYLER

»WER HÄTTE GEDACHT, dass dich die Kleine so umhaut?«, drang Winstons Stimme durch das Handy. Ich stand im Wohnzimmer. Das Gewitter war vorbeigezogen und der Regen hatte aufgehört und nur noch feine rote Schleier hingen am Himmel. Es dämmerte bereits und in dem Raum herrschte eine schummrige Dunkelheit. Lediglich der Kamin gab sein warmes Licht an die Umgebung ab. Wie von Geisterhand hatte man Holz nachgelegt, sodass das Feuer bis spät in die Nacht brennen würde.

»Ja, aber genau da liegt das Problem. Juliette hat ziemlich klar gemacht, dass sie ihre Unabhängigkeit liebt.«

»Genau wie du«, sagte Winston.

»Und dass sie gern Single ist und ihr Leben genießen will.«

»Ich wiederhole mich nur ungern, aber genau wie du.«

»Du bist keine Hilfe«, knurrte ich.

»Ich sage nur, wie es ist«, erwiderte Winston fröhlich. Im Gegensatz zu mir schien ihm unser Gespräch Spaß zu bereiten.

»Außerdem müsstest du dich eigentlich freuen. Du hast doch genau das erreicht, was du erreichen wolltest. Juliette Collins ist deine Dame zum Ball ...«, Winston senkte die Stimme, »und nicht nur das. Du hast fantastischen Sex mit dieser Frau, sozusagen als Bonus obendrauf. Du bist ein verdammter Glückspilz.«

»Das sehe ich anders.« Grimmig schlüpfte ich in meine Schuhe für den Ball. »Ich will mehr von ihr.« Endlich war es raus.

»Du willst mehr?« Er wirkte verblüfft. »Definiere mehr.«

»Ich möchte sie wiedersehen. Ich möchte ...«, ich stockte, »... mit ihr zusammen sein.«

Winston stieß einen Pfiff aus. »Oh Mann, dich hat es echt erwischt.«

»Ich will sie einfach besser kennenlernen.«

»Besser, als nackt auf ihr zu liegen?«

»Wenn man dich hört, klingt es, als ob Sex alles ist.«

»Ist es nicht, aber für dich normalerweise schon.« Ich konnte förmlich sehen, wie Winston ungläubig den Kopf schüttelte.

»Das war anders. Alle wussten genau, worauf sie sich bei mir einlassen. Ich habe nie einer Frau etwas vorgemacht. So haben beide Seiten immer präzise das bekommen, was sie wollten.«

Ich schüttelte den Kopf. »Das denkst du. Ich glaube, du hast so manches gebrochene Herz zurückgelassen. Frauen sind anders als wir Männer. Sobald sie dich in ihr Bett lassen, haben sie dich quasi schon als Vater ihrer ungeborenen Kinder eingestuft. Da kannst du ihnen vorher so viel erzählen wie du willst. So ticken Frauen nun mal.«

»Du solltest einen Ratgeber für Männer schreiben«, erwiderte ich trocken.

»Und du solltest dir nicht solche Gedanken machen.«

»Hm. Wahrscheinlich hast du recht. Trotzdem würde ich ihr lieber die Wahrheit sagen.

»Und riskieren, dass dein ganzer schöner Plan auffliegt und du beides verlierst? Das Gestüt und die Frau.«

»Mhm.«

»Bleib einfach locker und dann wirst du schon sehen, wohin die Reise geht. Morgen kannst du ihr immer noch deine

Nummer geben und wer weiß, was sich daraus ergibt.« Eine weibliche Stimme war im Hintergrund zu hören.

»Du bist nicht allein«, rief ich überrascht.

»Auch wenn es dir schwerfällt, das zu glauben, aber du bist nicht der Einzige, der sich gerne sein Bettchen wärmen lässt.«

»Alles klar, dann will ich dich nicht länger stören. Wir sprechen uns morgen.«

»Einverstanden und viel Spaß heute Abend.« Belustigung schwang in seinen Worten mit.

»Manchmal frage ich mich wirklich, warum ich mit dir befreundet bin.«

»Weil du meinen Rat so schätzt. Gute Nacht, Prinz Charming.«

Seufzend legte ich das Handy beiseite und trat vor den Spiegel.

Unwillkürlich poppte das Bild von Juliettes nacktem Körper in meinem Kopf auf. Sie hatte atemberaubend sexy ausgesehen. Ihre Brüste waren perfekt, wie aus Marzipan geformt, mit diesem sanften Schwung, der in den rosa Spitzen endete. Ihre Haut war seidig weich gewesen und ihre geschwungenen weiblichen Formen luden dazu ein, liebkost zu werden. Noch nie hatte ich einen derart intensiven Orgasmus mit einer Frau erlebt.

Sofort regte sich mein Schwanz in der Hose. Das musste aufhören, sonst würde ich den Ball nicht überstehen.

Entschlossen steckte ich mein Handy in die Seitentasche meines Jacketts. Keine Sekunde zu früh.

Juliette tauchte im Türrahmen auf. In ihrem Abendkleid sah sie atemberaubend aus.

Ihre Haare fielen in weichen Wellen über die Schultern. Ihre blauen Augen stachen hinter den dunklen Wimpern hell hervor und der rote Mund lud zum Küssen ein. Schon jetzt war klar, dass sie der Star des Abends sein würde.

Sofort stellte ich mir vor, wie es wohl sein würde, sie aus dem kostbaren Stoff zu schälen, um anschließend ihren Traumkörper zu verwöhnen.

»Du siehst einfach unglaublich aus«, krächzte ich, damit

beschäftigt meine übersprudelnden Hormone in den Griff zu bekommen.

»Du siehst auch ganz nett aus.« Sie schenkte mir ein freches Lächeln.

»Nett! Dabei habe ich mich extra für dich in Schale geworfen.« Ich verzog das Gesicht.

»Wer es glaubt, wird selig.« Ihre Augen blitzen verheißungsvoll. »Aber man kann sich mit dir sehen lassen. Zufrieden?«

»Nicht ganz, aber zumindest besser als nett.« Mit zwei Schritten war ich bei ihr und zog sie an mich. »Wie wäre es mit einer anständigen Begrüßung für den Mann an deiner Seite?«

»Vorsicht, du zerknitterst mein Kleid«, erwiderte sie vergnügt.

»Wenn ich könnte, würde ich noch ganz andere Sachen mit dir tun.« Meine Augen glitten über sie hinweg. Der zarte Stoff umschmeichelte ihre weiblichen Kurven und die Farbe brachte ihre Haut zum Schimmern. Der Ausschnitt war sündhaft tief und es würde mich meine ganze Beherrschung kosten, nicht ständig auf ihre Brüste zu starren und sie berühren zu wollen.

»Das klingt sehr verlockend, aber ich fürchte, das müssen wir uns für später aufheben. Ein Kuss liegt jedoch im Bereich des Möglichen.« Sie stellte sich auf ihre Zehenspitzen und Sekunden später lagen ihre weichen Lippen auf meinen und brachten mich an den Rand meiner Beherrschung.

»Mhm, daran könnte ich mich durchaus gewöhnen«, murmelte ich.

»Vielleicht haben wir später noch ein bisschen Zeit, deine Kusstechnik zu verbessern.« Sie zwinkerte mir zu.

»Verbessern«, sagte ich gespielt entrüstet. »Ich dachte nicht, dass es da etwas zu verbessern gäbe.«

»Das behauptest du.« Sie strich mir mit der Fingerspitze über den Mund. »Ich kann dir später ja mal zeigen, was man noch korrigieren könnte.«

»Ich bitte darum.« Ich wirbelte sie herum, sodass sie in meinen Armen zum Liegen kam. »Aber jetzt bin ich erstmal der Boss.«

Juliette lachte vergnügt.

»Ich kann es kaum abwarten, dich aus dem Kleid zu schälen«, hauchte ich ihr ins Ohr. »Und anschließend jeden Millimeter deines Körpers mit meinen Küssen zu bedecken.« Ich legte den Arm um ihre Taille.

»Das klingt vielversprechend.« Juliette grinste verwegen. »Aber wer weiß, wen ich heute Abend sonst so treffe. Schließlich gibt es auf Blenheim noch mehr Prinzen.«

»Keinen, der so gut aussieht wie ich.«

Juliette seufzte. »Da hast du leider recht, aber Aussehen ist ja nicht alles.«

»Du schlimmes Ding, du.«

»Warte ab, bis wir heute Abend allein sind.« Sie schenkte mir einen Augenaufschlag, der es in sich hatte.

»Du machst mich neugierig.«

»Ich verspreche dir, das Warten lohnt sich.« Sie schmiegte sich an mich. Ihr betörender Duft stieg mir in die Nase und fachte mein Lustzentrum nur noch mehr an.

»Vor mir liegen ein paar harte Stunden«, sagte ich seufzend. Mit dem Handrücken strich ich ihr über den Hals runter zum Dekolletee. Juliette gab ein leises wohliges Geräusch von sich.

»Dann lass uns lieber losgehen. Bist du bereit?«

»Für dich immer.« Ihre Augen funkelten mich an.

# 19
# KINSEY

ALS WIR ANKAMEN, hatte sich vor dem Eingang des Festsaals bereits eine Schlange von Gästen gebildet, die darauf warteten, eingelassen zu werden. Zwei Angestellte in festlichen Uniformen standen davor Spalier und kontrollierten die Einladungskarten.

»Ich komme mir ein bisschen vor wie vor hundert Jahren. Fehlt nur noch, dass man uns namentlich ankündigt«, sagte ich kichernd.

Tyler warf mir einen verständnislosen Blick zu, der so viel bedeutete wie: Genau das ist der Fall.

»Du nimmst mich auf den Arm?«

»Warte es ab.« Das schiefe Grinsen auf seinem Gesicht zeigte mir, dass er es wirklich ernst meinte.

»Oh mein Gott.«

Wir waren als Nächste dran.

»Mr Carmichael«, begrüßte ich den Angestellten, der sich gleich neben dem Eingang platziert hatte.

»Miss Collins, wenn ich mich recht erinnere.« Ein Lächeln huschte über sein Gesicht. »Wie ich sehe, haben Sie eine passende Begleitung gefunden.« Mr Carmichael sah uns wohlwollend an.

Tyler reichte ihm seine Karte.

»Das ist nicht nötig, Mr Lepley. Ich bin ein großer Freund des Polospiels und sie waren das Highlight der letzten Saison, wenn mir diese Bemerkung erlaubt ist.« Die grauen Äuglein des Concierge blitzten.

»Natürlich ist die Bemerkung erlaubt.« Tylers Mundwinkel zuckten. »Das freut mich zu hören. Was wäre ein Spiel ohne die Fans? Langweilig.«

Mr Carmichael räusperte sich. »Schön, dass Sie es so sehen, Sir. Dann wollen wir die Herrschaften mal über ihre Ankunft informieren.«

»Also, das ist wirklich nicht nötig«, versuchte ich ihn davon abzuhalten. Ich wollte nicht, dass uns der ganze Saal anstarrte. »Wir können auch einfach so reingehen.«

Die buschige Augenbraue des Concierge schnellte nach oben. »Das geht nicht, Miss. Das ist Tradition auf Blenheim, dass die Paare zum Ball angekündigt werden.«

»Ja. Ja. Ich weiß. Ich dachte nur ... Ach, vergessen Sie es.«

»Ganz wie sie wollen, Miss.« Mr Carmichael hatte sein Lächeln wieder gefunden.

»Du willst wohl nicht, dass man dich mit mir sieht?«, flüsterte Tyler mir ins Ohr.

»Ich stehe einfach nicht so gerne im Mittelpunkt«, gab ich zu.

»Das solltest du aber. In deinem Kleid bist du die Königin.«

»Das Siegerpaar des heutigen Rennens: Miss Juliette Collins und Mr Tyler Steven Lepley«, verkündete Mr Carmichael mit erstaunlich lauter Stimme.

Für einen winzigen Moment kam ich mir vor wie im Märchen, wo das arme Mädchen zum Ball des Königs in Begleitung des Prinzen geführt wird. Nur mit Mühe konnte ich ein hysterisches Kichern unterdrückten. Das war noch viel besser als in meiner Fantasie. Tylers Augen ruhten auf mir, als ich zu ihm hochsah.

»Du wirst sie alle umhauen«, flüsterte er mir lächelnd zu.

Ich nickte, überwältigt von meinen Gefühlen. Unauffällig

nahm ich einen tiefen Atemzug, um meinen Puls zu beruhigen, dann tat ich den ersten Schritt. Tylers Hand hielt die meine fest umschlossen, was mir eine gewisse Sicherheit gab.

Im Hintergrund spielte leise Musik, als wir den Saal betraten. Ich blinzelte bei dem Anblick der vielen Menschen, die sich direkt hinter dem Eingang versammelt hatten und uns neugierig musterten. Vorsichtig setzte ich einen Fuß vor den anderen, um nicht zu stolpern. Der Stoff raschelte bei jedem Schritt.

Zumindest waren keine Presseleute anwesend.

»Alle bewundern dich«, flüsterte Tyler mir ins Ohr. Stolz schwang in seiner Stimme mit. Die Schmetterlinge in meinem Bauch flatterten beglückt.

Ein paar Schritte von uns entfernt stand der Duke of Marlborough in Begleitung einer Blondine. Als er uns entdeckte, kam er sofort auf uns zugeeilt.

»Da ist ja unser Siegerpaar«, begrüßte uns der Duke. »Es erfreut mich immer wieder aufs Neue zu sehen, dass unser Konzept mit Erfolg gekrönt ist, und ich meine nicht nur in Bezug auf das Rennen.« Er schenkte uns einen wissenden Blick.

»Vielen Dank, Your Grace«, erwiderte Tyler gewohnt jovial, als wäre es das Normalste auf der Welt, was es für ihn wahrscheinlich auch war. »Wir sind froh, dass wir hier sein dürfen und in den Genuss dieses wundervollen Events kommen.«

Er drückte unauffällig meine Hand.

»Sie haben nicht nur die schnellste, sondern auch die schönste Frau des Abends an ihrer Seite«, meinte der Duke augenzwinkernd, den Blick auf mich gerichtet. »Abgesehen natürlich von meiner Begleitung.«

»Das stimmt, und ich schätze mich äußerst glücklich, dass dem so ist«, sagte Tyler und machte dabei ein Gesicht, als hätte er soeben im Lotto gewonnen. War das nun echt oder hatte er wieder in den Schauspielermodus gewechselt? Ich konnte es nicht sagen, aber etwas in mir hoffe, dass es echt war.

»Miss Collins, Sie müssen ihrem Vater unbedingt Grüße

von mir ausrichten. Wir hatten das Vergnügen, vor ein paar Jahren gegeneinander Golf zu spielen. Vielleicht können sie ihn bewegen, ein Pferderennen auf Blenheim zu veranstalten? Platz genug hätten wir dafür.«

»Das werde ich machen«, versicherte ich ihm. »Allerdings kann ich Ihnen nichts versprechen. Mein Vater ist ein Mann, der durchaus seine eigenen Vorstellungen hat, wie und wo er geschäftlich tätig wird«, sagte ich so unverbindlich wie möglich.

»Eine Eigenschaft, die man in der Geschäftswelt sehr zu schätzen weiß«, erwiderte der Duke. Hinter uns drängten sich bereits neue Gäste. »Wie gefällt Ihnen eigentlich Ihre Unterkunft? Mir wurde berichtet, dass Sie beide im Jagdhaus residieren.«

»Das Häuschen ist absolut entzückend. Ich bin völlig begeistert«, kam ich Tyler zuvor. »Und das Lavendelfeld ist ein Traum.«

»Das freut mich zu hören. Das Jagdhaus hat eine Geschichte, die lange zurückreicht. Das Lavendelfeld wurde von der damaligen Duchess angelegt, um ihre eigene Seife und Parfüm zu produzieren. Auch heutzutage gewinnen wir nach wie vor das Öl, um Seife herzustellen.«

»Wie schön, wenn Traditionen fortgeführt werden«, erwiderte ich lächelnd.

»Ja, wir auf Blenheim legen ziemlich viel Wert auf Gepflogenheiten, wie sie bestimmt schon bemerkt haben.« Ein Lächeln huschte über das schwammige Gesicht des Duke. »Wenn Sie mich entschuldigen würden, ich muss meinen Pflichten nachkommen. Aber vielleicht sprechen wir uns später noch. Ich wünsche Ihnen auf jeden Fall viel Vergnügen heute Abend.«

»Vielen Dank, das werden wir haben.« Tyler warf mir einen kurzen Blick zu, der die Schmetterlinge in meinem Bauch zum Flattern brachte.

Der Duke wandte sich lächelnd den Neuankömmlingen zu.

Neugierig schaute ich mich um.

Überall in dem großen Raum waren Windlichter verteilt worden, die ihr warmes Licht auf die Umgebung abgaben und das festliche Ambiente unterstrichen. Der Duft von Kerzenwachs mischte sich mit dem des Buffets, welches im Nebenraum aufgebaut war. Die beiden Räumlichkeiten waren durch eine riesige Flügeltür miteinander verbunden, sodass die Gäste nur kurze Wege zurücklegen mussten. Angestellte in schwarzen Livreen standen mit Tabletts in der Hand aufgereiht wie Zinnsoldaten entlang der Wand, den Blick aufmerksam auf die eintreffenden Gäste gerichtet, um je nach Bedarf nachreichen zu können.

Festlich gedeckte Tische waren um die Tanzfläche verteilt, damit man sein Essen in Ruhe verspeisen und dabei den Tanzenden zuschauen konnte. Riesige Ölgemälde zierten die Wände und wurden von modernen Strahlern angeleuchtet, um sie angemessen in Szene zu setzen. Die meisten zeigten Darstellungen von Blenheim und seiner Umgebung durch die verschiedenen Jahrhunderte.

»Der sieht nicht aus, als ob er Spaß hat.« Ich deutete auf ein Porträt von Winston Churchill, das an der Stirnseite hing.

»Der hat ja auch keine Frau wie dich an seiner Seite «, erwiderte Tyler. Seine Augen versenkten sich in meine. Sofort breitete sich ein Kribbeln in meinem Bauch aus.

»Freut mich, dass du das so siehst.« Ich grinste schief.

Das Musikstück war beendet und die Gäste spendeten verhaltenen Applaus.

»Sehr stilvoll alles«, bemerkte ich mit Blick auf die Musiker, die sich unter dem Porträt auf einem eigens dafür aufgebauten Podium platziert hatten und den Empfang mit leiser klassischer Musik untermalten.

»Dafür sind Blenheim und der Club Privé schließlich bekannt. Die Überschrift über der Einladung könnte auch lauten: Verkuppeln mit Niveau.« Er malte eine fiktive Schlagzeile in die Luft.

Unwillkürlich musste ich lachen. Ich liebte Tylers Humor. Und nicht nur den. Einmal mehr wurde mir bewusst, was sich mein Verstand noch immer weigerte, zu akzeptieren. Ich war total in ihn verknallt.

Einer der Angestellten nahm direkten Kurs auf uns. »Darf ich Ihnen ein Glas Champagner anbieten?«

»Ich hätte nichts gegen etwas Prickelndes einzuwenden«, erwiderte ich lächelnd.

»Ich schließe mich an«, sagte Tyler.

Dankend nahmen wir die Gläser entgegen.

»Auf die schönste Frau des Abends.« Tyler schaute mir tief in die Augen. Ich trank einen Schluck. Sofort hatte ich den typisch säuerlichen Geschmack auf der Zunge.

»Ah, das tut gut.«

Tyler beugte sich nach vorn. Sein warmer Atem streifte meine Wange. »Ich wüsste da noch etwas anderes Prickelndes.«

»Und was wäre das?«

»Das zeige ich dir gern später«, flüsterte Tyler rau. Eine verräterische Hitze breitete sich auf meinen Wangen aus.

»Hallöchen, ihr beiden Rennturteltäubchen.« Flossy und Sir Gregory kamen auf uns zugeeilt. »Das war ja ein phänomenaler Auftritt eben. Ich glaube, jede Frau im Saal, bis auf meine Wenigkeit, hat dich um deine Begleitung und dein Kleid beneidet«, flötete Flossy.

»Danke für das Kompliment, das ich nur zurückgeben kann«, erwiderte ich. Tatsächlich bildeten die beiden ein hübsches Paar. Sir Gregory hatte sich dem Anlass entsprechend für einen klassischen Smoking entschieden und Flossy trug überraschenderweise ein langes schwarzes Kleid.

»Stopp.« Flossy trat einem der Kellner in den Weg und schnappte sich zwei Gläser vom Tablett. »Wir wollen doch anstoßen. Auf einen schönen Abend.«

»Auf einen schönen Abend.« Tylers Augen ruhten auf mir und es war klar, dass er nicht den offiziellen Teil damit gemeint hatte.

»Ich bin mal gespannt, wann die endlich richtig loslegen. Es ist schon eine Ewigkeit her, seit ich das letzte Mal getanzt habe.« Flossy warf einen sehnsüchtigen Blick auf die Musiker.

Bei dem Gedanken tanzen zu müssen, brach mir der kalte Schweiß aus. Abgesehen davon, dass ich zwei linke Füße und das schlechteste Rhythmusgefühl ever hatte, hatte ich auch nie einen klassischen Tanzkurs besucht. Damit war die Katastrophe vorprogrammiert.

»Ich bin nicht so richtig in Tanzlaune«, murmelte ich.

»Wirklich?« Flossys Augenbraue schnellte nach oben. »Aber deshalb sind wir doch hier. Der Ball ist der Höhepunkt der Veranstaltung.«

»Ich weiß, aber eigentlich finde ich es auch ganz schön, den anderen dabei zu zuschauen.«

Die Melodie brach wie auf Kommando ab. Schlagartig verstummten die Gespräche. Alle Blicke waren auf den Duke gerichtet, der mit seiner Begleitung Hand in Hand den Saal durchschritt, bis zur Mitte der Tanzfläche. Wie einer stummen Choreografie folgend, bauten sich die Paare im Kreis um den Duke und seine Begleitung auf. Dadurch, dass wir relativ mittig standen, befanden wir uns mitten im Geschehen und konnten alles aus nächster Nähe betrachten.

»Was passiert jetzt?«, murmelte ich leise.

»Der Duke eröffnet mit seiner Begleitung den Ball.« Tylers Augen blitzten vergnügt. »Danach ist die Tanzfläche für alle Besucher freigegeben.«

»Oh mein Gott.« Der Boden unter meinen Füßen wankte.

Die Musik setzte mit einem Walzer ein. Zumindest glaube ich, dass es ein Walzer war. Der Duke machte eine Verbeugung vor seiner Begleitung und Sekunden später wirbelten die beiden gekonnt über die Tanzfläche.

»Nicht schlecht«, flüsterte ich.

»Das können, wir beide besser«, erwiderte Tyler mit Entschlossenheit in seinen Augen.

»Du hast ja keine Ahnung.« Mit klopfendem Herzen beobachtete ich das tanzende Paar, wie es seine Drehungen vollführte, als hätte es nie etwas anderes getan.

Kaum war das Stück beendet, gab der Duke ein Zeichen, worauf hin die Gäste auf die Tanzfläche strömten.

»Darf ich bitten?« Sir Gregory reichte Flossy die Hand.

»Ich hatte gehofft, dass du fragen würdest.« Flossy kicherte wie ein junges Mädchen. »Bis später!«

Panisch sah ich den beiden hinterher, während ich verzweifelt nach einer Ausrede suchte, um nicht tanzen zu müssen. Meine ursprüngliche Idee einen verstauchten Fuß vorzutäuschen, kam nicht mehr in Frage, schließlich wollte ich später noch heißen Sex mit Tyler haben und da wäre ein bandagierter Fuß durchaus hinderlich. Nervös leckte ich mir mit der Zungenspitze über die Unterlippe. Mein Blick fiel auf den Durchgang zum Büffet.

»Wollen wir?«, fragte Tyler prompt.

»Was hältst du davon, wenn wir erst eine Kleinigkeit essen, solange alles noch frisch ist? Tanzen können wir ja auch etwas später.«

»Ganz wie du möchtest.« Tyler reichte mir seinen Arm. Erleichtert folgte ich ihm zum Buffet. Zumindest hatte ich die Katastrophe erst einmal abgewendet. Alles andere würde sich später zeigen.

～

»Vielen Dank.« Ich reichte dem Angestellten meinen leeren Teller.

»Du hast wirklich einen äußerst gesunden Appetit«, stellte Tyler fest, was ich ihm nicht verdenken konnte. Ich hatte die letzte Stunde nichts anderes getan, als mich einmal durch das Buffet zu futtern. Wenn ich noch einen Bissen aß, lief ich Gefahr, dass mir schlecht wurde.

Ich prostete ihm zu. »Du musst zugeben, das Essen ist köstlich. Ich kann gar nicht genug von allem bekommen.« Das war bereits mein drittes Glas und ein leichter Schwindel breitete sich in mir aus.

»Der Champagner scheint dir auch zu schmecken.«

»Es wäre gelogen, wenn ich etwas anderes behaupten würde.« Ich zwinkerte ihm vergnügt zu.

Aus dem Augenwinkel bemerkte ich eine junge Frau, die

zu uns herüber starrte. Wahrscheinlich ein Fan von Tyler. Ich prostete ihr gutgelaunt zu. Sofort wendete sich die Frau ab.

»Hast du schon von den Austern probiert?« Tyler deutete auf die graubläulichen Schalen, in denen eine beigegraue Masse schwamm.

»Nein, noch nicht.«

»Das solltest du unbedingt tun. Die schmecken wirklich vorzüglich.« Tyler hielt mir auffordernd einen Teller entgegen.

»Ich glaube, du hast recht, und ich sollte besser aufhören«, lehnte ich höflich ab.

»Eine Auster geht immer.« Der Teller mit den Meerestieren schwebte unter meiner Nase.

»Nein, wirklich nicht.« Ich zwang mich zu einem Lächeln, was angesichts der Glibberteile nicht gerade einfach war.

Flossy und Sir Gregory kamen vom Tanzen zurück. Ihre Wangen waren gerötet und ihre Augen glänzten.

»Hier seid ihr«, flötete Flossy. »Wir haben euch auf der Tanzfläche vermisst.«

»Juliette wollte erst einmal das Buffet genießen«, teilte Tyler ihnen mit.

»Hm, was habt ihr denn da Feines?« Flossys Augen wanderten zu dem Teller mit den Austern. »Fines de Claire, nehme ich an? Genau das, was ich jetzt brauchte. Darf ich?«

»Bitte, bedien dich.« Tyler reichte ihr den Teller. »Wir sind ohnehin fertig.«

Mit spitzen Fingern nahm Flossy eine der Austern hoch. Bei dem Anblick der wabbeligen Masse, die in ihrem Mund verschwand, drehte sich mir der Magen um. Ich schluckte trocken. Unter keinen Umständen würde ich das essen, so viel war sicher.

Im Hintergrund setzte ein Walzer ein.

»Was hältst du von einem Tanz?« Tyler schaute mich fragend an. »Du hast es mir versprochen. Jetzt, wo du fertig bist. Oder möchtest du doch noch ein paar Austern essen?«

*Verdammt. Austern oder tanzen.* Weder noch schien mir sonderlich verlockend zu sein.

»Aber wir können doch Flossy und Sir Gregory nicht einfach allein lassen«, startete ich einen zugegebenermaßen schwachen Versuch, mich aus der Affäre zu ziehen. »Bitte lasst euch durch uns alte Menschen nicht aufhalten.« Flossy kicherte. »Wir vergnügen uns so lange hier am Buffet.« Tyler legte seinen Arm um mich. »Ich fürchte, du bist mit mir verhaftet.«

»Aber ich muss dich warnen. Ich bin keine sonderlich gute Tänzerin.«

»Das werden wir ja sehen.« Ehe ich widersprechen konnte, schob er mich sanft in Richtung Tanzfläche.

»Viel Spaß«, hörte ich Flossy rufen.

»Danke«, erwiderte ich schwach, während ich panisch nach einer Ausrede suchte. Leider ohne Erfolg. Ich würde wohl oder übel in den sauren Apfel beißen müssen.

Als wir durch die Flügeltür traten, schlug uns warme Luft entgegen, die zweifellos den erhitzten Tänzern geschuldet war, die sich auf der Tanzfläche zu den Klängen der Musik bewegten.

Ich kam mir vor, als wäre ich in die Aufzeichnung von Let's Dance gehüpft. Fehlte nur noch die dreiköpfige Jury und die Szenerie wäre perfekt gewesen.

»Tyler, wirklich, ich kann nicht«, versuchte ich mit letzter Kraft das Unglück zu verhindern, das sich anbahnte. »Ich habe seit einer Ewigkeit keinen Walzer mehr getanzt.«

»Hey, keine Panik. Ich bin bei dir. Du wirst sehen, ein paar Umdrehungen und du hast es wieder drauf. Das ist wie Fahrradfahren, das verlernt man nicht.« Er legte seinen Arm um meine Taille und zog mich an sich heran. Gerade so dicht, dass es nicht anzüglich wirkte. Anschließend nahm er meine Hand und führte sie nach außen.

»Folg einfach dem Takt«, wies er mich lächelnd an.

Ich nickte stumm. Mein Herz wummerte wie verrückt gegen die Brust. Pure Panik flutete mein System und das Blut rauschte in meinen Ohren.

Tyler machte den ersten Schritt. Hektisch folgte ich ihm. Leider mit dem falschen Fuß. Tyler gab ein leises Stöhnen von sich, als ich mit meinem spitzen Absatz auf seinen Schuh trat.

»Sorry, das wollte ich nicht«, bat ich ihn um Nachsicht.

»Wollen wir nicht doch lieber das Feld räumen?«

»Kein Problem. Aber es wäre schön, wenn du nur einmal mir die Führung überlassen könntest, auch wenn es dir schwerfällt.«

Fast hätte ich laut gelacht. Er dachte, dass ich versucht hätte zu führen. Umso besser, so fiel wenigstens nicht auf, dass ich keine Ahnung hatte.

»Okay, einverstanden aber nur dieses eine Mal.« Ich schenkte ihm einen selbstbewussten Blick.

Wie auf Kommando zog Tyler mich dichter an sich. Ein kaum merklicher Händedruck und dann ging es los.

*Eins. Zwei. Drei,* flüsterte die Stimme in meinem Kopf. *Eins. Zwei. Drei.* Dabei konzentrierte ich mich darauf, den Signalen zu folgen, die Tylers Körper sendete. Mit jedem Schritt entspannten sich meine Muskeln mehr und mehr. Die Stimme in meinem Kopf verblasste, bis sie schließlich ganz verstummte. Es war, als ob sich unsere Körper blind verstehen würden.

Ich genoss, es in Tylers Armen zu liegen, seinen Duft in mich aufzunehmen, während er uns geschickt über die Tanzfläche führte. Der zarte Stoff meines Kleides raschelte leise bei jeder Bewegung, als würde er Beifall klatschen wollen.

Ich schlug die Augen auf. Tylers lächelndes Gesicht schwebte über meinem.

»Du bist eine Lügnerin«, flüsterte er mir zu.

Fast hätte ich vor Schreck den Takt verloren. Ahnte er, dass ich nicht diejenige war, für die ich mich ausgab?

»Wie meinst du das?«

»Du kannst sehr wohl tanzen.« Seine Mundwinkel kräuselten sich.

»Ich habe nie gesagt, dass ich nicht tanzen kann. Ich bin nur nicht sonderlich gut darin«, gab ich lächelnd zurück.

»Wenn du das nicht gut nennst, möchte ich gar nicht wissen, was du noch alles nicht gut kannst.« Er grinste schief.

Ohne Vorwarnung löste er sich von mir und wirbelte mich einmal um die eigene Achse, so dass ich wieder in seinen Armen zum Liegen kam. Aus dem Augenwinkel nahm ich mehrere Paare wahr, die bewundernd zu uns herüberschauten. »Können wir das noch mal machen?«, rief ich lachend. Das hier war viel, viel besser als in meiner Fantasie.

»Dein Wunsch ist mir Befehl.« Ehe ich etwas antworten konnte, hatte er mich erneut herumgewirbelt. Glückshormone rauschten durch meinen Körper und ich wünschte mir, dass dieser Tanz niemals enden möge. Es war, als ob wir einer stummen Choreografie folgen würden. Es gab nur noch uns beide. Alles, was ich wahrnahm, war Tylers Gesicht.

Es war herrlich. Ich fühlte mich so frei und unbeschwert wie schon lange nicht mehr.

Als das Stück zu Ende war, blieb ich atemlos stehen. Unsere Blicke trafen sich.

Glück, Liebe und Zärtlichkeit war alles, was ich in seinen Augen lesen konnte.

»Du bist unglaublich.« Ehe ich antworten konnte, hatte er meine Lippen mit seinem Mund verschlossen. Seine Arme hielten mich fest umschlungen, während unsere Zungen sich liebkosten. Mein Herz schlug heftig gegen meine Brust, so dass ich Angst hatte, es könnte heraus hüpfen.

Als Tyler sich von mir löste, blieb ich blinzelnd in seinen Armen liegen. Ich kam mir vor wie im Märchen und Tyler war mein Prinz.

Zeitgleich meldete sich mein schlechtes Gewissen. All was wir hatten, war auf einer großen Lüge aufgebaut – meiner Lüge. *Sag ihm, wer du bist.*

»Alles okay mit dir?« Tyler sah mich fragend an.

Ich zögerte einen winzigen Augenblick. Das nächste Stück setzte ein.

»Ja, es geht mir prima. Lass uns einfach tanzen«, bat ich ihn. Ich wollte jede Minute des heutigen Abends genießen. Morgen würde mein kleiner Traum enden. Tyler würde in sein Leben zurückkehren. Ich in meins.

»OH GOTT, ich kann mich nicht erinnern, wann ich das letzte Mal so viel getanzt habe.« Lachend ging ich neben Tyler die letzten paar Schritte bis zum Cottage. Die gelben Lichter des Golfwagens, der uns zum Cottage gebracht hatte, huschte in der Ferne über den Weg, begleitete durch ein leises Brummen, bis sie schließlich ganz verschwanden. Endlich allein.

Um uns herum herrschte eine schummrige Dunkelheit. Nur der Mond stand oben am Himmel und tauchte die Landschaft rund um das Jagdhaus in sein silbernes Licht.

Wir hatten keines der Stücke ausgelassen, bis die Musiker sich verabschiedet hatten und der Ball offiziell beendet war.

Es war unglaublich gewesen und ich hatte jede Sekunde davon genossen. Tyler war ein exzellenter Tänzer und ich hatte mich voll und ganz seiner Führung überlassen. Sicher und geborgen hatte ich in seinen Armen gelegen, während er uns durch den Saal gewirbelt hatte.

Es war der schönste Abend meines Lebens gewesen und das hatte ich Tyler zu verdanken. Glücklich kuschelte ich mich an ihn, während er die Tür aufdrückte. Ohne ein Wort zu sagen, zog mich Tyler ins Wohnzimmer.

Das Feuer im Kamin knisterte leise und verbreitete eine angenehme Wärme. Zu meiner Überraschung entdeckte ich ein Fell am Boden vor dem Kamin, das zuvor nicht da gewesen war. Daneben stand ein Kühler mit einer Flasche darin und zwei Gläsern.

»Du warst die schönste Frau des Abends«, holte mich Tylers Stimme aus meinen Beobachtungen. Ohne zu zögern, küsste er mich. Ein warmer Strahl schoss durch meinen Unterleib, als seine Zunge meine Lippen teilte, und ich gab ein leises Stöhnen von mir. Er fühlte sich so gut an. Sein wunderbarer Duft hüllte mich ein. Ich schlang meine Arme um seinen Hals und presste meinen Körper an ihn.

»Wo hast du nur so küssen gelernt«, fragte Tyler mit rauer Stimme, als wir uns wieder voneinander lösten.

»Da waren so einige Frösche nötig«, erwiderte ich lächelnd.

»Und kein Prinz dabei«, neckte er mich.

»Bisher nicht.« Unsere Blicke trafen sich. Erst jetzt bemerkte ich die winzigen goldenen Punkte, die in seinen grünen Seen schwammen wie Sterne, die versehentlich dorthinein gefallen waren.

Seine Fingerspitzen glitten zärtlich über meine Wange, über meine Nase zu meinem Mund. »Alles an dir ist schön. Nicht nur dein Körper.«

Unsere Lippen fanden sich erneut. Seine Hände wanderten über meine Taille zu meinem Rücken. Er schmeckte herrlich nach sich selbst. Köstlich und erregend zugleich.

Unsere Zungen neckten sich, gierig danach, den Geschmack des anderen aufzunehmen. Mit den Fingern fuhr ich durch sein dichtes, seidiges Haar. Es war, als ob der Kuss jeden meiner Sinne intensiviert hätte. Sein männlicher Duft hüllte mich ein und ließ mich nichts anderes mehr wahrnehmen. Eine Welle an Empfindungen brach über mich herein wie eine Tsunami. Ich schmiegte mich an seinen Körper, so dicht es irgendwie ging. Am liebsten wäre ich mit ihm verschmolzen.

Ich zuckte zusammen, als seine Finger sich unter meine Haare schoben. Langsam beugte er sich vor und bedeckte meinen Hals mit winzigen Küssen. Sein heißer Atem streifte meine Haut und löste ein Prickeln aus, das über meinen ganzen Körper lief. Die feinen Härchen an meinen Armen stellten sich auf.

»Juliette«, hauchte seine warme Stimme in mein Ohr. Am liebsten hätte ich geschrien, *ich bin nicht Juliette*, aber dann wäre dieser kostbare Moment für immer kaputt gewesen. Deshalb verzichtete ich darauf und gab ihm stattdessen einen Kuss, um ihn zum Schweigen zu bringen. Ich machte mich an den Knöpfen seines Hemdes zu schaffen.

»Warte«, hielt mich seine Stimme zurück.

Verwundert sah ich zu ihm hoch. Die Lust in seinen Augen raubte mir fast den Atem.

»Bitte zieh dich für mich aus.«

Ich schluckte. Bei jedem anderen Mann hätte ich es als unangenehmen empfunden, Tylers Voyeurismus hingegen fachte meine Lust nur an.

Ich nickte stumm.

Tyler trat einen Schritt beiseite, sodass das flackernde Licht des Kamins auf meinen Körper fiel.

Meine Finger zitterten, als ich die erste Öse des Kleides löste. Wie in Zeitlupe öffnete ich einen Haken nach dem anderen. Anschließend schob ich die Träger mit einem lasziven Blick von den Schultern. Fast lautlos fiel der kostbare Stoff auf den Boden, wo er wie eine Blüte liegen blieb. Tyler verfolgte jede meiner Bewegungen, zum Sprung bereit, wenn der richtige Moment gekommen war.

Ohne den Augenkontakt mit Tyler zu unterbrechen, stieg ich noch immer in Highheels aus dem Kleid zu meinen Füßen. Nur in Slip und BH bekleidet stand ich vor ihm.

Ein leises Stöhnen entwich seiner Kehle. Es gefiel ihm. Sehr gut.

Ermutigt durch seine offensichtliche Lust machte ich mich daran, den BH zu öffnen, und die Brüste aus ihrem Stoff-Gefängnis zu befreien.

Tylers Augen zogen sich zusammen, als ich meinen Slip mit quälender Langsamkeit über die Hüften nach unten schob.

»Was machst du nur mit mir?« Seine Stimme zitterte kaum merklich.

»Das Gleiche wie du mit mir.« Das Licht des Kamins fiel auf sein Gesicht.

»Das trifft sich gut. Ich hatte schon Angst, dass es nur mir so geht.« Er lachte heiser. Sein Blick glitt von meinem Gesicht hinab zu den Brüsten, deren rosa Spitzen sich ihm frech entgegen reckten, als wollten sie ihn locken.

»Du bringst mich um meinen Verstand.« Mit einem Schritt war er bei mir und umkreiste mich. Dabei hafteten seine Augen auf mir, als wollte er sich jedes noch so winzige Details meines Körpers einprägen und steigerte damit mein Verlangen nach ihm. Ich wollte seine Haut auf meiner spüren. Seinen Geschmack in mich aufnehmen und ihn riechen.

»Ich begehre dich, seit ich dich das erste Mal auf der Treppe gesehen habe«, flüsterte er mit belegter Stimme. Er beugte sich vor, um mich zu küssen.

»Halt!«, stoppte ich ihn. »Jetzt bist du dran.«

Ein Lächeln huschte über sein Gesicht. Mit einer Handbewegung hatte er sein Hemd ausgezogen. Sein Sixpack sah aus wie gemeißelt. Ich schluckte bei dem Anblick des dunklen Flaums, der sich vom Bauchnabel nach unten zog, um in seiner Hose zu verschwinden.

Darunter zeichnete sich eine beeindruckende Beule unter dem Stoff ab. Ich konnte es kaum noch erwarten, ihn zu spüren. Als Nächstes folgten die dunklen Socken, was mir ein Lächeln entlockte.

Langsam, als hätte er alle Zeit dieser Welt, zog er seine Hose aus. Nur noch im Shorts blieb er vor mir stehen.

Ich konnte nicht anders, sondern streckte den Arm aus, um meine Hand auf seinen verdeckten Schwanz zu legen. Tyler stöhnte.

Behutsam bedeckte er meinen Hals mit seinen Küssen, bis hinab zu meinen Brüsten. Als sein Mund meine Brustwarze umschloss, warf ich stöhnend den Kopf in den Nacken. Seine Hände glitten fiebrig über meine Haut und fachten das Feuer in mir nur an.

Tyler stöhnte lustvoll. »Weißt du eigentlich, wie gut du riechst?« Mit der Nase in meiner Halsbeuge atmete er tief ein.

»Ich will dich spüren«, hauchte ich mit dem letzten bisschen Beherrschung, das mir noch blieb.

Mit einem frechen Kick beförderte Tyler seine Shorts ins Zimmernirvana. Sein Atem ging stoßweise. Ich schmiegte mich an seinen Körper und genoss das Gefühl seiner nackten Haut auf meiner. Eine unglaubliche Wärme ging von ihm aus, die mich zu verbrennen drohte. Sanft hob er mich an und trug mich vor den Kamin, um mich auf dem Fell davor abzulegen. Vorsichtig, als hätte er Angst mich zu zerbrechen. Völlig schutzlos blieb ich vor ihm liegen.

Mit den Fingerspitzen zog er Kreise um meine Brüste, runter zum Bauchnabel. Ich gab einen überraschten Laut von mir, als seine Finger in meine feuchte Mitte eintauchte. Ein brennender Strahl schoss durch meinen Unterleib. Mein ganzes Denken und Fühlen war auf Tyler ausgerichtet.

Sein Daumen massierte meine feste Knospe. Ich warf den Kopf in den Nacken und wölbte ihm den Unterleib entgegen. Das hier war besser als alles, was ich jemals in meinem Leben erlebt hatte. Noch nie hatte ich eine solche Lust verspürt.

Seine Bewegungen wurden schneller und es fehlte nicht mehr viel und ich würde kommen. Er schob sich zwischen meine Beine.

Ein tiefer, stöhnender Laut entwich meiner Kehle, als er in mich eindrang, um mich von meinen Qualen zu erlösen.

Es war, als ob unsere Körper genau wussten, was der andere in diesem Moment brauchte. Wir bewegten uns in einem Rhythmus wie zu einer stummen Musik. Als ich kam, verstummte die Welt da draußen und es gab nur noch Tyler und mich.

ICH BLINZELTE TRÄGE. Das Feuer im Kamin war heruntergebrannt und knisterte leise im Hintergrund. Mein Kopf lag auf Tylers Brust.

Bumm. Bumm. Bumm. Sein Herz hämmerte in gleichmäßigen Schlägen gegen mein Ohr. Eine stille Zweisamkeit hatte sich über uns gelegt wie eine Decke. Keiner von uns sagte ein Wort. Der Sex war unglaublich gewesen und hatte mich in Sphären geworfen, die ich noch nie zusammen mit einem Mann erlebt hatte. Immer wieder waren die Wellen über mich hinweggerollt, bis ich völlig erschöpft in seinen Armen zusammengebrochen war.

Tylers Hand lag heiß auf meinem Rücken.

»Alles okay mit dir?«, durchbrach sein Murmeln die Stille zwischen uns.

»Hm. Es ging mir noch nie besser.« Ich gab ihm einen Kuss auf die Brust.

Seine Finger glitten über meine Wirbelsäule nach oben und entlockten mir ein wohliges Schaudern.

»Ist es immer so, wenn du mit einer Frau schläfst?« Die Frage lag mir seit unserem ersten Mal auf der Zunge.

»Wie kommst du darauf?« Er richtete sich auf und ich rutschte ein Stück nach unten.

Ich leckte mir über die Lippen. »Sagen wir, dein Ruf eilt dir voraus.«

Tyler gab ein leises Stöhnen von sich. »Eigentlich müsstest du es von allen am besten wissen, dass man nicht alles glauben darf, was in der Presse steht.«

»Ich weiß, aber trotzdem.« Der Gedanke, dass er zu all seinen Frauen genauso leidenschaftlich und liebevoll war, nagte an mir. Auf der anderen Seite hatte ich kein Recht dazu. Er hatte von Anfang an mit offenen Karten gespielt und nicht mit seinen Ansichten hinter dem Berg gehalten.

»Du hast wohl Nachforschungen betrieben.« Das Lächeln war aus seinem Gesicht verschwunden.

»Ich wollte einfach wissen, wer der Mann hinter meinem Date ist.«

Er stieß einen leisen Seufzer aus. »Ich bin in den letzten Jahren kein Kind von Traurigkeit gewesen, falls du das meinst. Aber das waren alles kurze Affären. Nichts von Bedeutung. Beide Seiten wusste genau, auf was sie sich einlassen.«

*Genau wie bei uns.* Er hatte auch mir gegenüber keinen Hehl daraus gemacht, dass er bekennender Single war.

Er beugte sich zu mir und legte seine Lippen sanft auf meine. »Aber keine war so wie du.«

Mein Herz machte einen freudigen Hüpfer.

»Mhm.« Ich kuschelte mich an ihn. Zeitgleich meldete sich mein blödes schlechtes Gewissen zu Wort, das die letzten Stunden brav geschwiegen hatte. Ich war nicht die wahnsinnig tolle Frau, für die er mich hielt. Ich war eine Betrügerin und Lügnerin. Unbewusst schüttelte ich den Kopf, als könnte ich die Gedanken, die mich quälten, damit verscheuchen.

»Dann glaubst du nicht an die Liebe«, tastete ich mich vorsichtig weiter vor.

Er zögerte einen winzigen Augenblick. »Ich habe einfach zu oft gesehen, was passiert, wenn Menschen meinen, dass sie sich lieben. Sie lernen sich kennen, ziehen zusammen, bekommen Kinder und zehn Jahre später lassen sie sich wieder scheiden. Mit dem Ergebnis, dass beide Seiten verbittert sind.«

»Du hast meine Frage immer noch nicht beantwortet.«

Unsere Blicke trafen sich.

»Glaubst du denn an die Liebe?«

»Ja, unbedingt. Bisher war nur einfach nie der Richtige dabei.«

»Genau wie bei mir. Und so lange möchte ich mein Leben genießen.« Er gab mir einen Kuss.

Damit hatte er bestätigt, was ich gewusst, aber nicht gehofft hatte. Das mit uns war nur ein Zeitvertreib für ihn. Anders konnte ich mir seine Worte nicht erklären. Dann wäre ein Geständnis von meiner Seite komplett umsonst. Juliette hatte völlig recht. Ich musste aufhören, mit meinem Verstand zu arbeiten und einfach den Moment genießen. Das hier war mein persönliches Märchen auf Zeit.

Er strich mir mit dem Finger über die Stelle zwischen den Augenbrauen.

»Woher kommt die kleine Falte plötzlich?«

»Ach, nichts«, sagte ich leichthin und zwang mich zu einem Lächeln. Heute Nacht würde ich mich nicht länger mit meinem schlechten Gewissen belasten.

»Soso.« Er gab mir einen Kuss.

Als ich die Augen wieder öffnete, blickte ich geradewegs in sein Gesicht.

»Juliette, ich muss dir etwas sagen …«

»Nicht jetzt.« Ich legte meinen Finger auf seinen Mund. »Wir wollen doch die kostbare Zeit, die uns noch bleibt, nicht mit ernsten Gesprächen verschwenden.«

»Du kannst wohl nicht genug bekommen?« Ein Lächeln huschte über sein Gesicht und verscheuchte die Falten.

»Nicht, wenn der Sex so einmalig gut ist.«

»Freut mich zu hören, dass ich deinen Ansprüchen genügen konnte.« Seine Augen glitten zu meinen Brüsten.

»Ja, und ich hoffe, du hast noch mehr parat. Die Messlatte ist jetzt ziemlich hoch.« Ich grinste ihn frech an.

»Dann werde ich mir wohl Mühe geben müssen.« Mit einem Ruck hatte er mich gedreht, dass ich unter ihm zum Liegen kam. Unsere Lippen fanden sich und wenig später versank meine Welt ein drittes Mal an diesem Abend.

# 20

# TYLER

L<small>ANGSAM</small> D<small>REHTE</small> ich mir zur Seite, wo Juliette schlief. Glückshormone fluteten meinen Körper bei ihrem Anblick. Ihren Kopf hatte sie auf meinen Arm gebettet. Ihre braunen Locken rahmten ihr Gesicht ein wie ein Gemälde. Auf ihre Wangen hatte sich eine zarte Röte gelegt. Unter ihren Augen zeichneten sich feine Schatten ab, die zweifelsohne dem wenigen Schlaf geschuldet waren. Ihr Mund war halbgeöffnet und lud zum Küssen ein. Sie sah aus wie ein Engel. Die Decke war runtergerutscht und gab den Blick auf ihre wohlgeformten Brüste frei, deren Spitzen rosa hervorstachen, als wollten sie mich locken. Ein Bild, das ich nicht so schnell vergessen würde.

Wir hatten uns ein drittes Mal in der Nacht geliebt. Innig, voller Leidenschaft und ohne Tabus. Alles an ihr schien mir auf eine eigenartige Weise vertraut zu sein und gleichzeitig neu. Ein blindes Vertrauen hatte zwischen uns geherrscht, wie ich es so nicht kannte, und als ich sie nach oben getragen und mich neben sie gelegt hatte, war ich in ihren Armen einge-schlafen. Etwas, das mir noch nie bei einer Frau passiert war. Normalerweise wachte ich mitten in der Nacht auf und schlich mich davon, um allein in meinem eigenen Bett zu schlafen.

Ihr zarter Duft nach Blumen drang zu mir durch und hüllte

mich ein. Ich nahm einen tiefen Atemzug, um ihn in meinem Gedächtnis zu konservieren. Genau wie den Anblick ihres schlafenden Gesichts. Niemals hätte ich gedacht, dass ich mich so in eine Frau verlieben konnte und doch war es geschehen. Juliette Collins war alles, wovon ein Mann nur träumen konnte. Sie war intelligent, witzig, sah fantastisch aus und hatte einen gesunden Menschenverstand. Eine Kombination, die mir so noch nie bei einer Frau begegnet war. Dazu war sie kratzbürstig und sehr selbstbewusst, was bei jeder anderen Frau anstrengend wirkte. Bei Juliette war es sexy.

Alles wäre perfekt, wäre da nicht unser Abkommen. In ein paar Stunden würden wir abreisen. Etwas, das nicht passieren durfte. Schon allein wegen meines Versprechens an Dad und Grandpa. Aber auch, weil ich es nicht wollte.

Nachdenklich betrachtete ich ihr schlafendes Gesicht. Wie sollte es mit uns beiden weitergehen? Alles, was ich mir in diesem Moment wünschte, war, sie noch besser kennenlernen. Sie zu intimen Dates ausführen, zusammen mit ihr lachen, den Alltag mit ihr erleben, in den Urlaub verreisen. Es gab so viele Dinge, die ich mit dieser Frau tun wollte. Juliette bewegte sich im Schlaf und gab dabei ein leises Schmatzen von sich. Würde sie mir verzeihen können?

Vorsichtig bettete ich ihren Kopf auf dem Kissen, um sie besser betrachten zu können.

*Was hast du nur mit mir gemacht?*

Ich hatte mich verliebt in diese wunderbare Frau, das war mir bereits am zweiten Abend klar geworden. Dabei hatte ich mir jahrelang eingeredet, dass ich nicht der Mann war, der sich verlieben konnte. Ich hatte das Leben als Single genossen. Frauen hatten mir dank meines Erfolges als Polospieler zu Füßen gelegen. Unkomplizierter Sex ohne Reue.

Dann war Juliette gekommen und hatte meine Mauern wie ein Wirbelwind eingerissen.

Juliette war die erste Frau, mit der ich mir ein Leben vorstellen konnte. Mein schlechtes Gewissen meldete sich zu Wort. Wie würde sie reagieren, wenn sie erfuhr, dass ich all das eingefädelt hatte. Würde sie mir dann noch glauben? Gab es überhaupt eine Chance für uns? Mein Blick wanderte erneut zu ihrem friedlichen Gesicht.

Gestern war ich kurz davor gewesen, ihr alles zu gestehen, aber dann hatte sie mich gelockt wie eine Sirene und ich hatte geschwiegen.

Ich dachte daran, wie sie betont hatte, dass sie ihre Unabhängigkeit als ledige Frau genoss und sich auf ihre berufliche Zukunft konzentrieren wollte.

Ich seufzte leise. Vorsichtig nahm ich eine Haarsträhne zwischen meine Finger, um daran zu riechen. Dieser herrliche Duft, frisch und verführerisch zugleich. Wie wäre es wohl, jeden Morgen mit diesem Duft in der Nase wach zu werden?

Ein Traum, der sich wahrscheinlich nicht erfüllen würde, außer ich würde Farbe bekennen und ihr erzählen, welche Grundmotivation hinter meinem Kommen gesteckt hatte. Würde sie mir meinen Vorsatz verzeihen, jetzt, da er sich von einer geschäftlichen Idee in Gefühle gewandelt hatte? Ich wusste es nicht. Aber es war klar, dass es nur einen Weg gab, darauf eine Antwort zu bekommen. Ich musste mit ihr sprechen, auch wenn ich das Unternehmen meiner Familie damit aufs Spiel setzte.

# 21
# KINSEY

»GUTEN MORGEN, SCHLAFMÜTZE«, begrüßte mich Tylers Stimme.

»Du bist ja schon wach.« Ich blinzelte verschlafen. Es dauerte einen Moment, bis ich meine Umgebung scharf erkennen konnte. Tyler stand bereits angezogen vor dem Bett. Er hatte seinen Anzug von gestern Abend gegen eine helle Stoffhose und ein schwarzes T-Shirt eingetauscht. Seine dunklen Haare waren noch feucht und zeugten davon, dass er frisch geduscht war. Er sah fantastisch aus.

Die Nacht mit ihm war unbeschreiblich gewesen. Nachdem wir uns ein drittes Mal geliebt hatten, hatte mich Tyler nach oben ins Schlafzimmer getragen. Eigentlich hatte ich damit gerechnet, dass er in sein Zimmer verschwinden würde, aber zu meiner Überraschung war er geblieben. Ein Umstand, den ich normalerweise zu verhindern versuchte, aber als ich seinen warmen Körper neben mir gespürt hatte, hatte es sich perfekt angefühlt, und so hatte ich ihm erlaubt zu bleiben.

Die zärtlichen Worte der Nacht hallten noch immer in meinen Ohren. Der Sex war unglaublich gewesen und hatte mich alles vergessen lassen.

Auch jetzt drängte sich mein schlechtes Gewissen nach vorn und gleichzeitig erinnerte ich mich daran, dass ich Juliette versprochen hatte, das Spiel zwischen Tyler und mir weiterzuspielen, damit sie nicht weiter von ihren Eltern bedrängt wurde. Wobei die Sache mit uns längst kein Spiel mehr war. Zumindest von meiner Seite aus.

All die geflüsterten Worte, im Schutz der Nacht ausgesprochen, wirbelten durch meinen Kopf. Waren es alles nur Schmeicheleien gewesen, um mich gefügig zu machen? Konnte ich mich so in Tyler getäuscht haben und all das, was zwischen uns passiert war, war nur eine Scharade gewesen? Nein. Niemals.

»Hier, für dich«, holte mich Tyler aus meinen Gedanken. Er hielt mir einen dampfenden Becher Kaffee entgegen.

Verschlafen richtete ich mich auf. Die Decke rutschte nach unten. Mit einer unauffälligen Bewegung zog ich sie hoch, so dass sie meine Brüste bedeckte.

»Danke.« Ich zwang mich zu einem Lächeln in der Hoffnung die negativen Gedanken, die mich begleiteten, zu verscheuchen.

Tyler stellte den Becher auf den Nachtisch neben dem Bett und baute sich vor mir auf. Sein herrlicher Duft wehte zu mir herüber. Fast war ich versucht, einen tiefen Atemzug davon zu nehmen.

»Meine kleine Wildkatze.« Kaum hatte er den Satz ausgesprochen, beugte er sich nach vorn. Seine Lippen legten sich auf meinen Mund und ich gab mich ganz diesem wunderbaren Gefühl hin, dass ich in seiner Nähe empfand. Noch ein paar Stunden und wir würden getrennte Wege gehen.

»Mhm, du schmeckst, wie ein besonders köstliches Dessert morgens«, sagte er schmunzelnd, als wir uns voneinander lösten. »Nach dir.« Die Zärtlichkeit in seinen Augen nahm mir fast den Atem. Hoffnung keimte in mir hoch, dass es vielleicht doch noch einen Weg für uns beide gab. Aber dafür musste ich ihm die Wahrheit sagen, auch wenn ich gleichzeitig Gefahr lief, ihn zu verlieren.

»Tyler, ich muss dir etwas erzählen«, fing ich mit heiserer Stimme an. Ich wollte mich nicht von ihm trennen, ohne ihm die Wahrheit gesagt zu haben.

»Hat das noch Zeit bis zum Frühstück? Ich verhungere nämlich gleich.« Er zwinkerte mir zu. »Daran bist du übrigens nicht ganz unschuldig.«

Eine brennende Hitze kroch über meine Wangen bei dem Gedanken an die Dinge, die wir miteinander getan hatten. Ich hatte mich in seinen Armen völlig fallen lassen. Die ganze Nacht hatten wir unsere Körper erforscht wie eine Landkarte, die es zu lesen gab. Tyler hatte mir Zärtlichkeiten ins Ohr geflüstert und mein Herz zum Singen gebracht.

»Soso.« Obwohl mir nicht danach war, musste ich grinsen.

»Was hältst du davon, wenn wir draußen frühstücken?« Er strich mit der Hand eine vorwitzige Locke hinter mein Ohr. Eine winzige Berührung, die einen Welle an Gefühlen in mir auslöste. Oh Gott, ich war so verliebt. Wie sollte ich nur weiteratmen ohne Tyler in meiner Nähe? Es musste doch einen Weg für uns geben.

»Wo hast du dir vorgestellt?«, fragte ich darum bemüht das Chaos in meinem Kopf zu sortieren.

»Was hältst du davon, wenn wir nach Woodstock gehen und dort frühstücken. Nur wir beide ganz allein.«

Er wollte mit mir allein sein. Mein Herz machte einen freudigen Hüpfer.

»Das klingt prima« erwiderte ich glücklich.

»Ich hatte gehofft, dass du das sagst.« Er stand auf und reichte mir meinen Kaffee. Dankbar nahm ich einen Schluck. »Beeil dich, wir haben nicht so viel Zeit.«

Wie es sich anhörte, war für ihn alles in ein paar Stunden vorbei. Enttäuschung breitete sich in mir aus. Ich schluckte dagegen an. Wenn es so war, dann wollte ich diese kostbaren verbleibenden Stunden mit Tyler wenigstens genießen.

»Alles klar.« Ich schlang die Decke um mich und schlüpfte aus dem Bett.

»Du gönnst mir wohl gar nichts heute Morgen.« Tyler starrte mich an. Seine Mundwinkel zuckten belustigt.

»Was meinst du?«

»Den Anblick von deinem wunderbaren Körper«, kam es prompt zurück. In seinen Augen funkelte Begierde.

»Ach, das meinst du?« Mit einer lasziven Bewegung ließ ich die Decke zu Boden gleiten. Sonnenstrahlen fielen durch das Fenster und hüllten mich golden ein.

Er nickte. Sein Blick wanderte über meinen nackten Körper. »Du siehst so unglaublich sexy aus. Ich kann gar nicht genug von dir bekommen.« Pure Bewunderung und Lust sprachen aus seinen Augen. Mit einem Schritt war er bei mir und presste mich an seinen Körper, dabei legte er seine Arme um mich, als müsste er mich schützen. »Du bringst mich noch um meinen Verstand.«

Unsere Lippen fanden sich. Ach, diese Küsse. Es war unglaublich.

»Hättest du etwas dagegen, wenn wir auf das Frühstück verzichten würden?«, raunte er mir ins Ohr.

»Du wolltest doch unbedingt frühstücken«, sagte ich augenzwinkernd.

»In Anbetracht der Aussichten, die sich mir hier bieten, würde ich meine letzten Kraftreserven mobilisieren und dich auf andere Weise glücklich machen.«

»Das hört sich äußerst vielversprechend an, Mr Lepley.« Lachend warf ich mich rücklings aufs Bett. »Bitte bedienen Sie sich.«

»Das musst du mir nicht zweimal sagen.« Sein Blick wanderte sehnsüchtig über meinen nackten Körper.

Sekundenspäter lag er, wie Gott ihn geschaffen hatte neben mir und alle meine Vorsätze mit ihm zu sprechen waren vergessen.

～

NACHDENKLICH PACKTE ich das letzte Teil in meinen Koffer. Noch vor einer halben Stunde hatte ich schweratmend neben Tyler gelegen, während die Nachwehen meines Orgasmus über mich hinweggerollt waren. Nun erinnerten lediglich die zerwühlten Laken daran. In zwei Stunden würden sich unsere Wege trennen, wenn nicht noch ein kleines Wunder geschah. Nach dem letzten Gespräch hatte ich beschlossen, meinen

Mund zu halten. Es würde nichts ändern, wenn ich ihm die Wahrheit sagte, außer dass es mein schlechtes Gewissen beruhigen würde. Tyler hatte mehr als deutlich gemacht, dass er sein Leben liebte, wie es war. Eine Frau hatte darin keinen Platz.

Niemals hätte ich gedacht, dass das Wochenende auf Blenheim meine Gefühlswelt so dermaßen auf den Kopf stellen würde. Ich war völlig durcheinander. Gefühle wie Glück, Angst, Freude und Trauer wechselten sich im Sekundentakt ab, seit ich Tyler kennengelernt hatte. Immer wieder spielte ich in meinem Kopf durch, ob es für uns eine Chance gab. Aber da war diese riesige Lüge zwischen uns, die ich aufgebaut hatte. Eine leichtfertig getroffene Entscheidung, deren Tragweite deutlich über das hinausging, was Juliette und ich geplant hatten. Niemals hatte ich damit gerechnet, mich zu verlieben und das auch noch in einen Mann, dem ich normalerweise wahrscheinlich nie begegnet wäre. In seinem und meinem Leben dürfte es kaum Überschneidungspunkte geben.

*Verdammt.*

Seufzend schloss ich den Deckel des Koffers. Ich würde gute Miene zum bösen Spiel machen und mich von allen verabschieden, als würden wir uns wiedersehen. Niemand sollte wissen, dass es ein Abschied für immer sein würde.

Es klopfte an der Tür. Tyler trat ein.

»Bist du so weit?« Seine Augen wanderten zum Koffer, der vor mir auf dem Bett lag.

»Ja, von mir aus können wir los.« Wehmütig sah ich mich ein letztes Mal in dem Zimmer um, das für drei Tage mein Zuhause und gleichzeitig meine Zuflucht vor der Realität gewesen war, die mich in London erwartete.

»Du siehst so traurig aus«, holte mich Tylers warme Stimme zurück. »Alles okay?«

Für einen winzigen Moment zögerte ich. *Sag es ihm. Noch ist es nicht zu spät.* Aber dann verwarf ich den Gedanken wieder und setzte stattdessen ein Lächeln auf.

»Ja, alles prima. Ich werde unser kleines Liebesnest vermissen, das ist alles.«

Unsere Blicke trafen sich.

»Nur das Liebesnest?« Seine Augen scannten jeden Millimeter meines Gesichtes.

Es klopfte unten an der Tür.

»Das wird der Abholservice sein.« Seine Stimme, die mir so wunderbare Zärtlichkeiten zugeflüstert hatte, klang rau.

»Ja, ich bin so weit.«

»Lass mich das machen.« Tyler schnappte sich meinen Koffer.

Schweigend folgte ich ihm nach unten.

## 22

## KINSEY

»W<small>AS</small> <small>FÜR</small> <small>EIN</small> <small>SCHÖNES</small> F<small>LECKCHEN</small> E<small>RDE</small>«, sagte Flossy
strahlend.

Wir saßen an einem der runden Tische auf der Terrasse.
Tyler hatte mir geholfen, mein Gepäck im Mini zu verstauen.
Die Sonne schien warm auf uns herab, begleitet durch das
Zwitschern der Vögel, die beschlossen hatten, ein kleines
Abschiedskonzert zu geben. Der schwere Duft der Rosen hing
in der Luft. Auf dem Rasen flatterten die weißen Zelte der
Aussteller in der leichten Brise, die gelegentlich zu uns
herüberwehte.

Es herrschte ein reges Kommen und Gehen. Diejenigen
Gäste, für die das Wochenende nicht so ein Erfolg gewesen
war, hatten sich schon auf den Heimweg gemacht. Die Übrigen
hatten sich hier eingefunden. Es wurden Nummern ausgetauscht und Versprechungen geflüstert. Einige der Frauen erle-
digten ihre letzten Einkäufe und kamen mit Tüten beladen aus
den Zelten der Aussteller. Der Duke und sein Gefolge waren
ebenfalls anwesend und schlenderten über das Gelände, um die
Gäste zu verabschieden.

»Das stimmt.« Sir Gregory nickte wohlgefällig. »Eigentlich bin ich ja nur wegen des Rennens gekommen. Dass ich
Blenheim mit einem viel größeren Gewinn als einem Pokal

verlassen würde, hätte ich nicht gedacht.« Seine Augen ruhten liebevoll auf Flossy. Es war mehr als deutlich, dass er bis über beide Ohren verknallt war, was auf Gegenseitigkeit zu beruhen schien, denn Flossys Augen strahlten schon den ganzen Morgen, als hätte jemand von innen zwei Glühbirnen angeknipst.

»Ach, mein Lieber.« Flossy tätschelte seine Hand. »Ich bin froh, dass du nicht gewonnen und dich stattdessen von mir hast trösten lassen.«

»Das hast du schön gesagt.« Sir Gregory beugte sich nach vorn und gab seiner Liebsten einen Kuss auf die Wange.

Aus dem Augenwinkel nahm ich die Balton-Geschwister wahr, die ein paar Meter von uns entfernt standen und sich mit einer Frau unterhielten. Es war die Brünette, die ich bereits am Vortag bemerkt hatte. Auch dieses Mal starrte sie zu uns herüber. Die vier steckten die Köpfe zusammen die Blicke auf uns gerichtet. Genaugenommen auf mich. Ein ungutes Gefühl befiel mich.

»Bevor ich es vergesse. Ich wollte dir meine Nummer geben.« Flossy reichte mir ihre Visitenkarte. »Ich erwarte deinen Anruf noch diese Woche. Dann können wir zu deiner Freundin, der Goldschmiedin, fahren und anschließend zusammen Essen gehen. Was hältst du davon?« Sie sah mich erwartungsvoll an.

»Eine tolle Idee.« Ich rang mir ein Lächeln ab, auch wenn es mir mehr als schwerfiel. Eine unangenehme Wärme kroch mir den Hals hoch. Wahrscheinlich hatten meine Wangen bereits die Farbe eines nuklearen Sprengkopfes angenommen. Wie sollte ich ihr erklären, dass ich Kinsey war? Diese Frau hatte mir nichts als Freundlichkeit entgegengebracht, und ich hatte sie belogen. Wahrscheinlich würde sie nie wieder ein Wort mit mir reden und ich konnte es ihr nicht verdenken. Mit einem Mal kam ich mir schrecklich vor.

»Du musst mir versprechen«, fuhr Flossy fort, »dass du deinem Vater die Grüße von mir ausrichtest und ihm von meinen Plänen bezüglich der Wegwerfartikel auf den Derbys erzählst.«

»Das mache ich«, versicherte ich ihr. Vielleicht könnte Juliette dazu bewegen ihrem Vater von Flossys Ideen zu berichten. Zumindest das war ich Flossy schuldig.

Ich warf einen kurzen Blick zu Tyler. Er war das ganze Frühstück über erstaunlich schweigsam gewesen und ich fragte mich, was er wohl dachte. Zwischen seinen Augenbrauen hatte sich eine Falte gebildet, die sonst nicht da war und um seinen Mund hatte sich ein ernster Zug gelegt. Irgendeine Laus war ihm über die Leber gelaufen.

»Ich würde gerne noch ewig hier mit euch sitzen und plaudern, aber leider muss ich los.« Sir Gregory war aufgestanden.

»Warte, ich komme natürlich mit.« Flossy hatte sich ebenfalls erhoben. Sie sah in ihrem leuchtend grünen Seidenjackett und der rote Schlaghose aus wie ein Paradiesvogel. Um den Hals hatte sie eine riesige schwarze Kette gelegt. Ihr Make-up bestand einzig aus einem roten Lippenstift.

»Für mich wird es auch langsam Zeit.« Das war zwar eine Lüge, aber je länger ich neben Tyler saß, umso unerträglicher wurde die Situation für mich. Am liebsten hätte ich mich ihm um den Hals geworfen und ihm meine Liebe und die Wahrheit gestanden. Aber dafür war hier weder der rechte Ort noch die rechte Zeit. Überall um uns herum saßen Leute, die uns beobachteten. Nur weil ich unglücklich war, musste ich nicht meine beste Freundin ins Unglück reißen. Ich hatte es ihr versprochen. Das war ich Juliette schuldig.

Tyler warf mir einen kurzen Seitenblick zu, sagte jedoch nichts, woraus ich schloss, dass es ihm recht war. Vielleicht hatte er deshalb die ganze Zeit so ernst ausgesehen, weil er nicht gewusst hatte, wie er sich möglichst elegant aus der Sache ziehen konnte.

Wir erhoben uns von unseren Plätzen.

Flossy gab mir einen Abschiedskuss auf die Wange. »Pass gut auf sie auf. Du hast ein absolutes Goldstück gefunden«, sagte sie an Tyler gewandt.

»Ich weiß«, murmelte Tyler.

»Für dich gilt die Einladung übrigens genauso. Gregory und

ich würden uns freuen, wenn ihr uns bald besuchen kommt.«
Flossy zog Tyler zu sich an die Brust. Es war das erste Mal seit
dem Frühstück, dass ich ein Lächeln auf seinem Gesicht sah.
»Das mache ich gern«, versicherte Tyler. Er hatte nicht in
der Mehrzahl gesprochen. Wie es aussah, kam ich in seiner
Zukunftsplanung nicht vor.

In diesem Moment sah ich, wie die Balton-Frauen in
Begleitung der Unbekannten auf uns zu kamen. In ihren
Gesichtern lag eine wilde Entschlossenheit.

»Blimey«, flüsterte Tyler grimmig, der die vier ebenfalls
bemerkt hatte. »Ich hatte eigentlich gehofft, dass uns der
Abschied von denen erspart bleiben würde.«

Ich nickte stumm.

»Hallo. Ihr wolltet doch wohl nicht gehen, ohne uns auf
Wiedersehen zu sagen, nachdem ihr euch schon die ganze Zeit
so rar gemacht habt«, flötete Henrietta scheinbar bestens
gelaunt, was so gar nicht zu ihren Worten passte.

»Wir dachten, ihr seid bereits abgereist«, erwiderte Tyler
kühl.

»Tatsächlich. Wahrscheinlich warst du auch so mit deiner
Bekanntschaft beschäftigt, dass du uns gar nicht bemerkt hast«,
entgegnete Henrietta süffisant. Dabei betonte sie das Wort
*Bekanntschaft,* als würde es sich dabei um ein Codewort für
ein hochprozentiges Gift handeln.

»Habt ihr euch eigentlich schon vorgestellt?« Philippa gab
der Unbekannten ein Zeichen, woraufhin diese vortrat. Eine
Spannung lag in der Luft, die fast greifbar war. Die Frau war
hochgewachsen, sehr schlank und ungefähr in meinem Alter.
Um ihren Mund lag ein Zug, der Menschen zu eigen war, die
selten lachten. Ihr stechender Blick löste ein sofortiges Unbe-
hagen in mir aus.

»Nicht, dass ich wüsste«, entgegnete Tyler höflich.

»Aber vielleicht mag deine Freundin die Vorstellung übernehmen, schließlich kennen sich die beiden gut«, sagte Henrietta mit klebrig süßer Stimme. Ihre Augen blitzen
schadenfreudig auf.

*Verdammt.* Mein Herz setzte einen Schlag aus, um dann loszugaloppieren.

Ich hatte keine Ahnung, wer die Frau war, noch kannte ich ihren Namen. Die Baltons wollten mir eine Falle stellen, das war mir klar. Deshalb auch dieses höhnische Grinsen auf dem Gesicht der beiden.

»Entschuldige, aber ich habe deinen Namen gerade vergessen«, versuchte ich mich aus der Situation zu retten. Ich konnte nur hoffen, dass mein Plan aufgehen würde.

»Das ist allerdings sehr erstaunlich«, entgegnete die Blondine. Sie hatte einen Zug um den Mund, der mir ganz und gar nicht gefiel. Instinktiv hielt ich die Luft an. »Schließlich haben wir das gesamte letzte Jahr zusammen in New York auf der Schauspielschule verbracht.«

*Verdammt.*

»Mhm.« Ein heiseres Krächzen war alles, was ich zustande brachte. Der Boden unter meinen Füßen schwankte und ich hatte das Gefühl, keine Luft mehr zu bekommen. Mit einem Satz hatte mich die Frau als Lügnerin entlarvt. Panisch suchte ich nach einer Ausrede, etwas, dass mich retten konnte. Vergeblich. Mein Mund fühlte sich staubtrocken an und ich schluckte hektisch.

Die Blondine deutete mit dem Zeigefinger auf mich. »Diese Frau ist eine Hochstaplerin, die sich für Juliette Collins ausgibt.«

Ein dumpfes Schweigen legte sich über uns wie eine Decke. Panisch suchte ich nach einem Ausweg.

»Juliette?« Tyler hatte meine Hand ergriffen. Ich zuckte zusammen.

Flossy und Sir Gregory starrten mich an, als würden kleine grüne Männchen auf meinen Schultern Samba tanzen.

Ich schüttelte den Kopf. Verzweiflung kroch mir den Hals hoch.

Tyler sah mich mit einer Mischung aus Ungläubigkeit und Entsetzen an. »Juliette, sag etwas.«

»Ich kann dir alles erklären.« Meine Stimme war kaum mehr als ein heiseres Flüstern. Meine Beine drohten unter mir nachzugeben und ich musste mich am Tisch abstützen, um nicht zu fallen.

»Du hast mich belogen.« Tylers Stimme schnitt mitten durch mein Herz. Zeitgleich ließ er meine Hand los, als hätte er sich verbrannt.

»Tyler, bitte hör mir zu«, flehte ich ihn an. Es war mir egal, was die anderen über mich dachten, aber ich wollte auf keinen Fall, dass er mich für eine Lügnerin hielt.

»Ich habe einer Freundin einen Gefallen getan. Das mit uns war nicht geplant.« Aus dem Augenwinkel sah ich wie Henry in Begleitung des Dukes und einigen Vertretern des Rennkomitees auf uns zugestürmt kam.

»Du hattest also einen Plan.« Tylers Mund war kaum mehr ein dünner Strich. Dunkle Schatten hatten sich unter seine Augen gelegt.

»Nein, nicht wie du denkst.« Tränen verschleierten mir die Sicht. Ich blinzelte, um sie zu verscheuchen.

»Mr Lepley. Miss Collins«, begrüßte uns der Duke mit Donnerstimme. »Mir wurde gerade eine unglaubliche Geschichte zu Ohren getragen.«

Tyler machte einen Schritt zur Seite – weg von mir. Das war mehr als deutlich. Er wollte nichts mehr mit mir zu tun haben.

»Tyler, bitte«, versuchte ich zu ihm durchzudringen. »Lass uns irgendwo hingehen und ich erkläre dir alles.«

Keine Reaktion. Tränen bahnten sich den Weg nach oben. Ich schluckte heftig dagegen an, denn ich wusste, wenn ich jetzt nachgab, würden sich die Schleusen öffnen und es gab kein Halten mehr.

»Hochstaplerin«, spuckte mir Henrietta förmlich entgegen, die noch immer vor mir stand.

»Und wir haben dir unsere Freundschaft angeboten«, schob Philippa giftig hinterher.

Ich stand einfach nur da wie ein begossener Pudel, unfähig auch nur ein Wort zu sagen.

»Es reicht«, schmetterte Flossys Stimme dazwischen. »Ihr

habt euren Punkt klar gemacht.« Flossy stellte sich schützend vor mich. Etwas, das ich eigentlich von Tyler erwartet hätte.

»Trotzdem sollte man Menschen wie die hier bestrafen«, sagte Juliettes Freundin mit fester Stimme.

»Wir sind hier nicht vor einem Tribunal«, mischte sich Sir Gregory ein. »Und sie hat schließlich niemanden umgebracht.«

»Aber Sie können diese Person doch nicht verteidigen«, empörte sich Henrietta, als wäre ich ein lästiges Insekt, dass man unschädlich machen musste.

»Ich verteidige niemanden. Ich mag es nur nicht, wenn Menschen in meiner Gegenwart ihr Gift versprühen«, entgegnete Flossy kühl. »Alles andere wird sich klären.«

»Kommt, wir gehen.« Philippa zog ihre Schwester und Freundin mit sich. »Unsere Arbeit hier ist getan.«

In meinem Kopf herrschte ein komplettes Vakuum. Trauer und Verzweiflung und ein Hauch von Wut machten sich in mir breit und raubten mir die Möglichkeit, klar zu denken.

Tyler beachtete mich nicht, sondern unterhielt sich mit dem Duke. Wahrscheinlich wollte er seine Haut retten. Jedenfalls machte er keine Anstalten, mir zur Seite zu stehen. Kein Blick. Kein Zeichen. Nichts. Komplette Missachtung. All die Liebesschwüre und zärtlichen Worte waren mit einem Schlag verpufft.

»Your Grace, wir können Ihnen alles über diesen unglaublichen Vorfall erzählen«, hörte ich Philippas Stimme an den Duke gewandt.

Sofort hatte sie die Aufmerksamkeit des Duke und seiner beiden Männer.

»Da würden wir auch gerne eine Kleinigkeit zu sagen.« Flossy eilte zusammen mit Sir Gregory zu der kleinen Gruppe.

Tyler drehte sich wie in Zeitlupe zu mir. Für einen Moment gab es nur uns beide.

»Dann hast du also die ganze Zeit gelogen«, sagte Tyler mit unbeweglicher Miene.

»Nein. Ja. Es sollte nur ein großer Spaß sein. Ich wollte dich nicht belügen«, beteuerte ich.

»Ein Spaß«, wiederholte Tyler mit regungsloser Miene.

»Das hatte nichts mit dir zu tun«, versicherte ich ihm.

»Ach, so siehst du das?« Die Ablehnung, die mir entgegenschlug, raubte mir den Atem. »Ich finde, das hat eine ganze Menge mit mir zu tun. Du hast mich schließlich angelogen und dich für eine andere ausgegeben. Das ändert alles für mich.« Er funkelte mich angriffslustig an.

»Für dich?« Ich schüttelte den Kopf. »Du hast doch von Anfang an klar gemacht, dass du keine Beziehung möchtest. Was kümmert es dich also?«

»Mich schert, dass ich eigentlich Juliette Collins kennenlernen wollte und nicht ...« Seine Augen glitten mit quälender Langsamkeit über mich hinweg. »Eine Hochstaplerin, die sich für sie ausgibt. Juliette sollte diejenige sein, die unser Gestüt rettet.«

»Was?« Ich traute meinen Ohren nicht. »Du hast dich nur an mich rangemacht, weil du dachtest, ich bin Juliette?« In meinem Kopf drehte sich alles und der Boden unter meinen Füßen schwankte.

»Ja.« Nicht eine Spur von Bedauern lag in seinen Augen.

Ein schlimmer Verdacht befiel mich. »Dann war es kein Zufall, dass wir beide im Jagdhaus untergebracht waren?«

Er schüttelte mit verbissener Miene den Kopf.

Ich schnappte nach Luft. »Und die Einladung zum Abendessen?«

Er zögerte. »Ja.«

»Dann bist du mindestens ein so großer Lügner wie ich.« Ich stemmte die Hände in die Hüfte. Wir standen uns gegenüber wie Cowboys bei einem Duell.

»Nur, das es für dich keine Konsequenzen haben wird.«

Der Duke hatte seine Unterhaltung mit den Baltons beendet und kam auf uns zu.

»Ich denke, es ist besser, du gehst jetzt«, forderte er mit erstaunlich weicher Stimme, was jedoch nichts an seinen Worten änderte.

»Das war es also. So einfach ist das für dich.« Mein Magen hatte sich zur Faust geballt. »Kein klärendes Gespräch. Nichts.«

»Ich glaube nicht, dass das nötig ist. Du wolltest Spaß, den hattest du. Auf meine Kosten.« Sein Blick war auf mich gerichtet. Nichts von der Zärtlichkeit, die heute Morgen noch in seinen Augen gelegen hatte, war mehr zu finden. Nur Wut und Enttäuschung.

Ohne mich weiter zu beachten, drehte er mir den Rücken zu.

»Mr Lepley. Miss ...ähm.« Der Duke stand zwei Schritte von Tyler entfernt, den Blick auf mich gerichtet. Hinter ihm waren die hämischen Gesichter der Baltons und ihrer Freundin zu sehen. Flossy und Sir Gregory standen etwas abseits und beachteten die Szenerie.

Eine heiße Welle flutete mein Gesicht. Ich kam mir vor wie eine Schwerverbrecherin.

Ich wollte gerade den Mund öffnen, als Tyler mir zuvorkam.

»Meine Damen und Herren, bitte lassen Sie uns die Sache in Ruhe regeln. Weder Sie noch ich haben ein großes Interesse daran, dass diese lächerliche Angelegenheit höher aufgehängt wird, als sie wert ist.«

Seine Worte trafen mich wie ein Schlag ins Gesicht.

Wie in Trance setzte ich mich in Bewegung. Ich musste weg von diesem Ort. Weg von Tyler und diesen schrecklichen Baltons.

»Juliette«, hallte Flossys Stimme mir nach.

Ich schüttelte den Kopf und lief weiter, so schnell ich konnte über die Terrasse bis zum Vorhof, wo die Autos standen. Schluchzend ließ ich mich auf die weichen Ledersitze fallen und startete den Motor. Ich wollte nur weg von hier, solange ich noch die Kraft dazu hatte.

Entschlossen drückte ich auf das Gaspedal.

# 23
# KINSEY

VÖLLIG KRAFTLOS SCHLEPPTE ich mich die Stufen zum Appartement hoch. Mein Körper fühlte sich an wie in Honig getaucht, schwer und eigenartig taub. Nur meine Lippen pochten von Tylers Küssen und der Sehnsucht danach, ihn zu spüren.

Die ganze Fahrt von Blenheim nach London hatte ich das Wochenende immer und immer wieder in meinem Kopf durchgespielt. Und je länger ich darüber nachdachte, umso wütender wurde ich auf Tyler. Ja, ich hatte ihm eine falsche Identität vorgespielt. Etwas, worauf ich nicht sonderlich stolz war. Aber er hatte genauso gelogen.

All die kleinen Zufälle waren sorgsam von langer Hand von Tyler eingefädelt gewesen und ich war darauf reingefallen. Viel schlimmer noch – ich hatte tatsächlich geglaubt, dass er in mich verliebt sein könnte.

Sofort schlichen sich wieder Tränen in meine Augen.

Mum hatte mich während der Fahrt ein paar Mal versucht zu erreichen, aber ich hatte sie weggedrückt und das Handy auf stumm geschaltet. Beim Klang ihrer Stimme wäre ich zusammengebrochen und hätte den Weg nach Hause nicht mehr geschafft.

Meine Finger zitterten, als ich versuchte, den Schlüssel ins

Türschloss zu stecken. Erst beim zweiten Anlauf gelang es mir, die Tür zu öffnen. Schwerfällig trat ich in meine Wohnung. Das Gepäck glitt mir aus der Hand und ging mit einem dumpfen Knall zu Boden.

*Endlich allein.*

Die Tränen, die ich die ganze Zeit mühsam zurückgehalten hatte, drängten sich nach oben. Schluchzend sackte ich auf dem kalten Boden zusammen, den Rücken gegen die Tür gelehnt. Dicke Tränen liefen mir über die Wangen zum Kinn, wo sie abtropften, um auf dem Boden wie kleine Selbstmörder zu zerplatzen. Ich legte den Kopf zwischen die Hände, die Ellenbogen auf meine Oberschenkel abgestützt, und weinte mir die Seele aus dem Leib.

Dabei nahm ich Tylers Duft wahr, der noch immer an mir haftete, als ob er durch all meine Poren gedrungen wäre und nun ein Teil von mir war. Was ich vor ein paar Stunden als Wohltat empfunden hatte, wurde nun zur Qual für mich.

Alles wäre so einfach, wenn ich mich nicht verliebt und mich an den ursprünglichen Plan gehalten hätte.

Spaß ohne Reue hätte mein Motto lauten müssen, so wie Juliette, Posey und Marcus es mir geraten hatten. Aber ich war noch nie gut in Herzensangelegenheiten gewesen. Es war genau, wie Juliette sagte: Wenn ich einen Mann ins Bett ließ, dann war das auch der direkte Weg zu meinem Herzen.

Trotzdem war die ganze Aktion eine Schnapsidee gewesen. Wir hätten diesen Tausch niemals machen dürfen. Das wurde mir jetzt klar. Aber für Gewissensbisse war es zu spät.

Es tat mir leid um Flossy, die ich wie die anderen belogen hatte. Eigentlich hatte ich mir von der ganzen Aktion mehr Kunden versprochen und Juliette ein tolles Wochenende mit ihrem Lover. Keines von beiden war eingetreten.

Im Gegenteil, wir hatten die Situation noch verschlimmert, ganz zu schweigen davon, dass ich keine Kunden gewonnen hatte. Flossy vielleicht. Aber nach der ganzen Sache rechnete ich nicht damit, sie jemals wiederzusehen.

Ich dachte daran, wie sie und Sir Gregory mich vor den Hyänen verteidigt hatten. Einen Part den eigentlich Tyler hätte übernehmen sollen, bis wir die Sache zwischen uns geklärt hatten.

Aber er hatte es vorgezogen, sich nur um sich zu kümmern. All die Gefühle und Emotionen, die ich in seine Handlungen hineininterpretiert hatte, waren reines Wunschdenken meinerseits gewesen. Vielleicht hätte ich doch weniger romantische Bücher lesen sollen.

Noch immer konnte ich es nicht fassen, dass all seine Bemühungen von Anfang an nur darum gingen, mit Juliette zu flirten ...

Ich ließ unser letztes Gespräch noch einem in meinem Kopf Revue passieren.

*Juliette sollte diejenige sein, die das Gestüt rettet.* Was hatte er damit gemeint?

Ich verstand nur Bahnhof.

Ein lautes Klingeln ließ mich hochrecken.

Erneut trommelte es gegen die Haustür. Wer wagte es, mich in meiner Trauer zu stören?

»Kinsey«, beantwortete mir Juliettes Stimme ungewollt meine stumme Frage. »Wir wissen, dass du da drin bist, also mach auf. Valerie hat mich angerufen und mir alles erzählt.«

Wer, zum Teufel, war Valerie?

»Wenn du nicht gleich aufmachst, lasse ich die Tür aufbrechen«, meldete sich Poseys drohende Stimme.

Ich stöhnte gequält. Hinter meiner Stirn hatte sich ein dumpfer Kopfschmerz eingenistet und mein Magen fühlte sich an, als hätte jemand einen Knoten hinein gemacht.

»Hey, Kinsey, ich bin auch dabei, falls du eine starke Schulter zum Weinen brauchst«, rief Marcus. »Aber dafür musst du die Tür aufmachen.«

»Geht weg und lasst mich allein in meinem Kummer sterben«, krächzte ich.

»Keine Chance. Ich habe dir das eingebrockt. Das Letzte, was ich tun werde, ist es dich allein zu lassen«, kam es von Juliette zurück. »Und gestorben wird schon mal gar nicht.«

»Sei nicht albern und mach sofort auf«, forderte Posey. »Ansonsten hole ich die Polizei.«

Ich knabberte an meiner Unterlippe.

»Ich tippe gerade die Nummer …«

Schniefend richtete ich mich auf und schielte durch den Spion nach draußen in den Hausflur.

Juliette, Marcus und Posey standen mit besorgten Gesichtern, die wegen des Spions verzerrt waren und aussahen wie die von riesigen Fröschen vor der Tür. Posey hatte tatsächlich ihr Handy in der Hand und tippte hektisch darauf herum.

Missmutig drückte ich die Klinke runter. Mit einem leisen Knarren sprang die Tür auf. »Noch nicht einmal sterben kann man allein.«

»Na endlich.« Posey steckte ihr Handy zurück in die Tasche.

»Oh mein Gott, du siehst ja mal richtig scheiße aus.« Juliette breitete die Arme aus. »Komm her und lass dich drücken.«

»Es tut mir so leid«, schluchzte ich laut. Dicke Tränen kullerten über mein Gesicht und tropften auf ihr Shirt, als hätte jemand vergessen, den Wasserhahn richtig abzudrehen.

»Ich weiß. Ich weiß.« Juliette streichelte meinen Kopf. Marcus und Posey hatten sich wie eine schützende Mauer recht uns links neben ihr aufgebaut und sahen mich mit großen Augen an. »Valerie hat mir alles erzählt.«

»Wer ist Valerie?«, fragte ich mit gebrochener Stimme.

»Valerie Feelgood. Eine Kollegin, die mit mir auf der Schauspielschule war«, klärte Juliette mich auf. »Ich hatte niemals damit gerechnet, dass sie auch in Blenheim sein könnte. Ein Fehler, wie man sieht. Jedenfalls hat sie mich vorhin völlig aufgeregt angerufen und mir von einer Doppelgängerin erzählt, die sie entlarvt hat. Da wusste ich gleich, was los ist.« Juliette machte eine düstere Miene.

Sofort tanzen die Bilder von heute Morgen wieder durch meinen Kopf. »Tyler hat mich einfach stehen lassen.« Erneut füllten Tränen meine Augen. Ich schluckte heftig dagegen an. »Es war so schrecklich vor all den Leuten wie eine Hochstaplerin und Lügnerin dazustehen.«

»Du Arme. Das muss sich furchtbar angefühlt haben. Ich wünschte, ich wäre bei dir gewesen. Dann hätte ich diesen

Arschlöchern mal meine Meinung gesagt.« Juliette gab mir einen Kuss auf die Wange.»Aber jetzt sind wir da und du bist nicht mehr allein.«

»Tyler hat mich einfach weggeschickt, ohne mir eine Chance zu geben mich zu erklären. Alle haben mich verurteilt, bis auf Flossy.«

»Flossy?« Posey runzelte die Stirn.

»Florence Mathilda Blair«, erklärte ich.

»Die Kosmetikgründerin«, sagte Posey, als müsste sie sich den Namen zurück ins Gedächtnis rufen.

»Sie und Sir Gregory waren die Einzigen, die nicht gleich wie die Aasgeier über mich hergefallen sind.«

»Klingt wie eine Frau mit Verstand.« Posey nickte.

»Das tut mir so leid.« Juliette legte mir ihre Hand unter das Kinn und zwang mich, ihr in die Augen zu schauen.»Das ist alles nur meine Schuld. Diese dämliche Idee mit dem Tausch.« Sie wirkte sichtlich zerknirscht. Eine tiefe Falte hatte sich zwischen ihre perfekt gezupften Augenbrauen gegraben.»Ich hätte wissen müssen, dass das nicht funktionieren kann.«

Ich schüttelte den Kopf.»Nein, du bist nicht allein schuld. Wenn, dann sind es wir beide.«

Juliette strich mir mit den Fingerspitzen die Tränen unter den Augen weg.»Ich hab dich lieb.«

»Ich dich auch.«

Posey tätschelte meinen Arm.»Wir finden eine Lösung.«

»Wenn du willst, fahre ich zu diesem widerlich gutaussehenden Typen und sage ihm höchstpersönlich, was für ein beschissenes Arschloch er ist«, meldete sich Marcus zu Wort.»Ich würde ihn auch verprügeln, aber das lassen meine Chirurgenhände und der Hippokratische Eid nicht zu.«

Obwohl mir eigentlich nicht danach zumute war, musste ich unter Tränen lachen.

»Ich könnte ihn auch verklagen. Mir fällt bestimmt was ein.« Posey zwinkerte mir zu.

»Ihr seid die besten Freunde, die man sich wünschen kann«, schniefte ich gerührt.»Aber wollt ihr nicht reinkommen? Mir ist nämlich kalt.« Die feinen Härchen entlang meiner Arme stellten sich wie zum Beweis auf.

»Kein Wunder, bei dem dünnen Fummel.« Poseys Augenbraue schnellte nach oben.

»Wir haben uns solche Sorgen gemacht, als du nicht ans Telefon gegangen bist«, meldete sich Marcus zu Wort.

»Ach, dann wart ihr das. Ich konnte einfach nicht sprechen. Bitte seid mir nicht böse.« Mein Blick wanderte von Posey über Marcus zu Juliette.

»Niemand ist dir böse«, versicherte Juliette.

»Was hältst du davon, wenn du unter die Dusche springst? Danach fühlst du dich gleich besser«, schlug Posey vor. »Ich mache uns in der Zwischenzeit einen Kaffee.«

»Einverstanden.« Ich zwang mich zu einem Lächeln.

»Und anschließend kannst du uns alles in Ruhe erzählen.« Marcus Stimme klang einladend weich.

Ich nickte stumm.

»Braves Mädchen. Komm, ich begleite dich ins Badezimmer.« Juliette hakte sich bei mir unter. »Vielleicht kriegen wir dich wieder in einen Menschen verwandelt. Im Moment siehst du aus wie die Mutter aller Horrorgestalten.«

»Danke, Juliette. Da fühlt man sich gleich besser.« Ich schenkte ihr ein grimmiges Lächeln.

»Es ist mir eine Freude.« Juliette gab mir einen sanften Stups. »Aber es ist schön, zu sehen, dass du deinen Sinn für Humor nicht verloren hast.«

»Das vielleicht nicht, aber meinen Stolz ...«

DIE DUSCHE HATTE meine Lebensgeister geweckt und als ich nach einer halben Stunde ins Wohnzimmer kam, fühlte ich mich tatsächlich schon etwas besser. Ich hatte das Kleid gegen ein Paar bequeme Jeans und ein T-Shirt eingetauscht. Die Haare hatte ich zu einem unordentlichen Knoten am Hinterkopf zusammengebunden.

»Ah, jetzt siehst du wieder aus wie Kinsey und nicht wie

eine Hauptfigur aus einem dieser schrecklichen Zombiefilme«, begrüßte mich Posey. Sie und Marcus hatten es sich auf meinem Sofa gemütlich gemacht. Jemand hatte das Radio eingeschaltet, denn im Hintergrund lief leise Musik. Die Terrassentür stand offen und ein laues Lüftchen wehte von draußen herein. Der Duft von frisch gebrühtem Kaffee waberte durch das Zimmer.

»Danke, es geht auch wieder besser.« Schwerfällig ließ ich mich auf den freien Platz auf dem Sofa fallen.

»Hier ist dein Kaffee.« Marcus reichte mir einen dampfenden Becher.

»Trinkt ihr keinen?« Misstrauisch schnüffelte ich daran.

»Hey, traust du mir etwa nicht?« Marcus sah mich entrüstet an.

»Bei dir weiß man nie.«

»Keine Sorge, das ist einfach ein sehr starker Kaffee mit etwas Zucker, damit wir deinen Kreislauf wieder in Schwung kriegen.«

»Okay, dann glaube ich dir mal.« Demonstrativ nahm ich einen Schluck. Dabei klammerte ich mich an den Becher wie eine Ertrinkende. Alles schien mir so sinnlos zu sein.

»So, und jetzt erzähl uns mal der Reihe nach, was genau passiert ist. Valerie hat die ganze Zeit etwas von den Baltons gefaselt und dass sie dich gestellt haben«, nahm Juliette den Gesprächsfaden wieder auf. »Wer sind überhaupt die Baltons? Ich habe den Namen tatsächlich noch nie gehört.«

Ich gab einen leisen Seufzer von mir. »Das sind drei Geschwister, die es sich zur Aufgabe gemacht haben, den ganzen Tag ihr Gift zu versprühen.«

»Okay, das klingt nach Menschen zum liebhaben«, bemerkte Marcus trocken.

»Du sagst es.« Der Kaffee tat seine Wirkung und ein angenehm warmes Gefühl breitete sich in meinem Bauch aus.

»Verstehe, und was hatten die mit dir zu tun?«, wollte Posey wissen.

»Tyler ist mit Henry Balton zur Schule gegangen, was die drei zum Anlass genommen haben, uns zu belagern.« Ich gab meinen Freunden eine kurze Personenbeschreibung von den Baltons. »Die drei sind nur auf ihren Vorteil bedacht. Ihr hättet mal sehen sollen, wie die sich an Flossy rangemacht haben.«

»Und was hat es mit Flossy auf sich?« Posey sah mich fragend an.

»Wir haben uns am ersten Abend im Garten kennengelernt. Eine total interessante Frau. Die Einzige, die mich nicht gleich verurteilt und die Baltons in ihre Schranken gewiesen hat«, sagte ich traurig.

»Das klingt wiederum sehr sympathisch«, meine Posey.

»Ihr würdet sie mögen«, sagte ich bestimmt.

»Also ist von ihr keine öffentliche Stellungnahme zu erwarten?«, fragte Posey.

»Nein, das glaube ich nicht«, erwiderte ich.

»Wenn meine Eltern das mitbekommen, bin ich erledigt«, sagte Juliette. Erst jetzt bemerkte ich die Sorgenfalten um ihren Mund, die normalerweise nicht da waren.

»Es tut mir so leid, dass ich es vermasselt habe. Ich hatte einfach das tun sollen, weshalb ich überhaupt nach Blenheim gefahren bin – nämlich Kontakte knüpfen. Aber ich dumme Kuh musste mich in den erstbesten Polospieler verknallen, der mir dort über den Weg läuft.« Ich stocke. »Der es noch darauf angelegt hat mich kennenzulernen. Beziehungsweise dich, Juliette.«

»Was? Das musst du erklären.«

»Ich weiß auch nicht genau warum, aber er hat zugegeben, dass er dich kennenlernen wollte, damit du das Gestüt seiner Familie rettest«, fuhr ich fort. »Er war richtig sauer auf mich deswegen.«

»Das hat er dir so gesagt?«, hakte Posey nach.

»›Juliette sollte diejenige sein, die unser Gestüt rettet.‹ Das waren seine Worte.« Sofort tanzten Tylers grüne Augen durch meinen Kopf.

»Was für ein Arschloch«, schimpfte Juliette los. »Wenn ich den mal treffe, dann kriegt er aber was zu hören. Was bildet der sich ein? Verstehst du das?« Ihr Blick wanderte zu mir.

»Nein, ich habe schon die ganze Fahrt versucht, mir einen Reim darauf zu machen, aber komme zu keiner Lösung.«

»Ich kann es mir nur so erklären, dass das Gestüt seiner Familie finanzielle Probleme hat und Juliette, beziehungsweise ihr Vater, das Ganze wieder richten soll«, sagte Posey scharfsinnig und bewies einmal mehr, warum sie einen solch kometenhaften Aufstieg als Anwältin hingelegt hatte.

»Das ist es«, rief ich.

»Das kann er glatt vergessen«, spuckte Juliette uns förmlich entgegen.

»Dabei war er so süß.« Tränen hatten sich erneut in meine Augen geschlichen bei dem Gedanken an Tyler. »Ich kann nicht begreifen, dass er das alles nur gemacht hat, um an mich beziehungsweise dich heranzukommen.« All die zärtlichen Worte und Berührungen, die wir ausgetauscht hatten.

»Hm.« Für einen Moment schwiegen alle. Jeder war damit beschäftigt, die Puzzlesteinchen der letzten Stunden zusammenzufügen.

»War die Presse eigentlich dabei, als es passiert ist?«, fragte Posey.

»Nein, die Journalisten waren nur am Tag des Rennens zugelassen.« Ich zuckte mit den Schultern. Mein Magen fühlte sich mit einem Mal an, als hätte jemand einen Knoten hineingemacht. Ich hatte alles vermasselt, nur weil ich meinen Hormonen erlaubt hatte, die Oberhand über den Verstand zu gewinnen.

»Das ist schon mal gut. Dann besteht eine winzige Resthoffnung, dass die Zeitungen nicht davon erfahren«, meinte Posey nachdenklich.

»Oh Gott. Das wäre die absolute Katastrophe«, sagte Juliette. »Ich sehe schon die Schlagzeilen vor mir ...« Sie wischte mit der Hand durch die Luft, als würde sie eine Überschrift nachformen. »Hochstaplerin gibt sich für Juliette Collins aus und wird in flagranti erwischt.«

»So weit sind wir aber noch nicht. Außerdem warst ja nicht du die Hochstaplerin, sondern Kinsey, und ihren wirklichen

Namen kennt niemand«, holte Posey sie wieder auf den Boden der Tatsachen zurück.»Zumindest bis jetzt.«

»Danke, da fühle ich mich schon viel besser«, sagte ich mit düsterer Miene.

Posey fuhr sich gedankenverloren mit den gespreizten Fingern durch die Haare.

»Je länger ich darüber nachdenke, umso sicherer bin ich mir, dass der Duke kein sonderliches Interesse daran hat, dass der Club Privé in irgendeiner Form in Verruf kommt, und genau das würde es bedeuten, wenn die Presse darüber schreibt. Deshalb gehe ich davon aus, dass man versuchen wird, die ganze Angelegenheit auf Sparflamme zu kochen oder bestenfalls zu vertuschen. Einziger Schwachpunkt sind die Baltons.« Sie machte eine kurze Pause.»Heute ist Sonntag. Spätestens morgen früh wissen wir darüber Bescheid, ob wirklich etwas an die Öffentlichkeit gedrungen ist.«

»Dein Wort in Gottes Ohr«, sagte Juliette mit finsterer Miene.»Wenn meine Eltern in der Presse davon lesen, flippen die aus. Dann machen sie es wahr und enterben mich.« Sie hatte Tränen in den Augen.

Posey nickte mit ernster Miene.»Deshalb würde ich dir raten, dich am besten heute noch mit deinen Eltern kurzzuschließen. Ansonsten gibt es vielleicht eine unliebsame Überraschung.«

Juliette schnappte nach Luft.»Oh mein Gott. Das ist, als ob mein schlimmster Alptraum wahr wird. Dad wird nicht begeistert sein, wenn er davon erfährt, und Mum wird einen hysterischen Weinkrampf kriegen.«

»Du bist nicht allein. Ich komme mit dir.« Entschlossen packte ich Juliettes Hand.

»Wirklich?« Juliette blinzelte hektisch die Tränen weg, die sich in ihren Augen gesammelt hatten.

»Na klar. Wir sind doch Freundinnen. Natürlich begleite ich dich.« Für einen Moment war der Kummer um meine verlorene Liebe in den Hintergrund gerückt. Was jetzt zählte, war, dass es meiner besten Freundin wieder gut ging, und dafür brauchte sie meinen Beistand.

»Wir sind auch dabei«, sagte Posey entschlossen.

»Wir?« Marcus blinzelte irritiert.

»Schon vergessen, du bist eine von uns?« Posey funkelte ihn angriffslustig an. »Mitgehangen, mitgefangen. Du kannst nicht nur die Vorzüge nutzen und dich, wenn es schwierig wird, aus dem Staub machen. Freundschaft heißt, immer zueinanderzustehen. Egal, was der andere gemacht hat. Außer bei Mord vielleicht, da kann man dann schon mal nachfragen, warum derjenige es getan hat.«

»Jetzt weiß ich wieder, weshalb du eine so gute Anwältin bist.« Ich drückte Posey.

»Ist ja gut.« Marcus hielt beschwichtigend die Hände in die Luft. »Dann lerne ich endlich mal den berühmten Sir Walter kennen.«

»Ich weiß nicht, ob das so ein Vergnügen wird«, murmelte Juliette düster.

»Der wird dir schon nicht den Kopf abreißen«, versicherte Posey.

Mit einem Ruck stand ich auf. »Komm, bringen wir es hinter uns.«

# 24

# TYLER

Mɪᴛ ᴋʟᴏᴘꜰᴇɴᴅᴇᴍ Hᴇʀᴢᴇɴ betrat ich das Wohnzimmer. Jetzt war die Stunde der Wahrheit gekommen. Den ganzen Weg von Blenheim bis nach Hause hatte ich mir die Worte in meinem Kopf zurechtgelegt, aber jetzt waren sie plötzlich verschwunden und hatten einer völligen Leere Platz gemacht. Juliettes Augen verfolgten mich und straften mich einen Lügner und Feigling.

»Liebling«, begrüßte mich Mum, die es sich mit einem Buch in der Hand auf dem Sessel gemütlich gemacht hatte. Nicht wissend, was gleich passieren würde. Vor ihr flackerte das Feuer im Kamin. Der Hund lag in seinem Körbchen und döste vor sich hin.

»Das nenne ich ja mal eine schöne Überraschung.« Mum strahlte mich an. Dabei bildeten sich unzählige winzige Fältchen um ihre Augen. Sie war auch im Alter eine natürliche Schönheit, der die Jahre nichts hatten anhaben können.

»Hallo, Mum.« Mit wenigen Schritten war ich bei ihr und gab ihr einen Kuss auf die weiche Wange.

»Junge was machst du hier? Wir haben erst morgen mit deinem Besuch gerechnet.« Dad, der mit Grandpa vor dem Spieltisch saß, sah erstaunt zu mir hoch. Die beiden hatten das alte Schachbrett vor sich aufgebaut und eine Partie angefangen.

»Hallo, Dad, hallo, Grandpa«, erwiderte ich ernst. »Ich bin direkt aus Blenheim hergefahren.«

Die beiden Männer tauschten kurze Blicke.

»Bleibst du zum Abendessen?«, erkundigte sich Mum. »Dann sage ich in der Küche Bescheid, dass Hilda ein Gedeck mehr auflegt.«

Ich schüttelte den Kopf. »Danke, aber ich habe keinen Hunger.«

Mums Scannerblick ruhte auf mir. »Was ist los? Bist du krank?« Besorgt legte sie ihre Hand auf meine Stirn.

»Mum, ich bin kein Kind mehr.« Ich schob ihre Hand sanft beiseite. »Ich muss dringend mit Dad und Grandpa sprechen.«

»Wie ist es gelaufen?«, meldete sich Grandpa aus dem Hintergrund.

Ich schüttelte den Kopf. »Nicht gut. Ganz und gar nicht gut.«

Für einen Moment war es mucksmäuschenstill. Nur das Knistern des Kamins war zu hören.

»Was geht hier vor?«, durchschnitt Mums glockenklare Stimme die Stille. »Und wagt es nicht, mir zu widersprechen, denn ich merke, dass etwas nicht stimmt.«

Dad räusperte sich unbehaglich.

Ich hatte keine Ahnung, ob er sie mittlerweile eingeweiht hatte.

»Frederik, Jasper, kann es sein, dass ihr mir etwas verschwiegen habt?« Ihrem Tonfall nach zu urteilen, war sie alles andere als begeistert.

»Darling, bitte reg dich nicht auf.« Dad war vom Sofa aufgesprungen und eilte zu Mum. »Wir haben es dir nicht erzählt, weil wir dich nicht unnötig aufregen wollten. Du hast genug durchgemacht«, versuchte er sie zu beruhigen.

Mums Blick wanderte von Dad zu Grandpa, der aussah wie ein begossener Pudel. »Ich verlange, dass ihr beiden mir sofort die Wahrheit sagt. Schon das ganze Wochenende schleicht ihr durch das Haus und macht dabei Gesichter wie zwei Schwerverbrecher.«

»Es wäre vielleicht besser, du würdest dich setzen«, fing Dad an.

»Frederik, du machst mir Angst.« Sie fasste sich mit der flachen Hand an das Herz.

»Bitte, Mum, setz dich.« Ich führte sie zum Sofa, wo ich mich neben sie auf den freien Platz setzte. Grandpa ließ sich auf dem Sessel nieder. Nur Dad blieb stehen.

»Ich bin ganz Ohr, also fangt an«, forderte sie.

Dad holte tief Luft. »Du weißt, dass wir in den letzten Jahren viel Geld in die Züchtungen gesteckt haben ...«

Die ganze Zeit, während Dad ihr erzählte, wie es um das Gestüt stand, saß Mum einfach nur da, hielt meine Hand und sagte kein Wort.

»Wir wollten dich nicht beunruhigen, bevor Tyler nicht aus Blenheim zurück ist«, beendete Dad seine Ausführungen. »Aber wie es aussieht, hat es nicht geklappt.«

»Nein, ich bin einer Hochstaplerin aufgesessen.« Wieder tauchten Juliettes vorwurfsvolle Augen in meinem Kopf auf.

»Was?« Dad sah mich mit verständnislosem Blick an. »Einer Hochstaplerin?«

»Moment. Nur, damit ich alles richtig verstehe«, unterbrach Mum uns mit einer herrischen Handbewegung. »Ihr beiden alten Männer habt den Jungen losgeschickt, damit er sich an die Tochter von Sir Walter Collins ranmacht, um das Gestüt zu retten. Habe ich das richtig verstanden?«

Dad und Grandpa nickten schuldbewusst.

»Du hast bei dem Spiel mitgemacht?« Ihr Blick wanderte zu mir.

»Ja«, bestätigte ich. Mit einem Mal fühlte ich mich noch schlechter.

»Und bist statt Juliette Collins einer Hochstaplerin aufgesessen?« Mums Augen waren weitaufgerissen.

»Ja. Sie sieht der echten Juliette zum Verwechseln ähnlich«, verteidigte ich mich.

»Das ist ja ...« Ihre Mundwinkel zuckten. »Das ist ja ...« Das Zucken um ihren Mund wurde stärker und so langsam fing ich an mir Sorgen zu machen.

»Das ist ja unglaublich.« Sie brach in lautes Gelächter aus.
Dad, Grandpa und ich tauschten verwunderte Blicke.

»Oh mein Gott!«, rief Mum. »Das ist das Verrückteste, was ich jemals gehört habe.«

»Mum, alles okay mit dir?« Immerhin hatten wir ihr gerade eröffnet, dass das Gestüt so gut wie pleite war.

»Ja, ja.« Tränen liefen ihr vor Lachen über das Gesicht.

»Das muss so eine Art Überreaktion sein«, mutmaßte Dad.

»Oh Gott, es tut mir leid.« Mum wedelte hektisch mit der Hand vor ihrem Gesicht. »Aber ich kann nicht anders. Gebt mir einen Moment.«

»Na, wenigstens einer von uns, der es mit Humor sieht«, kommentierte Grandpa trocken.

Mir war so ganz und gar nicht nach Lachen zumute. Ich fühlte mich schrecklich elend. Jede Faser meines Körpers sehnte sich nach Juliette oder wie sie in Wirklichkeit hieß.

»Oh Gott das ist alles so komisch und schrecklich zugleich«, hörte ich Mum sagen.

»Das ist es«, bestätigte ich. Mein Mund fühlte sich mit einen Mal staubtrocken an und ich hatte Mühe zu schlucken.

»Und diese Juliette.« Mum tätschelte meine Hand. »Wie war sie so?«

»Warum fragst du mich das? Ich habe es versaut. Verstehst du? Das Gestüt ist kurz vor der Pleite und ich bin in eine Hochstaplerin verliebt«, sagte ich heftiger als gewollt. »Muss ich noch mehr sagen?«

»Du hast dich verliebt«, riefen Mum und Dad wie aus einem Munde.

»Macht euch keine Sorgen. Ich habe nichts mehr mit dieser Frau zu tun. Ich kenne noch nicht einmal ihren richtigen Namen«, sagte ich bitter, den Blick auf das Feuer im Kamin gerichtet.

Aus dem Augenwinkel sah ich, wie Mum und Dad bedeutungsvolle Blicke tauschten.

»Wie wäre es, wenn du uns alles der Reihe nach erzählst, bevor ich deinem Vater und Großvater den Kopf abreiße dafür, dass sie mir nicht die Wahrheit gesagt haben?«, sagte Mum bestimmt.

»Aber wie kannst du so ruhig bleiben?«, fragte ich. »Dad hat dir gerade eröffnet, dass wir pleite sind.«

»Noch sind wir nicht bankrott«, korrigierte mich Mum. »Wir sind kurz davor. Das ist ein Riesenunterschied.«

Dad und Grandpa nickten.

»Gut. Darüber machen wir uns Gedanken, sobald ich weiß, wie es dir geht.« Sie strich mir über die Wange, so wie sie es früher getan hatte, als ich noch ein kleiner Junge gewesen war.

Mit leiser Stimme erzählte ich die Ereignisse der letzten Tage. Jetzt, wo ich endlich darüber reden konnte, sprudelten die Worte nur so aus mir heraus.

»Ich habe versucht, das Schlimmste zu verhindern. Der Duke hat mir versprochen, dass er alles daransetzen wird, damit die Presse keinen Wind von der Sache bekommt.«

»Gut so. Allerdings verstehe ich immer noch nicht, warum sich jemand wie diese junge Frau in Blenheim einschleicht. Mit welchem Zweck?« Mum wiegte den Kopf nachdenklich hin und her.

»Das liegt doch auf der Hand«, sagte Dad. »Sie hat einen reichen Mann gesucht.«

»Nein, das glaube ich nicht«, widersprach Mum. »Ihr muss doch bewusst gewesen sein, dass der Schwindel irgendwann auffliegt. Ich denke, sie hatte einen anderen Grund.«

»Sie hat behauptet, dass sie einer Freundin einen Gefallen getan hat.« Ich war das Gespräch auf dem Heimweg duzende Mal in meinem Kopf durchgegangen und war immer wieder über diesen Satz gestolpert.

»Das klingt alles wie in einem schlechten Film« Dads Gesicht lag in Falten. Es tat mir weh, ihn so sorgenvoll zu sehen.

»Was ist deine Meinung, Tyler?«, fragte Mum vorsichtig. »Du bist schließlich der Einzige von uns, der sie wirklich kennt.«

Für einen Moment hielt ich inne. Juliettes wunderschöne Augen tanzten durch meinen Kopf und erinnerten mich an all die zärtlichen Augenblicke und das Lachen, das wir miteinander geteilt hatten.

»Sie ist keine Hochstaplerin und Lügnerin«, sagte ich mit fester Stimme, als müsste ich mich selbst davon überzeugen. »Denn dann bin ich es auch.«

Mum nickte langsam, ohne den Blick von mir zu nehmen. »Und du liebst sie?«

Ich räusperte mich unbehaglich. Normalerweise besprach ich mein Liebesleben nicht mit meinen Eltern.

»Ich glaube, das tue ich. Aber ich kann ihr nicht einfach verzeihen, was sie getan hat. Durch sie hat das Gestüt keine Chance mehr.«

»Das ist doch Blödsinn. Wenn die echte Juliette nicht gekommen wäre, hättet ihr euch jedenfalls etwas anderes überlegen müssen.« Mum warf Dad und Grandpa einen wütenden Blick zu. »Und du bist auch nicht gerade ein Engelchen. Immerhin hast du sie ebenfalls belogen oder ihr zumindest etwas vorgespielt. Das ist eigentlich nicht die Art, wie ich dich erzogen habe. Was hat euch nur geritten, auf so eine bescheuerte Idee zu kommen, anstatt euch eine handfeste Strategie zu überlegen, wie ihr das Unternehmen aus den roten Zahlen holen könnt? Und ich meine damit nicht, unseren einzigen Sohn mit einer reichen Erbin zu verkuppeln.«

»Er sollte sie ja nicht heiraten«, brummte Dad. »Sondern sie nur auf uns aufmerksam machen.«

»Das macht es nicht besser«, entgegnete Mum trocken. Sie nahm die kleine Klingel neben sich in die Hand. »Ich brauche jetzt erst einmal einen Schluck.«

Sekunden später tauchte Hildas rundes Gesicht im Türrahmen des Wohnzimmers auf.

»Madame, Sie haben einen Wunsch?«

»Hilda könnten Sie mir bitte einen Whisky bringen.«

Hildas schmale Augenbraue schnellte verwundert nach oben. Wenn Mum nach einem Whisky verlangte, dann war die Lage ernst. Normalerweise trank sie gar nichts oder nur sehr wenig.

Ihr Blick wanderte zu uns dreien.

»Ich auch«, bestätigte ich ihre stumme Frage. Dad und Grandpa nickten ebenfalls.

Wortlos verschwand Hilda, um kurze Zeit später wieder mit vier Gläsern und der Whiskyflasche aufzutauchen. Mum prostete uns zu. Mit Todesmiene kippte sie den Whisky in einem Zug runter.

Ich folgte ihrem Beispiel. Die brennende Flüssigkeit lief mir die Kehle runter gefolgt von einem angenehm warmen Gefühl.

»So, das tat gut.« Mum stellte sichtlich zufrieden das leere Glas vor sich auf dem Couchtisch ab. »Und nun überlegen wir uns zusammen, wie wir das Gestüt retten können, ohne dass einer von uns seine Seele verkaufen muss.«

## 25
## KINSEY

LANGSAM FUHR Posey den Wagen vor Juliettes Elternhaus. Ein weißer Prachtbau mit einem kleinen Vorgarten inmitten von Kensington. Bis Kensington-Park waren es nur wenige Schritte. Wer hier wohnte, hatte es geschafft und gehörte zu den oberen tausend der Londoner Gesellschaft. Durch die hohen Preise der letzten Jahre war diese Wohngegend für niemanden sonst mehr bezahlbar.

Durch die Fenster fiel das gelbe Licht auf den schmalen Gehweg.

»Ihr seid sicher, dass ihr mitkommen wollt?«

»Na klar«, riefen Posey und ich wie aus einem Munde.

»Ich nicht«, meldete sich Marcus von der Rückbank, »aber ich komme trotzdem mit.«

Wir stiegen aus dem Wagen. Die Dämmerung hatte bereits eingesetzt und verschluckte die Farben, die sonst das Straßenbild dominierten.

Ich nahm einen tiefen Atemzug, bevor ich meinen Freunden die drei Stufen hoch zum Eingang folgte. Nichts deutete darauf hin, dass hinter der hölzernen Tür einer der einflussreichsten Männer der Derbyszene wohnte.

»Showtime.« Juliette drückte den Klingelknopf neben der Tür. Instinktiv schnappte ich mir ihre Hand.

»Ich komme mir ein bisschen vor wie früher in der Schule, wenn ich etwas ausgefressen hatte«, flüsterte Posey hinter uns.

»Das letzte Mal, dass ich mich so gefühlt habe, war, als ich zum Aidstest musste«, ließ Marcus verlauten.

Schritte waren zu hören.

Die Tür wurde geöffnet. Unbewusst trat ich zurück. Statt Sir Walter schaute uns das freundliche Gesicht des Butlers entgegen, der bei den Collins den Haushalt regelte.

»Miss Juliette, Miss Kinsey. Miss Posey« Sein Blick wanderte zu Marcus. »Guten Abend, Sir.«

»Guten Abend, Rollins. Sind meine Eltern zuhause?« Ohne seine Antwort abzuwarten, schob sich Juliette an dem Butler vorbei und zog mich hinterher.

»Entschuldigung.« Marcus hob die Hände, als er sich mit dem Rücken zur Wand an dem Butler vorbeidrängelte.

»Rollins«, ertönte eine Frauenstimme. »Wer ist da?«

Der Butler räusperte sich. »Madame, Ihre Tochter mit Miss Kinsey, Miss Posey und einem jungen Mann.«

Schritte ertönten auf dem Holzfußboden und Sekunden später tauchte die zierliche Gestalt von Juliette Mutter im Flur auf.

»Hallo, Juliette.« Mrs Collins baute sich vor uns auf. Für eine kleine Person wie sie es war, strahlte sie eine ordentliche Portion Autorität aus. Das musste man ihr lassen. Ihre Frisur saß perfekt. Ich war mir sicher, dass sich keine Haarsträhne bewegen würde, selbst wenn man sie in einen Windkanal stellen würde. Im Gegensatz zu Mum hatte sie nur wenige Falten, was sie der guten Arbeit eines Schönheitsdocs zu verdanken hatte, wie ich von Juliette wusste. Diesbezüglich nahm sie nie ein Blatt vor den Mund. Lediglich die etwas nach oben gestellten Augenbrauen verrieten, dass hier mit Botox nachgeholfen wurde.

»Wie ich sehe, hast du Verstärkung mitgebracht. Hallo, Kinsey, hallo, Posey. Sie, junger Mann, kenne ich noch nicht.«

»Dr Marcus Styles«, stellte er sich mit seinem üblichen Schwiegersohnlächeln vor, das Müttern normalerweise weiche Knie verursachte.

»Sehr erfreut. Sie sind Arzt?«

»Chirurg, genau genommen.«

»Man kann gar nicht genug Ärzte als Freunde haben. Wenigstens etwas, das meine Tochter richtig gemacht hat.« Sie warf Juliette einen strafenden Blick zu. Irgendwie wurde ich den Verdacht nicht los, dass etwas nicht stimmte.

»Hallo, Mum. Ich freue mich auch, dich zu sehen«, entgegnete Juliette schärfer, als es nötig gewesen wäre, was ihr einen missbilligenden Blick ihrer Mutter einbrachte.

»Juliette, mach nicht so ein Theater und gib mir einen Kuss. Ich bin schließlich immer noch deine Mutter.«

Artig beugte sich Juliette vor.

»Hallo, Mrs Collins«, begrüßte ich Juliettes Mutter höflich.

»Wie schön, dass du mitgekommen bist«, lautete die Antwort, was ich etwas verwunderlich fand. »Dass du hier bist, überrascht mich allerdings«, sagte Mrs Collins an Posey gewandt.

»Ich bin die Fahrerin.«

»Soso.« Mrs Collins nickte, dabei sah sie aus wie die Königin Camilla persönlich. Fehlte nur noch das Krönchen.

»Ist Dad auch zuhause?« Juliette schielte hinter den Rücken ihrer Mutter, als könnte sich ihr Vater dort versteckt halten.

»Ja, wir sitzen im Wohnzimmer.« Mrs Collins gab uns ein Zeichen, ihr zu folgen.

Wie eine Herde Lämmer folgten wir ihr schweigend durch den kurzen Flur bis zum Eingangsbereich.

Ein imposanter Raum mit hohen Decken, von dem aus eine breite Treppe hoch in den ersten Stock ging.

»Hier entlang.« Mrs Collins deutete zur rechten Seite, wo eine Tür offenstand. Juliette rollte mit den Augen. »Irgendwas stimmt nicht.«

»Das Gefühl habe ich auch«, flüsterte ich ihr zu, damit Mrs Collins uns nicht hören konnte.

Mit klopfendem Herzen trat ich ein. Der lichtdurchflutete Raum bestand im Wesentlichen aus einer Sitzecke vor dem Kamin. Die Wand zur rechten Seite war vollständig mit einem

Regal überzogen, indem die Bücher sorgfältig aneinandergereiht standen, als hätte sie niemand jemals in die Hand genommen.

Sir Walter saß auf einem Ledersessel und telefonierte. »Alles klar. Wir sprechen uns.« Mit diesen Worten legte er auf, als er uns kommen sah.

»Hallo, Daddy.« Juliette eilte zu ihrem Vater und drückte ihm einen Schmatzer auf die Wange.

»Hallo, Juliette«, begrüßte Sir Walter sie. Etwas lag in seinem Blick, das ich bisher noch nie an ihm bemerkt hatte und das ich nicht deuten konnte. Seine Augen wanderten zu uns.

»Tja, also.« Juliette spielte nervös an einer Haarsträhne. »Ich muss euch was erzählen, aber ihr müsst mir versprechen, nicht sauer zu sein.«

»Bitte, setzten Sie sich doch.« Mrs Collins deutete auf die Ledersessel, die rund um den Kamin standen. Sie selbst nahm auf dem Chesterfieldsofa Platz.

»Nun, was ist passiert?«

Juliette rutsche seufzend von der Stuhllehne. »Ich muss mit euch reden wegen Blenheim.«

»Wir müssen mit Ihnen reden«, meldete ich mich zu Wort.

»Also ich bin nur zur Verstärkung hier«, murmelte Marcus.

»Wir sind als Unterstützung mitgekommen«, korrigierte ihn Posey.

»Juliette und ich haben Mist gebaut«, kam ich ihr zu Hilfe. Meine Wangen fühlten sich an, als würde jemand einen Bunsenbrenner darauf richten.

»Das ist schön, dass ihr es wenigstens zugebt«, sagte Sir Walter mit Donnerstimme.

»Was?«, riefen Juliette und ich wie aus einem Munde.

»Ihr wisst von Blenheim?« Juliette sah ihren Vater an, die Augen weit aufgerissen.

»Natürlich. Was dachtest du, mit wem ich gerade telefoniert habe?« Die grauen Augen von Sir Walter blitzten gefährlich.

»Dem Duke of Marlborough?«, fragte Juliette vorsichtig.

»Zumindest scheinen Sie dir deinen Verstand nicht ganz geraubt zu haben«, kommentierte Mrs Collins.

»Was habt ihr euch nur dabei gedacht?« Sir Walter griff kopfschüttelnd nach seiner Pfeife, die auf dem kleinen Abstelltisch lag.

»Tja, dann können wir eigentlich gehen, unser Typ wird nicht mehr gebraucht.« Marcus machte Anstalten aufzustehen.

Wortlos drückte ihn Posey wieder zurück in den Sessel.

»Woher wusstet ihr das Kinsey ...«, stotterte Juliette, »und ich ...«

»Dass ihr getauscht habt«, vollendete Sir Walter der Satz. »Das ist ja nun wirklich keine höhere Mathematik.«

»Uns war sofort klar, dass nur du und Kinsey hinter der Sache stecken können.«

»Es tut mir leid Mr und Mrs Collins. Die ganze Sache war allein meine Schuld«, sagte ich, den Blick fest auf die beiden gerichtet. »Juliette wollte mir nur helfen.«

»Helfen?« Die gezupfte Augenbraue von Mrs Collins schnellte nach oben.

»Das stimmt so nicht«, meldete sich Juliette und warf mir einen liebevollen Blick zu. »Das war ganz allein meine Idee, weil ich keine Lust hatte, diese Verkupplungsveranstaltung zu besuchen. Deshalb habe ich Kinsey gebeten, an meiner statt dorthin zu gehen.«

Mrs Collins gab einen tiefen Seufzer von sich. »Das war doch nur zu deinem Besten gedacht.«

»Mum, woher willst du wissen, was am besten für mich ist? Ich will Schauspielerin werden und nicht Hausfrau und Mutter. Dein Leben ist nicht mein Leben.«

Für einen Moment herrschte Schweigen. Mrs Collins machte ein betroffenes Gesicht, was ich ihr nicht verdenken konnte.

»Mum.« Juliette war aufgesprungen und ging vor ihrer Mutter in die Hocke, so dass sie auf Augenhöhe waren. »Ich wollte euch nicht wehtun, aber ihr habt mich so bedrängt und meine Argumente überhaupt nicht gehört.« Sie nahm die Hand ihrer Mutter in ihre. »Vielleicht mache ich nicht alles richtig in euren Augen, aber ich muss meinen Weg gehen und zur Not auch ohne euch an meiner Seite.«

»Ach, Liebling.« Mrs Collins zog ihre Tochter zu sich heran. »Ich liebe dich so sehr. Vielleicht ein bisschen zu sehr.« Juliette schüttelte den Kopf. Tränen standen in ihren Augen. »Zu sehr geht nicht.«

»Oh Gott, wenn das weiter so geht, fange ich auch noch an zu weinen«, schniefte Posey.

»Trotzdem hast du uns nicht erzählt, was du gemacht hast, während Kinsey deinen gesellschaftlichen Verpflichtungen nachgekommen ist.« Mrs Collins Blick ruhte auf ihrer Tochter. Im Hintergrund knackste leise das Feuer im Kamin.

Juliette sah ihre Mutter mit schuldbewusstem Blick an.

»Sie war das ganze Wochenende bei uns«, kam Posey ihr zuvor.

»Soso.« Sir Walter nahm einen tiefen Zug aus seiner Pfeife. Sofort verteilte sich der Tabakgeruch im ganzen Zimmer.

»Doch, wirklich«, versicherte Marcus.

»Sind Sie ein Freund meiner Tochter?« Sir Walter musterte Marcus wie ein Raubtier, dass seine Beute ins Visier nimmt.

»Dr Marcus Styles. Ich bin Poseys Mitbewohner.«

»Soso.« Weiße Rauchwolken stiegen vor Sir Walters Gesicht hoch.

»Er ist schwul, also fahr deine Krallen wieder ein«, kam Juliette ihm zur Hilfe.

»Danke«, formulierte Marcus stumm.

Sir Walter nickte. »Der Duke erzählte, dass es einen ziemlich Eklat beim Frühstück wegen dir gab, Kinsey.«

»Ja und es tut mir ganz furchtbar leid. Ich wollte ihrer Familie auf keinen Fall schaden.« Am liebsten wäre ich im Erdboden versunken.

»Ich weiß. Trotzdem war es äußerst kurzsichtig von euch beiden zu denken, dass es niemanden auffallen würde, dass nicht die echte Juliette vor Ort ist«, fuhr Sir Walters fort. »Wobei es erstaunlich lange gedauert hat.«

»Ja, und wäre diese Bekannte von Juliette nicht aufgetaucht, hätte es wahrscheinlich niemand gemerkt«, meldete ich mich zu Wort.

»Und was ist mit diesem jungen Polospieler?« Mrs Collins sah zu mir.

»Sie meinen Tyler Steven Lepley?«

»Ja, der Duke sagte, dass ihr beide das Rennen zusammengefahren seid und das er ziemlich entsetzt war, als er gemerkt hat, dass du nicht die bist, die du vorgibst zu sein.« Mrs Collins Augen fixierten mich.

Bei der Erwähnung von Tylers Namen setzte mein Herz einen Schlag aus, um gleich danach loszugaloppieren. Die ganze Zeit hatte ich es geschafft, meine Gedanken und Gefühle wegzudrücken, aber jetzt waren sie mit aller Macht wieder zurück. Sofort waren seine grünen Augen in meinem Kopf, die mich vorwurfsvoll ansahen.

Ich nickte stumm.

»Und was hat er erzählt?« Juliette sah ihren Vater fragend an.

»So wie es aussieht, verzichten alle Anwesenden auf eine Vertiefung der ganzen Angelegenheit.« Ein winziges, siegessicheres Lächeln lag um Sir Walters Mund. »Dafür musste ich ihm versprechen, dass wir nächstes Jahr ein Derby auf dem Schlossgelände durchführen.«

»Danke, Dad.« Juliette lief zu ihrem Vater und gab ihm einen Kuss. »Dann ist ja alles geregelt.«

Sir Walter und seine Frau tauschten kurze Blicke.

»Noch nicht ganz«, sagte Mrs Collins.

»Wir müssen die Familie Lepley auf jeden Fall anrufen und uns bei Ihnen entschuldigen«, sagte Mrs Collins bestimmt.

»Allerdings. Es war sehr rücksichtsvoll, dass Mr Lepley die Sache nicht an die große Glocke gehängt hat.« Sir Walter legte seine Pfeife auf den Tisch in eine eigens dafür vorgesehenen Behälter. »Immerhin ist er einer der erfolgreichsten Polospieler, die England aufzuweisen hat.

Der Boden unter meinen Füßen schwankte. Meine Finger krallten sich in die Polster der Lehne.

»Kinsey, Liebes geht es dir gut?«, fragte Mrs Collins besorgt. »Du bist ganz blass um die Nase.«

»Ja, danke alles in Ordnung«, erwiderte ich und hoffte, dass sie das Zittern in meiner Stimme nicht bemerkte. »Ich muss nur mal an die frische Luft.«

»Walter, ich sage dir immer, du sollst keine Pfeife rauchen, wenn wir Besuch haben«, schimpfte Mrs Collins.

Sir Walter gab ein leises, missbilligendes Grunzen von sich.

»Brauchen Sie mich noch?«, fragte ich.

»Ich denke, es ist besser, wenn ich Kinsey nach Hause bringe. Das war alles ein bisschen viel heute«, schlug Posey vor. Ich warf ihr einen dankbaren Blick zu.

»Ja, natürlich«, sagte Mrs Collins mit besorgtem Blick. »Aber ich finde es gut, dass du mitgekommen bist und dich bei uns entschuldigt hast.«

»Es tut mir auch wirklich leid«, sagte ich. Mein Magen hatte sich zu einer Faust zusammengeballt und ich fühlte mich schrecklich. »Wenn ich noch etwas tun kann, dann sagen Sie es mir bitte.«

»Nein. Ich denke, niemand hat aus der ganzen Sache einen wirklichen Schaden genommen.« Sir Walter schüttelte den Kopf.

Posey, Marcus und ich standen auf.

»Wenn ihr nichts dagegen habt, bleibe ich noch hier«, sagte Juliette mit dem Blick auf ihre Eltern.

»Nein, natürlich nicht.« Ich schüttelte den Kopf.

»Ich bringe euch zur Tür.« Juliette war ebenfalls aufgesprungen.

»Gute Nacht, Mrs Collins. Gute Nacht, Sir Walter«, verabschiedete ich mich, erleichtert endlich rauszukommen.

»Das ist doch gut gelaufen«, sagte Juliette auf dem Weg zur Tür.

»Fand ich auch. Am Anfang dachte ich, er will euch den Kopf abreißen«, sagte Marcus schmunzelnd.

»Wenn das gut gelaufen ist, dann möchte ich nicht wissen, wie es ist, wenn es schlecht läuft«, murmelte ich.

Posey warf mir einen kurzen Seitenblick zu. »Zumindest wissen wir jetzt, dass es keinen Bericht darüber in der Zeitung geben wird und alles normal weiterläuft.« Sie gab Juliette einen Abschiedskuss.

»Ja ich bin auch froh, dass alles verhältnismäßig glimpflich abgelaufen ist«, sagte Juliette sichtlich erleichtert. »Ich werde euch morgen berichten.«

»Einverstanden. Ich mag deine Eltern, auch wenn sie mir beide irgendwie Angst machen.« Marcus umarmte Juliette.

»Danke, dass du mit dabei warst.« Juliette legte ihre Hand unter mein Kinn und zwang mich, ihr in die Augen zu schauen.

»Das war doch selbstverständlich«, murmelte ich mit dem letzten bisschen Kraft. Ich fühlte mich mit einem Mal schrecklich müde und sehnte mich nach meinem Bett.

»Ich hab euch lieb.« Juliette warf uns einen Kuss zu, als wir ins Auto stiegen. Dann eilte sie hinein.

Zumindest eine von uns beiden würde heute Nacht gut schlafen.

# 26

# KINSEY

»UND DU BIST SICHER, dass wir nicht noch mit hochkommen sollen?«, fragte Posey besorgt durch das geöffnete Fenster des Wagens.

»Nein, wirklich nicht. Ich bin einfach hundemüde.« Das war zwar nicht der eigentliche Grund, aber zumindest war es nicht gelogen.

»Alles klar. Ich hab dich lieb.« Posey winkte mir zu.

»Ich hab dich auch lieb«, meldete sich Marcus vom Beifahrersitz.

Obwohl mir eigentlich nicht danach zumute war, musste ich lächeln. »Ich hab euch auch lieb.«

Mit lauten Hupen und quietschenden Reifen fuhr der Wagen los. Traurig schaute ich ihnen hinterher, bis das Auto um die Ecke verschwunden war. Endlich allein.

Müde und zerschlagen schleppte ich mich hoch in mein Appartement, begleitet durch die Stimmen der Nachbarn, die durch die dünnen Wände drangen. Lachen, schimpfen, weinen. Alles war mit dabei. Ungefähr so, wie ich mich gerade fühlte.

Ich konnte nicht mehr sagen, ob ich wütend auf Tyler sein sollte oder einfach nur noch traurig war. Eines wusste ich sicher – ich vermisste ihn schon jetzt schrecklich.

Seufzend streifte ich die Schuhe von meinen Füßen und tapste auf Socken über den kalten Steinboden in die Küche.

Hunger hatte ich keinen, aber ich würde mir einen Tee machen, um den Magen zu beruhigen, der sich seit meiner Abfahrt aus Blenheim zu einer Faust zusammengeballt hatte. Außerdem war mir kalt. Von innen und von außen.

Ich stellte den Wasserkocher an. Mit dem Becher in der Hand lehnte ich mich gegen den Küchentresen und schloss für einen Moment die Augen.

Sofort tauchte Tyler dahinter auf. *Verdammt.*

Konnte er mich nicht wenigstens hier in Ruhe lassen? Abe je mehr ich mich dagegen wehrte, desto präsenter war er. Warum hatte er mich einfach stehen gelassen? Waren all die Zärtlichkeiten wirklich nur gespielt gewesen? Momentaufnahmen, die kurz darauf wie Seifenblasen zerplatzt waren. Ich konnte und ich wollte es nicht glauben. All die geflüsterten Worte im Schutz der Nacht. Noch immer konnte ich seine Lippen auf meiner Haut spüren, die mich liebkost und meine Lust angefacht hatten. Seine Hände, die mich gestreichelt und mir wohlige Schauer verschafft hatten. Tyler war ein Meister der Verführung. Nie zuvor hatte ich mich in den Armen eines Mannes so fallen gelassen und noch nie war ich so geflogen.

Der Wasserkessel pfiff und riss mich aus meinen Gedanken.

Kraftlos füllte ich das Wasser in den Becher und ging ins Wohnzimmer, um mich aufs Sofa zu kuscheln.

Bis auf die leisen Stimmen meiner Nachbarn und die Geräusche der Großstadt, die durch das Fenster zu mir drangen, war es mucksmäuschenstill.

Ich nahm die Decke, die mir Mum letztes Jahr zu Weihnachten geschenkt hatte, und kuschelte mich darin ein.

Gedankenverloren trank ich einen Schluck. Die Wärme des Tees füllte meinen Bauch aus und bewirkte, dass sich der Magen zu entknoten schien.

Was Tyler wohl gerade tat? Dachte er an mich, oder hatte er die Erinnerungen an mich wie eine lästige Fliege weggewischt? Wahrscheinlich. Er hatte in seinen letzten Worten ziemlich klar gemacht, dass es ihm zu keinem Zeitpunkt um mich als Menschen gegangen war, sondern lediglich um die Person Juliette Collins.

Mein Blick fiel auf das Handy, dass ich auf dem kleinen Couchtisch abgelegt hatte. Drei Nachrichten von Mum poppten auf dem Display auf.

Seufzend schnappte ich mir das Handy.

*Hallo Liebes, alles okay? Du meldest dich gar nicht. Love Mum*

Ich scrollte weiter.

*Bitte ruf kurz an. Dad und ich machen uns langsam wirklich Sorgen. Love Mum*

Die letzte Nachricht tauchte auf dem Display auf.

*Wir haben versucht dich zu erreichen, aber es springt jedes Mal dein Anrufbeantworter an. Bitte melde dich bei uns. Mum und Dad*

Okay, wenn Mum im Namen von ihnen beiden unterschrieb, dann war Holland in Not. Wenn ich nicht wollte, dass Mum die Polizei informierte und ganze Staffeln ausschwärmten, um mich zu suchen, musste ich sie wohl oder übel anrufen.

Ich drückte die Wahltaste.

»Kinsey, bist du das?«, meldet sich Mum schon nach einem Mal klingeln.

»Hallo, Mum. Entschuldige bitte, dass ich mich jetzt erst melde. Aber es war ...«, ich räusperte mich, »viel los dieses Wochenende.«

»Dein Vater und ich sind ganz krank vor Sorge. Geht es dir gut?«

»Alles super«, sagte ich betont ruhig, damit Mum keinen Verdacht schöpfen würde. Ich wollte sie nicht unnötig beunruhigen.

»Wirklich?«

»Ja, wenn ich es doch sage«, beteuerte ich. Ein Glück konnte sie mich nicht sehen, denn meine Wangen glühten verdächtig und wären ein sicherer Hinweis für Mums scharfes Auge gewesen, dass etwas nicht stimmte. »Es geht mir prima.«

»Kinsey Emily Walsh, lüg mich nicht an«, schepperte es

prompt durch das Mikrofon meines Handys. Wie hatte sie das nur erraten? Fast war ich versucht mich umzuschauen, ob sie mich heimlich durch eine Kamera beobachtete.

»Mum, bitte. Lass uns ein anderes Mal darüber sprechen.« Ich war kurz davor, in Tränen auszubrechen.

»Frostie, was ist passiert? Ich kenne dich und wenn du so klingst, dann ist etwas nicht in Ordnung«, sagte Mum mit einladend weicher Stimme.

Das war zu viel. Die ganze Zeit hatte ich mich wegen Juliette zusammengerissen. Aber jetzt, bei dem Klang von Mums Stimme, gab es kein Halten mehr.

»Ich bin so unglücklich«, schluchzte ich.

»Ach, mein Engelchen. Was ist passiert?«

»Ich habe mich verliebt, aber er hat nicht zu mir gestanden, als er erfahren hat, dass ich gelogen habe. Dabei hat er mich auch angelogen. Es ist alles so schrecklich und ich weiß, dass ich ihn nicht mehr lieben sollte, aber ich tue es. Es war so schön und jetzt bin ich so unglücklich. Aber mit Juliette ist alles klar und die bekommt keinen Ärger und es steht auch nichts in der Zeitung.« Die Worte flossen nur so aus mir heraus.

»Du holst jetzt erst einmal tief Luft. Verstanden?«, sagte Mum ruhig. Sie war schon immer der Krisenmanager der Familie gewesen.

Ich nickte, was natürlich Blödsinn war, denn sie konnte mich nicht sehen. Mum verweigerte sich bis heute der Videotelefonie. Ich nahm hörbar einen tiefen Atemzug.

»Alles wird gut, mein Glücksstern.« So hatte sie mich als Kind immer genannt.

»Diesmal nicht«, piepste ich.

»Ich wünschte, ich wäre bei dir. Dann würde ich dich jetzt in den Arm nehmen.«

»Das wäre schön.«

»Du weißt doch, dein Vater und ich sind immer für dich da. Hörst du?« Ich konnte sie atmen hören, was mich auf eine eigenartige Weise beruhigte.

»Ja, ich weiß, aber ich wollte nicht, dass ihr euch Sorgen macht.« Meine Stimme klang klein und piepsig.

»So, du machst dir jetzt erst einmal einen Tee und isst ein Stück Schokolade. Das beruhigt die Nerven«, fuhr Mum weiter ruhig fort.

»Tee habe ich schon gemacht.«

»Sehr gut, dann fehlt nur noch die Schokolade.«

»Warte.« Mit dem Handy am Ohr stand ich auf und holte mir ein Snickers aus der Küchenschublade, wo ich immer einen kleinen Vorrat für Nervenkrisen oder plötzliche Fressanfälle aufbewahrte, was in meinem Fall hauptsächlich zu Uhrzeiten passierte, in denen kein Laden mehr offen hatte.

»Habe ich.« Mit dem Riegel bewaffnet ließ ich mich wieder aufs Sofa fallen und kuschelte mich in die Decke. Ich aß einen Bissen. Sofort hatte ich den klebrig süßen Geschmack im Mund.

»Und jetzt erzählst du mir der Reihe nach, was passiert ist«, forderte Mum.

»Das war gar nicht meine Einladung nach Blenheim, sondern die von Juliette«, quetschte ich mit vollem Mund hervor.

»Du bist für Juliette nach Blenheim gefahren?« Mum klang entsetzt.

»Ja, wir dachten, es merkt keiner«, gab ich kleinlaut zu, damit beschäftigt, die klebrige Masse zwischen meinen Zähnen mit der Zunge zu entfernen.

»Das war eine ziemlich dumme Idee von euch. Wie konntet ihr nur glauben, dass niemandem auffällt, dass du nicht Juliette bist?« Ich konnte förmlich sehen, wie sie den Kopf schüttelte.

»Ich weiß«, erwiderte ich kleinlaut. »Erst einmal war alles okay. Du kannst dir nicht vorstellen, wie es dort war. Ich bin mir vorgekommen wie in einem Märchen. Das Schloss, all die feinen Leute und ...«, ich stockte, »Tyler.«

»Ist das der Mann?«

»Ja. Tyler Steven Lepley, vielleicht hast du schon mal von ihm gehört?« Allein sein Name genügte, um meinen Puls wieder hochschnellen zu lassen.

»Der Polospieler?«

»Ja, genau der. Am Anfang fand ich ihn total eingebildet. Aber dann habe ich mich in ihn verliebt. Er ist so anders als alle Männer, die ich bisher getroffen habe. Er ist charmant, humorvoll, aufmerksam und sieht toll aus.« Ich holte tief Luft, um meinen Puls zu beruhigen, der dabei war, davonzugaloppieren wie ein wild gewordenes Pferd. »Außerdem ist er ein Lügner und Blender. Aber das habe ich leider zu spät gemerkt.«

»Ach, mein Glücksstern und trotzdem liebst du ihn.« Es war eine Feststellung und keine Frage.

»Ja, von ganzem Herzen. Aber ich habe ihn belogen und er hat mich belogen.« Tränen krochen in meine Augen. Ich blinzelte heftig, um sie zu verscheuchen, aber die Mistdinger blieben hartnäckig.

Mum holte tief Luft. »Weißt du, manchmal muss man verzeihen und großmütig sein mit den Menschen, die einem wichtig sind im Leben. Denn anscheinend hat er viel richtig gemacht, wenn du dich in so kurzer Zeit so verlieben kannst. Willst du wegen der einen Sache, die er verkehrt gemacht hat, auf dein Glück verzichten? Das ist die Frage, die du dir stellen solltest.«

»Selbst wenn, er hat sehr deutlich gemacht, dass er nichts mehr von mir wissen will.« Eine einsame Träne kullerte meine Wange herunter. »Er hat mich einfach weggeschickt und mir gesagt, ich hätte alles kaputt gemacht.«

»Aber du hast ihn auch belogen.«

»Mum, auf welcher Seite stehst du eigentlich? Tyler hat mich belogen und sich nur an mich herangemacht, weil er dachte, dass ich Juliette bin.«

»Weißt du, warum er das gemacht hat? Denn für mich ergibt das alles keinen Sinn. Tyler Steven Lepley ist im Nationalteam. Er ist erfolgreich und dürfte finanziell abgesichert sein. Wieso sollte also ein Mann, dem die Frauen zu Füßen liegen, sich ausgerechnet diese eine Frau aussuchen, die er noch nicht einmal kennt?«

Ich schwieg. Mum hatte recht. Das war tatsächlich die eine Frage, auf die ich bisher keine Antwort gefunden hatte.

»Ich schätze, ich werde es nie erfahren.« Schniefend schob ich mir das letzte Stück des Riegels in den Mund.

»Weißt du, das war heute alles ein bisschen viel. Am besten du gönnst dir etwas Ruhe und legst dich schlafen. Du wirst sehen, morgen siehst du alles klarer.«

»Ach, Mum, trotzdem tut es weh.« Ich fasste mir an die Brust, dort wo der Schmerz saß, der mein Herz zu zerreißen drohte.

»Niemand hat gesagt, dass es leicht werden würde. Das Leben besteht nicht nur aus Sonnenschein. Manchmal kommen trübe Tage, die Regen und Wind mit sich bringen. Aber wenn es die nicht gäbe, wüsstest du nicht, wie schön der Sonnenschein ist.

Hast du Lust, nächstes Wochenende zu uns zu kommen? Dann backe ich deinen Lieblingskuchen und wir machen es uns in der Küche gemütlich.« Mum und Dad hatten eine alte Wohnküche mit einer großen Sitzecke, an der die ganze Familie Platz fand. Früher, als wir alle noch zuhause gewohnt hatten, hatten wir oft stundenlang dort gesessen, zusammen gegessen und uns unterhalten. Manchmal vermisste ich diese Tage. Vor allem seit meine Brüder so weit weg waren. Ohne sie war es nicht das Gleiche.

»Ich bin so froh, dass ich euch habe«, sagte ich dankbar.

»Vielleicht sage ich es dir nicht oft genug, aber ich bin sehr stolz auf das, was du erreicht hast. Ich freue mich auf dich.«

»Ich mich auch. Bis Freitag.« Nachdenklich legte ich auf. Zumindest fühlte ich mich etwas ruhiger als vor dem Gespräch mit Mum. Vielleicht hatte sie recht und das Beste war, mich schlafen zu legen. Aber zuerst musste ich noch einen Anruf erledigen.

Meine Hände zitterten, als ich die Visitenkarte aus der Tasche zog.

# 27
# TYLER

»Und du hast wirklich keine Ahnung, wer sie ist?«, fragte Winstons Stimme durch die Freisprechanlage des Jeeps. »Nicht den leisesten Schimmer.« Ich lachte bitter auf. »Es ist doch Ironie, dass ich dir genau sagen kann, wie das kleine Muttermal auf der Innenseite ihres Oberschenkels aussieht ...«, mit dem Zeigefinger tippte ich auf die Stelle am Bein, »... aber ich nicht weiß, wie sie heißt.«

Die dunkle Landschaft flog an mir vorbei, die gelegentlich durch die Lichter der Vororte unterbrochen wurde. Nach dem Gespräch mit meiner Familie hatte ich mich auf den Heimweg gemacht. Wir hatten uns noch eine Stunde zusammengesetzt und alle Möglichkeiten zum Erhalt des Gestüts durchgespielt. Letztendlich waren wir zu dem einstimmigen Ergebnis gekommen, einen Teil des Landes zu verpachten, das wir rund um das Gestüt hatten. Das würde uns zumindest etwas Aufschub geben, bis wir eine bessere Lösung gefunden hatten.

Ich war noch immer schrecklich aufgewühlt, aber froh, dass ich die Karten auf den Tisch gepackt und ehrlich gewesen war. Erst jetzt kam die Erkenntnis mit voller Wucht, dass ich keine Ahnung hatte, wer und wo Juliette war.

»Das ist eine ganz schöne Scheiße, in die du da hineingeraten bist«, stellte Winston mit dem Tonfall eines Richters fest, der sein Urteil fällt.»Wobei du natürlich deinen Teil dazu beigetragen hast.«

»Danke, Winston. Als ob ich das nicht schon wüsste.« Missmutig fuhr ich mir mit der rechten Hand durch die Haare.

»Und wie geht es dir?«

»Beschissen, das ist doch ziemlich offensichtlich. Unser Gestüt steht vor der Pleite und noch dazu habe ich mich in das süßeste Wesen der ganzen Welt verliebt.« Ich gab ein frustriertes Grunzen von mir. Sofort hatte ich ihr Gesicht mit dem geschwungenen Mund, der so wunderbar küssen konnte, vor Augen. Ich konnte ihren Fingerspitzen auf meiner Haut spüren und hatte ihren betörenden Duft in der Nase, der meine Sinne benebelte.

»Ein klarer Fall von Liebeskummer«, stellte Winston trocken fest.

Ich nickte stumm. Noch nie hatte ich wegen einer Frau derart durchgehangen. In den letzten Stunden hatte ich die gesamte Bandbreite an Emotionen durchlebt. Von Trauer bis hin zu Wut war alles dabei gewesen.

»Juliette ist die tollste Frau, die ich jemals kennengelernt habe, aber auch die erste Frau, die mich nicht bedingungslos angehimmelt, sondern mir durchaus Konter geboten hat. Wir sind uns auf Augenhöhe begegnet und jetzt ist sie weg – verschwunden, ohne einen Hinweis zu hinterlassen.«

»Was für eine verrückte Geschichte. Klingt fast wie in einem dieser kitschigen Liebesfilme ...«

»Nur, dass dieser kein gutes Ende genommen hat.« Der verletzte Blick, mit dem sie mich zum Abschied bedacht hatte, hatte mir fast das Herz gebrochen.

»Das lässt sich noch ändern«, sagte Winston entschieden.

»Wie meinst du das?«

»Es liegt in deiner Hand, ob du ein Happy End bekommst. Auf die gute Fee brauchst du jedenfalls nicht zu warten, die wird nicht kommen.«

»Als ob ich das nicht wüsste. Aber im Moment habe ich keine Anhaltspunkte, um sie zu finden. Weder habe ich ihren Namen noch ihre Nummer, geschweige denn eine Adresse.«

»Und was ist mit der echten Juliette Collins? Die beiden müssen sich kennen. Ich bin überzeugt, dass deine Juliette die beste Freundin der echten Juliette ist. Die beiden Mädels haben bestimmt eine Wette am Laufen gehabt.«

»Du könntest recht haben«, rief ich lauter als gewollt. »Kurz bevor ich sie weggeschickt habe ...«

»Was übrigens ziemlich trottelig war, selbst für dich«, kommentierte Winston beiläufig.

Ich ignorierte seine letzte Bemerkung und fuhr fort. »Jedenfalls hat sie gesagt, dass sie einer Freundin einen Gefallen getan hätte.«

Winston schnalzte mit der Zunge. »Na, siehst du. Alles, was du tun musst, ist die echte Juliette finden und dann bekommst du deine Antworten.« Winston klang, als wäre er auf eine Goldader gestoßen.

In meinem Kopf wirbelten die Gedanken. Wenn es stimmte, was Winston behauptete, dann stand die ganze Sache in einem völlig anderen Licht da.

»Mhm. Eigentlich hätte ich es wissen können.«

»Was?«

»Dass sie nicht Juliette ist. Es sind immer wieder Sachen passiert, wo sie keine Ahnung hatte, und das obwohl es eigentlich selbstverständliche Dinge für ein Mitglied der Gesellschaft waren. Und dann diese Freude über das tolle Essen, den Ball ...« Je länger ich darüber nachdachte, desto mehr Gelegenheiten fielen mir ein, bei denen Juliette nicht reagiert hatte wie alle anderen Gäste. Ich hatte es auf ihre Lebensfreude geschoben, aber jetzt war klar, weshalb sie sich so verhalten hatte.

»Das bedeutet, sie gehört nicht der Gesellschaft an«, sprach ich meinen Gedanken laut aus.

»Wahrscheinlich. Würde es einen Unterschied machen für dich?«

»Das ist mir egal.«

»Gut, dann haben wir eine Sache schon mal geklärt. Jetzt müssen wir nur noch die echte Juliette finden und voilá.«

»Das ist leider nicht ganz so einfach. Die wahre Juliette war ein Jahr in New York auf der Schauspielschule.«

»Eine Schauspielerin, wie ungewöhnlich und rebellisch.«

»Ja, zumindest hat das diese Frau behauptet, die alles aufgedeckt hat.«

»Uns fällt schon noch was ein. Es wäre doch gelacht, wenn es daran scheitert.«

»Als Erstes muss ich mich darum kümmern, dass die Presse keinen Wind von der Sache bekommt.«

»Warum eigentlich? Ein bisschen Publicity hat noch niemandem geschadet. Und dein Ruf wird schon nicht darunter leiden, zumal sie dich verarscht hat und nicht umgekehrt. Deine Gründe kennt schließlich niemand.«

»Im Prinzip hast du recht, aber Juliette oder wie auch immer sie heißt, ist mit Sicherheit nicht presseerfahren. Stell dir vor, was bei ihr los ist, wenn die ihren Namen herausfinden.« Unwillkürlich musste ich daran denken, wie sie davongelaufen war nach dem Rennen. Damals hatte ich mich gewundert, aber jetzt war mir klar, warum. Es war die pure Angst davor gewesen, dass man sie fotografieren und womöglich als die Falsche hätte erkennen können.

»Du beschützt sie, obwohl sie dich belogen hat«, sagte Winston ungläubig. »Mann, um dich steht es ja schlimmer, als ich angenommen habe.«

»Ich bin komplett durch den Wind. Aber wenn ich sie jetzt ins offene Messer laufen lasse, dann wird sie mich hassen und das möchte ich nicht.«

»Verstehe.«

»Der Duke hat mir zwar versprochen, alles zu regeln, aber ich traue den Baltons nicht. Sie werden keine Gelegenheit auslassen, um mir eins auszuwischen und dafür ist ihnen jedes Mittel recht.«

»Ich denke, ich habe eine Lösung für dich, was die Presse anbelangt. Gib mir zwei Minuten.«

»Was hast du vor?«, fragte ich misstrauisch.

»Ich ruf dich gleich wieder zurück.«

»Aber ...« Es knackte. Ungläubig starrte ich auf das Display. Winston hatte unser Gespräch weggedrückt. Keine

Ahnung, was der Verrückte nun wieder vorhatte. Langsam fuhr ich von der Umgehungsstraße in Richtung Innenstadt.

Kurze Zeit später klingelte es erneut. »Winston, was hast du gemacht?«

»Ich habe kurz mit Kylee gesprochen. Ein Model, mit dem ich am Wochenende unterwegs war. Die Kleine ist echt süß, aber ihre Karriere ist etwas ins Stocken geraten.«

»Okay und was hat das mit mir zu tun?«

»Kylee ist deine Ablenkung für die Presse. Du gehst morgen Abend mit ihr in einem der angesagten Restaurants essen und anschließend zieht ihr noch eine Runde durch die Clubs. Ganz zufällig wird jemand die Presse von deiner neuen heißen Affäre unterrichten.« Er lachte kurz auf. »Im besten Fall springt die restliche Presse auf den Zug auf, man fotografiert dich und die Kleine und schon ist die Sache mit Blenheim vergessen.« Winston gab ein zufriedenes Grunzen von sich.

»Manchmal bist du wirklich ein Genie.«

»Endlich hast du es kapiert.« Ein kehliges Lachen drang durch den Lautsprecher und füllte das Innere des Wagens. »Und für dein Juliette-Problem finden wir auch noch eine Lösung.«

»Dein Wort in Gottes Ohr.« Ich seufzte.

»So weit würde ich vielleicht nicht gehen.«

Nachdenklich setzte ich den Blinker. Zumindest hatte ich ein Problem weniger. Jetzt musste ich nur noch die Nummer von der echten Juliette herausbekommen und dann wäre ich einen Schritt weiter. Eines war mir soeben klar geworden: Egal, wie sauer ich auf Juliette war – ich musste sie wiedersehen.

# 28

# KINSEY

ZUFRIEDEN LEGTE ich den Lötkolben beiseite. Die letzten beiden Tage hatte ich wie eine Besessene gearbeitet und meinen Kummer wegen Tyler fast vergessen. Die Ideen waren mir nur so zugeflogen, nachdem ich ihnen freien Lauf gelassen hatte. Überall auf der Werkbank und am Boden lagen die Entwürfe. Letztendlich hatte ich mich für einen Ring entschieden. Posey, Marcus und Juliette waren zwischendurch vorbeigekommen und hatten mich mit Essen und guter Laune versorgt. Alle drei hatten peinlichst darauf geachtet, kein Wort über Tyler zu verlieren.

Mein Blick fiel auf die aufgeschlagene Zeitschrift, die ich heute auf dem Weg in die Werkstatt in einem Kiosk entdeckt hatte. Auf dem Foto unter dem Artikel war Tyler in Begleitung eines bekannten Models zu sehen. Er hatte den Arm um die schlanke Taille der Blondine gelegt und lächelte in die Kamera. Wie es aussah, hatte er sich schnell über mich hinweggetröstet. Sofort spürte ich den Schmerz wieder in mir hochkriechen.

*Verdammt.*

Als ich heute Morgen das Bild in der Zeitung entdeckt hatte, hatte es mir fast den Boden unter den Füßen weggezogen.

Traurig nahm ich ein Poliertuch zur Hand und bewegte es

langsam über das Metall, bis es glänzte. Der schlichte Goldring war durch ein Band aus winzigen Diamantsplittern begrenzt, das wie eine Sternschnuppe um den oberen Rand verlief. Am Ende hatte ich mehrere Diamantsplitter in Richtung Mitte verteilt, sodass der größte von ihnen das O von dem Wort *Love* bildete, das ich darunter in Handschrift eingraviert hatte. In meinen Augen eine der besten Arbeiten bisher, die genau ausdrückte, was ich mir in diesem Moment auf Blenheim gewünscht hatte. Leider war dieser Wunsch nicht in Erfüllung gegangen. Das einzig Positive, das aus der ganzen Sache hervorgegangen war, war, dass Juliette sich mit ihren Eltern ausgesprochen hatte.

Die Eingangsklingel läutete und riss mich aus meinen Gedanken. Ich schob die Schutzbrille nach oben. Anschließend wischte ich die Hände an der Schürze ab, die ich mir umgelegt hatte, dann ging ich nach draußen.

Eine hochgewachsene Gestalt war als Schatten hinter der Vitrine am Eingang zu erkennen.

»Guten Tag«, begrüßte ich den Besucher. »Kann ich Ihnen behilflich sein?«

»Hallo, Kinsey.« Flossys Gesicht tauchte hinter der Glaswand wie eine Fata Morgana auf.

Ich hatte mit allem gerechnet, nur nicht damit.

»Was machst du denn hier?«

»Dich besuchen. Was sonst?« Mit langen Schritten kam sie auf mich zu. »Nach unserem Telefonat musste ich einfach vorbeikommen, um den Faden unserer Freundschaft wieder aufzunehmen. Ich wäre schon früher gekommen, aber die Präsentation einer neuen Produktreihe steht unmittelbar bevor und da konnte ich einfach nicht früher weg. Es wäre doch schade, wenn wir uns aus den Augen verlieren würden, nachdem wir uns gerade gefunden haben.«

Ich hatte sie noch am Abend meiner Rückkehr angerufen und mich bei ihr entschuldigt. Flossy hatte sich in ihrer ruhigen, klaren Art alles angehört und herzhaft gelacht, als ich ihr von Juliette und unserem Tausch erzählt hatte.

»Ich bin so froh, dich zu sehen.« Sie sah genauso aus, wie

ich sie in Erinnerung hatte. Nur, dass sie das Kleid, das sie zum Abschied getragen hatte, gegen eine dunkle Hose und eine lila Bluse eingetauscht hatte. Ihre Haare waren mit Gel hinter die Ohren gekämmt, was ihre herzförmige Gesichtsform hervorhob und ihr gleichzeitig eine gewisse Strenge verlieh.

»Ich auch.« Flossy nahm mich in den Arm. »Komm, lass dich mal drücken.« Sofort hatte ich den zarten Jasminduft in der Nase, der sie umgab wie eine zweite Haut. Ihre grauen Augen musterten mich.

»Du siehst schlecht aus«, lautete ihr abschließendes Urteil.

»Es geht mir auch nicht so gut«, murmelte ich.

»Kein Wunder nach dem ganzen Trubel.« Langsam entließ sie mich aus der Umarmung. »Hast du was von Tyler gehört?«

Ich schüttelte traurig den Kopf. »Kein Wort.«

»Das wundert mich. Er hat so verliebt gewirkt.«

»Das dachte ich auch. Aber er hat ziemlich deutlich klar gemacht, dass sein Besuch auf Blenheim nur dazu gedient hat, dass er Juliette kennenlernt.« Bitterkeit und Enttäuschung schwangen in meinen Worten mit, die ich nicht unterdrücken konnte.

»Was für eine vertrackte Sache. Dabei wart ihr so ein süßes Pärchen. Ich hätte schwören können, dass ihr wie füreinander geschaffen seid. Allein die Blicke, die er dir zugeworfen hat, haben selbst mein abgehärtetes Herz zum Schmelzen gebracht. Das ergibt für mich keinen Sinn.«

»Du warst doch dabei und hast gesehen, wie er mich behandelt hat. Er hat mich als Hochstaplerin abgestempelt und mich weggeschickt wie einen räudigen Hund.«

»Wir standen alle unter Schock in diesem Moment. Tyler auch. Ich bin mir sicher, er würde jetzt anders handeln. Denn eines muss man den Baltons lassen, sie haben sich den perfekten Moment für ihre Enthüllung ausgesucht.«

»Das stimmt. Trotzdem, du hast mich auch nicht gleich verurteilt.«

»Ich bin aber auch nicht in dich verliebt. Den armen Tyler hat es komplett kalt erwischt.«

»Mich auch. Ich wusste überhaupt nicht, was ich tun sollte.

Dazu kamen der Duke und die vielen anderen Menschen um uns herum. Ich wollte einfach nur noch weg.« Wieder hatte sich ein Kloß in meinem Hals gebildet.

»Liebst du ihn denn noch?« Ihr Blick hielt mich gefangen. Ich nickte stumm. Tränen krochen mir den Hals hoch. Ich schluckte heftig dagegen an. »Er fehlt mir so. Aber ich muss der Realität ins Auge schauen und die sieht so aus, dass er sich bereits anderweitig vergnügt.«

»Woher weißt du das?« Flossy runzelte die Stirn.

»Warte, ich zeige es dir. Die Zeitung liegt in meiner Werkstatt, aber ich muss dich warnen, es sieht im Moment ziemlich chaotisch aus, weil ich mitten in der Arbeit stecke.«

»Das stört mich nicht.« Flossy winkte ab.

»Auf deine eigene Verantwortung.« Ich führte sie in das hintere Zimmer.

»So sieht also die Werkstatt eine Goldschmiedin aus.« Interessiert schaute sich Flossy um.

»Ja, eine sehr kleine Werkstatt.«

»Wie sagt man immer: klein aber fein. Was riecht hier denn so eigenartig?« Flossy schnupperte mit hochgezogenen Augenbrauen.

»Das sind Lötzinn und geschmolzenes Metall.« Ich eilte zum Fenster, um ein wenig Luft in den Raum zu lassen und den Geruch zu vertreiben. »Bitte setz dich doch.«

»Das stört mich nicht. In der Kosmetik riecht auch nicht immer alles nach Blümchen.« Flossy ließ sich auf den roten Sessel fallen und zog eine Zigarettenpackung aus der Tasche. »Darf ich hier rauchen?«

»Von mir aus.« Ich zuckte mit den Schultern.

»Schön hast du es hier.« Sie zündete sich die Zigarette an.

Unwillkürlich musste ich lächeln. »Du meinst wohl schön chaotisch.« Ich reichte ihr einen Becher für die Asche.

Ihr Blick wanderte zu der aufgeschlagenen Zeitschrift auf der Werkbank. »Ist das der Artikel?«

Ich legte ihr die Zeitung auf den Schoß. »Für mich sieht es nicht so aus, als würde er mir auch nur eine Träne nachweinen.«

Flossys Augen flogen über die Seite. »Hm. Das ist allerdings alles andere als erfreulich.« Sie schüttelte den Kopf. »Das muss einen Grund haben. Der Tyler, den ich kennengelernt habe, war ein offener Mann mit viel Charme und Humor, der bis über beide Ohren in dich verliebt war. Allein die Art, wie er dich angesehen hat, wenn du in seiner Nähe warst. Das zu spielen wäre oscarreif. Das kann nur ein Bradley Cooper, aber kein Tyler Lepley.« Sie tippte auf sein Gesicht.

»Ja, das dachte ich auch«, sagte ich betrübt.

»Vielleicht ist das nur eine Art Ablenkmanöver.« Flossy legte den Kopf leicht schräg und blies kleine weiße Wölkchen in die Luft.

»Ablenkmanöver?« Ich runzelte die Stirn.

»Na ja, er ist immerhin Tyler Steven Lepley. Ich könnte mir vorstellen, dass die Öffentlichkeit ihn sehr aufmerksam beobachtet und der kleine Zwischenfall in Blenheim nicht unbeachtet geblieben ist, selbst wenn die Presse dank des Duke einen Maulkorb verpasst bekommen hat. Trotzdem wird etwas nach außen gedrungen sein.«

Nachdenklich spielte ich mit einer Haarlocke. »Von dieser Warte aus habe ich es noch gar nicht betrachtet.« Mein Herz machte einen hoffnungsvollen Hüpfer.

Ein Lächeln breitete sich auf Flossys Gesicht aus. »Dachte ich es mir.«

»Aber warum meldet er sich dann nicht? Ein Mann wie er dürfte keine Schwierigkeiten haben, mich zu finden.« Bei dem Gedanken, Tyler eventuell wiederzusehen, war mein Puls in den Sprintermodus übergegangen.

»Wahrscheinlich denkt er das Gleiche von dir.«

»Mhm.« Nachdenklich knabberte ich an meiner Unterlippe.

»Du bist doch eine moderne Frau. Warum nimmst du das Zepter nicht in die Hand, anstatt zu warten, bis der Prinz auf seinem Schimmel vorbeigeritten kommt? Finde ihn. Rede mit ihm und dann wirst du schon merken, wie er zu dir steht. Einfach so auf das Glück zu verzichten, passt weder zu dir noch zu ihm.«

»Ich weiß nicht so recht.« Bei dem Gedanken Tyler zu suchen, machte mein Magen einen nervösen Hüpfer.

»Überleg es dir. Wenn man jemanden wirklich liebt, dann lohnt es sich auch, für denjenigen zu kämpfen. Mich würde die Ungewissheit umbringen. Ich bin immer für klare Worte. Deshalb habe ich mich auch so gefreut, als du angerufen hast.« Ihr Blick fiel auf den Ring, der auf dem Samttuch neber der Werkbank lag. »Hast du den gerade gemacht?«

»Ja, ich musste mich irgendwie ablenken und die Kunst war schon immer mein Weg, mich auszudrücken.«

»Darf ich?« Flossy stand auf.

»Na klar.«

Sie nahm den Ring vorsichtig hoch und hielt ihn ins Licht.

»Oh mein Gott, der ist ja bezaubernd. Sieht aus wie eine Sternschnuppe, die über der Liebe zu explodieren scheint.«

»Das war auch die Idee dahinter.« Ich konnte den Stolz in meiner Stimme nicht verbergen.

»Das ist dir total gelungen. Wahnsinn. Hätte ich nicht so dicke Finger, ich würde ihn dir direkt abkaufen. Diese feine Arbeit, die schlichte Form und doch mit so viel Ausdruck darin.«

Eine warme Welle rollte über mein Gesicht. Wahrscheinlich sah ich aus wie ein Ampelmännchen.

»Danke. Der Ring soll mich an den Moment auf Blenheim erinnern, wo Tyler und ich die Sternschnuppe gesehen haben«, gestand ich ihr. Die Gefühle, die ich während seiner Entstehungsphase gehabt hatte, waren durchaus gemischt gewesen. Wut, Freude, Trauer, Liebe, Glück. Eine bunte Mischung von allem.

»Eine Liebeserklärung an Tyler«, sagte Flossy mit fester Stimme.

»Eher an Blenheim und die Zeit, die ich dort verbringen durfte.« Bei der Erinnerung an jene Nacht fingen die Schmetterlinge in meinem Bauch an zu zittern.

»Wie läuft es eigentlich zwischen dir und Sir Gregory?«, versuchte ich auf ein anderes Thema zu lenken, bevor mich die Gefühle übermannten und ich anfangen würde zu weinen.

»Es ist ja alles noch ganz frisch, aber bisher sehr, sehr gut.«
Das Grinsen auf Flossys Gesicht reichte von einem Ohr zu anderen. Sie legte den Ring vorsichtig zurück auf sein Samtbett. »Außerdem ist er ein hervorragender Liebhaber und das kann man nicht von jedem der Männer behaupten, die ich bisher hatte.«

Ich schluckte überrascht über ihre Offenheit.

»Sieh mich nicht so an. Auch Menschen in meinem Alter dürfen noch Sex haben.« Sie kicherte und mit einem Mal wirkte sie viel jünger.

»Auf jeden Fall würden wir uns sehr freuen, wenn du uns bald besuchen würdest. Wir hatten an ein gemeinsames Abendessen gedacht. Und natürlich musst du deine Freundin Juliette mitbringen. Ich brenne förmlich darauf, die wahre Juliette Collins kennenzulernen, nachdem mir die Falsche schon so sympathisch ist.« Flossy tätschelte liebevoll meine Hand.

»Danke, das ist total lieb von euch.« Tränen der Rührung hatten sich in meine Augen geschlichen.

»In meinem Alter hat man gelernt, dass die Zeit zu kurz ist, die wir auf der Erde verbringen dürfen, um sie mit Menschen zu verschwenden, die einem nichts bedeuten. Bei dir wusste ich gleich, dass ich jemanden vor mir habe, den ich gern näher kennenlernen möchte. Und mir ist es egal, ob du nun Juliette Collins oder Kinsey Walsh heißt. Ich finde dich toll.« Sie nahm mich in den Arm. »Und ich denke, Tyler denkt genauso. Männer können einfach ihre Gefühle nicht immer so gut zeigen. Das solltest du in deinem Alter eigentlich schon wissen.«

»Hm.« Nachdenklich knabberte ich an meiner Unterlippe. Je länger ich darüber nachdachte, desto mehr kam ich zu der Erkenntnis, dass Flossy möglicherweise gar nicht so falsch mit ihrer Annahme lag. Eine leise Hoffnung breitete sich in mir aus. Vielleicht gab es doch noch eine Chance, dass er mich suchen würde. Dann fiel mein Blick wieder auf das Bild in der Zeitung und die Schmetterlinge in meinem Bauch leiteten den Sturzflug ein.

»Aber egal, was aus dir und Tyler wird, ich bin froh, dass

du auf Blenheim warst. So haben wir uns wenigstens kennengelernt.«

»Ja, das finde ich auch.« Tränen hatten sich in meine Augen geschlichen.

»Nicht weinen«, ermahnte sie mich mit strengem Ton. »Wenn du anfängst zu weinen, muss ich mitweinen und das habe ich schon seit dreißig Jahren nicht mehr getan.«

Ich lächelte. »Okay, versprochen.« Mit den Fingerspitzen wischte ich mir die verräterische feuchte Spur unter den Augen weg.

Flossy legte ihren Arm um mich.

»Gut. Nachdem wir das jetzt geklärt haben, würde ich mich sehr freuen, wenn du mich ein wenig in deinem Atelier herumführst und mir deine Arbeiten zeigst. Deshalb bin ich schließlich hier.« Sie schenkte mir ein breites Grinsen.

»Ich wüsste nicht, was ich lieber täte.« Das erste Mal seit Blenheim war mein Herz leicht und ich hatte das Gefühl, eine Freundin fürs Leben gefunden zu haben.

Iᴄʜ ᴏ̈ꜰꜰɴᴇᴛᴇ die Vitrine und reichte der Kundin die
gewünschten Schmuckstücke. Die Frau war definitiv nicht aus
dieser Gegend. Dafür war ihr ganzes Auftreten zu exaltiert.
Sie trug ein Designerkostüm und an ihrer Hand funkelte ein Ring
mit einem Diamant so groß wie ein Scheinwerfer.
»Hier sind die guten Stücke.« Ich reichte sie ihr. »Sie sind
aus achtzehn Karat Gold gearbeitet. Die Steine sind ohne
Einschlüsse und somit lupenrein.«
    Mit einem geübten Handgriff hatte die Kundin die
Ohrringe angelegt und betrachtete sich im Spiegel. Ich wartete
geduldig. Meiner Erfahrung nach war es besser, den Kunden
erst einmal entscheiden zu lassen, statt ihn mit der eigenen
Meinung zu überfrachten.
    »Ich liebe sie jetzt schon.« Die Kundin drehte ihren Kopf
zu allen Seiten. »Als Florence mir den Tipp mit ihrem Atelier
gegeben hat, musste ich sofort hierher. Die Gute war so begeistert von Ihren Arbeiten und ich muss sagen, sie hat nicht übertrieben. Die Ohrringe sind wirklich einzigartig.«
    »Danke für das Kompliment«, sagte ich lächelnd. Seit
heute Morgen ging es zu wie im Taubenschlag. Offensichtlich
hatte Flossy in ihrem Bekanntenkreis ein bisschen die Werbetrommel für mich gerührt. Noch nie hatten so viele wohlha-

bende Menschen den Laden betreten. Meine neue Kollektion war schon zur Hälfte verkauft und wenn es so weiterging, würde ich die nächsten Tage eine Nachtschicht einlegen müssen, um meine Vitrinen mit neuen Arbeiten zu füllen.

»Nehmen Sie auch Auftragsarbeiten an?« Die Frau nahm die Ohrringe ab und reichte sie mir.

»Selbstverständlich. Dafür müssten wir uns zusammensetzen und Sie erzählen mir, was ihre Vorstellungen sind. Ich würde dann eine Skizze nach Ihren Wünschen anfertigen.«

»Das klingt absolut fantastisch. Ich habe schon lange eine Idee für einen Ring, die ich gern umgesetzt hätte.« Ihr Blick fiel auf den Sternschnuppenring an meinem Finger. »So etwas in die Richtung, wie Sie es tragen. Bisher habe ich allerdings niemanden gefunden, der mir passend erschien.« Die schlanke Frau schenkte mir ein Lächeln. Sie öffnete ihre Tasche, auf der dezent das Logo einer Luxusmarke prangte, und reichte mir ihre Karte. »Ich werde mich in den nächsten Tagen bei Ihnen melden. Würden Sie mir bitte die Ohrringe einpacken.«

Ich warf einen kurzen Blick auf den Namen, der auf der Karte stand. Virginia Clarke, CEO Clarke Enterprises.

»Selbstverständlich, Mrs Clarke.« Ich eilte hinter den Tresen, wo ich die Verpackungsmaterialien lagerte. Vorsichtig legte ich die Ohrringe auf das Samtbett des Schmuckkästchens und wickelte ein Band herum, an dem mein Logo auf einem hauchdünnen Plättchen aufgedruckt hing.

»Das sieht ja entzückend aus.« Die Frau reichte mir ihre schwarze Kreditkarte.

»Freut mich, dass es Ihnen gefällt.« Lächelnd zog ich die Karte über das Lesegerät.

»Ich schätze, meine Freundinnen werden Ihren Laden stürmen, wenn sie die Ohrringe heute Abend an mir bei der Soirée sehen.« Die Frau reichte mir die Hand zum Abschied. »Es wird nicht das letzte Mal gewesen sein, dass ich hier war.«

»Das würde mich sehr freuen.« Ich begleitete Mrs Clarke bis zur Tür. »Viel Vergnügen mit den Ohrringen.«

»Auf Wiedersehen.« Die Frau rauschte nach draußen und hinterließ den Duft ihres teuren Parfüms.

Ich warf einen kurzen Blick auf die Uhr. Es war schon spät. Wenn ich noch pünktlich sein wollte, musste ich mich beeilen. Posey, Juliette, Marcus und ich waren im Heavens Place verabredet.

Gutgelaunt ging ich in die Werkstatt, um meine Sachen zu holen. Dabei fiel mein Blick auf die Zeitung mit Tylers Foto im Papierkorb. Sofort spürte ich wieder einen Stich in der Herzgegend. Ich hatte die halbe Nacht wach gelegen und über Flossys Worte nachgedacht. Also war ich irgendwann gegen Morgen aufgestanden und hatte alle mir zur Verfügung stehenden Quellen nach Tylers Nummer oder Adresse durchforstet. Ohne Erfolg.

Die Bilder auf Blenheim drängten sich wieder mit aller Macht in meinen Kopf, nachdem ich sie den ganzen Tag erfolgreich mit Arbeit verscheucht hatte. Tyler, wie er mich nackt in seinen Armen hielt und mir zärtliche Worte ins Ohr flüsterte. Noch nie hatte ich so intensive und intime Momente wie mit Tyler erlebt. Immer wieder erinnerte mich mein Verstand daran, dass alles nur ein Spiel für ihn gewesen war, aber mein Herz wollte nicht glauben, was ihm da zugeflüstert wurde.

Seufzend warf ich mir die Lederjacke über und schaltete das Licht in der Werkstatt aus.

Heute Abend würde ich nicht an ihn denken, sondern die Zeit mit meinen Freunden genießen. Morgen würde ich dann zu meinen Eltern fahren. Seit Blenheim rief Mum jeden Tag an, unter dem Vorwand, mit mir zu plaudern. In Wirklichkeit wollte sie nur wissen, wie es mir ging. Was mich sehr rührte.

Ich schloss die Ladentür ab und machte mich auf den Weg. Bis zum Heavens Place war es nicht allzu weit. Ein kleiner Spaziergang würde mir guttun und mir helfen, die negativen Gedanken abzuschütteln.

Es dämmerte bereits, als ich endlich vor dem Heavens Place stand. Wegen des warmen Wetters hatte der Wirt zwei Tische mit Stühlen hinaus gestellt, an denen je eine Gruppe von jungen Leuten saß und sich angeregt unterhielt. Von drinnen drangen laute Stimmen und Musik nach draußen. Wie jeden zweiten Donnerstag im Monat spielte heute eine Liveband.

Gelbes Licht fiel durch die Fenster auf den Gehweg. Mit Schwung drückte ich die Tür auf. Die Luft im Pub war zum Schneiden dick und ich war froh, dass ich nur einen ärmellosen Sommerpulli und dazu meine helle Leinenhose angezogen hatte.

Ich stellte mich auf die Zehenspitzen, auf der Suche nach meinen Freunden. Der Laden war brechend voll. Geschäftsleute in Anzügen standen zusammen mit Hipstern an dem lang gezogenen Tresen und genossen ihr kühles Feierabendbier. Die Band hatte sich bereits auf der provisorischen Bühne eingefunden. Es würde nicht mehr lange dauern und die Jungs würden loslegen. Ich konnte nur hoffen, dass die anderen bereits da waren und einen Platz für uns reserviert hatten.

Zu meiner Erleichterung entdecke ich Poseys roten Haarschopf in der Menge. Juliette und Marcus waren ebenfalls schon da und saßen mit ihr an einem Tisch ein paar Meter von der Band entfernt.

Ich schlängelte mich an den Tischen vorbei.

»Hallo, Kinsey«, begrüßte mich Juliette fröhlich. Sie sah in der schwarzen Bluse und der schwarzen Lederhose dazu umwerfend aus wie immer. Ihre Haare hatte sie in weiche Wellen gelegt, wie es gerade angesagt war. Posey, die neben ihr saß, hatte sich ebenfalls in Schale geworfen und trug ein grünes Sommerkleid, das einen gewagten Ausschnitt hatte und bis zu ihren Waden ging. Marcus wirkte in seiner schwarzen Hose und dem blauen Hemd wie ein Calvin-Klein-Model.

»Hallo, ihr drei.« Ich ließ mich auf den freien Stuhl fallen. »Ganz schön was los!«

»Was hast du erwartet, es ist Donnerstagabend.« Marcus Blick wanderte über mich hinweg. »Toll siehst du aus.«

»Danke, das Kompliment kann ich nur zurückgeben. Wir haben schon mal Drinks bestellt.« Marcus deutete auf die vollen Gläser auf dem Tisch. »Ich hoffe, das war okay für dich.«

»Ja, wunderbar.« Lächelnd legte ich meine Jacke ab und hängte sie über den Stuhl.

»Du siehst aus, als ob du einen guten Tag hattest«, stellte Posey fest.

»Ich habe gerade ein Paar Ohrringe verkauft«, teilte ich meinen Freunden mit. »Ein teures Paar, wohlgemerkt, und das war nicht das Einzige, was heute über den Tisch ging.« Mein Grinsen wurde breiter. »Damit sind meine Geldsorgen erst einmal Geschichte.«

»Gott sei Dank. Wir wollten schon ein Crowdfunding ins Leben rufen, um dich zu unterstützen.« Juliette zog mich an sich.

»Ja, Marcus hat schon eine Webseite gebastelt«, teile Posey mir mit.

»Echt jetzt?« Mein Blick wanderte zu Marcus. »Das ist ja süß von euch.«

»Na ja, nichts Großes«, wiegelte Marcus bescheiden ab. »Aber ich wollte schließlich auch meinen Teil dazu beitragen.«

»Wenn du unser Geld schon nicht willst, dann bekommst du wenigstens unsere Unterstützung«, sagte Juliette.

Posey sah mich wohlwollend an. »Aber wie es aussieht, brauchst du uns gar nicht mehr.«

»Ich kann es selbst noch gar nicht fassen«, sagte ich. »Ihr könnt euch nicht vorstellen, was für Frauen da heute reingeschneit kamen. Die hatten alle Marken an sich, die man so kennt. Hermès, Gucci, Louis Vuitton, von allem war etwas dabei. Da wurde gar nicht lange gefackelt, sondern einfach das gekauft, was ihnen gefallen hat. Sogar der teure Diamantring ist über den Tresen gegangen. Flossy muss ordentlich die Werbetrommel gerührt haben. Jedenfalls hatte ich noch nie so viele Kunden wie heute. Wenn es weiter so geht, kann ich sogar über ein paar neue Möbel und Dekoration nachdenken.«

»Das ist ja der Wahnsinn.« Posey schenkte mir ein Lächeln. »Dann hat das Wochenende in Blenheim zumindest eine positive Sache bewirkt.«

»Ja, das hat es. Aber bitte lasst uns nicht über Blenheim reden, weil sonst muss ich an Tyler denken und das möchte ich heute nicht«, bat ich. »Heute Abend möchte ich mich einfach nur darüber freuen, dass ich finanziell aus dem Schneider bin und dass ich so tolle Freunde wie euch habe.«

»Ich finde, darauf müssen wir trinken.« Marcus hatte sein Glas zur Hand genommen.

»Gute Idee«, stimmte ich ihm zu. Ich würde nicht zulassen, dass mir der Kummer wegen Tyler die Freude über meinen Erfolg nahm.

Lächelnd stieß ich mit meinen Freunden an.

# 30
# TYLER

»Das ist ja geradezu unglaublich. Wer hätte das gedacht? Danke, dass du mir Bescheid gesagt hast.« Fassungslos starrte ich nach draußen, wo die Häuserfronten in der Dämmerung an uns vorbeiflogen. »Bitte grüß Mum von mir.«

Wie in Trance steckte ich das Handy zurück in die Tasche.

»Was ist los?«, fragte Winston, der neben mir auf dem Fahrersitz saß. Wir waren auf dem Weg ins Heavens Place, als mich der Anruf von Dad überrascht hatte.

»Du wirst nicht glauben, wer gerade bei meinen Eltern angerufen hat«, krächzte ich. Eine Welle an Emotionen schlug über mir zusammen.

»Keine Ahnung. Mach es nicht so spannend!« Winston setzte den Blinker und bog in die nächste Straße ein.

»Sir Walter Collins«, ließ ich die Bombe platzen. »Ich weiß jetzt, wie Juliette in echt heißt – Kinsey Walsh.«

Winston trat auf die Bremse. Für einen Moment wurde ich in den Sitz gedrückt. Mit einem Ruck kam der BMW zum Stehen.

»Du nimmst mich auf den Arm.« Fassungslosigkeit sprach aus Winstons Augen.

»Nein. Dad hat es mir gerade erzählt.« Mein Herz schlug wie verrückt gegen die Brust. Kinsey Walsh, hallte es in meinem Kopf. Tagelang hatte ich versucht, ihre wahre Identität herauszufinden. Ich war völlig überrumpelt.

»Aber wie und warum?« Winston warf mir einen fragenden Blick zu.

»Sir Walter wollte sich bei ihm für das Verhalten seiner Tochter entschuldigen. Das ist doch verrückt, statt mich anzurufen, meldet er sich bei Dad.« In meinem Kopf herrschte totales Chaos und ich hatte Mühe, meine Gedanken in Worte zu fassen. »Laut ihm haben seine Tochter und Kinsey einfach die Rollen getauscht, ohne dass jemand davon wusste. Es war ihm anscheinend furchtbar peinlich.«

»Aber das sind doch tolle Nachrichten, dann haben sich deine Probleme mit einem Schlag gelöst. Deine Familie hat die gewünschte Connection zu den Collins und du hast deine Cinderella endlich gefunden«, sagte Winston fröhlich.

»Kinsey Walsh«, wiederholte ich wie in Trance ihren Namen. Dabei hatte ich ihr Gesicht vor mir. Die leuchtenden blauen Augen, die hohen Wangenknochen und den geschwungenen Mund. In den letzten Tagen hatte ich mich förmlich nach ihr verzehrt. Ich sehnte mich nach ihren Berührungen und ich vermisste die Gespräche mit ihr. Seit sie aus meinem Leben verschwunden war, schien mir alles eigenartig grau und sinnlos zu sein.

»Und was hast du jetzt vor?«, wollte Winston wissen.

»Zu ihr fahren. Was sonst?«

»Jetzt?« Winston sah mich ungläubig an. »Aber wir wollten doch in den Pub. Männerabend und so.«

»Vergiss es. Hier geht es schließlich um meine Traumfrau. Die kann nicht warten, du schon.« Ich zog das Handy aus der Tasche und gab Kinseys vollen Namen ein. Es dauerte nur wenige Sekunden und ich hatte die Adresse von ihrem Geschäft gefunden.

Mein Blick wanderte zu der kleinen Uhr auf dem Handydisplay. Noch bestand eine Chance, dass der Laden geöffnet hatte.

»Ihr Atelier ist nur ein paar Minuten von hier entfernt!«,

stellte ich überrascht fest. Ich nannte Winston die Adresse.

»Gib Gas – mein Glück hängt davon ab.«

»Alles klar, Boss.« Winston setzte den Blinker und riss das Steuer herum. »Was hat dein Dad sonst noch erzählt?«

»Dass er und Sir Walter sich gut verstanden haben und sie sich demnächst mit den Frauen zum Lunch treffen wollen.«

»Wahrscheinlich, um über ihre missratenen Kinder zu sprechen«, sagte Winston trocken.

»Wohl kaum. Ich denke, dass Dad die Chance nutzen wird, um unser Gestüt an den Mann beziehungsweise Sir Walter zu bringen.« Zumindest dieses Problem war von meinen Schultern genommen und ich konnte mich voll und ganz auf Kinsey konzentrieren, ohne ein schlechtes Gewissen gegenüber der Familie zu haben.

Ungeduldig schaute ich aus dem Fenster, als Winston von der Hauptstraße in die kleine Seitenstraße einbog.

Sofort änderte sich die Umgebung. Hier im ruhigen Teil von Notting Hill dominierten Häuser mit weiß getünchten Fassaden das Bild. Ich fragte mich, welcher Grund Kinsey dazu bewogen haben könnte, ausgerechnet in dieser Gegend fernab der großen Geschäfte ihr Atelier zu eröffnen.

»Da vorne muss es sein.« Winston deutete auf ein schmales Gebäude, dessen Fenster mit schwarzen Gittern verziert waren, die einen starken Kontrast zu dem Weiß der Fassade bildeten.

Winston parkte den Wagen direkt vor dem Geschäft.

Mein Herz wummerte wie verrückt gegen die Brust, als ich aus dem Auto stieg. Das Licht der Straßenlaternen fiel gelb auf den schmalen Bürgersteig. Kein Mensch war zu sehen. Lediglich auf der gegenüberliegenden Straßenseite hatte ein Restaurant noch geöffnet, ansonsten wirkte alles wie ausgestorben. Keine optimale Lage für ein Geschäft.

Interessiert musterte ich Kinseys Atelier von außen.

Über dem Eingang des Ladens hing ein einfaches Schild, auf dem der Name *Kinsey Walsh* geschrieben stand. Die Dekoration im Schaufenster war floral gehalten. Kirschzweige mit zarten rosa Blüten hingen scheinbar schwerelos von oben herab. Daran baumelten verschiedene Gold- und Silberketten.

Der Boden des Schaufensters war mit rosa Samt ausgelegt, auf dem weitere Schaustücke lagen. Alles wirkte ansprechend und mit sehr viel Liebe gestaltet, was zu der Frau passte, die ich auf Blenheim kennengelernt hatte.

Ein Ring stach mir besonders ins Auge. Er war aus Gold gearbeitet. Am Rand verlief ein feines Band aus Diamanten wie der Schweif einer Sternschnuppe. Unwillkürlich musste ich an jene Nacht denken, in der wir die Sternschnuppe gesehen hatten. Ihr Gesicht hatte geleuchtet und ihre Augen hatten mich voller Zärtlichkeit angesehen. Was sie wohl gedacht hatte?

»Hier hast du dich also versteckt, Kinsey Walsh«, murmelte ich. Ein Glücksgefühl strömte warm durch meinen Körper.

Ich klopfte kräftig gegen die Eingangstür. Nichts geschah. Ich versuchte es ein zweites Mal. Bis auf das schwache Schaufensterlicht war alles dunkel. Wir waren zu spät. Eine Welle der Enttäuschung rollte über mich hinweg.

»Und, ist sie da?«, rief Winston aus dem Wagen.

»Nein.« Es war mir egal, was sie getan hatte, ich wollte sie einfach nur wiedersehen und in meinen Armen halten. Aber wie es aussah, würde ich mich bis morgen gedulden müssen.

Frustriert ließ ich die Arme sinken und ging zurück zum Auto.

»Na, komm. Dann lass uns jetzt ein Bier auf die glückliche Wendung der ganzen Sache trinken«, schlug Winston vor.

»Ich weiß nicht«, sagte ich zögerlich. Eigentlich hatte ich mehr den Wunsch, allein zu sein.

»Ein Bier auf die glückliche Wendung«, versuchte Winston mich zu locken.

»Okay, ein Bier«, willigte ich ein.

Morgen. Morgen würde ich Kinsey wiedersehen. Bei dem Gedanken machte mein Herz einen Purzelbaum.

»Ganz schön was los hier«, stellte Winston mit einem zufriedenen Lächeln fest, als wir unsere Plätze an der Bar einnahmen. Tatsächlich war der Pub voll bis unters Dach. Die Band im hinteren Teil des Raumes spielte gut und viele der Gäste waren aufgestanden und tanzten zu den poppigen Beats.

»Die Jungs sind aber auch nicht schlecht«, sagte ich anerkennend. Ich nahm einen Schluck aus meinem Glas. In meinem Kopf herrschte noch immer komplettes Durcheinander. *Kinsey.* Noch immer klang der Name ein wenig fremd für mich. Aber so langsam gewöhnte ich mich daran. Bei dem Gedanken an sie wurde mir sofort warm ums Herz.

»Erde an Tyler!« Winston wedelte mit dem Glas in der Hand vor meinem Gesicht.

»Sorry. Ich kann immer noch nicht glauben, dass ich sie wirklich gefunden habe.« Kopfschüttelnd nahm ich einen weiteren Schluck.

»Kann ich verstehen.« Winstons Blick wanderte durch den Pub wie der eines rolligen Rüden.

»Das gibt es doch nicht.« Winston verpasste mir einen Stoß in die Seite.

»Was?« Irritiert schaute ich ihn an.

»Da hinten ist die Kleine, die dir beim letzten Mal das Bier über den Kopf geschüttet hat, zusammen mit einer Freundin. Die beiden könnten fast Zwillinge sein. Nicht schlecht.« Er fuhr sich mit den Fingern durch die lockigen Haare. »Wobei, die Rothaarige ist auch ziemlich heiß. Wollen wir mal hin und sie auf ein Glas einladen?«

»Sei mir nicht böse, aber ich bin nicht in Stimmung.« Ich schob das halb volle Glas über den Tresen weg von mir. Der Lärm, die Menschen, Winston. All das war mir zu viel. Ich wollte in Ruhe in meiner Wohnung sitzen und mich gedanklich auf den morgigen Tag vorbereiten. Vielleicht würde ich sie mit einem Blumenstrauß überraschen, so wie der Typ in dem Film *Pretty Woman.* Alle Frauen, die ich bisher kennengelernt hatte, bekamen verklärte Augen, wenn sie über diesen Film sprachen.

»Ach, komm schon. Du kannst mich jetzt nicht hängen lassen. Die sieht echt süß aus.«

Genervt folgte ich seinem Blick. Im selben Moment schien die Welt stillzustehen.

Kinsey.

Sie saß mit mehreren Freunden zusammen an einem der Tische unweit der Band. Das Licht der Strahler fiel auf ihr Gesicht und ließ ihre Augen wie zwei Kristalle funkeln. Die hellbraunen Haare fielen wild auf ihre Schultern herab. Der Mund war halb geöffnet und schrie förmlich danach, geküsst zu werden. Sie sah einfach atemberaubend schön aus.

Eben flüsterte ihre Sitznachbarin ihr etwas zu. Sie hatte die gleiche Haarfarbe und eine ähnliche Gesichtsform. Das musste Juliette Collins sein. Tatsächlich hätte man die beiden für Schwestern halten können. Neben den beiden saß die Rothaarige, von der Winston gesprochen hatte. Den Mädels gegenüber saß ein gut aussehender Mann, der sich eifrig mit der Rothaarigen unterhielt.

Für einen Moment verspürte ich einen leichten Stich bei dem Anblick des Mannes, was natürlich albern war. Trotzdem war das Gefühl der Eifersucht da, etwas das ich noch nie zuvor gespürt hatte.

»Könnest du bitte blinzeln oder etwas sagen«, holte mich Winston aus meinen Beobachtungen. »Ansonsten würde ich mich jetzt gezwungen sehen, mit der Wiederbelebung zu beginnen.«

»Das ist Kinsey, zusammen mit Juliette Collins«, gab ich keuchend von mir.

»Was?« Winston schüttelte ungläubig den Kopf. »Das ist die hübsche Brünette, die das Bier über dich geschüttet hat.«

»Ich fasse es nicht.« Entschlossen rutschte ich von meinem Hocker.

In diesem Moment standen die vier auf und bewegten sich Richtung Tanzfläche.

»Was hast du vor?« Winston war ebenfalls aufgestanden.

»Mir meine Traumfrau schnappen und sie nie wieder loslassen«, erwiderte ich entschlossen.

# 31
# KINSEY

»Die Jungs sind echt gut.« Ich wippte im Takt der Musik mit den Füßen. Die dreiköpfige Band hatte sich als wahrer Glücksfall erwiesen. Der Sänger hatte eine kräftige Stimme und fand die richtigen Töne, im Gegensatz zu vielen seiner Vorgänger, die Juliette, Marcus, Posey und ich bisher dort bewundert hatten. Eine beschwingte Mischung aus Pop und Folk.

Die Stimmung im Pub war bestens und viele der Gäste waren bereits am Tanzen. An der Bar war die Hölle los und die Bedienung kam mit den Bestellungen kaum noch hinterher. Chris bediente die Zapfanlage, als ginge es um sein Leben.

»Die Jungs sind absolute Spitze«, stimmte Posey mir zu. »Vor allem der Drummer.«

»Der Drummer also.« Ich grinste sie schief an.

»Ich bin auch nur eine schwache Frau.« Posey klimperte mit den Wimpern.

»Nur, dass dir diese Nummer keiner glaubt.« Ich nippte an meinem Negroni und genoss den herb-süßlichen Geschmack.

Die Band stimmte ein neues Lied an. Einen Hit, der den ganzen letzten Sommer über in den Charts gespielt worden war.

Posey sprang begeistert auf. »Los, wir gehen tanzen.«

»Absolut.« Juliette war ebenfalls aufgesprungen.

»Kinsey, du musst auch mit.« Ehe ich widersprechen konnte, hatte Marcus mich am Arm gepackt und zog mich auf die improvisierte Tanzfläche, ein paar Schritte von der Band entfernt.

Die eingängigen Klänge des Songs hallten durch den Raum.

Posey und Marcus bewegten ihre Hüften, als ginge es um ihr Leben und Juliette sang lauthals mit. Ich stand etwas verloren neben meinen Freunden. Eigentlich war mir nicht nach Tanzen zumute. Alles, an was ich denken konnte, war Tyler.

Die Bilder vom Ball purzelten durch meinen Kopf. Tyler, wie er mich in seinen Armen über die Tanzfläche gewirbelt hatte. Dabei hatten mich seine wunderschönen blauen Augen bewundernd angesehen und ich hatte mich wie in einem Märchen gefühlt. Etwas, das ich nie zuvor erlebt hatte. *Verdammt.*

Was er wohl gerade tat? Ob er noch an mich dachte? Eher nicht. Wahrscheinlich hatte er die hübsche Blondine im Arm und amüsierte sich anderweitig. Das Foto von ihm und dem Model wirbelte durch meinen Kopf und ich verspürte einen Stich in der Magengegend.

Hör auf, dich selbst zu quälen, ermahnte ich mich. Aber je mehr Mühe ich mir gab, nicht an ihn zu denken, umso mehr war er in meinem Kopf. Es war wie verhext.

Ich schloss die Augen und versuchte dem Rhythmus der Musik zu folgen, was mir nicht gelingen wollte.

Jemand tippte mir auf meine Schulter. »Lust auf einen Tanz?«

Überrascht drehte ich mich um. Für einen Moment setzte mein Herz aus, um dann im doppelten Tempo wieder loszugaloppieren.

»Tyler«, stieß ich keuchend hervor.

Er war bis auf das weiße Shirt unter der Lederjacke ganz in Schwarz gekleidet. Um seinen Mund lag ein dunkler Bartschatten. Seine blauen Augen stachen fast unnatürlich hell hervor.

Ein Blick genügte, um mein gesamtes System in Aufruhr zu versetzen.

»Kinsey.« Es war das erste Mal, dass er mich mit meinem richtigen Namen ansprach.

»Tyler.« Meine Hormone übernahmen augenblicklich das Kommando.

Mit einem Schritt war ich bei ihm und schlang meine Arme um seinen Hals. Einen Wimpernschlag später lagen meine Lippen auf seinen. Er fühlte sich so gut an. Unsere Zungen umspielten sich, gierig danach, den Geschmack des anderen aufzusaugen. Seine Hand lag heiß auf meinem Rücken. Ich packte meine ganze Sehnsucht, aber auch Wut der letzten Tage in diesen Kuss. Mein Körper reagierte instinktiv, schmiegte sich an ihn. Ich hatte keine Ahnung, wie lange wir so eng umschlungen standen.

Als wir uns voneinander lösten, fing mein Verstand wieder an zu arbeiten und erinnerte mich daran, was vorgefallen war.

Ich nahm einen tiefen Atemzug, dann gab ich Tyler eine Ohrfeige.

Für einen Moment herrschte atemlose Stille. Alle starrten wie gebannt zu uns.

»Wofür war das?« Tyler fasste sich an die Wange.

»Dafür, dass du mich einfach weggeschickt hast, ohne mich anzuhören, und dass du mich angelogen hast.« Ich funkelte ihn wütend an. »Ach, und die Blondine hätte ich fast vergessen – die gehört auch noch dazu.«

Aus dem Augenwinkel sah ich Marcus, Posey und Juliette gespannt alles verfolgen. Genau wie die übrigen Gäste. Sogar die Band hatte aufgehört zu spielen.

»Kinsey.« Er sprach meinen Namen aus, als wollte er ihn sich auf der Zunge zergehen lassen. »Ich bin manchmal ein ganz schöner Idiot und das war einer dieser Momente, für den ich mich selbst in den Arsch treten könnte.« Aus seinen Augen sprach aufrichtiges Bedauern und ich spürte, wie mein Zorn bei jedem Wort mehr und mehr verrauchte.

»Als du zugegeben hast, dass du mich an der Nase herumgeführt hast, ist für mich die ultimative Katastrophe eingetreten. Der einzige Grund, aus dem ich nach Blenheim gefahren bin, war, um Juliette Collins kennenzulernen, damit unsere Familien zusammenarbeiten. Zu keinem Zeitpunkt wollte ich mich verlieben.« Seine Augen scannten jeden Millimeter meines Gesichts, als ob er sich davon überzeugen musste, dass ich die Richtige war.

»Das hast du mehr als deutlich gemacht«, erwiderte ich. Das Blut rauschte in meinen Ohren und ich zitterte am ganzen Körper.

»Womit ich nicht gerechnet habe, warst du.« Er holte tief Luft, ohne den Blick von mir zu nehmen. »Du bist wie ein Wirbelwind in mein Leben getreten und hast all meine Vorsätze, ein glücklicher Single zu bleiben, einfach mit deinem Kuss entkräftet.« Auf seiner Wange leuchtete ein roter Fleck, wo ihn meine Hand getroffen hatte. »Als ich gemerkt habe, dass ich in dich verknallt bin, wollte ich dir die Wahrheit sagen. Mehr als einmal war ich kurz davor, aber dann habe ich mich dagegen entschieden, weil ich dich nicht verlieren wollte.«

Er war in mich verknallt, jubelte es in meinem Kopf und die Schmetterlinge in meinem Bauch flatterten nervös.

»Seit ich dich auf der Treppe von Blenheim gesehen habe, kann ich an nichts anderes mehr denken. Du bist die Frau, der mein Herz gehört ...«

»Und was ist mit der Blondine aus der Zeitung«, unterbrach ich ihn mit dem letzten Rest an Widerstand, der noch in mir schlummerte.

»Das war nur eine Bekannte, die mir netterweise geholfen hat, die Presse von deiner Spur abzulenken, weil ich Angst hatte, dass sie dich vor mir finden würden und wir dann keine Chance mehr haben könnten.«

»Ein Ablenkungsmanöver«, murmelte ich, während sich die Puzzlesteinchen in meinem Kopf zusammenfügten, und mein Herz machte einen freudigen Hüpfer. Flossy hatte also recht gehabt mit ihrer Vermutung.

»Ja, mehr nicht. Seit du gegangen bist, sehne ich mich nach dir. Du hast mein Leben auf den Kopf gestellt. Selbst in meinen Träumen lässt du mich nicht allein.« Die Liebe, die aus seinen Augen sprach, nahm mir fast die Luft zum Atmen.

»Aber ich bin nicht Juliette und ich komme auch nicht aus der höheren Gesellschaft. Ich bin einfach nur Kinsey Walsh, ein Mädchen aus der Vorstadt, die ihren Traum von einer selbstständigen Frau lebt.« Unsere Blicke verhakten sich. Behutsam nahm er meine Hand. Sofort breitete sich ein Kribbeln von dort über meinen ganzen Körper aus.

»Es ist mir total egal, wie du heißt oder was du getan hast – ich liebe dich von ganzem Herzen so, wie du bist. Genau dich. Dein Kuss hat mich umgehauen, wie alles an dir.«

Es war mucksmäuschenstill im Raum und man hätte eine Stecknadel fallen hören. Tränen hatten sich in meine Augen geschlichen und verschleierten mir die Sicht.

»Ich liebe dich, Kinsey Walsh.« Sein Blick war voller Zärtlichkeit und die Schmetterlinge in meinem Bauch hoben aufgeregt flatternd ab.

»Und ich liebe dich.« Schluchzend fiel ich ihm um den Hals. Seine Worte hatten meine Bedenken weggewischt und die Mauern eingerissen, die ich mir in den letzten Tagen so mühsam aufgebaut hatte.

Unsere Lippen fanden sich erneut. Zärtlich umspielten sich unsere Zungen, glücklich darüber, sich wiedergefunden zu haben. Ich schmiegte mich an ihn. Am liebsten wäre ich mit seinem Körper verschmolzen. Sein wunderbarer Duft hüllte mich ein und ich nahm einen tiefen Atemzug davon. Ich wünschte, dieser Kuss würde niemals aufhören. Alles um uns war vergessen und es gab nur noch uns beide.

Als wir uns voneinander lösten, brach tosender Applaus los. Wildfremde Menschen jubelten uns zu.

Juliette, Posey und Marcus kamen zu uns gelaufen.

»Darf ich euch vorstellen«, sagte ich lächelnd, »das ist Tyler Steven Lepley, der Mann, dem mein Herz gehört.«

»Das dachte ich mir nach diesem Kuss.« Juliettes Blick wanderte zu Tyler. »Du bist also der Kerl, der meinetwegen nach Blenheim gefahren ist. Nicht schlecht.«

»Jep, so könnte man es sagen.« Tyler nickte ernst. »Aber ehrlich gesagt, bin ich froh, dass du Kinsey geschickt hast.«

»Eigentlich müsste ich jetzt beleidigt sein.« Juliette schob gespielt die Unterlippe vor. »Aber da ich weiß, dass du meine Freundin sehr glücklich machst, will ich noch mal gnädig sein.«

»Puh, da habe ich noch mal Schwein gehabt.« Tyler wischte sich den imaginären Schweiß von der Stirn. »Aber sag mal, warum genau wolltest du nicht nach Blenheim?«

»Weil sie lieber das Wochenende mit Hamster-Ted verbringen wollte«, riefen Posey, Marcus und ich wie aus einem Munde.

»Hamster-Ted?« Tyler runzelte die Stirn.

»Eine lange Geschichte, die ich dir mal bei Gelegenheit erzähle«, sagte ich lachend. »Das sind übrigens Posey und Marcus. Der Rest der London Girls«

»London Girls?« Tylers Blick wanderte zu Marcus.

»Ich bin eine von ihnen, mit dem kleinen Unterschied, dass ich ein Mann bin.« Marcus zuckte resigniert mit den Schultern.

»Gut zu wissen, wäre mir sonst gar nicht aufgefallen.« Tyler grinste frech.

»Hey, wie ich sehe, hat die Party schon ohne mich angefangen.« Ein gut aussehender Mann, dessen Haut die Farbe von Cappuccino hatte, stellte sich neben Tyler.

»Darf ich vorstellen.« Tyler machte eine ausholende Handbewegung. »Das ist mein bester Freund und Ratgeber Winston Bartlett.«

Plötzlich dämmerte es mir.

»Wir kennen uns«, rief ich erstaunt. »Du bist der Typ, dessen Freund ich das Bier über den Kopf geschüttet habe.« Im selben Moment, in dem ich den Satz ausgesprochen hatte, tauchte das letzte fehlende Puzzlestück in meinem Kopf auf. Ich wirbelte herum zu Tyler. »Das warst du – von Anfang an.«

»Sieht ganz danach aus.« Tyler beugte sich zu mir und gab mir einen zärtlichen Kuss. »Wenn ich das gewusst hätte, dann hätte ich dich festgehalten und dir auf der Stelle einen Antrag gemacht, um sicherzugehen, dass du mir nicht wegläufst.«

»Das war der Abend, an dem Juliette mich überredet hat, nach Blenheim zu fahren«, sagte ich. Mein Herz wummerte wie verrückt vor Aufregung.

»Sieht so aus, als ob es doch ein Universum gibt, das uns zusammenbringen wollte«, sagte Tyler lächelnd, ohne den Blick von mir zu nehmen.

»Sieht ganz danach aus.« Ich schmiegte mich an ihn. »Und das, obwohl du dich eigentlich in die Falsche verliebt hast.«

»Falsch verliebt ist auch okay.« Die Liebe in Tylers Augen brachte mein Herz zum Singen und ich wusste, ich hatte mein Glück gefunden.

# EPILOG

»OH MEIN GOTT!«, brüllte Tyler, den Blick auf die Rennstrecke gerichtet, wo die Pferde in Richtung Zielgerade liefen. Seine Finger umklammerten meine Hand.

Sir Walter hatte sich als äußerst großzügig erwiesen und uns alle in seine Loge im Royal-Encloser-Bereich von Ascot eingeladen. Hier fanden sich ausschließlich Mitglieder der königlichen Familie und des Adels ein. Niemals im Leben hätte ich mir träumen lassen, jemals Teil dieses erlauchten Kreises zu sein, und doch war ich hier zusammen mit meinen Freunden und meiner Familie.

Es war ein herrlich warmer Sommertag, wie man sie in unseren Breitengraden nur selten fand. Ein strahlend blauer Himmel überspannte das Derbygelände wie ein Zeltdach. Keine Wolke war weit und breit zu sehen. In der Luft hing der Duft von frisch gemähtem Gras, Pferden, Leder und Essen. Auf der Fläche für das normale Publikum waren weiße Zelte, Sitzgelegenheiten und Foodtrucks aufgebaut. Menschenmassen schoben sich über das Gelände. Mengen von Alkohol wurden konsumiert und dementsprechend ausgelassen war die Stimmung.

Frauen in schicken Kleidern und mit monströsen Hüten auf dem Kopf flanierten an der Seite ihrer Männer, von denen sich die meisten in Frack und Zylinder geworfen hatten. Der teure Champagner floss in Strömen, was mit Sicherheit seinen Teil dazu beigetragen hatte, dass selbst der ansonsten eher steife Adel etwas lockerer wirkte als gewöhnlich.

Gespannt verfolgte ich das Rennen. Die Pferde waren nur noch wenige Meter von der Zielgeraden entfernt.

Racer, das Pferd von Tylers Familie, lag vorne, Kopf an Kopf mit dem Favoriten. Instinktiv hielt ich die Luft an, während die Pferde nach vorn preschten, angefeuert durch ihre Jockeys. Mann und Tier schienen zu einer Einheit zu verschmelzen. Noch ein paar Meter. Plötzlich schob sich Racer um eine Kopflänge nach vorn und galoppierte durch die Zielgerade.

Tobender Jubel brach um uns herum aus. Juliette, Posey, Marcus und Winston rissen begeistert die Arme in die Höhe.

Tylers Familie neben uns fiel sich lachend in die Arme. Und auch Sir Walter und seine Frau schienen äußerst erfreut zu sein. Mum und Dad jubelten enthusiastisch mit Flossy und Sir Gregory, die neben ihnen standen.

»Wir haben gewonnen.« Lachend legte Tyler seine Arme um meine Taille und wirbelte mich um die eigene Achse.

»Herzlichen Glückwunsch zu eurem verdienten Sieg.« Ich gab Tyler einen Kuss. Dies war der große Tag von Tylers Familie. Das Ereignis, auf das alle seit Jahren hingearbeitet hatten. Endlich war es so weit und man würde ihnen die Anerkennung zukommen lassen, die sie verdient hatten.

»Mein Junge.« Frederik Lepley klopfte seinem Sohn strahlend auf den Rücken. »Wir haben es geschafft.«

»Was habt ihr erwartet, wir haben schließlich die besten Pferde Englands.« Tyler gab seiner Mutter einen Kuss auf die Wange.

Sophia Lepley lächelte glücklich. Die Ähnlichkeit zu ihrem Sohn war mehr als auffallend. Die beiden hatten die gleichen Augen und den geschwungenen Mund. Nur ihre Haare waren etwas heller als die von Tyler. Trotz ihres Alters konnte man noch immer die atemberaubende Schönheit erkennen, die sie als junge Frau gewesen war. Das schlichte Kleid betonte ihre schlanke Figur und ließ erahnen, dass sie bis heute viel Sport trieb. Von Tyler wusste ich, dass sie jeden Morgen eine Stunde ausritt, egal welche Wetterverhältnisse herrschten.

»Du bist übrigens nicht ganz unschuldig an der Sache.« Sophia Lepley hatte die Augen auf mich gerichtet. »Wenn du und Juliette nicht diesen schrägen Tausch gemacht hättet, wäre das alles nicht passiert.«

»Freut mich, dass ich euch behilflich sein konnte«, erwiderte ich keck.

»Nicht nur damit. Endlich hat der Junge eine Frau an seiner Seite, die ihn im Griff hat.«

»Freut mich, dass du das so siehst«, erwiderte ich lächelnd. Ich mochte Tylers Mum mit ihrer sanften, aber doch bestimmten Art. Bei unserem ersten Treffen auf dem Gestüt hatte sie mich mit offenen Armen empfangen und mir das Gefühl gegeben, dass ich Teil der Familie war.

»Herzlichen Glückwunsch zu dem verdienten Sieg.« Juliettes Mutter kam strahlend zu uns. Lady Collins war in ihrem Kostüm mit dem riesigen Hut dazu die Verkörperung von Ascot. Alles an ihr war perfekt.

»Vielen Dank, Lady Collins« Tyler schenkte ihr ein warmes Lächeln.

»Flirtest du mal wieder mit deinem Traumschwiegersohn?« Juliette hakte sich bei ihrer Mutter unter.

»Juliette, Darling, ich unterhalte mich. Das ist alles.« Lady Collins warf ihrer Tochter einen eher sparsamen Blick zu. »Aber ich kann nicht leugnen, dass ich ein wenig neidisch auf Kinseys Mutter bin. Bei Mr Lepley hättest du meinen Segen auf jeden Fall gehabt.«

»Danke für das Kompliment«, sagte Sophia Lepley und um ihre Augen bildeten sich winzige Lachfältchen, »aber ich fürchte, ich möchte Kinsey nicht mehr hergeben.« Sie warf mir einen warmherzigen Blick zu.

»Das dachte ich mir.« Juliette lachte übermütig. Ihre Augen schimmerten feucht, was mit Sicherheit dem Champagner geschuldet war. »Aber ich bin sowieso nicht auf der Suche.

Meine Schauspielkarriere läuft gerade an und ich habe nicht vor, das für einen Mann aufzugeben.«

»Das musst du ja nicht«, erwiderte Lady Collins.

»Ach, seien wir realistisch. Welcher Mann kann schon mit mir mithalten?« Juliette grinste Winston breit an, der sich verdächtig oft in ihrer Nähe aufhielt.

»Ich wüsste da jemanden«, bemerkte Winston trocken. Es war ziemlich offensichtlich, dass er ein Auge auf Juliette geworfen hatte.

»Wirklich? Den musst du mir unbedingt vorstellen«, erwiderte Juliette wie aus der Pistole geschossen.

»Tyler kannst du jedenfalls nicht haben. Der gehört mir.« Wie zum Beweis schmiegte ich mich dichter an ihn.

»Außerdem habe ich da auch ein Wörtchen mitzureden.« Tyler gab mir einen Kuss.

»Du siehst unglaublich sexy aus«, flüsterte ich ihm unauffällig ins Ohr. Wie schon in Blenheim hatte er sich für einen hellen Sommeranzug im typischen Peaky-Blinders-Stil entschieden. Dazu hatte er ein weißes Hemd gewählt und seine geliebten Oxford-Schuhe.

»Ein Wort von dir und wir fahren nach Hause«, raunte er. Seine Augen brannten sich in mein Gesicht. Sofort war das altbekannte Prickeln wieder da.

»Von wegen. Das ist schließlich mein erstes Mal in Ascot. Das will ich bis zur letzten Minute genießen. Da musst du leider warten.« Ich ging auf die Zehenspitzen und gab ihm einen Kuss. »Aber ich verspreche dir, es wird sich für dich lohnen.«

Aus dem Augenwinkel sah ich Mum und Dad auf uns zukommen. In ihrem rosa Kostüm zusammen mit dem Hut sah Mum ein kleines bisschen aus wie die Königinmutter zu Lebzeiten. In ihrer Begleitung waren Flossy und Sir Gregory. Die beiden Frauen hatten sich auf Anhieb verstanden und Flossy hatte es sich zur Aufgabe gemacht, Mums etwas verstaubtes Image aufzupolieren.

»Hallo, Schätzchen.« Mum strahlte mich atemlos an. »Was für ein aufregender Nachmittag. Ich kann es gar nicht glauben, dass ich hier bin. Zwick mich mal, damit ich aus diesem Traum aufwache.«

»Auf keinen Fall. Genieß es einfach«, erwiderte ich schmunzelnd.

»Hallo, meine Kleine.« Dad gab mir einen Kuss. »Du siehst aus wie eine Prinzessin.« Seine Augen glitten bewundernd über mich hinweg.

»Du siehst auch toll aus.« Noch nie hatte ich Dad in einem Frack gesehen. »Wobei du mir in Jeans und Shirt lieber bist«, fügte ich augenzwinkernd hinzu.

»Ich mir auch, aber deine Mum hat darauf bestanden«, sagte Dad mit verschwörerischer Miene.

»Das kann ich mir vorstellen.«

»Stellt euch vor, wir haben den Prince of Wales und die Princess of Wales getroffen, als wir unsere Runde gemacht haben. Die Prinzessin hat mir die Hand geschüttelt«, plapperte Mum wie gewohnt drauflos. Ihre Wangen waren vor Aufregung gerötet.

»Ich habe ein bisschen Angst, dass Mum ab jetzt auf das Händewaschen verzichtet«, witzelte Dad.

»Die beiden haben so unglaublich miteinander ausgesehen«, fuhr Mum unbeirrt fort. »Fast so gut wie ihr.«

»Na dann haben wir ja noch mal Glück gehabt«, flüsterte Tyler mir ins Ohr, so dass niemand außer mir ihn hören konnte. Nur mit Mühe konnte ich ein Kichern unterdrücken.

»Herzlichen Glückwunsch, Tyler«, ertönte Flossys Whiskystimme.

»Auch von mir«, meldete sich Sir Gregory daneben. »Ein wirklich spannendes Rennen.«

»Allerdings.« Tyler gab einem der Kellner ein Zeichen.

Sofort eilte der Angestellte mit einem Tablett voller Champagnergläser vorbei.

»Eine vortreffliche Idee mein Lieber«, flötete Flossy.

Der Kellner machte eine elegante Verbeugung und hielt ihr das Tablett entgegen.

»Du hast völlig recht, meine liebe Flossy.« Mum nahm ein

Glas zur Hand. »Ein Gläschen Champagner hat noch niemanden geschadet.«

Aus dem Augenwinkel sah ich, wie sich Tylers Dad mit Sir Walter unterhielt. Den strahlenden Gesichtern nach zu urteilen, verstanden sich die beiden prächtig.

»Die zwei sehen aus, als ob sie sich gut verstehen würden«, flüsterte ich Juliette zu.

»Man könnte es auch als ›Match Made in Heaven‹ bezeichnen.« Juliette zwinkerte uns gutgelaunt zu. »Dad ist wie ausgewechselt, seit er Tylers Vater kennengelernt hat.«

»Dann hat doch alles seinen Sinn gehabt«, sagte ich zufrieden.

»Ich würde gerne mit euch auf diesen besonderen Anlass anstoßen«, rief Tyler und signalisierte dem Kellner, allen ein Glas anzubieten.

Im abgesperrten Bereich der Presse positionierten sich die Journalisten, um den Moment mit ihren Kameras festzuhalten.

Wie einer stummen Choreographie folgend, stellten sich alle mit ihren Gläsern in der Hand im Halbkreis um uns auf.

»Hier, für dich.« Tyler reichte mir ein Glas, in dem die goldgelbe Flüssigkeit perlte. Dabei zitterte seine Hand. *Eigenartig.*

»Auf den verdienten Sieg von Racer und eine lange Zusammenarbeit mit dem Gestüt Lepley.« Sir Walter erhob sein Glas.

»Auf den Doppelte-Lottchen-Deal, der alles möglich gemacht hat«, fügte Juliette ergänzend hinzu.

»Auf uns.« Tyler prostete mir zu.

Lächelnd setzte ich das Glas an den Mund. Gerade als ich einen Schluck trinken wollte, fiel etwas gegen meine Lippen. Verwundert hielt ich inne, um nachzuschauen, was der Grund dafür war.

Ich blinzelte überrascht. Ein goldener Ring glänzte durch die perlende Flüssigkeit. Zeitgleich blieb mein Herz stehen. Zumindest fühlte es sich so an.

»Tyler«, stieß ich hervor. Erst jetzt bemerkte ich, dass alle Augen auf uns gerichtet waren. Mum sah aus, als ob sie jeden

Moment in Tränen ausbrechen würde. Juliette, Posey, Marcus und Winston grinsten wie Honigkuchenpferde.

Wortlos nahm Tyler meine freie Hand. Er räusperte sich, die Augen fest auf mich gerichtet.

»Kinsey Walsh. Du bist wie ein Wirbelwind in mein Leben getreten und hast mich dabei schlicht umgehauen. Dein Lachen, dein Humor, deine positive Art sind einmalig. Auch wenn du gar nicht diejenige warst, für die ich dich gehalten habe.«

Alle lachten im Hintergrund.

»Aber es war mir auch egal, wer du bist, denn eines weiß ich genau – ich möchte den Rest meines Lebens an deiner Seite verbringen und dich bis zu meinem letzten Atemzug in den Armen halten. Du bist meine Traumfrau und du würdest mich zum glücklichsten Menschen auf der Welt machen, wenn du meine Frau werden würdest. Willst du mich heiraten?«

»Ja. Ja. Ja.« Tränen des Glücks liefen über mein Gesicht. Lachend fiel ich Tyler in die Arme.

Applaus ertönte, als Tyler den Ring aus dem Glas fischte und ihn mir über den Finger streifte.

»Ich liebe dich, Kinsey.«

»Ich liebe dich auch.«

Tyler zog mich an seine Brust. Unsere Lippen fanden sich, um das Versprechen unserer Worte zu besiegeln. Als er sich wieder von mir löste, ließ er mich atemlos zurück.

Alle unsere Lieblingsmenschen stürmten lachend auf uns zu, die meisten mit Tränen in den Augen. Und in diesem Moment wusste ich, dass ich mein Märchen vom Glück gefunden hatte.

# DANKSAGUNG

Die Idee hinter diesem Buch war, eine moderne junge Frau in ein kleines Cinderella-Märchen zu schubsen. Auch in der heutigen Zeit gibt es gesellschaftliche Events, bei denen die Sprösslinge des Adels verkuppelt werden. In meinen Augen ziemlich antiquiert, aber ein perfektes Setting für eine Geschichte.

Wie immer habe ich nach realen Plätzen gesucht, um die Story dort spielen zu lassen. Blenheim Palace war geradezu ideal.

Den Club Privé gibt es zwar nicht in der von mir beschrieben Form, aber der Salon Privé wird jährlich zusammen mit der Präsentation von Oldtimern dort abgehalten.

Auch wird man als Besucher keine Zimmer zum Übernachten dort finden. Das Gartenhäuschen ist ebenso meiner Fantasie entsprungen.

Für alle, die in der Gegend sind, ist ein Besuch in Woodstock absolut empfehlenswert. Ein bezauberndes kleines Örtchen.

Damit der Roman auch sprachlich schön wird, hatte ich wie immer die Knallerfrau Katharina Strzoda an meiner Seite. Ohne sie wäre der Schluss der Geschichte ein anderer geworden – aber wie immer hatte sie recht mit ihrer Kritik am Ende.

Unsere Zusammenarbeit ist ein absoluter Glücksfall für mich. Danke, Katharina.

Catrin, du begleitest mich schon seit ein paar Jahren und ich empfinde unsere Zusammenarbeit als kreativen Glücksfall. Fühl dich gedrückt.

Das erste Mal im Team ist meine neue Korrektorin Elke Gober. Du hast tolle Arbeit geleistet und ich freue mich auf weitere Projekte mit dir.

Na, und dann geht ein fettes Dankeschön an meine tollen Testleserinnen, die im Hintergrund lesen und sich die Zeit genommen haben, mein Buch zu rezensieren.
Christiane, Roswitha, Brigitte, Petra, Carolin, Gabriele, Julia, Susi, Simone und Claudia – danke. Ich bin sehr froh, euch an meiner Seite zu haben.

Natürlich möchte ich mich auch bei meinen beiden Mädels Carolin und Gaby dafür bedanken, dass sie die Fanpage so toll betreuen.

Ein dickes Küsschen und ein noch größeres Dankeschön gehen an all meine treuen Leserinnen und Leser. Ein Autor ohne seine Leser wäre nur ein Geschichtenerzähler ohne Publikum. Fühlt euch umarmt. Ihr seid die Besten.

# LESEPROBE- TOTAL PLANLOS VERLIEBT

Mit quietschenden Reifen parkte ich den Jeep direkt hinter dem SUV meines Schwagers. Ich warf einen letzten Blick in den Rückspiegel, bevor ich ausstieg. Meine blauen Augen blickten mir skeptisch hinter den getuschten Wimpern entgegen. Ich fuhr mir mit den Fingern durch meine Haare, in der Hoffnung, sie in Form zu bringen. Ein hoffnungsloses Unterfangen. Meine Haare führten ein Eigenleben, das komplett abgekoppelt war von meinem Wunsch, eine seidig glänzende Lockenmähne zu haben. Stattdessen fielen die braunen Strähnen wie durch ein Glätteisen gezogen über meine Schultern. Nach mehreren erfolglosen und zum Teil schmerzhaften Versuchen, meine Frisur zu formen, hatte ich es aufgegeben. Egal. Schließlich war das heute kein offizieller Termin, sondern nur ein Familienessen im engsten Kreis. Was Mum wahrscheinlich nicht daran hindern würde, wieder auf meinem Singledasein herumzureiten. Ich hatte die halbe Nacht wach gelegen und mir Gedanken darüber gemacht, wie ich sie endlich von ihrem Vorhaben, mich zu verkuppeln, abbringen konnte, war aber zu keinem Ergebnis gekommen.

Seufzend stieg ich aus.

Es war ein lauer Abend und ich hatte mich für eine Kombi aus einem kurzen Rock und dazu einem lässigen Tanktop entschieden. Der Sommer war meine absolute Lieblingsjahreszeit. Die Wärme, die leuchtenden Farben, die sich mit einer gewissen Leichtigkeit der Menschen paarten. Ich war fest der Ansicht, dass die Menschen, die am Meer oder in warmen Gegenden lebten, entspannter drauf waren.

Durch die Fenster konnte ich ins Esszimmer schauen, wo sich die Familie bereits versammelt hatte.

Zögerlich ging ich die letzten Stufen bis zum Haus meiner Eltern hoch. Die Sonne verschwand gerade am Horizont und tauchte die Dächer des kleinen Vorortes in ihr rotes Licht, sodass sie aussahen, als würden sie in Flammen stehen. Der süßliche Duft der Rosen, die im Vorgarten wuchsen, hüllte das Cottage ein. Ich drückte die Klingel. Schritte näherten sich. Instinktiv trat ich zurück.

Die Tür wurde aufgerissen.

»Schätzchen!« Mum breitete die Arme aus und drückte mich an ihre Brust. Ich schnappte nach Luft. »Da bist du ja endlich.«

»Ich bin auf die Minute pünktlich.« Die Standuhr im Flur zeigte fünf nach sieben. »Na ja, fast pünktlich.«

»Wir haben schon auf dich gewartet.« Mum spitzte ihre grellroten Lippen. Sie trug ein hautenges Kleid, das mit einem psychedelischen Muster in Orange- und Brauntönen bedruckt war. Dazu hatte sie ihre Plateauschuhe angezogen. Modetechnisch war Mum in den Siebzigern stehen geblieben.

Ich schaffte es in letzter Sekunde, meinen Kopf so zu drehen, dass Mums blutrote Lippen ins Leere zielten und ich nicht aussah wie schwer verwundet.

»Ich dachte schon, du liebst uns nicht mehr, so selten wie du kommst«, schmollte Mum.

»Ich war erst vor zwei Wochen bei euch. Hast du das etwa schon vergessen?«

»Natürlich nicht. Ich bin schließlich nicht dement. Aber jetzt, wo Katie in Holmbury lebt, bist du doch mein einziger Lichtblick hier in London.« Ihre hellen Augen scannten mein Gesicht. »Ich hätte in der Zwischenzeit sterben können.« Mum setzte eine leidende Miene auf, was ihr nur mäßig gelang dank des frisch gespritzten Botox in ihrer Stirn und um die Mundpartie.

»Mum, du bist fünfundsechzig und kerngesund. Ich glaube nicht, dass wir uns so schnell von dir verabschieden müssen«, erwiderte ich fröhlich.

»Hallie«, sagte Mum in einem Ton, der Glas zum Springen bringen kann. »Darüber macht man keine Witze.«

»Mum, ich liebe dich doch.« Ich schenkte ihr einen Augenaufschlag, von dem ich wusste, dass sie dafür empfänglich war. »Und ich bin mir sicher, du wirst über hundert.«

»Das wollen wir hoffen. Geht es dir gut? Du siehst ein bisschen blass um die Nase aus.«

»Es geht mir blendend. Ich hatte nur etwas wenig Schlaf.«

»Ach?« Mum sah mich erwartungsvoll an.

»Nicht das, was du denkst. Ich habe viel gearbeitet. Nächste Woche ist die Ausstellung des Wüstenmalers in meiner Galerie. Da gibt es eine Menge zu tun. Es ist wirklich schade, dass du und Dad nicht kommen könnt.«

»Ach so.« Ihre Enttäuschung sprang mir förmlich ins Gesicht. Wahrscheinlich hatte sie gedacht, dass ich mich nächtelang mit einem Mann vergnügt hätte. In dieser Hinsicht war Mum leicht zu durchschauen. »Wir wären auch gerne gekommen. Wirklich. Aber der Bridge-Abend ist schon so lange geplant, da können wir unmöglich absagen.«

»Kein Problem. Ich werde eh kaum Zeit haben, mit euch zu quatschen.« Ich winkte ab. »Aber sag mal, kann ich reinkommen oder halten wir das Essen vor der Haustür ab?«

»Natürlich, Schätzchen.« Mum trat einen Schritt zur Seite.

Ich zog meine Jacke aus und hängte sie an die Garderobe, begleitet durch Mums skeptische Blicke.

»Meine Güte, ist das ein Rock?« Katie war hinter Mums Rücken aufgetaucht. »Ich dachte erst, das wäre ein Gürtel.«

»Das ist der neuste Schrei, aber wenn man wie du auf dem Land lebt, geht das natürlich an einem vorbei.« Ich grinste meine Schwester an.

»Kleiner Scherz. Der Rock sieht toll an dir aus. Du mit

deinen langen Beinen kannst es dir leisten.« Katie gab mir einen Kuss auf die Wange. »Mhm, du riechst gut.«

»Ich habe seit Wochen mal wieder geduscht. Wahrscheinlich liegt es daran.« Ich grinste schief.

»Wie ich sehe, habt ihr euren Humor nicht verloren«, mischte sich Mum wieder ins Gespräch.

Katie hatte sich hinter Mum gestellt und gab wilde Zeichen. Keine Ahnung, was los war, aber Katies Gesichtsausdruck nach hatte es nichts Gutes zu bedeuten.

»Komm, ich habe eine kleine Überraschung für dich.« Mum hakte sich bei mir unter. Ein mulmiges Gefühl befiel mich.

»Du weißt, dass ich Überraschungen hasse«, murmelte ich.

»Liebling, sei nicht so schrecklich spießig. Es genügt, dass deine Schwester so ist«, sagte Mum mit verschwörerischer Miene.

»Mum, ich kann dich hören.« Katie warf ihr einen grimmigen Blick zu.

»Aber Katie, Darling, wir wissen doch alle, dass du von uns drei Greenwood-Frauen die Bodenständige bist«, sagte Mum in einem Ton, der keine Widerrede zuließ.

Katie schwieg. So wie ich sie kannte, aus Rücksicht.

Wir hatten das Wohnzimmer erreicht. Trotz der Jahreszeit hatte Dad den Kamin entzündet. Katies Mann Hunter, Gramps und Dad standen davor und unterhielten sich bei einem Glas Whiskey. Als sie uns bemerkten, drehten sie sich zu uns um. Katies Sohn Charly saß nur ein paar Schritte entfernt auf dem Boden und war in sein Spiel vertieft.

»Da ist ja meine liebste Schwägerin«, begrüßte mich Hunter gut gelaunt.

»Hallo, ihr zwei.« Ich gab erst Hunter und anschließend Gramps einen Kuss. Hunters Großvater hatte sich schon bei unserem ersten Treffen mit seinem Lausbubencharme in mein Herz geschlichen.

»Du siehst bezaubernd aus.« Gramps strahlte mich an.

»Danke, Gramps. Bei dir weiß ich wenigstens, dass du es

auch so meinst.« Ich sah zu Katie, die ein breites Grinsen auf dem Gesicht hatte.

»Dem kann ich mir nur anschließen. Hallo, Sweetpie.« Dads graue Augen guckten mich liebevoll an.

»Hi, Dad.«

Er nahm mich in seine Arme. Sofort hatte ich den vertrauten Geruch von Vetiver in der Nase, das er nutzte, seit ich denken konnte. Er trug einen auffällig grünen Pullover und ich fragte mich im Stillen, ob Dad unter spontaner Farbenblindheit litt. Ein Normalsterblicher hätte das Teil nur unter der Androhung einer Todesstrafe angezogen.

»Ist der Pullover neu?«, fragte ich vorsichtig.

»Nein, den hat mir eure Mutter doch vor einem Jahr zu Weihnachten geschenkt.« Dad sah Mum liebevoll an. »Aber ihr Kleid ist neu.«

»Ach tatsächlich? Ich dachte, es wäre älter, weil Mum langsam rausgewachsen ist«, witzelte ich.

Katie prustete laut los. Hunter hielt sich an seinem Glas fest wie an einem Rettungsring und Gramps' Augen blitzten vergnügt auf.

»Das Kleid habe ich letzte Woche erst beim Teleshopping gekauft. Ist ein Couture-Modell von einem ganz angesagten Designer. Harald King.« Mum deutete auf das kleine Krönchen oberhalb ihrer Brust, von dem ich annahm, dass es sich dabei um das Logo des Designers handelte. »Das Kleid war nicht gerade billig.«

»Und das, obwohl sie mit Stoff an den entscheidenden Stellen gespart haben«, murmelte ich. Mums Brüste hüpften mir bei jedem Atemzug förmlich entgegen. Katies Mund verzog sich zu einem breiten Grinsen.

»Wer euch als Familie hat, braucht keine Feinde«, sagte Mum säuerlich.

Ich drückte sie an mich. »Mum, das war doch nur ein Scherz. Du siehst toll aus.«

»Du nimmst mich nicht auf den Arm?« Sie beäugte mich misstrauisch.

»Großes Ehrenwort, du siehst für dein Alter echt spitze aus.«

»Für mein Alter«, sagte Mum schmallippig. »Pfff. Das ist der schlimmste Satz, den man zu einer Frau über fünfzig sagen kann. Das klingt wie ein Sessel, dessen Bezug zwar verschlissen ist, aber auf dem man noch sitzen kann.«

»Deine Worte, nicht meine.« Seit Mum sechzig geworden war, war ihr Alter zu einem sehr gefährlichen Thema geworden. Bereits einen Tag nach ihrem Geburtstag hatte sie einen Termin bei einem der bekannten Beauty Docs gemacht und sich Botox in die Stirn und wer weiß wohin noch spritzen lassen, mit der Begründung, in ihrem Job als Sexualtherapeutin wäre es wichtig, jugendlich zu wirken, damit die Patienten ihre Ratschläge annahmen. Katie und ich waren uns sicher, dass es sich dabei nur um einen Vorwand handelte. In Wirklichkeit haderte sie mit ihrem Alter. Was umso erstaunlicher war, da Mum eigentlich eine selbstbewusste Frau war, die mitten im Berufsleben stand.

»Aber so klingt es in meinen Ohren. Du weißt, man sollte seine Worte immer mit Bedacht wählen, um sein Gegenüber nicht zu verletzen«, erklärte sie mit ihrer Therapeutenstimme.

Ich seufzte. »Tut mir leid, Mum, aber so war es wirklich nicht gemeint. Du siehst toll aus und das weißt du auch.« Alle nickten zustimmend. »Und wenn einer das Kleid tragen kann, dann du.«

»Tante Hallie.« Charly kam auf mich zugestürmt.

»Da bist du ja, du alter Racker.« Ich fuhr ihm durch die Haare. »Wo steckt denn deine Schwester?«

»Liegt im Bett und schläft. Die ist doch noch ganz klein«, sagte Charly. Seine blauen Augen leuchteten. »Ich bin schon groß.«

»Das stimmt.« Ich nahm den Jungen auf den Arm und gab ihm einen Kuss. Er duftete herrlich nach Kleinkind – eine Mischung aus Keksen und frisch gebadet. In meinen Augen war Charly mit seinen braunen Locken und den blauen Augen der süßeste Fratz, den ich jemals gesehen hatte.

Es klingelte an der Tür.

»Ach, das muss Timothy sein«, flötete Mum mit glockenklarer Stimme und rauschte aus dem Zimmer.

Ich setzte Charly ab. »Timothy?«

»Das habe ich die ganze Zeit versucht, dir zu sagen. Mum hat den Sohn von einer Nachbarin eingeladen.« Katie machte eine bedeutungsvolle Pause. »Den Single-Sohn!«

»Granny hat gesagt, er soll dich glücklich machen«, plapperte Charly drauflos.

Stöhnend sackte ich in mich zusammen. »Das ist nicht euer Ernst. Ich glaube, mir ist gerade spontan schlecht geworden.«

Ich warf Dad einen wütenden Blick zu. »Wie konntest du das zulassen? Ich dachte, ich komme zu einem gemütlichen Abendessen, und jetzt mutiert das Ganze zu einer Kuppelshow.«

Dad zuckte mit den Schultern. »Du kennst doch deine Mutter. Wenn sie sich etwas in den Kopf gesetzt hat, hat keiner eine Chance.«

Ich drehte mich wütend zu Katie, die sich in Hunters Arme geflüchtet hatte. »Warum hast du mich nicht vorgewarnt, dann wäre ich nicht gekommen.«

Mum hatte bereits mehrfach versucht, mich zu verkuppeln, und mich mit spontanen Besuchern überrascht. Einer schlimmer als der andere.

»Wir haben es auch erst bei unserer Ankunft erfahren.« Katie zuckte unschuldig mit den Schultern.

»Fuck!« Ich stampfte mit dem Fuß auf.

»Hallie!« Katie deutete vorwurfsvoll in Richtung Charly.

»Sorry, aber ist doch wahr«, knurrte ich, während mein Hirn damit beschäftigt war, einen Fluchtweg aus der Situation zu finden. Ein Erdbeben oder eine andere Naturkatastrophe käme jetzt gerade recht. Aber leider tat man mir nicht den Gefallen. Ich würde mich der Situation stellen müssen.

»Was bedeutet Fuck?« Charly zupfte an meiner Hand und sah mich dabei mit großen Augen an.

»Dass etwas ganz doof ist.«

»Fuck. Fuck. Fuck«, wiederholte Charly mit einem breiten Grinsen auf dem Gesicht.

Katies Blicke warfen glühende Pfeile in meine Richtung.
»Was ist denn hier los?« Mum stand mit einem dunkelhaarigen Mann in der Tür, der einen schlecht sitzenden Anzug trug. In der Hand hielt er einen Strauß Astern.

»Ich habe Charly gerade ein wichtiges Wort beigebracht«, erwiderte ich resigniert. Aus dem Augenwinkel nahm ich wahr, wie sich Katie zu ihrem Sohn beugte und ihm etwas ins Ohr flüsterte.

»Ach so. Hallie, Liebes, das ist Timothy.« Mum machte eine Handbewegung wie ein Zirkusdirektor, der einen Hasen aus dem Hut zaubert.

»Timothy.« Ich tat so, als müsste ich einen Moment überlegen. »Dann sind Sie der Typ mit den Erektionsstörungen, von dem meine Mutter uns erzählt hat? Eigentlich reden wir ja nicht über ihre Patienten, aber bei Ihrem schweren Fall hat sie eine Ausnahme gemacht. Ist es nicht ein bisschen spät für Therapiestunden?« Ich schenkte ihm ein zuckersüßes Lächeln. »Wissen Sie, wir wollten eigentlich gleich essen.«

Timothy sah erst mich und dann Mum mit großen Augen an. Seine Wangen hatten eine dunkelrote Färbung angenommen. Katie gluckste leise. Gramps und Hunter machten den Eindruck, als würden sie gleich zusammenbrechen.

Charly zupfte dieses Mal am Ärmel seiner Mutter. »Was sind Erektionsstörungen?« Dabei waren seine großen blauen Augen auf Timothy gerichtet.

»Tja, also das ist …«, fing Katie an.

»Wenn das liebste Spielzeug von Timothy kaputt ist und Oma es wieder heil macht«, erklärte ich gut gelaunt.

»Oma kann Spielzeug heil machen!« Charly warf Mum einen bewundernden Blick zu. »Cool.«

»Ja, darin ist deine Oma richtig gut«, erwiderte ich bester Laune. Vielleicht würde der Abend doch noch ganz unterhaltsam werden.

»Hallie, das ist kein Patient. Das ist Timothy, der Sohn der lieben Margery. Ich habe ihn zum Abendessen eingeladen«, versuchte Mum mit schriller Stimme, die Situation zu retten.

»Ach wirklich? So kann man sich täuschen. Dabei hast du

ihn genau so beschrieben. Sorry, Timothy.« Ich ließ meinen Blick von seinem Gesicht zu seiner Hüfte wandern, wo ich einen Moment zu lange verharrte. »Dann ist ja bei dir alles okay da unten. Weißt du, wenn man eine Mutter hat, die Sexualtherapeutin ist, lernt man von klein auf, die Dinge direkt anzusprechen. Du wirst dich schon daran gewöhnen.«

Timothys Gesicht hatte eine unnatürliche Färbung angenommen, die zwischen dunkellila und blassrosa schwankte. Der arme Kerl tat mir leid. Ich hatte ihn genug malträtiert. Eigentlich war es ja Mum, die an der ganzen Sache schuld war.

Timothy räusperte sich lautstark. »Ähm. Mir ist gerade eingefallen, dass ich noch einen dringenden Termin habe.«

»Ach was. Um diese Uhrzeit?« Mum sah Timothy irritiert an. »Aber du bist doch gerade erst gekommen.«

Ich musste mir Mühe geben, nicht laut zu lachen.

»Ja, spontan.« Timothy drückte mir den Blumenstrauß in die Hand. »Tut mir leid. Einen schönen Abend noch.«

»Danke, den werden wir haben«, entgegnete ich fröhlich. »Mum hat noch einen Patienten, der eine ganz besonders schwerwiegende Störung hat, über den wir noch sprechen wollten ...«

»Hallie!«, schnitt Mums Stimme dazwischen. »Es reicht. Wir reden zu Hause nicht über meine Patienten und das weißt du auch.«

»Das können wir ja ändern, genau wie die Privatsphäre deiner Kinder, die plötzlich nicht mehr zu zählen scheint.« Ich funkelte sie an. »Möchtest du wirklich nicht bleiben, Timothy?« Ich flatterte mit den Augendeckeln.

»Nein. Ich muss los.« Wilde Entschlossenheit sprach aus seinen Augen. So schnell, als ob der Teufel hinter ihm her wäre, stürmte er aus dem Zimmer. Mum rannte ihm hinterher.

Zufrieden ließ ich mich auf den Stuhl am Esstisch fallen. »Es geht doch nichts über einen netten Besuch der Nachbarn.«

»Also, wenn es mal nicht mehr mit der Galerie läuft, kannst du direkt nach Hollywood gehen. Das war definitiv eine oscarreife Leistung.« Katie grinste.

»Ich möchte mich bei meinen Fans bedanken«, ahmte ich eine der typischen Dankesreden bei den Verleihungen nach. »Du verrücktes Huhn.« Katie lachte.

»Verrückt ja – aber Single«, seufzte ich. »Das muss sich dringend ändern, zumindest für Mum.«

Im Hintergrund hörte ich Mum, wie sie Timothy verabschiedete und dabei in den höchsten Tönen säuselte. Ein gewisses Gefühl der Genugtuung breitete sich in mir aus. Wobei mir der arme Timothy leidtat. Ich würde später kurz bei ihm vorbeifahren und mich entschuldigen. Der arme Kerl würde sonst für den Rest seines Lebens mit einem Trauma durch die Gegend laufen und dafür wollte ich auf keinen Fall verantwortlich sein.

»Hallie, das war unmöglich!« Mit hochrotem Gesicht kam Mum in das Wohnzimmer gerauscht.

»Ich fand es auch nicht lustig, einen Unschuldigen für etwas zu bestrafen, was meine Mutter verbockt hat.« Ich funkelte Mum wütend an. »Was hast du dir dabei gedacht, unser Familienessen schon wieder für einen deiner Verkuppelungsversuche zu nutzen?«

Im Wohnzimmer herrschte Totenstille. Selbst Charly saß wie festgefroren auf dem Schoß seiner Mutter und verfolgte den Schlagabtausch wie ein Tennismatch.

»Ich habe es doch nur gut gemeint«, sagte Mum kleinlaut.

»Ich habe dich schon ein paar Mal gebeten, das zu unterlassen. Ich brauche deine Hilfe nicht bei meiner Partnerwahl. Ich bin alt genug, mir meine Männer selbst auszusuchen. Wenn du so weitermachst, habe ich keine Lust mehr, zu kommen.«

»Aber Schätzchen, ich will doch nur, dass du glücklich bist«, sagte Mum mit weinerlicher Stimme. »Du bist schon so lange Single. Das ist nicht gut für dich.«

Ich hatte genug von dem Zirkus. Ohne darüber nachzudenken, rutschte mir heraus: »Wer sagt denn, dass ich Single bin?« Im selben Moment bereute ich es.

»Bist du nicht?«, fragten Mum, Katie, Hunter und Dad wie aus einem Munde. Alle starrten mich mit großen Augen an.

Verdammt! Was hatte ich getan? Panik befiel mich. Auf der

anderen Seite würde Mum vielleicht endlich Ruhe geben. Zumindest hoffte ich das.

»Nein, bin ich nicht«, log ich weiter. Es war bereits zu spät, das Ruder noch mal herumzureißen. »Ich habe einen ziemlich schnuckeligen Freund.«

»Du hast einen Freund?« Mums Stimme schnellte in unnatürliche Höhen.

Katies Mund formte lautlos ein *Was*.

»Ja, einen sehr attraktiven noch dazu«, bekräftigte ich meine Aussage.

»Aber warum sagst du uns das nicht?« Fassungslosigkeit sprach aus Mums Gesicht.

»Weil ich nicht einer deiner Patienten bin, die ihr Liebesleben vor dir ausbreiten.« Ich verschränkte die Arme vor der Brust. Was ich jetzt brauchte, war Alkohol, und zwar jede Menge davon, um diese Farce durchzustehen.

»Wir sind deine Familie. Als Mutter wird man doch wohl wissen dürfen, wenn die Tochter einen Freund hat. Das hat nichts mit meinem Job als Sexualtherapeutin zu tun.« Sie gab Dad einen Stoß in die Seite. »Harold, jetzt sag doch auch mal was.«

Dad räusperte sich. »Wer ist denn der junge Mann?«

Shit! In meinem Kopf herrschte für einen Moment absolute Leere.

»Wir haben uns auf einer Vernissage kennengelernt.« Ich sah Hilfe suchend zu meiner Schwester. »Katie kennt ihn auch.«

»Was?« Mums Kopf schnellte in Katies Richtung.

»Ja, also ich habe ihn nur einmal kurz getroffen«, stotterte Katie.

»Das ist mal wieder typisch für euch«, sagte Mum mit weinerlicher Stimme. »Immer haltet ihr zusammen und schließt uns aus. Ich dachte, wir hätten euch so erzogen, dass ihr uns alles anvertrauen könnt.«

»Mum, das tun wir doch auch.« Ich tätschelte ihre Hand. »Aber das mit uns ist noch ganz frisch und ich wollte erst einmal abwarten.«

»Hmm.« Mum sah nicht so aus, als würde sie Ruhe geben. Was typisch war. Bei Katie und Hunter hatte sie sich auch eingemischt und ordentlich für Furore gesorgt. »Jetzt, wo wir davon wissen, würden wir den jungen Mann gerne kennenlernen. Was hältst du davon, wenn du ihn nächstes Wochenende zu Lucys sechzigstem Geburtstag mitbringst?«

Ich schluckte. Der runde Geburtstag meiner Tante war ein Riesenevent, zu dem seit Monaten der gesamte Baker-Greenwood-Clan eingeladen war.

»Ja, das ist doch eine tolle Idee!« Katie grinste breit.

Das Miststück. Na warte. Ich warf missmutige Blicke in Katies Richtung, was diese mit einem zufriedenen Lächeln quittierte.

»Also, ähm, ich weiß nicht, ob er Zeit hat. Aber ich kann ihn ja mal fragen«, sagte ich vorsichtig.

Enttäuschung spiegelte sich auf Mums Gesicht. »Aber das wäre doch die perfekte Gelegenheit, ihn der ganzen Verwandtschaft vorzustellen.«

»Ja genau«, bekräftigte Katie fröhlich. Sie schien einen geradezu diebischen Spaß daran zu haben, mich in die Ecke zu drängen.

»Ich muss ihn trotzdem erst einmal fragen.«

»Du hast gar nicht gesagt, wie dein Freund heißt«, fragte Mum nach.

Verdammt. In meinem Kopf herrschte absolute Leere. »James«, nannte ich den ersten Namen, der mir in den Sinn kam.

»James also.« Mum sprach den Namen aus, als würde es sich dabei um ein besonders köstliches Dessert handeln.

Aus dem Augenwinkel sah ich, wie Katies Augenbraue belustigt in die Höhe schnellte.

Ich brauchte dringend Alkohol, und zwar am besten intravenös. »Ich hole mir einen Rotwein. Noch jemand ein Glas?« Ich stand auf.

»Kannst du nicht warten? Wir essen doch gleich«, protestierte Mum.

»Umso besser.«

»Ich geh mal kurz nach Charlotte schauen.« Katie war ebenfalls aufgestanden.

Dicht gefolgt von Katie eilte ich nach draußen.

»Sag mal, hast du sie noch alle!«, zischte ich, als wir außer Hörweite der anderen waren.

»Wieso ich? Ich bin übrigens etwas beleidigt, dass du mir nichts von deinem neuen Freund erzählt hast.« Katie lehnte sich gegen die Küchenzeile.

»Ich habe keinen Freund«, entgegnete ich düster.

»Hast du nicht?« Katie richtete sich mit einem Ruck auf.

Ich schüttelte den Kopf.

»Aber warum …«

»Weil ich keine Lust habe, ständig Mums Kuppelversuchen ausgesetzt zu sein. Ganz zu schweigen von Tante Lucy, die jeden Junggesellen in Lower Slaughter auf mich ansetzen wird. Ich sehe schon, wie sie mir gleich einer Meute Bluthunde hinterherhecheln.«

»Shit!«

»Du sagst es.« Mit düsterer Miene holte ich eine Flasche Rotwein aus dem Regal.

»An dem ganzen Chaos ist nur Mum schuld.« Ich drehte den Verschluss auf und setzte mir die Flasche an die Lippen. Gierig nahm ich zwei Schlucke.

»Spinnst du jetzt völlig?«

Ich wischte mir mit dem Handrücken über den Mund. »Ein Fake-Freund, das ist doch eine tolle Idee.«

»Also ich weiß nicht.«

»Ich hatte die volle Panik, als ich Timothy im Türrahmen gesehen habe. Was hätte ich deiner Ansicht nach tun sollen?«

»Hey, ich bin ganz auf deiner Seite.« Sie kicherte leise.

»Aber dass du wirklich so weit gehen würdest, hätte ich nicht gedacht.«

»Das nehme ich persönlich, dass du lachst.« Ich nahm noch einen Schluck. »Was für eine fürchterliche Situation.«

»Ach komm schon. So schlimm ist das nicht. Du gehst einfach ins Wohnzimmer und sagst, dass das alles nur ein Scherz war.«

»Vergiss es!« Ich winkte ab. »Das feuert Mum nur an. Nein, das geht auf keinen Fall.« Ich schüttelte energisch den Kopf.

»Und was hast du jetzt vor?«

»Das liegt doch auf der Hand.«

»Nicht für mich.«

»Ich behaupte einfach, dass James an dem Wochenende nicht kommen kann.«

»Mhm. Hast du noch einen alternativen Plan? Ich glaube nicht, dass sich Mum damit zufriedengeben wird.«

»Du bist ein alter Pessimist.«

»Nein, ich kenne Mum, das ist alles. Das ist die bekloppteste Idee, die ich jemals gehört habe. So etwas funktioniert nur im Film, aber nicht im wahren Leben.«

Ich hüpfte auf den Küchentresen und baumelte mit den Beinen.

»Ich kann deine Unterhose sehen«, kommentierte Katie.

»Du hast Glück, dass ich eine anhabe.« Ich grinste schief.

Katie stöhnte. »Das sind Bilder in meinem Kopf, die ich nicht haben möchte.«

»Spießer. Ich könnte Clive fragen, ob er mich zu Lucys Geburtstag begleitet.«

Katie schüttelte ungläubig den Kopf. »Clive ist schwul. Spätestens, wenn er den Mund aufmacht, wissen alle Bescheid.« Katie ahmte seine übertriebene Sprechweise nach.

»Auch wahr.« Ich stellte die leere Flasche auf den Tisch. »Abgesehen von Clive sind alle meine männlichen Freunde vergeben. Ich glaube, es würde nicht gerade gut bei ihren Freundinnen ankommen, wenn ich sie bitte, mir ihren Freund für ein verlängertes Wochenende auszuleihen. Zumal wir uns wenigstens küssen müssten, um Mum zu überzeugen.«

Mums Stimme näherte sich der Küche.

Hastig hüpfte ich vom Küchentresen.

»Bis nächste Woche.« Mum klang glücklich.

Mit wem redete sie? Dad und die anderen waren noch immer im Wohnzimmer. Sekunden später tauchte ihr Haarschopf im Türrahmen auf.

»Gute Nachrichten«, trällerte sie nach feinster Dolly-Parton-Manier. »Das war gerade Lucy am Telefon und sie freut sich sehr, deinen James auf ihrer Geburtstagsfeier zu begrüßen. Ihr seid natürlich mit im Lower Manor untergebracht.«

Mir wurde spontan schlecht. »Du hast Tante Lucy angerufen?« Der Boden unter meinen Füßen schwankte. Ich musste mich am Küchentresen abstützen. Verdammt, das lief ganz und gar nicht so, wie ich es geplant hatte.

»Aber natürlich. Die gute Nachricht musste ich ihr einfach sofort überbringen.«

Ich stöhnte leise. Katie warf mir einen Habe-ich-es-dir-doch-gesagt-Blick zu.

»Wir alle freuen uns sehr darauf, deinen James kennenzulernen.«

Mums Blick fiel auf die angebrochene Weinflasche. »Ich finde, zur Feier des Tages sollten wir einen Sekt aufmachen.« Sie riss die Kühlschranktür auf.

»Super.« Ich wusste nicht, ob ich lachen oder weinen sollte.